Alex

Pierre Lemaitre

Alex

Traducción del francés de Artur Jordà

Alex

Título original: *Alex*

Primera edición en Alfaguara en España: octubre de 2015
Primera edición en Alfaguara en México: enero de 2016

Para Pascaline

Para Gérald,
por nuestra amistad

I

1.

A Alex le encanta. Desde hace casi una hora que se las prueba, duda, se las quita, se lo piensa, vuelve a ponérselas. Pelucas y postizos. Podría pasarse tardes enteras haciéndolo.

Tres o cuatro años atrás había descubierto, por casualidad, esa tienda en el boulevard de Strasbourg. Apenas miró, entró por curiosidad. Sintió tal conmoción al verse pelirroja, como si toda ella se hubiera transformado, que compró de inmediato aquella peluca.

A Alex cualquier cosa le sienta bien porque es extraordinariamente guapa. No siempre fue así, ocurrió en la adolescencia. Antes, había sido una niña bastante feúcha y muy delgada. En cuanto empezó el cambio, sin embargo, fue como un mar de fondo, y el cuerpo mudó casi de golpe, como en una metamorfosis acelerada, en pocos meses. Alex era despampanante pero, dado que nadie había prestado atención a ese súbito atractivo, y mucho menos ella misma, jamás llegó a creérselo del todo. Ni siquiera ahora.

Nunca le había pasado por la cabeza que una peluca pelirroja, por ejemplo, pudiera sentarle tan bien. Fue un descubrimiento. No había llegado a imaginarse el alcance de la transformación, su trascendencia. Una peluca puede ser algo superficial, pero inexplicablemente tuvo la sensación de que sucedía algo nuevo en su vida.

De hecho, nunca se puso esa peluca. Una vez en casa, se dio cuenta de inmediato de que era de pésima calidad. A primera vista, se notaba que era falsa, fea y se la veía pobre. La desechó. No la tiró a la basura, pero la metió en un cajón de la cómoda. Y de vez en cuando la cogía y se la probaba para ver cómo le quedaba. Aunque fuera una peluca espantosa, de esas que claman a gritos: «Soy sintética y de gama baja», eso no impedía que aquello que Alex veía reflejado en el espejo le ofreciera un potencial en el que deseaba creer. Volvió al boulevard de Strasbourg y se tomó su tiempo contemplando las pelucas de buena calidad, a veces algo caras para su salario de enfermera interina, pero que, esas sí, podían lucirse. Y se lanzó.

Al principio no es fácil, hay que ser osado. A alguien como Alex, de naturaleza acomplejada, puede llevarle al menos medio día reunir el valor para hacerlo. Maquillarse con esmero, conjuntar la ropa, los zapatos y el bolso; en fin, elegir lo más apropiado entre lo que ya se tiene, puesto que una no puede renovarse el guardarropa entero cada vez que cambia de peluca... Y acto seguido, al salir a la calle, ya se es otra persona. No del todo, pero casi. Y si eso no cambia la vida, ayuda a matar el tiempo, sobre todo cuando ya no se espera que suceda gran cosa.

A Alex le gustan unas pelucas muy características, de esas que envían mensajes claros del tipo: «Sé lo que estás pensando» o «También soy buena en matemáticas». La que luce hoy dice algo así como: «A mí no me encontrarás en Facebook».

Elige un modelo llamado «Shock urbano», y en ese momento ve al hombre a través del cristal del escaparate. Está en la acera de enfrente y parece esperar algo o a alguien. Es la tercera vez en dos horas. La está siguiendo. Ahora está segura de ello. «¿Por qué a mí?», es la primera pregunta que se hace. Como si a todas las chicas excepto a ella pudiera seguirlas un hombre. Como si ya no sintiese permanentemente sus miradas por doquier, en los transportes públicos o por la calle. En las tiendas. Alex gusta a los hombres de todas las edades, es la ventaja de tener treinta años. Y a pesar de ello, siempre se sorprende. «¡Hay tantas mujeres más guapas que yo!» Alex, siempre con sus crisis de confianza en sí misma, siempre presa de las dudas. Desde la infancia. Tartamudeó hasta la adolescencia. Y ahora, cuando pierde los papeles, sigue ocurriéndole.

No conoce a ese hombre. Un físico así le habría llamado la atención. No, no lo ha visto jamás. Y, además, un tipo de cincuenta años siguiendo a una chica de treinta... No es que sea muy estricta en cuestión de principios, pero le sorprende, eso es todo.

Alex dirige la mirada a otros modelos, aparenta titubear, y luego cruza la tienda y se sitúa en un ángulo desde donde puede observar la acera. Por sus ropas ajustadas se diría que el hombre, un tipo fornido, debe de haber sido deportista. Mientras acaricia una peluca rubia, casi blanca, trata de recordar en qué momento ha percibido su presencia por primera vez. En el metro. Lo ha visto al fondo del vagón. Sus miradas se han cruzado, y ella ha tenido tiempo de ver la sonrisa que él le dirigía, pretendidamente atractiva y cordial. Lo que no le gusta de su rostro es que parece tener una idea fija en la mirada y, sobre todo, que carece casi por completo de labios. Instintivamente ha desconfiado de él, como si todas las personas con los labios finos ocultaran alguna cosa, secretos inconfesables, maldades. Y su frente abombada. No ha tenido tiempo de observar sus ojos, es una lástima. Según ella es un detalle que no lleva a engaño, y así juzga siempre a las personas, por su mirada. Allí, en el metro, no ha querido perder tiempo con semejante tipo. Discretamente se ha vuelto hacia el otro lado, dándole la espalda, y ha rebuscado el reproductor MP3 en el bolso. Ha hecho sonar *Nobody's Child* y de repente se ha preguntado si no lo había visto ya la víspera o el día anterior, cerca de su casa. La imagen es confusa, no está segura. Tendría que volverse y mirarlo de nuevo para tratar de rememorar ese recuerdo borroso, pero no quiere arriesgarse a envalentonarlo. Lo que es seguro es que tras el encuentro en el metro lo ha vuelto a ver en el boulevard de Strasbourg, media hora después, cuando ella regresaba sobre sus pasos. Había cambiado de opinión y quería volver a ver la peluca morena de media melena, con mechas. Ha dado media vuelta y lo ha visto detenerse bruscamente en la acera, algo más lejos, y disimular mirando con fingido interés un escaparate de ropa de mujer.

Alex deja la peluca. No hay razón para alarmarse, pero le tiemblan las manos. Menuda bobada. Le gusta, la sigue y espera una oportunidad, y no por ello va a atacarla en plena calle. Alex menea la cabeza como si quisiera ordenar sus ideas, y cuando vuelve a mirar hacia la acera, el hombre ha desaparecido. Se inclina a derecha e izquierda, pero no, no hay nadie, ya no está allí. Siente un alivio exagerado. «Menuda bobada», se repite y ya no respira con tanta agitación. No puede evitar detenerse en el umbral de la tienda y verificarlo de nuevo. Ahora es su ausencia lo que la inquieta.

Alex consulta su reloj y luego mira al cielo. La temperatura es agradable y aún queda casi una hora de luz. No quiere volver a casa. Tendría que detenerse en el supermercado. Trata de recordar lo que queda en el frigorífico. Es muy negligente en sus compras. Su atención se centra en su trabajo, en su comodidad (Alex es un poco maníaca) y, aunque trate de negárselo, en la ropa y los zapatos. Y en los bolsos. Y en las pelucas. Le hubiera gustado que eso le pasara con el amor, pero el amor es un tema aparte, el compartimento maltrecho de su existencia. Lo esperó y lo deseó, y luego renunció. Ahora ya no quiere seguir dándole vueltas a esa cuestión y piensa en ello lo menos posible. Simplemente trata de no convertir ese desengaño en cenas ante la tele, de no engordar, de no volverse demasiado fea. A pesar de ello, y aunque sea soltera, pocas veces se siente sola. Tiene proyectos que la apasionan y ocupan su tiempo.

Ha fracasado en el amor, sí, pero se le hace menos difícil desde que decidió resignarse a acabar sus días sola. A pesar de esa soledad, Alex trata de vivir con normalidad, de concederse algunos placeres. Esa idea le resulta a menudo de ayuda, la idea de ofrecerse pequeños caprichos, de tener derecho a disfrutarlos, como los demás. Por ejemplo, ha decidido que esa noche volverá a cenar en el Mont-Tonnerre, en la rue Vaugirard.

Llega con cierta antelación. Es la segunda vez que entra. La primera fue la semana pasada, y a buen seguro la gente recuerda a una pelirroja muy guapa que cena sola. Esa noche la saludan a su llegada como a una habitual, los camareros se dan codazos, flirtean torpemente con la bella clienta, esta les sonríe y la encuentran muy atractiva. Pide la misma mesa, de espaldas a la terraza y frente al salón, y la misma botella pequeña de vino de Alsacia bien frío. Suspira, a Alex le gusta comer, pero ha de recordarse a sí misma que debe andarse con cuidado. Su peso es como un yoyó, aunque lo controla bastante bien. Puede engordar diez o quince kilos y ofrecer un aspecto irreconocible, para dos meses más tarde haber recuperado su peso original. Dentro de unos años ya no podrá jugar con eso.

Saca su libro y pide otro tenedor para mantener las páginas abiertas mientras cena. Al igual que la semana anterior, frente a ella, a su derecha, se halla el mismo individuo de cabello castaño claro. Cena con unos amigos. Son solo dos pero, a tenor de lo que dicen, los demás no tardarán en llegar. La ha visto de inmediato, en cuanto ha entrado, y Alex finge no darse cuenta de que la mira con insistencia. Así será durante toda la velada. Incluso una vez llegados el resto de sus amigos, incluso cuando se hayan enfrascado en sus eternas conversaciones sobre trabajo, mujeres y esposas, mientras se explican por turnos esas historias de las que son los héroes, no cesará de mirarla. A Alex le gusta esa situación, pero no quiere darle alas. No está mal, le calcula unos cuarenta o cuarenta y cinco años y debió de ser guapo, debe de beber demasiado y eso le da a su rostro un aire trágico. Y ese rostro le procura emociones a Alex.

Ella toma un café. Una única concesión, sabiamente dosificada: una mirada a ese hombre cuando se marcha. Una simple mirada. Alex sabe hacerlo a la perfección. Es una sensación furtiva, pero siente realmente una emoción dolorosa al verlo dirigirle esa mirada de deseo que le remueve las entrañas, como si fuera un augurio de penas venideras. Cuando se trata de su vida, Alex nunca se dice las cosas con todas las letras, como esa noche. Sabe que su cerebro se fija en imágenes congeladas, como si la película de su existencia se hubiera roto y para ella fuera imposible seguir el hilo, volver a explicarse la historia, dar con las palabras apropiadas. La próxima vez, si se queda hasta más tarde, tal vez él la esperará fuera. Quizá. Sí. Alex sabe bien cómo funcionan esas cosas. Siempre de una manera muy parecida. Sus encuentros con hombres nunca dan pie a bellas historias. Eso, al menos, es una parte de la película que ya ha visto y que recuerda. Así de simple.

Ha anochecido ya y el tiempo es bueno. Acaba de llegar un autobús. Acelera el paso, el conductor la ve por el retrovisor y la espera, ella se apresura, pero en el momento de ir a subir cambia de parecer, le apetece caminar, cogerá otro por el camino, y le hace un ademán al conductor que le responde con un gesto de decepción, lamentándose de su suerte. A pesar de ello le abre la puerta:

—Detrás ya no viene ningún autobús, este es el último de la noche...

Alex sonríe y le da las gracias con un gesto. Da igual, regresará a pie. Tomará la rue Falguière y después la rue Labrouste.

Hace tres meses que vive en ese barrio, cerca de la Porte de Vanves. Se muda a menudo. Antes vivía en la Porte de Clignancourt, y antes de allí en la rue du Commerce. Aunque hay gente que lo detesta, para ella mudarse es una necesidad. Lo adora. Tal vez, como con las pelucas, le da la impresión de cambiar de vida. Es un *leitmotiv*. Un día cambiará de vida. Unos metros más allá, frente a ella, una camioneta blanca sube dos ruedas sobre la acera para estacionarse. Para poder pasar, Alex se arrima al edificio y siente una presencia, un hombre, y sin tiempo de darse la vuelta recibe un puñetazo entre los omóplatos que le corta la respiración. Pierde el equilibrio, cae hacia delante y se golpea violentamente la frente contra la carrocería con un ruido sordo, suelta todo cuanto sostiene para tratar de asirse pero no encuentra nada a lo que aferrarse, él la coge de los cabellos y se queda con la peluca en la mano. Suelta un juramento que ella no alcanza a comprender y, con una mano, le agarra enfurecido un buen puñado de pelo mientras con la otra la golpea en pleno vientre, con un puñetazo que podría abatir a un buey. Alex no tiene tiempo siquiera de gritar de dolor, se dobla sobre sí misma y vomita. El individuo tiene una fuerza descomunal, porque la vuelve hacia él como una hoja de papel. Le pasa un brazo por la cintura, la ase con fuerza y le hunde profundamente una bola de trapo hasta la garganta. Es él, el hombre del metro, el de la calle, el de la tienda. Durante una fracción de segundo se miran a los ojos. Ella trata de darle patadas, pero él la agarra con fuerza de los brazos, la inmoviliza, y Alex no puede hacer nada para oponerse a esa energía. La empuja hacia abajo, sus rodillas ceden y cae sobre el suelo de la furgoneta. Entonces el hombre le da una patada en los riñones, y Alex sale catapultada hacia el interior y su mejilla se raspa contra el suelo. Él sube tras ella, le da la vuelta sin contemplaciones, le clava una rodilla en el vientre y le da un puñetazo en la cara. La ha golpeado con fuerza...

«Quiere hacerme daño, quiere matarme», piensa Alex en el momento en que recibe ese puñetazo. Su cráneo golpea contra el suelo de la furgoneta y rebota, siente un dolor terrible detrás del cráneo, en el occipital. «Eso es —se dice Alex—, es el occipital». Más allá de esa palabra solo logra pensar en que no quiere morir, así no, ahora no. Está acurrucada con la boca llena de vómito, en posición fetal, con la cabeza a punto de estallar, siente que le agarran las manos y se las atan a la espalda, y también los tobillos. «No quiero morir ahora», se dice Alex. La puerta de la furgoneta se cierra violentamente, el motor acelera y con un brusco impulso el vehículo baja de la acera. «No quiero morir ahora.»

Alex está aturdida pero es consciente de lo que sucede. Llora y se ahoga en sus lágrimas. «¿Por qué a mí? ¿Por qué a mí?»

«No quiero morir. Ahora no.»

2.

Al teléfono, el comisario Le Guen no le da opción alguna:

—¡Me importa un carajo tu estado de ánimo, Camille, no me jodas! No tengo a nadie, ¿lo entiendes? ¡A nadie! ¡Así que te envío un coche y te plantas allí!

Deja transcurrir unos instantes y añade:

—¡Y no me toques los cojones!

Después cuelga. Es su estilo. Impulsivo. Por lo general, Camille no le presta atención. Habitualmente sabe cómo negociar con el comisario.

Pero esta vez se trata de un rapto.

Y no quiere verse implicado en el caso. Camille siempre lo ha dicho, hay dos o tres cosas que no volverá a hacer, sobre todo ocuparse de raptos. Desde la muerte de Irène, su esposa. Se cayó en la calle cuando estaba embarazada de más de ocho meses. La llevaron a una clínica y luego la raptaron. No volvieron a verla con vida. Eso hundió a Camille. Es imposible explicar su desasosiego. Quedó fulminado. Pasó días enteros paralizado, alucinado. Cuando comenzó a delirar, tuvo que ser hospitalizado. Pasó de clínicas a centros de reposo. Era un milagro que siguiera con vida. Nadie confiaba en ello. Durante los meses que estuvo ausente de la Brigada, todo el mundo se preguntaba si algún día llegaría a recuperarse. Y cuando finalmente regresó, daba la extraña impresión de ser el mismo que antes de la muerte de Irène, solo que había envejecido. Desde entonces, únicamente acepta casos menores. Se ocupa de crímenes pasionales, riñas entre profesionales y asesinatos entre vecinos. Casos en los que los muertos están detrás de uno y no delante. Nada de raptos. Camille quiere muertos bien muertos, muertes incontestables.

—De todas formas —ha dicho Le Guen, que hace cuanto está en su mano por Camille—, evitar a los vivos no es la solución. Para eso es mejor hacerse enterrador.

—Pero... —le responde Camille— ¡si eso es lo que somos!

Se conocen desde hace veinte años, se tienen en gran estima y no se temen el uno al otro. Le Guen es un Camille que habría renunciado a trabajar sobre el terreno, y Camille un Le Guen que habría renunciado al poder. Lo que separa a esos hombres son dos grados y ochenta kilos. Y treinta centímetros. Dicho así tal vez parezca una diferencia insalvable, y es verdad que al verlos juntos pueden parecer una caricatura. No es que Le Guen sea muy alto, sino que Camille es muy bajito: mide un metro y cuarenta y cinco centímetros. Tiene que mirar el mundo desde abajo, como un niño de trece años. Se lo debe a su madre, la pintora Maud Verhoeven. Sus lienzos figuran en el catálogo de una decena de museos internacionales. Una gran artista y una gran fumadora que vivía ahogada en el humo de sus cigarrillos, envuelta en un halo permanente, y sería imposible imaginarla sin esa nube azulada. A eso debe Camille sus dos cualidades más notables. De la artista heredó un don inusitado para el dibujo y de la fumadora empedernida, una hipotrofia fetal que hizo de él un hombre de un metro cuarenta y cinco.

Ha conocido a poca gente a la que pudiera mirar desde arriba. A la inversa, sin embargo... Semejante altura no es solo una minusvalía. A los veinte años es una terrible humillación y a los treinta, una maldición, pero desde el principio uno comprende que se trata del destino. El tipo de situación que obliga a utilizar grandes palabras.

Gracias a Irène, la talla de Camille se convirtió en un baluarte. Irène había hecho que su interior se fortaleciera. Camille nunca había sido tan... Sin Irène, le faltan incluso las palabras.

Al contrario que Camille, Le Guen es casi monumental. Pesa no se sabe cuánto porque nunca lo confiesa, unos dicen ciento veinte, otros ciento treinta y algunos incluso van más lejos, no tiene importancia. Le Guen es enorme, paquidérmico, con unos grandes mofletes de hámster. Sin embargo, su mirada clara rebosa inteligencia, y aunque nadie alcanza a explicarlo, los hombres no quieren admitirlo y las mujeres se manifiestan casi unánimes en ello, el comisario es un hombre extremadamente seductor... A saber por qué.

Camille ya ha oído gritar antes a Le Guen. No le impresionan los arranques furibundos del comisario. Después de tanto tiempo... Descuelga con parsimonia y marca el número:

—Te lo advierto, Jean, me ocuparé de esa historia de rapto pero se la endosas a Morel en cuanto regrese porque... —coge impulso y martillea cada sílaba con una paciencia con visos de amenaza— ¡no acepto el caso!

Camille Verhoeven nunca grita. Muy raras veces. Es un hombre de autoridad. Es bajito, calvo y ligero pero, como todo el mundo sabe, también astuto e ingenioso. Le Guen ni siquiera responde. Aunque a ellos no les hace ni pizca de gracia, las malas lenguas dicen que, de los dos, quien lleva los pantalones es Camille. Después cuelga.

—¡Mierda!

Es el colmo. Es más, puesto que esto no es ni mucho menos México y no hay un rapto a diario, podría haber sucedido en cualquier otro momento, cuando él estuviera en una misión, o de baja, en cualquier otro sitio. Camille descarga un puñetazo sobre la mesa. Al ralentí, porque es un hombre comedido. Le disgustan los aspavientos, incluso en los demás.

El tiempo apremia. Se pone en pie, coge su abrigo, el sombrero y desciende rápidamente las escaleras. Camille es bajo pero sus pasos son pesados. Hasta la muerte de Irène eran más bien ligeros, y a menudo ella le decía: «Andas como un pajarillo. Siempre tengo la sensación de que vas a levantar el vuelo». Irène murió hace cuatro años.

El coche se detiene ante él. Camille entra en el vehículo.

—¿Cómo te llamas?

—Alexandre, jef...

Se muerde la lengua. Todos saben que Camille detesta ese trato, «jefe». Dice que suena a hospital, a serie de televisión. Esos juicios mordaces son muy de su estilo. Camille es un individuo no violento capaz de cometer brutalidades. A veces se enfurece. Ya era todo un carácter, pero con la edad y la viudedad se ha vuelto algo sombrío, irritable. En el fondo es un impaciente. Irène le preguntaba: «Cariño, ¿por qué estás siempre tan enfadado?». Desde lo alto de su metro cuarenta y cinco, si así puede decirse, Camille respondía, exagerando su sorpresa: «Sí, es cierto... No tengo razón para enfadarme...». Colérico y comedido, brutal y manipulador, es raro que la gente lo entienda a la primera. Es un hombre apreciado, quizá también porque no es muy alegre. Camille no se tiene en mucha estima a sí mismo.

Desde que se reincorporó a su puesto, hace ya casi tres años, Camille acepta a todos los agentes en prácticas, una verdadera ganga para los jefes de servicio a los que no les gusta tener que cargar con ellos. Desde que el suyo se hizo pedazos, Camille no desea volver a formar un equipo estable.

Le echa un vistazo a Alexandre. Tiene cara de llamarse de cualquier otra manera, pero seguro que no Alexandre. A pesar de ello, es lo bastante alto como para sacarle cuatro cabezas, lo cual no es una proeza, y ha puesto el coche en marcha antes de que Camille dé la orden, lo que al menos denota dinamismo.

Alexandre arranca como una flecha, se nota que le gusta conducir. Diríase que el GPS trata de recuperar el retraso acumulado al partir. Alexandre quiere demostrarle al comandante sus dotes de buen conductor, la sirena aúlla y el coche cruza con autoridad calles, esquinas y bulevares, mientras los pies de Camille se balancean a un palmo del suelo y se agarra con la mano derecha al cinturón de seguridad. En menos de quince minutos llegan a su destino. Son las nueve y cincuenta minutos. Aunque no sea muy tarde, París ya tiene un aspecto adormecido, sereno, no parece el tipo de ciudad donde se raptan mujeres. «Una mujer», ha dicho el testigo que ha llamado a la policía. Estaba visiblemente conmocionado: «¡La han raptado ante mis propios ojos!». No se lo podía creer. Hay que reconocer que no se trata de una experiencia frecuente.

—Déjame ahí —dice Camille.

El comandante baja del coche, se pone el sombrero y el muchacho se marcha. Están en un extremo de la calle, a cincuenta metros de las primeras vallas. Camille recorre andando el último trecho. Cuando dispone de tiempo trata siempre de aplicar su método y abordar los problemas desde la distancia. La primera mirada es fundamental y debe ser panorámica, puesto que luego uno entra en los detalles, en los innumerables hechos, y se pierde la perspectiva. Es la razón oficial que se da a sí mismo por haber bajado del coche a un centenar de metros del lugar donde lo aguardan. La otra razón, la verdadera, es que no le apetece estar allí.

Al avanzar hacia los vehículos de policía cuyas luces salpican las fachadas, trata de comprender lo que siente.

Su corazón late con fuerza.

No se encuentra bien. Daría diez años de su vida por hallarse en otro lugar.

Pero aunque avance con lentitud, finalmente llega.

Cuatro años antes sucedió algo similar. En la calle en la que vivía, con cierto parecido a aquella. Irène ya no estaba allí. Tenía que dar a luz al cabo de unos días. Tendría que haber estado en la maternidad, Camille se precipitó, corrió, la buscó, hizo cuanto pudo aquella noche por encontrarla... Estaba como loco pero lo hizo... Luego ella estaba muerta. La pesadilla en la vida de Camille comenzó en un segundo parecido a este. Por eso su corazón late ahora con fuerza, resuena, le zumban los oídos. La culpabilidad que creía adormilada se ha despertado. Siente náuseas. Una voz le grita que huya y otra que lo afronte, y siente un peso enorme que le oprime el pecho. Camille piensa que va a desplomarse, pero en lugar de eso aparta una valla para acceder al perímetro de seguridad. El agente de guardia lo saluda con la mano desde lejos. Aunque no todo el mundo conozca al comandante Verhoeven, todo el mundo lo reconoce. Con razón, aunque no fuera una especie de leyenda, con esa talla... Y aquella historia...

—Ah, eres tú...

—Estás decepcionado...

De inmediato, Louis se agita desconcertado.

—¡No, no, no, nada de eso!

Camille sonríe. Siempre le ha sido muy fácil ponerlo nervioso. Louis Mariani fue su adjunto durante mucho tiempo y lo conoce mejor que nadie.

Al principio, tras el asesinato de Irène, Louis fue a menudo a visitarlo a la clínica. Camille no estaba muy hablador. Dibujar, que nunca había sido más que un pasatiempo, se había convertido en su actividad principal y exclusiva. Se pasaba todo el día dibujando. Los dibujos, esbozos y croquis se apilaban en la habitación de Camille, que conservaba sin embargo el aspecto impersonal. Louis conseguía despejar un hueco donde sentarse; uno de ellos miraba los árboles del jardín y el otro sus pies. Se dijeron miles de cosas en aquel silencio, sin palabras. No lograban dar con ellas. Y un día, sin previo aviso, Camille le explicó que prefería estar solo, que no quería arrastrar a Louis a su tristeza. «Un policía triste no es una compañía interesante», dijo. A los dos los apenó separarse de aquel modo. Pasó el tiempo, y cuando las cosas empezaron a ir mejor, ya era demasiado tarde. Una vez acaba el duelo, solo queda un páramo.

No se han tratado desde hace tiempo, solo se han cruzado en reuniones y sesiones informativas, con motivo de ese tipo de sucesos. Louis apenas ha cambiado. Hay personas como él que, cuando envejezcan, morirán con un aspecto juvenil. Y siempre tan elegante. Un día Camille le dijo: «Incluso vestido para una boda, a tu lado siempre parezco un vagabundo». Louis es rico, muy rico. Su fortuna es como los kilos del comisario Le Guen: nadie conoce la cifra, pero todos saben que es considerable y, a buen seguro, en permanente expansión. Louis podría vivir de sus rentas y garantizar el bienestar de cuatro o cinco generaciones venideras. En lugar de eso, es policía en la Criminal. Cursó un montón de estudios que no necesitaba, y eso le dio una cultura que Camille nunca ha echado en falta. Verdaderamente, Louis es un fenómeno.

Sonríe, le parece gracioso volver a encontrarse con Camille así, presentándose sin previo aviso.

—Es allá abajo —dice señalando unas vallas.

Camille acelera el paso tras el joven. O quizá ya no tan joven.

—¿Cuántos años tienes, Louis?

Louis se vuelve hacia él.

—Treinta y cuatro, ¿por qué?

—No, por nada.

Camille se da cuenta de que se hallan a dos pasos del museo Bourdelle. Recuerda con bastante nitidez el rostro del *Heracles arquero*. La victoria del héroe sobre los monstruos. Camille jamás ha esculpido, nunca ha tenido el físico necesario para ello y hace ya tiempo que no pinta, pero sigue dibujando incluso tras su larga depresión. No puede evitarlo, forma parte de su ser y tiene siempre un lápiz en la mano, es su manera de mirar el mundo.

—¿Conoces el *Heracles arquero* del museo Bourdelle?

—Sí —dice Louis.

Parece molesto.

—Pero me pregunto si no está en el museo de Orsay.

—Siempre tan cabrón...

Louis sonríe. Ese tipo de frase, en el caso de Camille, es una señal de aprecio. Significa: «Qué rápido pasa el tiempo, ¿cuánto hace que nos conocemos tú y yo?». Significa: «Apenas nos hemos visto desde que maté a Irène, ¿no es cierto? Es curioso que volvamos a encontrarnos en el escenario de un crimen». De repente, Camille se ve en la obligación de precisar:

—Sustituyo a Morel. Le Guen no tenía a nadie a mano y me ha pedido que viniera.

Louis hace un gesto de comprensión, pero mantiene su escepticismo. La presencia del comandante Verhoeven en un caso como ese, aunque sea transitoria, resulta sorprendente.

—Llama a Le Guen —prosigue Camille—. Necesito equipos. De inmediato. Siendo la hora que es no podremos hacer gran cosa, pero al menos lo intentaremos...

Louis asiente y coge su móvil. Ve las cosas de igual manera. Ese tipo de casos se pueden abordar desde dos extremos: el del secuestrador o el de la víctima. El primero, a buen seguro, se halla lejos. La víctima tal vez resida en el barrio, quizá haya sido raptada cerca de su casa, y no es solo la historia de Irène lo que hace que ambos hombres piensen lo mismo, sino la pura estadística.

Rue Falguière. Una calle en honor al artista Alexandre Falguière. Está claro que esa es la noche de los escultores. Avanzan hacia el centro de la calle, cuyos accesos han sido cortados. Camille alza la vista hacia los pisos superiores, en los que todas las ventanas están iluminadas; se trata del espectáculo de la velada.

—Contamos con un único testigo —dice Louis cuando cuelga su móvil—. Y sabemos dónde se hallaba estacionado el vehículo utilizado en el rapto. La policía científica está al llegar.

Y, justamente, hace acto de presencia en ese mismo instante. Apartan con presteza las vallas y Louis les señala el estacionamiento vacío junto a la acera, entre dos vehículos. Cuatro técnicos se apean de inmediato con su material.

—¿Dónde está? —pregunta Camille.

El comandante se impacienta. No hay duda de que no desea estar allí. Su móvil vibra.

—No, señor fiscal —responde—, dado el tiempo transcurrido, cuando recibimos la información por mediación de la comisaría del distrito XV ya era demasiado tarde para instalar controles.

El tono en que se dirige al fiscal es seco, al límite de la cortesía. Louis se aleja con prudencia. Comprende la impaciencia de Camille. Si se tratara de un menor ya habrían activado la alerta de secuestro, pero se trata de una mujer adulta. Tendrán que apañárselas solos.

—Lo que pide será muy difícil, señor fiscal —dice Camille.

Su voz ha bajado un tono más y habla lentamente. Quienes lo conocen saben que, en su caso, esa actitud es con frecuencia un signo precursor.

—Mientras le hablo, hay... —alza la vista—, diría que... un centenar de personas en las ventanas. Los equipos encargados de la investigación de proximidad informarán a doscientas o trescientas personas más. En estas condiciones, si usted sabe cómo evitar que se difunda la noticia, no dude en decírmelo.

Louis sonríe en silencio. El auténtico Verhoeven. Está encantado de que vuelva a ser como siempre fue. Tras cuatro años ha envejecido, pero sigue siendo absolutamente franco. Y a veces, un peligro público para la jerarquía.

—Naturalmente, señor fiscal.

Por su tono se adivina a todas luces que, sea cual sea, Camille no tiene ninguna intención de cumplir la promesa que acaba de hacer. Cuelga. La conversación lo ha puesto aún de peor humor que las circunstancias.

—¡Mierda! ¿Se puede saber dónde está tu Morel?

No se lo esperaba. «Tu Morel.» Camille es injusto, pero Louis lo entiende. Imponer ese caso a alguien como Verhoeven, con cierta propensión al desasosiego...

—En Lyon —responde Louis con calma—, en un seminario europeo. Regresa pasado mañana.

Se encaminan de nuevo hacia el testigo, custodiado por un agente uniformado.

—¡Seréis jodidos! —espeta Camille.

Louis calla. Camille se frena.

—Discúlpame, Louis.

Pero al decirlo no lo mira, mira sus pies y luego dirige de nuevo su mirada hacia las ventanas de los edificios por las que asoman todas esas cabezas que curiosean en la misma dirección, como en un tren que partiera hacia la guerra. Louis querría decir algo, pero le parece que no merece la pena. Camille toma una decisión. Mira por fin a Louis:

—Vamos, ¿hacemos como si...?

Louis se aparta el flequillo con la mano derecha. En su caso, ese gesto constituye un lenguaje en sí. En ese instante, la mano derecha significa «por supuesto, de acuerdo, haremos como si...». Louis señala una silueta detrás de Camille.

Se trata de un individuo de unos cuarenta años. Paseaba a su perro, una cosa sentada a sus pies que Dios debió de crear un día de intensa fatiga. Camille y el perro se miran y se detestan mutuamente de inmediato. El perro gruñe y luego recula gimiendo hasta chocar con los pies de su dueño. De los dos, sin embargo, el propietario del perro aún se sorprende más al ver a Camille plantado ante él. Mira a Louis, extrañado de que alguien pueda llegar a jefe en la policía con semejante talla.

—Comandante Verhoeven —se presenta Camille—. ¿Desea ver mi identificación o cree en mi palabra?

Louis disfruta el momento. Sabe cómo va a proseguir la conversación. El testigo dirá:

—No, no, está bien... Es que...

Camille lo interrumpirá y le preguntará:

—¿Es que qué?

El otro farfullará:

—No me esperaba, ¿sabe...? Es más bien que...

A partir de ese punto, dos soluciones. Camille, que a veces puede resultar implacable, se dejará llevar por sus impulsos y presionará al tipo hasta que pida clemencia. O bien renunciará a hacerlo. Esta vez, Camille renuncia. Se trata de un rapto. Una urgencia.

Así que el testigo paseaba al perro y vio que raptaban a una mujer. Ante sus ojos.

—A las nueve —dice Camille—. ¿Está seguro de la hora?

El testigo es como cualquier otra persona y, en el fondo, hable de lo que hable lo hace de sí mismo.

—Estoy seguro, porque a las nueve y media siempre veo las colisiones de coches de *No-Limit*. Saco al perro justo antes.

Empiezan por el físico del agresor.

—Estaba casi de espaldas, ¿sabe? Pero era un tipo alto y fuerte.

Tiene la impresión de estar prestando una valiosa ayuda. Camille, ya harto, lo observa. Louis lo interroga: ¿Cabello? ¿Edad? ¿Ropa? No lo vio bien, es difícil decirlo, normal. Con eso...

—Bien. ¿Y el vehículo? —pregunta Louis para animarlo.

—Una furgoneta blanca. De las de los operarios, ¿sabe?

—¿Qué tipo de operario? —lo interrumpe Camille.

—No sé... Qué le diría, tipo... no sé, ¡de operario, vaya!

—¿Y qué le hace decir eso?

Verhoeven lo tiene acorralado. El tipo se queda con la boca entreabierta.

—Los operarios —dice al fin—, todos tienen furgonetas así, ¿no?

—Sí —dice Camille—, y a veces hasta aprovechan para llevar escrito en ellas su nombre, teléfono y dirección. Es una publicidad gratuita e itinerante, ¿no le parece? Así que en esta, ¿qué había escrito su operario?

—Precisamente, en esa no había nada escrito. En cualquier caso, no he visto nada.

Camille ha sacado su cuaderno de notas.

—Lo anoto. Decíamos... una mujer desconocida... raptada por un operario anónimo, en un vehículo indeterminado... ¿Olvido alguna cosa?

El dueño del perro es presa del pánico. Le tiemblan los labios. Se vuelve hacia Louis, como si le implorase que le echara una mano.

Camille, abatido, cierra su cuaderno y le da la espalda. Louis toma el relevo. Ese único testigo ofrece pocas pistas y habrá que contentarse con ello. Camille oye la continuación del interrogatorio. La marca del vehículo («Un Ford, tal vez... No distingo bien las marcas, ¿sabe? No tengo coche desde hace mucho...»), el sexo de la víctima («Es una mujer, segurísimo»). La descripción del agresor, a su vez, es imprecisa («El tipo estaba solo, o al menos yo no he visto a nadie más...»). Queda la forma. La violencia.

—Ella ha gritado, forcejeaba..., y entonces le dio un puñetazo en el vientre. ¡No se andaba con chiquitas! Fue en ese momento cuando grité para tratar de asustarlo, ¿saben?

Camille recibe esas precisiones en pleno corazón, como si cada golpe alcanzara su cuerpo. Una comerciante vio a Irène el día en que fue raptada y ocurrió lo mismo, nada que decir, no había visto nada o apenas nada relevante. Lo mismo. Ya se verá. Camille vuelve sobre sus pasos.

—¿Dónde estaba usted exactamente? —pregunta.

—Allí...

Louis mira hacia el suelo. El tipo extiende el brazo, señalando con el dedo índice.

—Muéstremelo.

Louis cierra los ojos. Ha pensado lo mismo que Camille, pero él no haría lo que Verhoeven va a hacer. El testigo tira de su perro, avanza por la acera escoltado por los dos policías y se detiene.

—Más o menos aquí...

Mira a un lado y a otro para asegurarse, hace una mueca. «Pues sí, más o menos.» Camille quiere una confirmación.

—¿Aquí? ¿No sería más lejos?

—No, no —responde el testigo, victorioso.

Louis llega a la misma conclusión que Camille.

—También la pateó, ¿saben? —añade el hombre.

—Sí —concluye Camille—. Así que usted estaba aquí. ¿A qué distancia estamos? —interroga al testigo con la mirada—. ¿A unos cuarenta metros?

Sí, el tipo está satisfecho con su estimación.

—Así que ve usted cómo, a cuarenta metros, le dan una paliza a una mujer y la raptan, y lo que hace, con valentía, es gritar...

Alza la vista hacia el testigo, quien parpadea rápidamente, como si sintiera una gran emoción.

Sin decir palabra Camille suspira y se aleja, y solo se vuelve para mirar al chucho, que parece tan valiente como su dueño. Se nota que tiene ganas de pegarle un tiro.

Siente, cómo decirlo, busca la palabra, una especie de angustia, una sensación... eléctrica. Debido a Irène. Se vuelve y observa la calle desierta. Y finalmente lo sacude una descarga. Comprende. Hasta aquí ha hecho su trabajo, técnico, metódico y organizado, ha tomado las decisiones que se esperan de él. Pero solo ahora, y por primera vez desde su llegada, toma conciencia de que en ese lugar, hace menos de una hora, una mujer de carne y hueso ha sido raptada, que una mujer ha chillado, ha sido golpeada y arrojada al interior de una camioneta, está cautiva, asustada, martirizada tal vez, que cada minuto cuenta y que no se ha lanzado a la carrera porque quiere mantenerse a distancia, protegerse, no quiere hacer su trabajo, el trabajo que ha elegido y que ha conservado tras la muerte de Irène. «Podrías haber hecho otra cosa —se dice—, pero no lo hiciste. Estás aquí, en este preciso instante, y tu presencia tiene una única justificación: hallar a la mujer que acaba de ser raptada».

Camille siente vértigo. Apoya una mano en la carrocería de un coche y con la otra se afloja el nudo de la corbata. Sin duda, para alguien a quien el dolor abate con tanta facilidad, no es bueno hallarse en esa circunstancia. Louis se detiene a su lado. Cualquier otro preguntaría: «¿Te encuentras bien?». Louis no. Se queda de pie junto a Camille y desvía la mirada como si aguardara un veredicto, con paciencia, emoción e inquietud.

Camille se recupera, respira hondo. Se dirige hacia los técnicos de la científica, a tres metros de él:

—¿Qué habéis encontrado?

Avanza hacia ellos, se aclara la voz. El problema de la escena de un crimen en plena calle es que se recoge un poco de todo y entre el amasijo apenas puede distinguirse qué pertenece al caso.

Un técnico, el más alto de los dos, alza la vista hacia él:

—Colillas, una moneda... —se inclina hacia una bolsa de plástico que está sobre su maletín— extranjera, un billete de metro, y un poco más lejos, puedo ofrecerte un pañuelo de papel usado y un capuchón de bolígrafo de plástico.

Camille observa la bolsa transparente que contiene el billete de metro y la alza hacia la luz.

—Y visiblemente —añade el mismo técnico— la han zurrado a conciencia.

En la cuneta hay restos de vómito que su colega recoge cuidadosamente con una cucharilla estéril.

Hay agitación junto a las vallas. Unos agentes uniformados llegan a paso ligero. Camille los cuenta. Le Guen le envía cinco policías.

Louis sabe lo que debe hacer sin apenas pensarlo. Tres equipos. Les transmitirá los primeros datos, les ordenará que rastreen por la vecindad sin alejarse demasiado, dada la hora, y les dará algunas consignas. Y un policía se quedará con Louis para interrogar a los vecinos y hacer bajar a la calle a los que miraban por la ventana y se hallaban más cerca del escenario del rapto.

Hacia las once de la noche, Louis el Sobornador ha dado con el único edificio de la calle que aún cuenta con una portera en la planta baja, una rareza en París. Seducida por la elegancia de Louis, su portería se convierte en cuartel general de la policía. Al ver la talla del comandante, la mujer se enternece. La minusvalía de ese hombre le llega a lo más hondo, como sucede con los animales abandonados. Se lleva de inmediato el puño a la boca. «Dios mío. Dios mío. Dios mío.» Ante semejante espectáculo, se apiada, flaquea y desfallece al pensar en su desgracia. Mira de reojo al comandante entornando dolorosamente los ojos, como si tuviera una herida abierta y compartiera su sufrimiento.

En un aparte, pregunta a Louis:

—¿Quiere que vaya a por una sillita para su jefe?

Parece que Camille hubiera encogido en ese mismo instante y hubiera que hacer algo por ayudarlo.

—No, gracias —responde Louis el Piadoso, cerrando los ojos—. Así está bien, muchas gracias, señora.

Louis le dirige una amplia sonrisa. La portera les prepara una cafetera.

En la taza de Camille, añade una cucharada de moca.

Todos los equipos están trabajando y Camille sorbe su café bajo la mirada misericordiosa de la portera. Louis piensa, algo propio de él. Louis es un intelectual, siempre piensa. Para comprender.

—Un rescate... —propone con prudencia.

—Sexo... —dice Camille—. Locura...

Podrían hacer desfilar todas las pasiones humanas: el deseo de destruir, la posesión, la rebelión, la conquista. Uno y otro han visto muchas pasiones mortíferas y ahora se hallan en esa portería, inmóviles. Casi desocupados.

Han llevado a cabo la investigación de los alrededores, han hecho bajar a algunas personas a la calle, han reunido testimonios, rumores, opiniones de unos y otros, han llamado a puertas con la esperanza de hallar certidumbres que acto seguido se han desvanecido, y eso les ha ocupado buena parte de la noche.

Y, de momento, nada. No cabe duda de que la mujer raptada no reside en el barrio o, en todo caso, no en las cercanías del lugar del rapto. Nadie parece conocerla. Cuentan con tres descripciones que podrían ajustarse, mujeres que están de viaje, de visita o ausentes...

A Camille, nada de eso le sirve.

3.

La despierta el frío. Y las contusiones, porque el trayecto ha sido largo. Atada, no ha podido hacer nada para evitar que su cuerpo rodara y golpeara contra las paredes del vehículo. Posteriormente, cuando la furgoneta por fin se ha detenido, el hombre ha abierto la puerta y la ha metido en lo que parecía un saco de plástico, lo ha atado y luego se lo ha cargado al hombro. Es espantoso verse reducida a ser un simple bulto, y espantoso también pensar que se está a merced de un hombre que puede llevarla así, colgada de un hombro. Es fácil imaginar de qué puede llegar a ser capaz.

No ha tenido ningún cuidado al dejarla en el suelo ni al arrastrar el saco, ni siquiera al bajarla por unas escaleras. El filo de los peldaños le ha magullado las costillas, y al no poder protegerse la cabeza, Alex ha gritado, pero el hombre ha seguido su camino. Al golpearse la cabeza por segunda vez, en la nuca, se ha desvanecido.

Es imposible saber cuánto tiempo hace de ello.

Ahora no se oye ningún ruido y siente un frío terrible en los hombros y los brazos. Y tiene los pies helados. La cinta adhesiva está tan apretada que la sangre apenas circula por sus venas. Abre los ojos. Al menos trata de hacerlo, porque el párpado izquierdo está pegado. Tampoco puede abrir la boca, cubierta con una cinta adhesiva ancha. Eso no lo recuerda. Tal vez se la haya puesto mientras estaba sin conocimiento.

Alex está tumbada en el suelo, de costado, con los brazos atados a la espalda y los pies uno contra otro. Le duele la cadera sobre la que descansa todo su peso. Recupera la consciencia con torpeza comatosa y siente dolor por todo el cuerpo, como si hubiera sufrido un accidente de automóvil. Trata de ver dónde está y, casi dislocándose la cadera, logra tumbarse boca arriba. El dolor de los hombros es insoportable. Su párpado por fin se ha despegado, pero el ojo no capta ninguna imagen. «He perdido el ojo», se dice Alex, asustada. Tras unos segundos, sin embargo, su ojo medio abierto le ofrece una imagen borrosa que parece llegar de un planeta situado a años luz.

Olfatea, se concentra y trata de razonar. Es una nave industrial o un almacén. Un gran espacio vacío, con una luz difusa que procede de arriba. El suelo es duro, húmedo, huele a lluvia sucia, a agua estancada, y por esa razón siente tanto frío: está encharcado.

El primer recuerdo que le vuelve a la cabeza es la imagen del hombre al agarrarla contra su cuerpo. Su olor agrio, intenso, a sudor animal. En los momentos trágicos, a menudo vienen a la mente pensamientos insignificantes: «Me ha arrancado cabellos» es lo primero que se le pasa por la cabeza. Imagina una amplia zona despoblada en su cráneo, un mechón arrancado, y se echa a llorar. De hecho, no es tanto esa imagen lo que la hace llorar como todo cuanto acaba de suceder, el cansancio, el dolor. Y el miedo. Llora, y le es difícil llorar así, con una cinta adhesiva que le mantiene la boca cerrada; se ahoga, comienza a toser, se atraganta y los ojos se le llenan de lágrimas. Las náuseas le revuelven el estómago. No puede vomitar. La boca se le llena de bilis y se ve obligada a tragársela. Le lleva mucho tiempo. Le repugna.

Alex se esfuerza por respirar, por comprender y analizar. A pesar de lo desesperado de la situación, trata de recobrar la calma. La sangre fría no siempre basta, pero sin ella se está condenado a la desesperación. Alex trata de serenarse, de ralentizar su ritmo cardíaco. Intenta comprender lo que acaba de sucederle, qué hace en ese lugar, por qué está ahí.

Reflexiona. Siente dolor, pero lo que más la incomoda es su vejiga, comprimida, llena. Nunca ha tenido mucha resistencia para eso. Tomar la decisión de orinarse encima apenas le lleva veinte segundos. No lo considera un fracaso, puesto que es ella misma quien ha decidido hacerlo. De otro modo, habría sufrido un largo rato, se habría retorcido tal vez durante horas y habría acabado por llegar al mismo resultado. A la vista de la situación, tiene otras cosas que temer y las ganas de orinar son un obstáculo inútil. Sin embargo, no había pensado en que unos minutos después sentiría aún más frío. Alex tiembla y no sabe por qué, si de frío o de miedo. La asaltan de nuevo dos imágenes: el hombre en el metro que le sonríe desde el fondo del vagón y su rostro mientras la agarra contra él, justo antes de lanzarla al interior de la furgoneta. Se ha hecho mucho daño al aterrizar dentro de ella.

Súbitamente, a lo lejos, se oye un portazo metálico que resuena. Alex deja de llorar de inmediato, al acecho, tensa, a punto de desmoronarse. Luego, dándose impulso, se vuelve a tender de lado y cierra los ojos dispuesta a encajar el primer golpe, porque está segura de que le va a dar una paliza, para eso la ha raptado. Alex no respira. Oye a lo lejos los pasos tranquilos y pesados del hombre, acercándose. Finalmente se detiene ante ella. Entre sus pestañas, Alex alcanza a distinguir los zapatos, enormes y bien lustrados. La observa desde arriba, sin decir palabra, y se queda así un buen rato, como si vigilara su sueño. Ella se decide por fin, abre los ojos completamente y alza la vista hacia él. Tiene las manos a la espalda, la cabeza ladeada y no manifiesta intención alguna, solo está inclinado sobre ella como sobre... una cosa. Vista desde abajo, su cabeza es impresionante, sus cejas negras y abundantes arrojan sombras en su rostro y enmascaran en parte sus ojos. Pero sobre todo destaca su frente desmedida, más ancha que el resto de la cara y que le confiere un aspecto de retrasado, primitivo. Cabezudo. Busca la palabra exacta. No da con ella.

Alex quisiera decir algo. La cinta adhesiva se lo impide. De todas formas, lo único que le saldría sería: «Se lo suplico...». Piensa en qué le dirá si le quita la mordaza. Le gustaría dar con otra cosa que no fuera una súplica, pero no se le ocurre nada, nada en absoluto, ni una pregunta, ni una petición, solo ese ruego. Las palabras no le vienen a la cabeza, su mente se ha bloqueado. Solo, confusamente, sabe que la ha raptado, atado y arrojado al suelo, y se pregunta qué va a hacer con ella.

Alex llora, no puede evitarlo. El hombre se aleja sin decir palabra. Se dirige a un rincón de la sala. Con un gesto amplio aparta una lona, pero a Alex le es imposible ver lo que hay debajo. Y continuamente esa plegaria mágica, irracional: «Haz que no me mate».

El hombre está de espaldas, inclinado, y arrastra con ambas manos un objeto pesado, tal vez una caja, que chirría sobre el suelo de cemento. Viste unos pantalones de tela gris oscuro y un jersey a rayas, holgado y deformado, que parece que tenga desde hace muchos años.

Tras moverla unos metros atrás, deja de arrastrarla, alza la vista hacia el techo como si observara algo y se detiene con las manos apoyadas en las caderas, como si se preguntara cómo proceder a continuación. Y finalmente se vuelve y la mira. Se aproxima a ella, se agacha, apoya una rodilla junto a su rostro, extiende el brazo y, con un golpe seco, corta la cinta que le ata los tobillos. Luego su manaza agarra el extremo de la cinta adhesiva que le cubre la boca y tira con brutalidad desde la comisura de los labios. Alex chilla de dolor. A él le basta una mano para ponerla en pie. Alex no pesa mucho, pero, de todas formas, no deja de estremecerla que sea capaz de hacerlo con una sola mano. Es presa de un aturdimiento que invade todo su cuerpo. Al erguirse, la sangre le sube a la cabeza y se tambalea de nuevo. Su frente llega a la altura del pecho del hombre. La agarra por un hombro, con fuerza, y la obliga a volverse. Sin tiempo de decir palabra, le corta las ataduras de las muñecas con un movimiento rápido y certero.

Alex reúne todo su valor, ni siquiera piensa, y pronuncia las palabras que le vienen a la mente:

—Se lo... su... suplico...

No reconoce su propia voz. Y además tartamudea como de niña, como de adolescente.

Se hallan frente a frente, es el momento de la verdad. Alex está tan aterrorizada ante la idea de lo que podría llegar a hacerle que súbitamente siente deseos de morir, de inmediato, sin exigir nada, de que la mate en ese preciso instante. Lo que más la horroriza es esa espera en la que su imaginación se desboca, cuando piensa en lo que podría hacerle, cierra los ojos y ve su cuerpo como si ya no le perteneciera, un cuerpo tendido en la posición exacta en la que estaba hace un momento, cubierto de heridas y sangrando abundantemente, que sufre, y es como si ya no fuera suyo. Se ve a sí misma muerta.

Se mezclan el frío y el olor a orines, la vergüenza y el miedo. «¿Qué va a pasar? Por favor, que no me mate, haz que no me mate.»

—Desnúdate —dice el hombre.

Tiene una voz grave, firme. Como su orden. Alex abre la boca, pero sin tiempo siquiera de pronunciar una sílaba recibe un bofetón tan fuerte que sale despedida hacia un costado, da un paso y pierde el equilibrio, luego otro, cae al suelo y se golpea la cabeza. El hombre avanza lentamente hacia ella y la agarra del pelo. Es terriblemente doloroso. La alza y Alex siente que le va a arrancar la cabellera del cráneo. Con ambas manos, se aferra a la de él y trata de retenerla. Sus piernas, a pesar de todo, recuperan la fuerza y Alex se pone en pie. Cuando le propina una segunda bofetada aún la mantiene agarrada por el cabello, su cuerpo solo se sobresalta y su cabeza da un cuarto de vuelta. Resuena terriblemente y ella apenas siente nada, transida de dolor.

—Desnúdate —repite el hombre—. Del todo.

Y la suelta. Alex da un paso, aturdida, trata de sostenerse, cae de rodillas, contiene un gemido de dolor. Él avanza e inclina sobre ella su cara enorme, su pesada cabeza de cráneo desmesurado, sus ojos grises...

—¿Me has entendido?

Y aguarda la respuesta. Levanta una mano abierta, y Alex se precipita y dice «sí» varias veces, «sí, sí, sí». Se pone en pie de inmediato, hará lo que sea para que no vuelva a pegarle. Enseguida, para que comprenda que está enteramente dispuesta a obedecerlo, se quita la camiseta, se arranca el sujetador y se desabotona precipitadamente los vaqueros como si su ropa ardiera de repente, quiere desnudarse cuanto antes para que no vuelva a pegarle. Alex se retuerce, se desprende con rapidez de todo cuanto lleva, todo, todo, y se queda de pie, con los brazos pegados al cuerpo. Y es en ese instante cuando comprende todo lo que acaba de perder y no recuperará nunca. Su derrota es absoluta, al desnudarse tan deprisa ha claudicado, ha dicho sí a todo. En cierto sentido, Alex acaba de morir. Recupera sensaciones muy lejanas, como si estuviera fuera de su propio cuerpo. Tal vez por ello halla la energía para preguntar:

—¿Qué... qué quiere?

Es cierto que apenas tiene labios. Incluso cuando sonríe, esa mueca es cualquier cosa menos una sonrisa. En ese instante es la expresión de un interrogante.

—¿Qué puedes ofrecerme, puta?

Ha intentado teñir sus palabras de libidinosidad, como si en verdad tratara de seducirla. Para Alex, esas palabras tienen sentido. Esas palabras tienen sentido para todas las mujeres. Traga saliva y piensa: «No va a matarme». Su cerebro se aferra a esa certeza y la abraza con fuerza para impedir que se diluya en contradicciones. Algo dentro de ella le dice que la matará de todas formas, después, pero su cerebro se aferra con más y más fuerza.

—Puede fo... follarme —dice ella.

No, no es eso, se da cuenta, no es de esa manera...

—Puede vi... violarme —añade—. Puede hacer... lo que quiera...

La sonrisa del hombre se ha helado. Da un paso atrás, se distancia para observarla de la cabeza a los pies. Alex extiende los brazos, quiere mostrarse abierta, abandonada, quiere mostrar que ha claudicado a la voluntad, que se entrega a él, que le pertenece, ganar tiempo, solo tiempo. En esas circunstancias, el tiempo es vida.

El hombre la contempla con detenimiento, su mirada la recorre con lentitud y acaba posándose en su sexo. Ella permanece inmóvil y él inclina ligeramente la cabeza, intrigado. Alex siente vergüenza de lo que es, de mostrárselo. Y si ella no le gusta, si no le basta lo poco que puede ofrecerle, ¿qué hará? El hombre ladea la cabeza en un gesto de decepción, de desengaño, no, no le gusta. Y para darlo a entender más claramente tiende la mano, agarra el pezón derecho de Alex entre el pulgar y el índice y lo retuerce tan rápidamente y con tanta fuerza que la joven se arquea de dolor y grita.

La suelta. Alex se sostiene el pecho con los ojos desorbitados, sin aliento, se balancea sobre uno y otro pie, el dolor la ha cegado. Aunque trate de contenerlas, las lágrimas brotan al preguntarle:

—¿Qué me va... a hacer?

El hombre sonríe, como si quisiera recalcarle una evidencia:

—Voy a mirar cómo revientas, puta.

Luego se aparta a un lado, como un actor.

Entonces lo ve. Detrás de él, en el suelo: un taladro eléctrico y una caja de madera, no muy grande, del tamaño de un cadáver.

4.

Camille escruta y analiza minuciosamente un plano de París. Frente a la portera, uno de los agentes uniformados destacados por la comisaría explica a los curiosos y a los vecinos que no pueden quedarse allí, solo en caso de que puedan aportar algún testimonio crucial sobre el rapto. ¡Un rapto! Es una atracción, un espectáculo. No importa la ausencia de la protagonista estelar, el decorado los atrae por sí solo. La voz ha corrido a lo largo de la velada, como en un pueblo, no pueden concebirlo. «Pero ¿quién, quién, quién, quién?», «No lo sé, te digo, una mujer, por lo que he oído», «Pero ¿la conocemos?, dime, ¿la conocemos?». El rumor se extiende, hay incluso niños que a esas horas tendrían que estar en la cama y que han bajado a la calle a curiosear, todos los vecinos del barrio están excitados ante esa situación inesperada. Alguien pregunta si vendrán los de la tele, preguntan una y otra vez lo mismo al agente de guardia, permanecen de pie ajenos al paso de los minutos, de brazos cruzados, a la espera de no se sabe qué, solo para estar presentes en caso de que finalmente suceda algo, pero no pasa nada, y poco a poco el rumor se debilita, el interés se desvanece, se está haciendo tarde. Unas horas más y la noche se hace más pesada, la atracción se convierte en molestia, se escuchan las primeras quejas desde las ventanas. «Queremos dormir, ahora queremos silencio.»

—No tienen más que llamar a la policía —espeta Camille.

Louis está más tranquilo, como de costumbre.

Sobre el plano ha marcado los ejes que convergen en el lugar del rapto. Cuatro itinerarios posibles que la mujer pudo seguir antes de ser raptada. La place Falguière o el boulevard Pasteur, la rue Vigée-Lebrun o, en sentido inverso, la rue Cotentin. También puede que tomara un autobús, el 88 o el 95. Las estaciones de metro están bastante lejos del lugar del rapto, pero también son una posibilidad. Pernety, Plaisance, Volontaires, Vaugirard...

Si siguen sin encontrar pistas, mañana habrá que ampliar el perímetro y rastrear aún más lejos en busca del menor indicio, pero para eso hay que esperar a mañana y a que esos gilipollas se levanten de la cama, como si el tiempo no apremiara.

El rapto es un crimen muy particular: la víctima no se halla a la vista, como en un asesinato, hay que imaginársela. Y eso es lo que Camille trata de hacer. De su lápiz surge la silueta de una mujer andando por la calle. Lo mira con perspectiva: demasiado elegante, algo mundana. Quizá Camille sea demasiado mayor para dibujar mujeres así. Mientras llama por teléfono, tacha y comienza a dibujar de nuevo. ¿Por qué la ve tan joven? ¿Acaso se rapta a las mujeres mayores? Por primera vez no piensa en ella como una mujer, sino como una chica. «Una chica» ha sido raptada en la rue Falguière. Sigue dibujando. En vaqueros, cabello corto, un bolso en bandolera. No. Otro dibujo en el que se la ve con una falda recta y pecho abundante. Lo tacha, exasperado. La imagina joven, pero en el fondo es incapaz de visualizarla. Y cuando lo hace, es Irène.

No ha habido otra mujer en su vida. Entre las raras ocasiones que se le presentan a un hombre de su estatura, en parte por un sentimiento de culpabilidad, un poco por desprecio de sí mismo y por el temor a lo que representaba retomar una relación normal con las mujeres, sus necesidades sexuales dependen de la confluencia de un cúmulo de condiciones, y eso no ha tenido lugar. Sí, una vez. Una chica que se había metido en problemas y a la que sacó del apuro. Cerró los ojos. En aquel momento leyó el alivio en los ojos de ella, nada más. Y luego se encontraron por casualidad cerca de su casa. Tomaron una copa en la terraza de La Marine, cenaron, siguieron el juego y subieron a tomar una última copa, y luego... Normalmente, no es algo que un policía íntegro pueda aceptar. Pero ella era muy amable, madura y parecía estar sinceramente agradecida. Al menos eso es lo que Camille se repitió luego para disculparse. Dos años sin tocar a una mujer ya era de por sí una razón, pero no le bastaba. Había cometido una mala acción. Una noche tierna y tranquila, no se creyó obligado a creer en los sentimientos. Ella se había enterado de su historia, en la Brigada todos la conocían, la esposa de Verhoeven había sido asesinada. Ella le habló de cosas sencillas, cotidianas, se desnudó a su lado y se colocó después sobre él, sin preliminares. Se miraron a los ojos y Camille los cerró solo al final, le fue imposible evitarlo. Se cruzan de vez en cuando, ella no vive lejos de él. Debe de tener unos cuarenta años. Y mide quince centímetros más que él. Anne. Es sutil, además: no durmió con él, le dijo que prefería volver a su casa. Su marcha evitó que Camille se entristeciera, fue muy considerada. Cuando se encuentran, ella actúa como si nada hubiera sucedido. La última vez que se vieron estaban rodeados de gente, incluso le estrechó la mano. ¿Por qué piensa en ella en ese momento? ¿Es el tipo de mujer que un hombre podría desear raptar?

Los pensamientos de Camille vuelven entonces hacia el secuestrador. Se puede matar de varias maneras y por múltiples razones, pero todos los raptos se parecen. Y una cosa es segura: para raptar a alguien, uno tiene que haberlo planeado. Por supuesto, puede hacerse fruto de una súbita inspiración, por un repentino arrebato de cólera, pero suele ser bastante excepcional y garantiza un fracaso rápido. En la mayoría de los casos, el autor se organiza, premedita y planea sus actos cuidadosamente. La estadística no es muy favorable, las primeras horas son cruciales y las posibilidades de sobrevivir disminuyen con rapidez. Un rehén es molesto y pronto sobreviene el deseo de desembarazarse de él.

Louis es el primero en obtener un indicio. Ha llamado a todos los conductores de autobús de servicio entre las siete de la tarde y las nueve y media de la noche. Los ha despertado uno a uno.

—El que hacía el último turno del 88 —dice a Camille tapando el auricular—. Hacia las nueve. Recuerda a una chica que ha corrido para coger el autobús y que ha cambiado de opinión.

Camille deja su lápiz y alza la cabeza.

—¿En qué parada?

—Instituto Pasteur.

Un escalofrío le recorre el espinazo.

—¿Por qué se acuerda de ella?

Louis traslada las preguntas.

—Guapa —dice Louis.

Vuelve a poner la mano sobre el auricular.

—Muy guapa.

—Ah...

—Y está seguro de la hora. Se han saludado con la mano, ella le ha sonreído, le ha dicho que era el último autobús de la noche, pero la chica ha preferido seguir a pie por la rue Falguière.

—¿Por qué acera?

—Bajando, la derecha.

La dirección correcta.

—¿Descripción?

Louis intenta obtener algunos detalles, pero la descripción no avanza demasiado.

—Vaga. Muy vaga.

Pasa con las chicas verdaderamente guapas: lo seducen a uno y no se fija en los detalles. Lo único que se recuerda son los ojos, la boca, el culo o las tres cosas a la vez, pero cómo iba vestida... Es el problema con los testigos masculinos, las mujeres son más precisas.

Camille pasa parte de la noche sumido en esos pensamientos.

Hacia las dos y media de la madrugada, todo cuanto podía hacerse se ha hecho. Ahora solo cabe esperar que se produzca alguna novedad, algo que les dé un primer hilo del que tirar, una petición de rescate que abra una nueva perspectiva. O el hallazgo de un cadáver que la cierre. Una pista cualquiera, algo a lo que aferrarse.

Lo más urgente, si es posible, es sin duda identificar a la víctima. De momento, la central es taxativa: todavía no han recibido ninguna denuncia de desaparición que pueda corresponder a esa mujer.

Nada cerca del lugar del secuestro.

Y ya han transcurrido seis horas.

5.

No es una caja maciza. Las tablas que la forman están separadas unos diez centímetros unas de otras y dejan ver perfectamente el interior. De momento, nada, está vacía.

El hombre agarra a Alex por el hombro con una fuerza inusitada y la arrastra hasta la caja. Luego se vuelve y actúa como si ella no estuviera presente. El taladro es, de hecho, un destornillador eléctrico. Destornilla una tabla de la parte superior de la caja y luego otra. Está de espaldas, inclinado. Su descomunal nuca está enrojecida y cubierta de sudor. La imagen que le viene a Alex a la mente es la de un neandertal.

Está de pie detrás de él, algo apartada, desnuda, con un brazo cubriendo sus senos y la otra mano como una concha sobre su sexo, avergonzada incluso en esa situación; si lo piensa, es un disparate. El frío la hace temblar de pies a cabeza, aguarda con pasividad absoluta. Podría intentar algo. Abalanzarse sobre él, golpearlo, correr. El inmenso almacén está desierto. Al fondo, frente a ellos, a unos quince metros, hay una abertura, como un gran boquete. Unas grandes puertas correderas debían de cerrar antaño aquella sala, pero han desaparecido. Mientras el hombre desatornilla las tablas, Alex trata de poner de nuevo en funcionamiento los mecanismos de su cerebro. ¿Huir? ¿Golpearlo? ¿Tratar de arrancarle el taladro? ¿Qué hará una vez haya desatornillado las tablas? «Voy a mirar cómo revientas», le ha dicho. ¿Qué significa? ¿Cómo pretende matarla? Toma conciencia del alarmante camino que su mente ha recorrido en solo unas horas. De «no quiero morir» ha llegado a «que lo haga deprisa». En el instante en que lo comprende, se producen dos hechos. Primero, en su cabeza, un pensamiento simple, firme, terco: «No te dejes dominar, no lo aceptes, resiste, lucha». Luego el hombre se vuelve, deja el destornillador cerca de él y tiende el brazo hacia el hombro de ella para agarrarla. Una misteriosa decisión estalla entonces en el cerebro de Alex, como una burbuja repentina, y echa a correr hacia la abertura, al otro extremo de la sala. Alex supera la posición del hombre, que no tiene tiempo de reaccionar. En unos microsegundos, salta por encima de la caja y corre, descalza, tan rápido como puede. Se acabó el frío, se acabó el miedo, su verdadero motor es la voluntad de huir, de salir de allí. El suelo de hormigón está helado, duro, resbaladizo debido a la humedad, sucio y tapizado de asperezas, pero ella, impelida por su propia carrera, no siente nada. La lluvia ha mojado el suelo, y los pies de Alex pisan y salpican en los grandes charcos de agua estancada. No vuelve la vista atrás, se repite «corre, corre, corre», no sabe si el hombre ha echado a correr tras ella. «Eres más rápida.» Es una certeza. «Él es un hombre viejo, pesado. Tú eres joven, delgada. Estás viva.» Alex llega a la abertura y aminora un instante su carrera para ver, a su izquierda, al fondo de la sala, otra abertura parecida a la que acaba de dejar atrás. Todas las salas son idénticas. ¿Dónde está la salida? La idea de abandonar ese edificio completamente desnuda, de salir así a la calle, no ha pasado por su cabeza. Su corazón late con una cadencia vertiginosa. Alex se muere de ganas de volverse, de medir la ventaja que le lleva al hombre, pero sobre todo se muere de ganas de salir de allí. Una tercera sala. Esta vez Alex se detiene, sin aliento, y está a punto de desplomarse, no, no puede creerlo. Retoma la carrera, pero las lágrimas se agolpan en sus ojos, ha llegado al final de la nave, frente a la abertura que debería dar al exterior.

Un muro.

El cemento, seguramente colocado a toda prisa para alzar el muro, se escapa entre los grandes ladrillos rojos que lo conforman. Alex palpa los ladrillos, también húmedos. Está encerrada. El frío vuelve a apoderarse brutalmente de ella, da puñetazos en los ladrillos, comienza a gritar, tal vez la oigan desde el otro lado. Chilla sin articular palabras. «Déjeme salir, se lo suplico.» Alex golpea con más fuerza, pero se fatiga y pega su cuerpo al muro, como la hiedra, como si quisiera fundirse con él. Ya no grita, no le sale la voz, solo una súplica que se queda atrapada en su garganta. Solloza en silencio y sigue pegada al muro, como un cartel. Luego siente la presencia del hombre justo detrás de ella. Se le ha acercado tranquilamente, sin apresurarse. Alex oye sus últimos pasos que se aproximan, deja de moverse y los pasos se detienen. Cree sentir su aliento, pero se trata de su propio miedo. Sin pronunciar palabra, la agarra de un mechón, con toda la mano, y le tira brutalmente del pelo. Alex sale despedida hacia atrás, cae pesadamente de espaldas y ahoga un grito. Juraría que le ha partido la columna vertebral y empieza a gemir, pero él no está dispuesto a dejarla. Le da una violenta patada en las costillas y, puesto que no se mueve lo bastante rápido, le propina una segunda, aún más dolorosa. «Guarra.» Alex grita, sabe que no se va a detener, así que reúne todas sus fuerzas para intentar acurrucarse. Mal cálculo. La golpeará hasta que obedezca, y le atiza otra patada, esta vez en los riñones, con la punta del zapato. Alex aúlla de dolor, se apoya en el codo y alza la mano en señal de rendición, en un gesto que dice claramente: «Basta, haré lo que quiera». Él permanece inmóvil, aguarda. Alex se pone en pie, tambaleándose, busca la dirección correcta, titubea, está a punto de caerse y avanza zigzagueando. No camina lo bastante deprisa y el hombre le da una patada en el culo. Alex se desploma unos metros más adelante, sobre el vientre, pero vuelve a ponerse en pie, con las rodillas ensangrentadas, y sigue caminando, más deprisa. Se ha acabado, ya no tiene que exigirle nada. Alex se rinde. Camina hacia la primera sala, atraviesa la abertura, ahora está dispuesta. Exhausta. Al llegar junto a la caja, se vuelve hacia él con los brazos colgando, ha renunciado al más mínimo pudor. El hombre se detiene. ¿Qué ha sido lo último que ha dicho, sus últimas palabras? «Voy a mirar cómo revientas, puta.»

Él mira la caja. Alex también. Es el punto de no retorno. Lo que haga, lo que acepte, será irreversible. Irremediable. No podrá volver atrás. ¿Va a violarla? ¿A matarla? ¿La matará antes o después? ¿Cuánto piensa alargar su sufrimiento? ¿Qué quiere ese verdugo que no dice palabra? En pocos minutos tendrá la respuesta a sus preguntas. Solo queda un misterio.

—Dí... Dígame... —suplica Alex.

Ha susurrado, como si se tratara de una confidencia.

—¿Por qué? ¿Por qué a mí?

El hombre frunce el ceño, como si no hablara su misma lengua y tratara de adivinar el sentido de la pregunta. Maquinalmente, Alex se lleva la mano a la espalda y sus dedos rozan la madera rugosa de la caja.

—¿Por qué a mí?

El hombre sonríe lentamente, sin labios...

—Porque es a ti a quien quiero ver reventar, puta.

El tono de la evidencia. Parece convencido de haber respondido a su pregunta con claridad.

Alex cierra los ojos. Está llorando. Querría recordar su vida, pero no le viene nada a la cabeza. Sus dedos ya no rozan la madera de la caja, ahora apoya la palma de la mano para evitar caerse.

—Venga... —dice él exasperado.

Y señala la caja. Alex ya no es la misma cuando se vuelve, no es ella quien entra en la caja, no queda nada de ella en ese cuerpo que se acurruca. Ahí está, con los pies separados para que cada uno repose sobre una tabla, abrazando sus rodillas como si esa caja fuera su último refugio y no su ataúd.

El hombre se aproxima y contempla el cuadro de esa chica desnuda en el fondo de la caja. Con ojos desorbitados, satisfecho, como un entomólogo que observara una especie insólita. Parece orgulloso.

Finalmente resopla y coge el destornillador eléctrico.

6.

La portera les ha cedido la portería, se ha acostado y ha roncado durante toda la noche. Le han dejado dinero por el café y Louis ha añadido una nota dándole las gracias.

Son las tres de la madrugada. Todos los equipos se han marchado. Seis horas después del rapto, el resultado de la investigación cabría en una caja de cerillas.

Camille y Louis están en mitad de la acera. Volverán a sus casas, se darán una ducha y volverán a reunirse inmediatamente después.

—Cógelo tú —dice a Camille.

Están frente a una parada de taxis. Camille se niega.

—No, andaré un rato.

Se separan.

Camille ha esbozado el retrato de la chica un número incalculable de veces, tal como la imagina, caminando por la acera y haciendo una señal al conductor del autobús, pero una y otra vez ha vuelto a empezar porque siempre había en ella algo de Irène. Solo de pensar en ello, Camille se siente mal. Acelera el paso. Esa chica es otra persona. Eso es lo que debe recordarse.

Y, sobre todo, una terrible diferencia las separa: puede que encuentren a la chica con vida.

La calle está muy tranquila, apenas hay coches.

Trata de aplicar la lógica. La lógica es lo que, desde el principio, lo desconcierta. No se rapta a alguien al azar, por lo general se secuestra a alguien a quien se conoce.

A veces poco, pero lo suficiente para tener al menos un móvil. Así que, a buen seguro, el secuestrador sabe dónde vive la chica. Camille se lo repite desde hace una hora. Acelera el paso. Y si no la ha raptado en su casa o frente a su edificio, es porque tal cosa no era posible. No se sabe por qué, pero no era posible; de lo contrario no lo habría hecho en mitad de la calle, con los innumerables riesgos que eso comporta. Y, sin embargo, lo hizo.

Camille acelera el paso y sus pensamientos le siguen el ritmo.

Hay dos posibilidades: el tipo la sigue o la espera. ¿Seguirla con su furgoneta? No. Ella no coge el autobús, camina por la acera, ¿y él la sigue con la furgoneta? ¿Despacio? A la espera del momento en que... Es completamente absurdo.

Así que la acecha.

La conoce. Conoce su itinerario, necesita un lugar que le permita verla aproximarse... y tomar impulso para asaltarla. Y ese escondite tiene que preceder forzosamente al lugar en que la ha raptado porque la calle es de sentido único. La ve, ella lo adelanta, él la alcanza y la rapta.

—Eso es lo que ha ocurrido.

No es extraño que Camille hable consigo mismo en voz alta. No hace tanto que enviudó, pero las costumbres de hombre solitario se adquieren enseguida. Por esa razón no le ha pedido a Louis que lo acompañe, ha perdido el hábito de trabajar en equipo, ha pasado demasiado tiempo solo, demasiado tiempo devanándose los sesos y pensando solo en sí mismo. Sería capaz de pegarse a sí mismo. No le gusta en lo que se ha convertido.

Camina unos minutos dándole vueltas a esos pensamientos. Busca. Es de ese tipo de personas capaces de empecinarse en un error hasta que los hechos le den la razón. Es un penoso defecto en los amigos, pero una apreciable cualidad en un policía. Cruza una calle, avanza, llega a la siguiente, no se le ocurre nada. Y por fin algo se ilumina en su mente.

Rue Legrandin.

Un callejón sin salida de apenas treinta metros pero lo bastante ancho para que puedan estacionarse vehículos a ambos lados. Si él fuera el secuestrador, habría aparcado allí. Camille avanza y luego se vuelve hacia la calle.

En la esquina, un edificio. En la planta baja, una farmacia.

Alza la vista.

Hay una cámara a cada lado del escaparate.

Pronto dan con la imagen de la furgoneta blanca. El señor Bertignac es un hombre cortés hasta el empalago, el tipo de comerciante que adora colaborar con la policía. A Camille, esa gente siempre lo pone nervioso. En su despacho de la trastienda, Bertignac está sentado ante una gigantesca pantalla de ordenador. No hay una fisonomía característica de los farmacéuticos, pero sí una manera de ser. Camille lo sabe, su padre era farmacéutico. Cuando se jubiló, parecía un farmacéutico jubilado. Murió hace menos de un año. Incluso de cuerpo presente, Camille no pudo evitar pensar que tenía aspecto de farmacéutico muerto.

Así que Bertignac les presta su ayuda. Para algo así, está dispuesto a levantarse de la cama y atender al comandante Verhoeven a las tres y media de la madrugada.

Y no le guarda rencor a la policía, a pesar de que hayan atracado cinco veces la farmacia Bertignac. Ante la creciente codicia que las farmacias despiertan en los traficantes de drogas, su respuesta es tecnológica. Cada vez que lo asaltan, compra una nueva cámara. Cuenta ya con cinco, dos en la calle, una enfocada a cada lado de la acera, y las otras en el interior. Las grabaciones se conservan veinticuatro horas y, transcurrido ese tiempo, se borran automáticamente. Bertignac, orgulloso de su equipo, no ha exigido una orden judicial para mostrar las cintas. Han bastado unos pocos minutos para encontrar la parte del callejón vigilada por la cámara y no han logrado ver gran cosa, solo los bajos y las ruedas de los coches estacionados junto a la acera. A las nueve y cuatro minutos llega la camioneta blanca, aparca y avanza lo suficiente para que el conductor pueda ver la rue Falguière. A Camille le hubiera gustado no solo confirmar su teoría (y eso ya le gusta, adora tener razón), sino poder ver algo más que el vehículo; sin embargo, la imagen congelada por Bertignac se reduce a los bajos de la carrocería y las ruedas delanteras. Ha averiguado más datos sobre el modus operandi y el horario del rapto, pero no sobre el secuestrador. Para su desesperación, en la grabación no sucede absolutamente nada. Nada. Lo dejan estar.

Y, sin embargo, Camille no logra decidirse a marcharse de allí, porque le fastidia tener al secuestrador tan cerca mientras esa cámara filma tontamente un detalle que no le importa a nadie... A las nueve y veintisiete minutos, la camioneta abandona el pasaje. Y en ese momento salta la liebre.

—¡Ahí!

Bertignac se las da orgullosamente de ingeniero de estudio. Rebobina. Congela la imagen. Camille se acerca a la pantalla y le pide que la aumente. Bertignac a los mandos. En el momento en que la camioneta avanza para abandonar su estacionamiento, los bajos de la carrocería muestran que el vehículo ha sido pintado a mano, y aún se aprecia la rotulación que figuraba en ambos lados. Sin embargo, es imposible identificar con claridad las letras. Apenas se distinguen y, además, están cortadas horizontalmente por la parte superior de la pantalla, en el límite del encuadre de la cámara de vigilancia. Camille pide una impresión en papel y el farmacéutico le presta complacido un dispositivo USB en el que copia la grabación. Con el máximo contraste, en el motivo impreso se puede leer algo parecido a esto:

Parece morse.

En los bajos de la carrocería de la furgoneta hay algunos arañazos y también se distinguen unos leves trazos de pintura verde.

Trabajo para la policía científica.

Camille regresa por fin a su casa.

La velada le ha causado un impacto tolerable. Sube los peldaños. Vive en el cuarto y, por una cuestión de principios, nunca coge el ascensor.

Han hecho lo que han podido. Ahora viene la peor parte. Esperar. Que alguien alerte de la desaparición de una mujer. Eso puede llevar un día, dos o más. Y durante ese tiempo... Cuando secuestraron a Irène, la hallaron muerta apenas diez horas después. Ahora, bien entrada la madrugada, ha transcurrido ya más de la mitad de ese tiempo. Si los técnicos de la policía científica hubieran dado con algún indicio válido, ya lo sabría. Camille conoce la música triste y lenta de las pistas, esa guerra de desgaste que lleva una eternidad y que destroza los nervios.

Piensa en esa noche interminable. Está agotado. Solo tendrá tiempo de darse una ducha y tomarse un café.

No conservó el apartamento que ocupaba con Irène, no quiso, se le hacía cuesta arriba sentirla por toda la casa, y permanecer allí requería un coraje inútil que era mejor invertir en otras cosas. Camille se preguntó si vivir tras la muerte de Irène era cuestión de coraje o de voluntad. ¿Cómo aguantar solo cuando alrededor todo se derrumba? Tenía que frenar su propia caída. Sentía que aquel apartamento lo hundía en la desesperación, pero carecía del valor para abandonarlo. Preguntó a su padre (aunque quizá no fuera la persona más indicada para responder con claridad a ciertas cuestiones), y luego a Louis, que le respondió con una máxima taoísta: «Si no consigues soltarte, no podrás salir del agua». Camille no estaba seguro de haberla comprendido.

—O si lo prefieres, la fábula de *El roble y el junco.*

Camille lo prefería.

Entonces vendió el apartamento y desde hace tres años vive en el Quai de Valmy.

Entra en su casa. Doudouche aparece de inmediato. Ah, sí, también está Doudouche, una gatita atigrada.

—Un viudo con gato, ¿no te suena a tópico? ¿No me ves algo exagerado, como siempre?—preguntó Camille.

—Eso depende del gato, ¿no? —respondió Louis.

Ese es el problema. Por amor, por deseo de armonía, por mimetismo, por pudor, quién sabe, Doudouche es increíblemente pequeña para su edad. Tiene una cara bonita, las patas arqueadas como un vaquero y es minúscula. Tan profundo era el misterio sobre esa cuestión que ni siquiera Louis se había formado una hipótesis.

—¿No la ves a ella también algo exagerada? —inquirió Camille.

El veterinario se sintió muy incómodo cuando Camille le llevó a su gata y le preguntó por la cuestión de la talla.

Sea cual sea la hora a la que regrese a casa, Doudouche se despierta, se levanta y va a verlo. Esa noche, esa madrugada, Camille se contenta con rascarle el espinazo. No le apetece desahogarse. Han sido demasiadas cosas en un solo día.

Primero, el rapto de una mujer.

Luego, el hecho de encontrarse con Louis en esas circunstancias le lleva a preguntarse si no sería que Le Guen...

Camille se detiene bruscamente.

—¡Será cabrón!

7.

Alex se ha metido en la caja, ha encorvado la espalda y se ha acurrucado.

El hombre ha colocado la tapa, la ha atornillado y luego se ha distanciado para contemplar su obra.

Alex está contusionada de pies a cabeza y le tiembla todo el cuerpo. Aunque le parezca aberrante, no puede negar la evidencia: dentro de esa caja se siente, en cierta medida, segura. Resguardada. En el transcurso de las últimas horas no ha dejado de imaginar qué iba a hacer con ella, qué iba a hacerle, pero aparte de la brutalidad con la que la ha raptado, aparte de las bofetadas y los golpes que le ha propinado... Bien, eso no es poco, a Alex aún le duele la cabeza a causa de los violentos bofetones, pero ahora está allí, en esa caja, de una pieza. No la ha violado. No la ha torturado. No la ha matado. «Todavía no», se dice. Alex no quiere oírlo, considera que cada segundo ganado ya está ganado, que cada segundo por llegar aún no ha llegado. Trata de respirar lo más profundamente posible. El hombre permanece inmóvil, ve sus grandes zapatos de obrero, los bajos de sus pantalones, la mira. «Voy a mirar cómo revientas...» Eso ha dicho, es casi lo único que ha dicho. ¿Eso es? ¿Quiere dejarla morir? ¿Quiere verla morir? ¿Cómo la va a matar? Alex ya no se pregunta por qué, se pregunta cómo y cuándo.

¿Por qué odia tanto a las mujeres? ¿Qué historia oculta ese hombre para actuar con tanta crueldad? ¿Por qué se ensaña con ella? No hace demasiado frío, pero debido a la fatiga, los golpes, el miedo y la noche, Alex está helada y trata de cambiar de posición. No es fácil. Está sentada con la espalda encorvada y la cabeza apoyada sobre los brazos, que rodean las rodillas. Al incorporarse un poco para tratar de darse la vuelta, profiere un grito. Se ha clavado una astilla larga en un brazo, cerca del hombro, y se ve obligada a arrancársela con los dientes. No tiene espacio. La madera de la caja es basta, áspera. ¿Cómo va a volverse, cómo va a apoyarse en las manos? ¿Rotando la pelvis? Primero trata de mover los pies. Siente que el pánico se apodera de ella. Empieza a gritar y se agita en todos los sentidos, aunque teme hacerse daño con esa madera mal desbastada, pero tiene que moverse, como una posesa, gesticula y lo único que consigue es ganar unos centímetros y enloquecer.

El cabezón del hombre aparece entonces en su campo de visión de una manera tan repentina que ella retrocede y se golpea la cabeza. Se ha inclinado para observarla y sonríe ampliamente con sus labios ausentes. Una sonrisa grave, sin alegría, ridícula si no fuera tan amenazadora. Su garganta emite una especie de balido. Sin decir palabra, menea la cabeza como si dijera: «¿Por fin lo has entendido?».

—Usted... —empieza Alex, pero aún no sabe qué quiere decirle, preguntarle.

Él menea de nuevo la cabeza, simplemente, con esa sonrisa de cretino. «Está loco», se dice Alex.

—Usted... está lo... loco...

Sin embargo, no tiene tiempo de decirle nada más. El hombre retrocede, se aleja, y cuando ya no alcanza a verlo, sus temblores se acentúan. En cuanto desaparece, Alex se alarma. ¿Qué hace? Alarga el cuello y solo oye ruidos lejanos, todo resuena en esa inmensa sala vacía. Salvo que ahora se está moviendo. La oscilación de la caja es apenas perceptible. Se oye ruido de madera al quebrarse. Con el rabillo del ojo, retorciéndose y al borde de dislocarse la cadera, descubre una cuerda sobre su cabeza. No la había visto. Está atada a la tapa de la caja. Alex se contorsiona para pasar la mano por encima de su cabeza, entre las tablas: una anilla de acero. Palpa el nudo de la cuerda, un nudo enorme, muy apretado.

La cuerda vibra y se tensa, la caja parece soltar un grito y se eleva, se alza del suelo y empieza a bascular, a girar lentamente sobre sí misma. El hombre aparece de nuevo en su campo de visión, está a siete u ocho metros de ella, cerca de la pared, y tira con gestos amplios de la cuerda, que pasa por dos poleas. La caja asciende lentamente y Alex tiene la sensación de que va a volcar. No se mueve, el hombre la mira. Cuando se halla a aproximadamente metro y medio del suelo, se detiene, sujeta la cuerda, se aleja para rebuscar algo entre un montón de cosas apiladas cerca de la abertura opuesta y luego regresa.

Están cara a cara, a la misma altura, y pueden mirarse a los ojos. El hombre saca su teléfono móvil para fotografiarla. Busca el ángulo, se desplaza, retrocede, hace una foto, dos, tres..., y luego las revisa y borra aquellas de las que no está satisfecho. Tras ello vuelve junto a la pared y la caja sube aún más arriba, hasta quedar a unos dos metros del suelo.

El hombre ata la cuerda, está visiblemente orgulloso de sí mismo.

Se pone la chaqueta y se palmea los bolsillos para comprobar que no olvida nada, como si saliera de su apartamento para ir al trabajo. Parece que Alex no exista, se limita a echar un vistazo a la caja cuando se marcha. Está satisfecho de su obra.

Se ha ido.

Silencio.

La caja se balancea pesadamente en un extremo de la cuerda. Una corriente de aire frío se arremolina y barre en olas el cuerpo helado de Alex.

Está sola. Desnuda, encerrada.
De repente, lo comprende.
No es una caja.
Es una jaula.

8.

—¡Serás cabrón!

—Siempre con palabrotas... ¡No olvides que soy tu jefe! Dime, ¿qué harías tú en mi lugar?

—Cambia tu discurso, empiezas a hacerte pesado.

A lo largo de los años, el comisario Le Guen lo ha probado todo con Camille, o casi. En lugar de recurrir sin cesar a las mismas fórmulas, no le responde. Y, de repente, eso siega la hierba bajo los pies de Camille, quien por regla general entra en el despacho de Le Guen sin llamar y se contenta con plantarse frente a él. En el mejor de los casos, el comisario se encoge de hombros con gesto fatalista; en el peor, baja la mirada, falsamente contrito. Sin mediar palabra, como una pareja de ancianos, un recordatorio de que, a sus cincuenta años, siguen solteros. Es decir, sin esposa. Camille es viudo y Le Guen liquidó su cuarto divorcio el año anterior. «Es curioso, siempre te casas con el mismo tipo de mujer», le dijo Camille la última vez. «¿Qué quieres que haga? Uno tiene sus costumbres —le respondió Le Guen—. Ya te habrás dado cuenta de que tampoco cambio nunca de testigo, ¡siempre eres tú! —y añadió, refunfuñando—: Además, puestos a cambiar de mujer, más vale conocerla de antemano», demostrando así que, cuando se trataba de resignarse, no tenía parangón.

El hecho de que ya no sea necesario decirse las cosas para entenderse es la primera razón por la cual Camille desiste de seguir discutiendo con Le Guen esa mañana. Deja de lado la pequeña manipulación del comisario, quien, evidentemente, podría haber asignado el caso a cualquier otro y fingió no contar con nadie más. Lo que realmente sorprende a Camille es que debería haberse dado cuenta de inmediato y, sin embargo, se le escapó. Es curioso y, a la vez, sospechoso. La segunda razón es que no ha dormido, está agotado y no puede malgastar energías porque tiene por delante un día muy largo antes de que Morel lo releve.

Son las siete y media de la mañana. Agentes fatigados pasan de un despacho a otro hablando entre ellos, las puertas se abren, se oyen gritos, en los pasillos hay gente que espera, azorada, y la comisaría termina una nueva noche en blanco, como tantas otras.

Entonces llega Louis. Tampoco ha dormido. Camille lo observa. Traje Brooks Brothers, corbata Louis Vuitton, zapatos Finsbury, siempre tan sobrio. Camille no puede pronunciarse aún acerca de los calcetines y, de todas formas, no entiende de eso. A pesar de la elegancia y de su afeitado apurado, Louis no tiene buen aspecto.

Se estrechan la mano como en una mañana cualquiera, como si nunca hubieran dejado de trabajar juntos. Desde su reencuentro la noche anterior no han hablado de verdad, no han mencionado los cuatro años transcurridos. No hay ningún secreto, se trata de aprensión, de sufrimiento y, además, ¿qué puede decirse ante semejante infortunio? Louis e Irène se querían mucho, y Camille piensa que Louis también se sintió responsable de su asesinato. Louis no pretendía comparar su sufrimiento con el de Camille, pero cargaba con su pena. Les había sucedido algo inconcebible. En el fondo, los hundió el mismo desastre y ambos se quedaron sin palabras. Todo el mundo se quedó consternado, pero ellos habrían tenido que hablar. No lo hicieron y siguieron pensando el uno en el otro, pero poco a poco dejaron de verse.

Las primeras conclusiones de la policía científica no son nada halagüeñas. Camille revisa rápidamente el informe y le tiende las hojas a Louis a medida que las va leyendo. Los neumáticos son de lo más corriente, debe de haber cinco millones de vehículos equipados con el mismo tipo. La furgoneta es un modelo común. Por lo que respecta a la última cena de la víctima: ensalada, carne, judías verdes, vino blanco y café.

Se instalan en el despacho de Camille, frente al gran plano de la ciudad. Suena el teléfono.

—Ah, Jean, qué oportuno.

—Sí, buenos días de nuevo —dice Le Guen.

—Necesito quince agentes.

—Absolutamente imposible.

—Mejor si son mujeres.

Camille se toma unos segundos antes de continuar.

—Voy a necesitarlos al menos un par de días. Tal vez tres, si de aquí a entonces no hemos encontrado a la chica. Y también otro coche. No, mejor dos.

—Escúchame...

—Y quiero a Armand.

—De acuerdo. Te lo envío enseguida.

—Gracias por todo, Jean —dice Camille al colgar.

Luego se vuelve hacia el plano.

—¿Con qué podremos contar? —pregunta Louis.

—Con la mitad de lo que le he pedido. Y con Armand.

Camille mantiene la mirada fija en el plano. Como mucho, alzando los brazos, podría tocar el distrito VI. Para señalar el distrito XIX, necesitaría una silla. O un puntero. Pero el puntero le haría parecer un profesor. A lo largo de los años, ha considerado diversas soluciones para ese plano. Colgarlo a menos altura, dejarlo en el suelo, cortarlo por zonas y alinearlas... No se ha decidido por ninguna de ellas porque todas las que resolvían su problema de talla planteaban el problema inverso a los demás. Al igual que en su casa y en el Instituto Médico Forense, Camille dispone de sus instrumentos. Es un experto en taburetes, escaleras, escabeles y banquetas. En su despacho ha

68

optado por una escalerilla de aluminio, estrecha y de tamaño mediano, para alcanzar las carpetas, los archivadores, el material y la documentación técnica; para el plano de París, cuenta con un taburete de biblioteca, un modelo con ruedas que se bloquean cuando se sube en él. Camille se acerca y trepa al taburete. Observa los ejes que convergen en la escena del delito. Se van a organizar equipos que peinarán todo el sector, pero es necesario delimitar el perímetro de acción. Señala un barrio, mira de repente sus pies, medita, se vuelve hacia Louis y le pregunta:

—Parezco un general de pacotilla, ¿no crees?

—Supongo que, en tu mente, «general de pacotilla» es un pleonasmo.

Bromean pero, de hecho, no se escuchan. Cada uno sigue sumido en sus pensamientos.

—A pesar de todo... —dice Louis, pensativo—. Recientemente no se ha denunciado el robo de ninguna furgoneta de ese modelo. A menos que haya invertido meses en planear el golpe, el tipo se ha arriesgado mucho raptando a la chica con su propio vehículo.

Una voz a sus espaldas.

—Puede que no tenga nada en la mollera...

Camille y Louis se vuelven. Es Armand.

—Si no tiene nada en la mollera, es imprevisible —dice Camille con una sonrisa—. Eso complicará aún más las cosas.

Se estrechan la mano. Armand ha trabajado durante más de diez años con Camille, nueve y medio a sus órdenes. Es un hombre exageradamente delgado, de aspecto triste y aquejado de una avaricia patológica que le ha gangrenado la existencia. Cada segundo de la vida de Armand está encaminado a ahorrar. La teoría de Camille es que teme a la muerte. Louis, que ha cursado casi todos los estudios que se puedan cursar, confirmó que esa teoría era perfectamente defendible desde un punto de vista psicoanalítico. Camille se sintió orgulloso de ser un buen teórico en una materia que desconoce por completo. Como agente de policía, Armand es una hormiga infatigable. Si le dan el listín telefónico de cualquier ciudad, un año después habrá comprobado todos los números abonados.

Armand siempre ha sentido una inmensa adoración por Camille. Al principio de su carrera, cuando supo que la madre de Camille era una pintora famosa, su admiración se convirtió en fervor. Colecciona los artículos de prensa sobre ella y guarda en su ordenador una reproducción de todas las obras de Maud Verhoeven que ha podido hallar en internet. Cuando supo que la minusvalía de Camille se debía al tabaquismo pertinaz de su madre, Armand se quedó conmocionado. Trató de elaborar una síntesis que conciliara la admiración por una pintora cuya obra no comprende, pero cuya fama admira, y el rencor hacia una mujer tan egoísta. Esos sentimientos tan contradictorios, sin embargo, pudieron con su lógica y son algo que aún trata de resolver. Pero su entusiasmo puede más que él, no logra evitarlo, y en cuanto la actualidad hace que aflore de nuevo el nombre o una obra de Maud Verhoeven, Armand se emociona.

«Tendría que haber sido tu madre», le dijo Camille un día mirándolo desde abajo. «¡Qué bajeza!», refunfuñó Armand con su particular sentido del humor.

Cuando Camille tuvo que dejar el trabajo, Armand lo visitó con frecuencia en la clínica. Esperaba a que alguien pasara en coche por allí cerca para evitar pagarse el transporte, y llegaba siempre con las manos vacías y con un pretexto diferente, pero allí estaba. La situación de Camille le preocupaba. Su dolor era real. Uno puede trabajar años con otras personas para acabar dándose cuenta de que no las conoce. Al producirse un accidente, una tragedia, una enfermedad o una muerte, uno se percata de hasta qué punto lo que sabía de ellas se circunscribía a las informaciones que el azar suministra. Armand es generoso, aunque pueda parecer un disparate decirlo. Por supuesto, su generosidad no puede calcularse en dinero, pero tiene, a su manera, un alma generosa. Si en la Brigada alguien dijera semejante cosa, nadie lo creería, y todos aquellos a los que ha sableado una docena de veces, es decir, todo el mundo, se partirían de la risa.

Cuando iba a verlo a la clínica, Camille le daba dinero para que fuera a buscarle el periódico, dos cafés a la máquina o una revista, y Armand se quedaba con el cambio. Y cuando acababa la visita se asomaba a la ventana y veía a Armand en el aparcamiento, preguntando a los visitantes que abandonaban la clínica hasta dar con alguno que pudiera acercarlo hasta una distancia de su casa desde donde pudiera acabar el trayecto a pie.

Sin embargo, es doloroso reunirse de nuevo cuatro años más tarde. Solo falta un integrante del equipo original, Maleval. Tras ser expulsado de la policía, pasó varios meses en prisión preventiva. Camille se pregunta qué habrá sido de él... Cree que Louis y Armand aún lo ven de vez en cuando. Él no puede.

Están los tres frente al gran plano de París, sin decir palabra. Y como esa situación acaba por parecerles una pérdida de tiempo, Camille pasa a la acción. Señala un punto en el plano.

—De acuerdo. Louis, procederemos como hemos dicho. Reúne a todos los agentes en el lugar. Vamos a rastrearlo de arriba abajo.

Se vuelve hacia Armand.

—Y tú, Armand, entre una furgoneta blanca vulgar, unos neumáticos universales, una cena corriente de la víctima o un billete de metro..., elige lo que quieras.

Armand asiente con la cabeza.

Camille coge sus llaves.

Falta solo un día para que Morel regrese.

9.

La primera vez que él regresa, el corazón de Alex da un brinco. Lo oye, pero no puede volverse para mirarlo. Sus pasos son pesados y lentos, y resuenan como una amenaza. En el transcurso de cada una de las horas precedentes, Alex ha anticipado ese retorno y se ha imaginado violada, golpeada y asesinada. Ha visto bajar la jaula, ha sentido al hombre agarrarla del hombro, sacarla, abofetearla, doblegarla, forzarla, penetrarla, hacerla gritar, matarla. Tal como ha prometido. «Voy a mirar cómo revientas, puta.» Cuando alguien le dice algo así a una mujer es que quiere matarla, ¿no es cierto?

Pero aún no ha sucedido. Aún no la ha tocado, tal vez quiere disfrutar primero de la espera. Encerrarla en una jaula significa que desea convertirla en un animal, envilecerla, domesticarla, enseñarle quién es el amo. Por eso la ha golpeado con tanta violencia. Esos pensamientos, más otros miles aún más terribles, le rondan la cabeza. Morir no es nada. Es peor aguardar la muerte.

Alex procura anotar mentalmente los momentos en que el hombre aparece, pero sus referencias se borran con rapidez. La madrugada, la mañana, la tarde y la noche constituyen un continuo en el tiempo en el que a su mente le cuesta cada vez más orientarse.

Cuando llega se detiene primero bajo la jaula, con las manos en los bolsillos, y la mira un buen rato. Luego deja su cazadora de piel en el suelo, baja la caja hasta la altura de sus ojos, saca el teléfono y le hace una foto. Después se instala unos metros más allá y deja todas sus cosas: una decena de botellas de agua, bolsas de plástico y la ropa de Alex, tirada en el suelo. Es un suplicio estar encerrada y ver aquello, casi al alcance de su mano. El hombre se sienta. No hace nada más, se limita a mirarla. Parece que espera algo, pero no dice qué.

Y luego ella no sabe qué hace que, bruscamente, se decida a irse de nuevo. En el último momento se pone en pie, se palmea los muslos como si se infundiera ánimos, vuelve a subir la jaula y, tras mirarla una vez más, se marcha.

No habla. Alex le ha hecho preguntas, no muchas porque no quiere encolerizarlo, pero solo ha respondido una vez. El resto del tiempo no dice nada, parece incluso que no piensa en nada, solo la mira. Además, ya se lo ha dicho: «Voy a mirar cómo revientas».

La postura de Alex es a todas luces insoportable.

Le es imposible ponerse en pie, pues la jaula no es lo suficientemente alta. Tampoco es lo bastante larga para que pueda tumbarse ni lo suficientemente ancha para que pueda sentarse. Pasa las horas acurrucada, hecha un ovillo. Los dolores son ya inaguantables. Los músculos se le paralizan, las articulaciones parecen soldarse, su organismo está entumecido y bloqueado, además del frío que siente. Su cuerpo se ha agarrotado, y dado que no puede moverse, la circulación sanguínea se ha ralentizado y hace aún más dolorosa la tensión a la que está condenada. Ha recordado imágenes que se remontan a cuando estudiaba enfermería, descripciones de los músculos atrofiados, de las articulaciones heladas, esclerosadas, y por momentos le parece asistir al deterioro de su organismo como si fuera una radióloga que observa un cuerpo ajeno, y comprende que su mente se está dividiendo en dos, en la mujer que vive encerrada en una jaula y en otra que está libre, que vive en otro lugar, el inicio de la locura que la acecha y que será el resultado mecánico de esa postura infernal e inhumana.

Ha llorado hasta quedarse sin lágrimas. Duerme, aunque nunca por mucho tiempo porque la crispación muscular la despierta sin cesar. Esa noche ha sufrido los primeros calambres realmente dolorosos y se ha despertado aullando, presa de un envaramiento intolerable en la pierna. Ha golpeado con el pie contra las tablas para tratar de aliviarlo, tan fuerte como ha podido, como si quisiera destrozar la jaula. El espasmo ha remitido lentamente, pero sabe que no ha sido gracias a su esfuerzo y que los calambres, igual que han desaparecido, volverán a aparecer. Lo único que ha conseguido es que la jaula oscilara, y cuando lo hace, pasa mucho tiempo antes de que se estabilice de nuevo. Al cabo de un rato se siente mareada. Alex ha vivido horas interminables con el temor de que los calambres regresaran. Vigila cada parte de su cuerpo, pero cuantas más vueltas le da, más crece su sufrimiento.

Durante los raros momentos en que logra dormir, sueña que está en la cárcel, enterrada viva o ahogada, y si no le dan calambres, siente frío o angustia, la despiertan las pesadillas. Ahora, como solo se ha movido unos centímetros durante lo que cree decenas de horas, se sobresalta y sus miembros golpean violentamente contra las tablas, como si sus músculos imitaran el movimiento con espasmos reflejos contra los que nada puede hacer. Y grita.

Daría cualquier cosa por poder tumbarse, por tenderse aunque fuera solo una hora.

En una de sus primeras visitas, él ha hecho subir hasta la jaula una cesta de mimbre que se ha balanceado un buen rato antes de equilibrarse. Aunque no estaba muy lejos, Alex ha tenido que hacer acopio de voluntad y rasguñarse la mano al pasarla entre las tablas para lograr atrapar parte del contenido, una botella de agua y croquetas para animales. Para gato o para perro. Alex no ha tratado de averiguarlo y se las ha comido de inmediato. Y casi ha vaciado la botella, de un trago. Solo más tarde se ha preguntado si el hombre le habría echado algo dentro. Ha empezado a tiritar de nuevo, pero le es imposible saber qué la hace temblar, si el frío, el agotamiento, la sed o el miedo... Las croquetas le han provocado más sed y no la han saciado. Las toca lo menos posible, solo cuando el hambre la devora. Y luego, hay que orinar y todo lo demás... Al principio sentía vergüenza, pero no le quedaba más remedio que hacerlo. Cae a plomo debajo de la jaula, como las defecaciones de un pájaro enorme. Pero enseguida ha dejado a un lado la vergüenza, no es nada comparada con el dolor, nada comparada con la angustia de vivir así día tras día, sin moverse, sin saber cuánto tiempo la tendrá encerrada, sin saber si realmente tiene intención de dejarla morir allí, así, en aquella caja.

¿Cuánto tiempo resistirá hasta que llegue la muerte?

Las primeras veces, cuando él aparecía, Alex le suplicaba, le pedía perdón sin saber por qué, e incluso una vez las palabras se escaparon de su boca y le pidió que la matara. No había dormido desde hacía muchas horas, la sed la atormentaba, su estómago había regurgitado las croquetas a pesar de haberlas masticado con tesón, olía a orines y a vómito, la rigidez de su posición la enloquecía, y en aquel instante la muerte le pareció preferible a cualquier cosa. Se arrepintió de inmediato porque en realidad no quiere morir, ahora no, no es así como imaginaba el final de su vida. Aún le quedan muchas cosas por hacer. Pero diga lo que diga, o cualquiera que sea su pregunta, el hombre no responde jamás.

Salvo una vez.

Alex lloraba. Se fatigaba, sentía que su mente comenzaba a divagar, que su cerebro se convertía en un átomo del que ya no era dueña, sin ataduras, sin puntos de referencia. Él había hecho descender la jaula para fotografiarla, y Alex preguntó por enésima vez:

—¿Por qué a mí?

El hombre alzó la vista, como si nunca se hubiera planteado esa cuestión. Se inclinó hacia ella. A través de las tablas, sus rostros se hallaron a escasos centímetros uno del otro.

—Porque... porque eres tú.

Sus palabras impresionaron a Alex. Como si todo se hubiera detenido de repente, como si Dios hubiera apagado un interruptor, ya no sentía nada, ni calambres, ni dolores de estómago, ni los huesos helados hasta el tuétano, toda su atención concentrada en su siguiente respuesta.

—¿Quién es usted?

Simplemente le sonrió. Tal vez no tenía costumbre de hablar mucho y esas pocas palabras lo habían dejado agotado. Subió la jaula rápidamente, cogió su cazadora y se marchó sin mirarla siquiera; parecía furioso. Sin duda había hablado más de la cuenta.

En esa ocasión no tocó las croquetas que él había añadido a las que quedaban, simplemente cogió la botella de agua y la racionó. Quería reflexionar acerca de lo que le había dicho, pero cuando se sufre de esa manera, ¿cómo se puede pensar en otra cosa?

Pasa horas con el brazo alzado, asiendo y acariciando el enorme nudo de la cuerda que sostiene su jaula. Un nudo del tamaño de un puño, increíblemente apretado.

Durante la noche siguiente, Alex entra en una especie de coma. Su mente no se concentra en nada, tiene la sensación de que su masa muscular se ha fundido, que es ya solo huesos, que está reducida a una rigidez absoluta, una inmensa contractura de los pies a la cabeza. Hasta ese momento ha logrado mantener una disciplina de minúsculos ejercicios que repetía más o menos cada hora. Mover primero los dedos de los pies, luego los tobillos, girarlos en un sentido, tres veces, luego en el otro, también tres veces, luego las pantorrillas, juntarlas, separarlas, volver a juntarlas, una y otra, extender la pierna derecha, encogerla, empezar de nuevo, tres veces...

Ahora, sin embargo, ya no sabe si ha soñado esos ejercicios o si verdaderamente los ha hecho. La despiertan sus agudos gemidos, hasta el extremo de pensar que pertenecían a otra persona, a una voz ajena a ella. Estertores que brotan de su vientre, sonidos que hasta ese momento desconocía.

Y aunque esté completamente despierta, no consigue evitar que esos gemidos surjan de su cuerpo, al ritmo de su respiración.

Alex está segura de ello. Ha comenzado a morir.

10.

Cuatro días. Hace cuatro días que la investigación está encallada. Los análisis son en vano y los testimonios inservibles. Unos dicen que la furgoneta era blanca y otros que era azul. Algunos han creído que una de sus vecinas había desaparecido, pero la localizan en el trabajo. Otra mujer a la que investigaban regresa de casa de su hermana; el marido no sabía que tenía una hermana, y ello causa un embrollo tremendo...

El juez al que han asignado el caso, un tipo joven que enseguida se pone manos a la obra, pertenece a esa generación amante del ritmo trepidante. La prensa, por su parte, apenas ha informado del caso. El suceso se mencionó de pasada y de inmediato quedó sepultado por el alud cotidiano de noticias. El balance se reduce a que aún no han localizado al secuestrador y tampoco saben quién es la víctima. Todas las desapariciones denunciadas han sido comprobadas, y ninguna tiene relación con la de la rue Falguière. Louis ha ampliado la búsqueda a todo el territorio y ha investigado a fondo las desapariciones de los días, las semanas y los meses precedentes, en vano. Ninguna de ellas coincide con el perfil de una mujer joven y aparentemente bastante atractiva cuyo trayecto plausible discurre por la rue Falguière, en el distrito XV de París.

—¿Es que nadie conoce a esa chica? ¿Nadie se ha preocupado al no verla desde hace cuatro días?

Son casi las diez de la noche.

Están sentados en un banco y contemplan el canal, formando una curiosa estampa. Camille ha dejado al nuevo agente en prácticas en el despacho y ha salido a cenar con Louis y Armand. En lo que respecta a restaurantes, no tiene ni imaginación ni memoria para recordar las direcciones de los buenos locales, así que ese tema siempre se convierte para él en un calvario. Preguntarle a Armand sería una bobada, pues no ha pisado un restaurante desde la última vez que lo invitaron, y el establecimiento debe de haber cerrado ya hace mucho. En cuanto a Louis, sus posibles recomendaciones no están al alcance del bolsillo de Camille, pues acostumbra a cenar en los exclusivos restaurantes Taillevent o Ledoyen. Así que Camille se decide por La Marine, en el Quai de Valmy, casi al pie de su edificio.

Tendrían muchas cosas que contarse. Cuando formaban equipo y acababan tarde, solían cenar juntos antes de regresar a casa. La regla era que siempre pagaba Camille. Según él, dejar que Louis pagara la cuenta habría sido de mal gusto de cara a los otros dos, pues les habría recordado que, a pesar de su salario de funcionario, el dinero no era un problema para él. En cuanto a Armand, a nadie se le habría pasado por la cabeza, ya que proponerle que salieran a cenar implicaba que pagara quien se lo había propuesto. Maleval, por su parte, siempre tenía problemas de dinero y es bien sabido cómo acabó.

Esa noche, Camille está contento de pagar. No lo dice, pero se siente feliz de contar con sus dos hombres. Es algo inesperado. Tres días antes, ni siquiera lo hubiera imaginado.

—No lo entiendo... —dice.

La cena queda ya lejos, han cruzado la calle y caminan junto al canal contemplando las barcazas amarradas.

—¿Nadie de su trabajo? ¿Sin marido, sin novio, sin un ligue o una amiga, nadie? ¿Sin familia? Y a la vez, en una ciudad como esta y en los tiempos que corren, que nadie denuncie su desaparición...

La conversación de hoy recuerda a las que mantenían antaño, puntuada con largos silencios. Cada uno de ellos tiene el suyo: pensativo, reflexivo o concentrado.

—¿Tú llamabas a tu padre cada día? —pregunta Armand.

No, por supuesto, ni siquiera cada tres días. Su padre habría podido morir de repente y pasar una semana antes de que... Tenía una amiga a la que veía a menudo, y fue ella quien encontró el cadáver. Camille la conoció solo dos días antes del entierro. Su padre la había mencionado distraídamente, como si se tratara de una relación superficial. Y fueron necesarios tres viajes en coche para trasladar a casa de ella todo lo que había dejado en casa de él. Una mujer menuda, fresca como una rosa, con unas leves arrugas. Olía a lavanda. Para Camille, que esa mujer hubiera ocupado el lugar de su madre en la cama de su padre era algo inimaginable. No tenían nada que ver una con la otra, pertenecían a mundos distintos. Aquello llevaba a Camille a preguntarse qué relación había existido entre sus padres, si es que tal relación había existido alguna vez. Maud, la artista, se había casado con un farmacéutico, a saber por qué. Se había hecho esa pregunta miles de veces. Su nueva compañera, en cambio, tenía algo más natural. Por más vueltas que le demos, qué hacían juntos nuestros padres suele seguir siendo un misterio inescrutable y para siempre. Después de aquello, unas semanas más tarde, Camille descubrió que aquella mujer menuda y fresca como una rosa había dilapidado en unos meses buena parte de los ahorros del farmacéutico. Camille se rio. Fue una lástima perderla de vista, debía de ser todo un personaje.

—Mi padre estaba en una residencia —prosigue Armand—, no es lo mismo. Pero tratándose de alguien que vive solo, qué quieres que te diga. Si muere, es necesario un verdadero golpe de suerte para darse cuenta de inmediato.

Esa idea deja perplejo a Camille. Recuerda algo a ese respecto y lo cuenta. Un tipo que se llamaba Georges. Por un cúmulo de circunstancias, nadie se sorprendió de no tener noticias suyas durante más de cinco años. Desapareció administrativamente sin que nadie se hiciera preguntas, y cortaron el agua y la electricidad de su casa. La portera creía que estaba en el hospital desde 1996, de donde había regresado sin que nadie se diera cuenta. Hallaron su cuerpo en 2001.

—Lo leí en...

El título no le viene a la cabeza.

—Edgar Morin, algo así como *El pensamiento*... no sé qué más.

—*Para una política de civilización* —añade Louis sobriamente.

Se aparta el flequillo con la mano izquierda en señal de disculpa.

Camille sonríe.

—Es agradable que hayamos vuelto a encontrarnos, ¿verdad?

—Me recuerda el caso de Alice —suelta Armand.

Evidentemente. Alice Hedges, una chica de Arkansas a la que hallaron muerta en una draga a orillas del canal de Ourcq y cuya identidad no se descubrió hasta tres años después. Al fin y al cabo, desaparecer sin dejar rastro no es tan raro como pueda parecer. Sin embargo, da que pensar. Cuando uno se halla frente a las verdes aguas del canal Saint-Martin y sabe que al cabo de unos días el caso se dará por cerrado, no puede evitar pensar que la desaparición de esa chica desconocida quizá no haya inquietado a nadie. Su vida no es más que una onda en la superficie del agua.

Nadie ha abordado la cuestión de que Camille siga con el caso que se negaba a aceptar. Anteayer, Le Guen lo llamó para confirmarle el retorno de Morel.

—No me jodas con tu Morel —le respondió Camille.

Entonces Camille comprendió que, desde el principio, sabía que aceptar provisionalmente un caso como aquel significaba trabajar en él hasta el final. No sabe si debe o no estar agradecido a Le Guen por haberlo implicado en esa historia. A los ojos de la jerarquía, ya ha dejado de ser prioritaria. Un secuestrador anónimo ha raptado a una mujer desconocida, y exceptuando la declaración de un testigo, interrogado una y otra vez, nada «prueba» ese secuestro. Sí son hechos probados el vómito en el charco de la acera, el chirrido de los neumáticos de la furgoneta que oyeron varias personas y el testimonio de un vecino que estacionaba su coche y que recuerda la camioneta mal aparcada en mitad de la acera. Pero todo eso no es nada sin el hallazgo de un cadáver de carne y hueso, y por ese motivo Camille ha debido afrontar no pocas dificultades para poder seguir contando con la colaboración de Louis y Armand. Sin embargo, en el fondo, Le Guen, como todos los demás, está contento al ver que la brigada Verhoeven ha vuelto a formarse. No va a durar mucho, uno o dos días a lo sumo, así que de momento hace la vista gorda. Para Le Guen, aunque ya no sea un caso, sí es una inversión.

Después de cenar, los tres hombres han dado un paseo y luego se han sentado en un banco desde el que observan el deambular de los paseantes junto al muelle, sobre todo parejas y gente que pasea a sus perros. Diríase que se hallan en una ciudad de provincias.

«Formamos un equipo curioso —se dice Camille—. A un lado, un hombre riquísimo; al otro, un avaro incurable. ¿No tendré un problema con el dinero?». Es curioso que piense en eso. Hace unos días recibió los documentos con la información acerca de la próxima venta en subasta de las obras de su madre y no ha llegado a abrir el sobre.

—En ese caso —dice Armand—, es que no deseas venderlas. En mi opinión, es mejor así.

—Evidentemente, en tu opinión, habría que guardarlo todo.

Sobre todo las obras de Maud. Armand aún no ha podido digerir esa cuestión.

—No, todo no —dice—. Pero los cuadros de la propia madre, al menos...

—¡Parece que hables de las joyas de la Corona!

—Bueno, a fin de cuentas, es como si fueran las joyas de la familia, ¿no?

Louis no se pronuncia. En cuanto la conversación se adentra en el terreno personal...

Camille vuelve al asunto del rapto.

—¿Qué has averiguado acerca de los propietarios de furgonetas? —le pregunta a Armand.

—Seguimos en ello...

Por el momento, la única pista sigue siendo la foto del vehículo. Conocen el modelo de la furgoneta gracias a la imagen captada por la cámara de seguridad de la farmacia Bertignac. Hay varias decenas de miles en circulación. El equipo científico ha analizado la inscripción que se intuía bajo la pintura y les ha proporcionado una primera lista de nombres, de «Abadjian» a «Zerdoun». Trescientos treinta y cuatro posibles nombres. Armand y Louis los repasan uno a uno. En cuanto dan con el nombre de alguien que ha tenido o alquilado una furgoneta de ese tipo, lo comprueban, investigan a quién fue revendida, si puede haber una relación con el hombre al que buscan y envían a alguien para que examine el vehículo.

—Si hubiera ocurrido fuera de la capital, nos habría sido más fácil encontrarlo.

Además, esas furgonetas no dejan de venderse y revenderse, y hallar a sus actuales propietarios y conseguir hablar con ellos se convierte en una tarea muy laboriosa.

Cuantos menos localizan, más difícil es y más se entusiasma Armand. Aunque «entusiasmarse» quizá no sea el término que más le convenga. Camille ha estado observándolo trabajar esa mañana, vestido con un chándal viejo y tomando notas en una hoja de papel reciclado con un bolígrafo promocional que lleva el logotipo de la lavandería Saint-André.

—Esto nos va a llevar semanas... —concluye Camille.

Pero no es cierto.

Su teléfono vibra.

Es el agente en prácticas, nervioso. Farfulla y olvida incluso cómo dirigirse a Camille.

—¿Jefe? El secuestrador se llama Trarieux, acaban de localizarlo. El comisario desea que se presente usted de inmediato.

11.

Alex apenas come, se ha debilitado terriblemente, y sobre todo, lo más importante, su mente se ha deteriorado. Esa jaula estruja el cuerpo y envía el cerebro a la estratosfera. Una hora en esa posición, y se echa uno a llorar. Un día, y piensa que va a morir. Dos, y delira. Tres, y enloquece. Y ahora ya no sabe exactamente cuánto tiempo lleva encerrada y suspendida. Varios días. Muchos días.

Ella ya no se da cuenta, pero su vientre emite permanentemente quejas de dolor. Gime. Se le han agotado las lágrimas y se golpea la cabeza contra las tablas, a la derecha, una vez, y otra, y otra más, da cabezazos hasta tener la frente ensangrentada, se golpea la cabeza una y otra vez y su gemido se convierte en un grito. La locura resuena en su mente, quiere morir lo antes posible porque vivir se ha vuelto insoportable.

Solo deja de gemir en presencia del hombre. Cuando está con ella, Alex habla y pregunta aun sabiendo que él nunca le habla y que no le va a responder, porque en cuanto se marcha se siente terriblemente sola. Ahora comprende lo que sienten los rehenes. Tan tremendo es el miedo que tiene a quedarse sola, a morir sola, que le suplicaría que se quedara. Es su verdugo, pero a la vez tiene la sensación de que mientras él esté presente ella seguirá con vida.

Y en realidad es justamente lo contrario.

Se lastima.

Voluntariamente.

Trata de matarse porque nadie acudirá en su ayuda. Ya no puede controlar ese cuerpo roto y paralizado: se

orina encima, se ve sacudida por espasmos, rígida de la cabeza a los pies. Y, desesperada, restriega su pierna contra la
arista de la tabla rugosa. Al principio le produce una que-
madura, pero Alex continúa, continúa y continúa porque
odia ese cuerpo en el que sufre, quiere matarlo, y frota la
pierna contra la tabla con todas sus fuerzas y la quemadu-
ra se convierte en herida. Sus ojos miran fijamente un
punto imaginario. Se le ha clavado una astilla en la pantorrilla. Alex restriega una y otra vez, espera que la herida
sangre. Eso es lo que quiere y espera: desangrarse, morir.

Ha sido abandonada. Ya nadie vendrá a socorrerla.

¿Cuánto tiempo se tarda en morir? ¿Y cuánto tiempo
pasará hasta que hallen su cadáver? ¿Lo hará desaparecer,
lo enterrará? ¿Dónde? Tiene pesadillas en las que ve su
cuerpo inerte en una bolsa, desmadejado, de noche, en un
bosque, hay unas manos que lo arrojan a una zanja, un
ruido siniestro y desesperante. Se ve muerta. Ya está casi
muerta.

Hace una eternidad, cuando aún podía saber qué
día era, Alex pensó en su hermano. Pero de nada le sirve
pensar en él. La desprecia y ella lo sabe. Siempre tendrá
siete años más que ella, toda la vida. Siempre sabrá más
que ella y puede permitirse cualquier cosa. Siempre ha
sido más fuerte que ella, desde el primer día. La alecciona.
La última vez que se vieron, ella sacó un tubo de comprimidos para dormir, y él se lo arrancó de la mano y le preguntó:

—¿Qué es esa tontería?

Siempre pretendiendo ser su padre, su director es-
piritual, su superior, creyendo tener autoridad sobre su
vida. Desde siempre.

—¿Me oyes? ¿Qué es esa tontería?

Tenía los ojos desorbitados. Es colérico, fiero, se
irrita con facilidad. Ese día, Alex extendió el brazo para
calmarlo y le mesó lentamente los cabellos, con tan mala

fortuna que su anillo se enganchó en un mechón y retiró la mano demasiado deprisa. Entonces él dio un grito y la abofeteó sin pensárselo dos veces, ante todo el mundo.

Para él, la desaparición de Alex... será un alivio. Pasarán al menos dos o tres semanas antes de que empiece a preguntarse dónde está.

Alex pensó también en su madre. No suelen hablar con frecuencia, pueden estar un mes sin telefonearse. Y nunca es su madre quien llama.

En cuanto a su padre... Es en esos momentos cuando le gustaría tener un padre. Imaginar que va a venir en tu ayuda, que te va a rescatar, creerlo, esperarlo, debe de arrullarte y también desesperarte. Alex ignora qué es tener un padre y no suele pensar en ello.

Esos pensamientos le rondaban la cabeza al inicio de su encarcelamiento. Hoy ya no sería capaz de articular dos o tres ideas cabales seguidas, pues su mente se ha trastornado y se limita a registrar el sufrimiento que el cuerpo le inflige.

Antes, Alex pensó también en su trabajo. Cuando el hombre la raptó, acababa de terminar una sustitución. Deseaba dar por acabado lo que tenía entre manos, en su casa, en fin, en su vida. Guarda algo de dinero ahorrado, puede mantenerse sin agobios dos o tres meses y tiene pocos gastos, así que no había solicitado un nuevo destino. Nadie la va a echar en falta. A veces, cuando trabaja, la llaman algunas compañeras, pero en este momento no tiene a nadie.

Ni marido, ni novio, ni siquiera un ligue. No tiene a nadie.

Tal vez alguien se preocupe por ella meses después de que haya muerto en esa jaula, agotada y loca.

Si su mente siguiera funcionando, Alex ya ni siquiera sabría qué preguntarse: ¿cuántos días de vida le quedaban? ¿Cuánto sufriría al morir? ¿Cómo se pudre un cadáver tras la muerte?

«Por el momento aguarda mi muerte, eso es lo que ha dicho: "Mirar cómo revientas".» Y eso es lo que está sucediendo.

Y ese «por qué» lacerante ha explotado de repente como una pompa de jabón y ha hecho que sus ojos se abrieran. Daba vueltas a esa idea sin saberlo, sin querer, y la idea ha germinado en lo más hondo, como una mala hierba. A pesar del desorden que reina en su mente, el disparador se ha activado. No sabe cómo. Como una descarga eléctrica.

No importa, ahora lo sabe.

Es el padre de Pascal Trarieux.

Esos dos hombres no se parecen, son tan distintos que se diría que ni siquiera se conocen. Sí, tal vez la nariz. Tendría que haber caído antes en la cuenta. Es él, no hay duda, y es una muy mala noticia para Alex porque está convencida de que decía la verdad: la ha enjaulado para dejarla morir.

Quiere verla muerta.

Hasta ese momento, se había negado a creerlo. Esa certeza se imprime en su mente como en los primeros instantes, intacta, y bloquea todas las puertas y funde sus últimos y minúsculos vestigios de esperanza.

—Ah, ya está...

Presa del miedo, ni siquiera lo ha oído llegar. Retuerce el cuello para verlo, pero antes de conseguirlo la caja oscila ligeramente y empieza a girar. Entonces el hombre entra en su campo de visión. Está junto a la pared, haciendo bajar la jaula. Cuando la tiene a la altura apropiada, ata la cuerda y se acerca. Alex frunce el ceño porque no actúa como de costumbre. No la mira, parece que lo haga a través de su cuerpo y camina muy lentamente, como si temiera pisar una mina. Ahora que lo ve más de cerca, repara en esa expresión obstinada que le procura cierta semejanza con su hijo.

Se detiene a dos metros de la jaula y saca el teléfono móvil. Alex empieza a oír entonces una serie de correteos sobre su cabeza y trata inútilmente de volverse. Lo ha probado mil veces y es imposible.

Se siente absolutamente desvalida.

El hombre sostiene el teléfono con el brazo extendido y sonríe, una mueca que no presagia nada bueno. Oye de nuevo los correteos sobre su cabeza y luego el chasquido del obturador de la cámara. Él asiente a no se sabe qué, vuelve al rincón de la sala y hace subir la jaula.

En ese momento, Alex mira hacia la cesta llena de croquetas, justo a su lado. Se balancea de una manera extraña, a sacudidas, casi parece que esté viva.

De súbito, Alex lo comprende. No se trata de croquetas para gato o para perro, como había creído.

Lo comprende al ver la cabeza de la enorme rata que asoma de la cesta. En su campo de visión, sobre la tapa de la jaula, otras dos siluetas oscuras pasan rápidamente, acompañadas por aquel sonido de correteo. Las dos siluetas se detienen y meten la cabeza entre las tablas, por encima de Alex. Dos ratas, más grandes que la anterior, de ojos negros y brillantes.

Es incapaz de contenerse y chilla hasta desgañitarse.

Esa es la razón de que le deje las croquetas. No son para alimentarla. Son para atraerlas.

No será el hombre quien la mate.

Serán las ratas.

12.

Un antiguo hospital de día amurallado en la Porte de Clichy. Un inmenso y vetusto edificio del siglo XIX en desuso, que se sustituyó por un centro hospitalario universitario construido en el extremo opuesto del suburbio.

Está vacío desde hace dos años y parece una fábrica abandonada. La empresa que está al frente del proyecto inmobiliario mantiene el terreno vigilado para que no se instalen okupas, vagabundos o inmigrantes ilegales. Ni intrusos, ni indeseables. El vigilante dispone de un pequeño alojamiento en la planta baja y cobra por cuidar de la finca a la espera del inicio de las obras, previsto para dentro de cuatro meses.

Jean-Pierre Trarieux, cincuenta y cinco años, antiguo empleado del servicio de limpieza del hospital. Divorciado. Sin antecedentes penales.

Ha sido Armand quien ha descubierto la furgoneta a partir de uno de los nombres proporcionados por la policía científica. Lagrange, un operario especializado en instalación de ventanas de PVC, vendió todo su material tras jubilarse hace dos años. Trarieux le compró la camioneta y se contentó con cubrir manualmente, con un aerosol, el logotipo comercial de Lagrange. Armand ha enviado un correo electrónico con la foto de los bajos de la carrocería a la comisaría del barrio, y desde allí han hecho que un agente se aprestara a comprobarlo. Al acabar su servicio, el cabo Simonet ha pasado por el antiguo hospital porque le venía de camino y, por primera vez en su vida, se ha arrepentido de haberse negado siempre a comprar un teléfono móvil. En lugar de regresar a su casa, se ha apresurado a volver a la comisaría y ha afirmado que no cabía la menor duda, que los restos de pintura verde del vehículo de Trarieux, estacionado frente al antiguo hospital, eran idénticos a los de la foto. A pesar de ello, Camille ha querido cerciorarse. Uno no se lanza a la batalla de El Álamo sin tomar ciertas precauciones, así que ha enviado a un agente para que escalara sin ser visto el muro perimetral. De noche está demasiado oscuro para tomar fotografías, pero han podido confirmar que la furgoneta se había marchado. Según todos los indicios, Trarieux tampoco está en casa: en las ventanas no hay ninguna luz encendida ni rastro de su presencia.

Aguardan su llegada para atraparlo, el dispositivo está preparado, todo a punto.

Los agentes están en sus puestos, montando guardia.

Al menos hasta que aparecen el juez y el comisario.

La reunión se celebra en uno de los coches camuflados estacionados a varios cientos de metros de la entrada principal.

El juez es un tipo envarado de unos treinta años que lleva el apellido de un antiguo secretario de Estado de Giscard d'Estaing, o quizá de Mitterrand: Vidard, sin duda su abuelo. Delgado, impecable, viste un traje de rayas finas, mocasines y gemelos de oro en los puños de la camisa, detalles que dicen mucho acerca de él. Parece que hubiera nacido vestido con traje y corbata. Por mucho que uno se concentre, es imposible imaginárselo desnudo. Luce una espesa cabellera peinada con raya al lado, como los empresarios que sueñan con dar el salto a la política, que le confiere un aire de seductor. Cuando sea mayor, tendrá aspecto de galán.

Irène, cuando veía a ese tipo de hombres, se echaba a reír ocultándose la boca con una mano y le decía a Camille: «¡Dios mío, qué guapo! ¿Por qué no tendré yo un marido tan guapo?».

Y parece tolerablemente gilipollas. «Por sus orígenes», piensa Camille. Tiene prisa, quiere pasar a la acción. Tal vez en su árbol genealógico también haya un general de infantería, porque desea lanzar un ataque contra Trarieux lo antes posible.

—No podemos hacer eso, es una estupidez.

Camille podría haber sido más comedido, pero ese capullo se dispone a poner en juego nada más y nada menos que la vida de una mujer secuestrada desde hace cinco días. Le Guen, en su estilo, tercia:

—Señoría, verá, el comandante Verhoeven a veces es... algo brusco. Simplemente pretende indicar que sin duda es más prudente esperar el regreso del tal Trarieux.

Al juez no le molesta en absoluto el carácter brusco de Camille Verhoeven. Quiere demostrar que no teme a la adversidad, que es un hombre decidido. Mejor aún, un estratega.

—Propongo que asaltemos el lugar, liberemos a la rehén y esperemos al secuestrador en el interior.

Y ante el silencio que puntúa su brillante propuesta, añade:

—Lo sorprenderemos.

El juez Vidard interpreta orgullosamente la estupefacción de los agentes como admiración. Camille es el más rápido en reaccionar.

—¿Cómo sabe que la rehén está ahí dentro?

—¿Puede usted asegurarme que no se han equivocado de hombre?

—Estamos seguros de que su vehículo estaba al acecho a la hora y en el lugar donde esa mujer fue raptada.

—Entonces, es él.

Silencio. Le Guen busca una salida para suavizar el conflicto, pero el juez se le adelanta.

—Comprendo su postura, señores, pero verán, las cosas han cambiado...

—Soy todo oídos —dice Camille.

—Discúlpenme por decírselo de este modo, pero ya no vivimos en la cultura del culpable. Hoy vivimos en la cultura de la víctima.

Mira uno a uno a los policías y concluye, magnífico:

—La tarea de dar caza a los culpables es muy loable, constituye sin duda un deber. Pero, ante todo, nuestro interés se centra en las víctimas. Ellas son la razón de que estemos aquí.

Camille abre la boca, pero, sin darle tiempo a intervenir, el juez abre la puerta del coche, sale y se vuelve hacia ellos. Lleva el teléfono móvil en la mano, se inclina y mira a Le Guen a los ojos por la ventanilla abierta.

—Voy a llamar al RAID. Inmediatamente.

—¡Ese tío es tonto del culo! —le dice Camille a Le Guen.

El juez aún no se ha alejado lo bastante del coche, pero finge no haberlo oído. Lo lleva en la sangre.

Le Guen alza la vista al cielo y descuelga su teléfono. Necesitan refuerzos para cubrir el perímetro en caso de que Trarieux llegue justo en el momento del asalto del grupo de fuerzas especiales al que está llamando el juez.

Apenas una hora más tarde, todo el mundo está dispuesto.

Es la una y media de la madrugada.

Han hecho traer urgentemente juegos de llaves para abrir todas las salidas. Camille no conoce a Norbert, comisario de las fuerzas especiales de intervención. Con semejante apellido, nadie ha sabido nunca su nombre de pila; lleva el cráneo afeitado, sus andares son felinos, y Camille tiene la sensación de haberlo visto ya un centenar de veces.

Tras estudiar los planos y las fotos tomadas por satélite, los agentes del RAID se apostan en cuatro puntos estratégicos: un grupo en el tejado, dos en la entrada principal y dos junto a las ventanas. A los efectivos de la Brigada Criminal se les ha ordenado rodear el perímetro. Camille ha situado tres unidades de vehículos camuflados en cada uno de los accesos. Un cuarto equipo monta guardia discretamente a la salida de la cloaca, la única salida de socorro, en caso de que el tipo tratara de huir por allí.

Camille duda de la conveniencia de la operación.

Norbert es prudente. Entre un comisario, un colega y un juez, se atrinchera en su especialidad. Tras la pregunta del juez («¿Puede ocupar el lugar y liberar a la mujer retenida?»), ha examinado detenidamente los planos, ha dado una vuelta al edificio y ha tardado menos de ocho minutos en responder que era factible. La oportunidad y la pertinencia son una cuestión sobre la cual elude pronunciarse. Se nota en su silencio. Camille lo admira.

El hecho de mantenerse a la espera del regreso de Trarieux cuando se sabe que en el interior se halla una mujer retenida en unas condiciones que no se atreven ni siquiera a imaginar es muy angustioso; pero, en su opinión, sería lo más aconsejable.

Norbert da un paso atrás y el juez uno al frente.

—¿Qué cuesta esperar? —pregunta Camille.

—Tiempo —dice el juez.

—¿Y qué cuesta ser prudente?

—Una vida, quizá.

Ni siquiera Le Guen osa interponerse. De repente, Camille está solo. No hay vuelta atrás.

El asalto del RAID está previsto para dentro de diez minutos, los equipos corren a sus puestos y ultiman los detalles.

Camille se lleva aparte al agente que ha escalado el muro.

—Explícame cómo es por dentro...

El agente no sabe qué responder.

—Quiero decir —Camille se irrita—, ¿qué has visto dentro?

—Bah, nada, trastos de obras públicas, un contenedor, un barracón de obras y maquinaria de demolición, creo. Vamos, maquinaria...

La mención de la maquinaria da que pensar a Camille.

Norbert y sus equipos están en sus puestos y dan la señal. Le Guen los seguirá. Camille ha decidido permanecer en el perímetro de la entrada.

Anota con precisión la hora a la que Norbert da inicio a la operación: la una y cincuenta y siete minutos. Sobre el edificio dormido se encienden luces intermitentes y se oye ruido de galope.

Camille rumia. Maquinaria, trastos de obras públicas...

—Aquí hay movimiento —le dice a Louis.

Louis frunce el ceño en busca de una aclaración.

—Obreros, técnicos, no sé, quizá guarden aquí maquinaria en previsión del inicio de los trabajos, quizá se reúnan para planificar la obra. Ergo...

—... la chica no está ahí dentro.

Camille no tiene tiempo de responder porque en ese preciso instante la camioneta blanca de Trarieux aparece por la esquina.

A partir de ese momento, los acontecimientos se precipitan. Camille sube raudo al coche conducido por Louis y llama a las cuatro unidades que rodean el perímetro. Se lanzan a la persecución. Camille manipula la radio de a bordo, informa acerca del trayecto de la furgoneta que huye hacia los suburbios. No es rápida y echa gran cantidad de humo, es un modelo viejo, jadeante, y por deprisa que pretenda ir, Trarieux no podrá superar los setenta kilómetros por hora. Sin contar con que su habilidad al volante deja mucho que desear. Titubea, pierde segundos preciosos dibujando trayectorias absurdas que dan margen a Camille para estrechar el cerco. Por su lado, Louis consigue pegarse a la furgoneta. Con los faros y las sirenas encendidos, los coches de la policía consiguen rodear el vehículo, que trata de huir; al poco, ya es solo cuestión de segundos. Camille sigue indicando la posición, Louis se aproxima a la parte trasera de la furgoneta con los faros encendidos para asustar al conductor y hacer que pierda el control. Dos vehículos más llegan al mismo tiempo, uno por la derecha y el otro por la izquierda, el cuarto ha cruzado la vía de circunvalación por un camino paralelo y se acerca en sentido contrario. La suerte está echada.

Le Guen llama a Camille, que responde asiéndose con fuerza al cinturón de seguridad.

—¿Lo tienes? —pregunta.

—¡Casi! —grita Camille—. ¿Y tú?

—¡Que no se te escape porque la chica no está aquí!

—¡Ya lo sé!

—¿Qué?

—¡Nada!

—¡El edificio está vacío! ¿Me oyes? —grita Le Guen—. ¡No hay nadie!

Como Camille enseguida descubre, este caso será fecundo en imágenes. La primera, la imagen inaugural, es la del puente que cruza la vía de circunvalación donde la furgoneta de Trarieux se detiene aparatosamente, atravesada en mitad de la calzada. Detrás de esta, dos vehículos de la policía, y delante, un tercero que le corta el paso. Los agentes bajan de los coches y apuntan a cubierto tras las puertas abiertas. Camille también sale del vehículo, ha desenfundado su arma y se dispone a gritar las órdenes cuando ve que Trarieux sale de la camioneta y corre pesadamente hacia el parapeto del puente, donde, por extraño que parezca, se sienta frente a ellos como si los invitara a acercarse.

Todo el mundo comprende de inmediato sus intenciones al verlo sentado sobre el parapeto de hormigón, de espaldas al cinturón periférico, con las piernas colgando, frente a los policías que avanzan lentamente hacia él, apuntándolo con sus armas. Esa primera imagen permanecerá. El hombre mira a los agentes que se aproximan.

Extiende los brazos, como si se dispusiera a hacer una declaración histórica.

Luego levanta las piernas.

Y se inclina hacia atrás.

Antes de llegar al parapeto, los policías oyen el impacto de su cuerpo contra el asfalto, el ruido del camión que lo atropella, los frenazos, las bocinas y la colisión de los vehículos que no consiguen esquivarse.

Camille contempla la escena. A sus pies, coches detenidos, faros encendidos, luces de emergencia. Se vuelve, atraviesa el puente corriendo y se asoma por encima del otro parapeto: las ruedas del tráiler han pasado por encima del hombre y solo dejan ver la mitad de su cuerpo, su cabeza prácticamente aplastada y la sangre que se extiende lentamente sobre el asfalto.

La segunda imagen se le aparece a Camille unos veinte minutos más tarde. La vía de circunvalación está acordonada y la zona se ha convertido en una feria de faros, luces, sirenas, megáfonos, ambulancias, bomberos, policías, conductores y curiosos. En el coche, Louis anota las informaciones reunidas acerca de Trarieux que Armand le dicta por teléfono. A su lado, Camille se ha puesto unos guantes de látex y sostiene el teléfono móvil que han recogido del cadáver y que milagrosamente ha escapado de las ruedas del tráiler.

Fotos. Seis. En ellas se ve una caja de madera con las tablas muy separadas y suspendida sobre el suelo.

Y dentro, encerrada, una mujer joven, de unos treinta años, con el cabello liso, grasiento y sucio, completamente desnuda, acurrucada en ese espacio a todas luces demasiado pequeño para ella. En todas las imágenes, mira al fotógrafo. Tiene unas profundas ojeras y una mirada alucinada. Sus rasgos, sin embargo, son delicados, con una hermosa mirada oscura; aunque su estado físico sea lamentable, puede verse que en condiciones normales debe de ser bastante guapa. De momento, sin embargo, todas las fotos afirman lo mismo, guapa o no, esa chica está al borde de la muerte.

—Es una tortura —dice Louis.

—Gracias, Louis, eres muy observador —replica con sorna Camille.

—Me refiero a la jaula, es un antiguo instrumento de tortura.

Camille frunce el ceño y Louis continúa:

—Una caja en la que no se puede estar ni sentado ni de pie.

Louis calla. No le gusta alardear de sus conocimientos, sabe que con Camille... Pero esta vez le hace un gesto indicándole que prosiga.

—Es un suplicio ideado bajo el reinado de Luis XI para el obispo de Verdún, creo recordar. Lo tuvieron enjaulado durante diez años. Es un tipo de tortura pasiva muy eficaz. Las articulaciones se sueldan y los músculos se atrofian... Y la víctima enloquece.

En las fotografías, las manos de la chica están aferradas a una de las tablas. Esas imágenes revuelven el estómago. En la última, solo se ve la parte superior de su rostro y tres ratas enormes sobre la tapa de la jaula.

—Mierda...

Camille le lanza el teléfono a Louis, como si temiera quemarse.

—Localiza la fecha y la hora.

A Camille, esas cosas no se le dan bien. A Louis le lleva solo cuatro segundos.

—La última foto es de hace tres horas.

—¿Y las llamadas? ¡Las llamadas!

Louis teclea a toda velocidad. Quizá puedan triangular el teléfono y situar el lugar desde donde ha llamado.

—La última llamada es de hace diez días...

Ni una sola llamada desde que secuestró a la chica.

Silencio.

Nadie sabe quién es esa chica ni dónde se encuentra.

Y el único que lo sabía acaba de morir aplastado bajo las ruedas de un camión.

En el teléfono de Trarieux, Camille selecciona dos fotos de la joven, una de las cuales es aquella en la que se ven las tres ratas enormes.

Redacta un SMS para el juez, con copia a Le Guen: «Ahora que el "culpable" ha muerto, ¿qué hacemos para salvar a la víctima?».

13.

Cuando Alex ha abierto los ojos, la rata estaba frente a ella, a escasos centímetros de su cara, tan cerca que la veía tres o cuatro veces más grande de su tamaño real.

Ha gritado y la rata ha retrocedido bruscamente hasta la cesta, y luego ha trepado a toda velocidad por la cuerda. Se ha detenido a cierta distancia, como si dudara acerca de qué hacer a continuación, olfateando en derredor al acecho del peligro. Y analizando el interés que merece la situación. Alex le ha chillado insultos. La rata, insensible a sus esfuerzos, permanecía en la cuerda, boca abajo, mirándola con esos ojos brillantes, ese hocico rosado, ese pelo reluciente, esos bigotes largos y blancos, y esa cola interminable. Alex estaba aterrada y era incapaz de recuperar el aliento. Se ha desgañitado gritando hasta agotarse y se han quedado mirándose fijamente.

Está a unos cuarenta centímetros de ella, inmóvil. Luego, con prudencia, se acerca a la cesta y empieza a comerse las croquetas dirigiéndole frecuentes miradas a Alex. De vez en cuando, presa de un súbito temor, la rata retrocede con un movimiento rápido, como si quisiera resguardarse; pero pronto regresa, parece comprender que nada debe temer de ella. Tiene hambre. Es una rata adulta y debe de medir cerca de treinta centímetros. Alex está acurrucada al fondo de la jaula, lo más lejos posible del bicho. Mira a la rata con una intensidad ridícula, puesto que se supone que debe mantenerla a distancia. La rata ha comido, pero no ha vuelto a subir por la cuerda. Avanza hacia ella. Esta vez, Alex no grita. Cierra los ojos y llora con los párpados apretados. Cuando vuelve a abrirlos, la rata se ha ido.

El padre de Pascal Trarieux. ¿Cómo ha conseguido encontrarla? Si su cerebro no se hubiera vuelto tan lento, tal vez podría responder a esa pregunta, pero sus pensamientos no son más que imágenes fijas, congeladas, sin movimiento. Además, a esas alturas, ¿qué importancia tiene? Negociar, eso es lo que hay que hacer. Tiene que inventar una historia, algo creíble para que la deje salir de la jaula, y luego ya se las apañará. Alex empieza a recopilar algunos datos, pero no tiene tiempo de ir más allá en su reflexión. Acaba de aparecer una segunda rata.

Más gorda.

La cabecilla de la colonia, tal vez. De pelaje más oscuro.

Y no ha llegado por la cuerda que sostiene la cesta, sino por la que sujeta la jaula, hasta detenerse sobre la cabeza de Alex, y, contrariamente a su compañera, esta no ha dado muestras de retroceder cuando ha gritado y le ha lanzado juramentos. La rata ha seguido descendiendo hacia la jaula con pequeños movimientos vivos, intermitentes, ha apoyado las patas delanteras sobre una tabla de la tapa, y Alex ha distinguido su fuerte olor. Es una rata gorda, de pelaje reluciente, con bigotes muy largos, ojos muy negros y una cola interminable que por un instante se ha colado entre las tablas y ha rozado el hombro de Alex.

Grita. La rata se ha vuelto hacia ella, sin precipitarse, y luego ha seguido su camino por la tabla en varias idas y venidas. De vez en cuando se detiene y la mira fijamente, y luego prosigue su marcha. Diríase que está calculando su siguiente paso. Alex, inquieta, la sigue con la mirada, sin aliento y con el corazón desbocado.

«Es mi olor —piensa—. Huelo a mierda, a orines y a vómito. Ha olido la carroña».

La rata está erguida sobre sus patas traseras, olisqueando en derredor.

Alex sigue la cuerda con la mirada.

Un nuevo grupo de ratas se prepara para iniciar el descenso.

14.

Parece que el terreno del antiguo hospital haya sido ocupado por un equipo de cine. El RAID se ha marchado, los servicios técnicos han tendido decenas de metros de cable y unos proyectores instalados sobre trípodes inundan de luz el patio. Es de noche y no hay un solo centímetro de sombra. Se han dispuesto unos caminos señalizados con cinta de plástico roja y blanca por los que se puede pasar sin alterar la escena. Los técnicos toman muestras.

Se trata de averiguar si Trarieux retuvo allí a la chica cuando la secuestró.

A Armand le gusta que haya tanta gente. Una multitud, para él, es en primer lugar una reserva de cigarrillos. Zigzaguea con seguridad entre aquellos a los que ya ha gorroneado demasiado a menudo y, antes de que tengan tiempo de prevenir a los recién llegados, ha logrado acaparar existencias para cuatro días.

Plantado en mitad del patio, apura un cigarrillo hasta quemarse los dedos y observa perplejo el revuelo a su alrededor.

—¿Qué pasa? —pregunta Camille—. ¿El juez no ha querido quedarse?

Armand está tentado de pararle los pies; sin embargo, adopta una actitud filosófica: conoce bien las virtudes de la paciencia.

—Tampoco lo he visto en la vía de circunvalación, ¿qué me dices de eso? —prosigue Camille—. Es una lástima, porque no todos los días se puede ver a un culpable detenido por un tráiler. Y a estas horas...

Camille consulta ostensiblemente su reloj. Armand, imperturbable, se mira los zapatos.

—Y a estas horas, a las tres de la madrugada, el juez debe de estar durmiendo, hay que comprenderlo. A tenor de su nivel de imbecilidad, su día a día debe de ser muy duro.

Armand tira su colilla infinitesimal y suspira.

—¿Qué? ¿Qué he dicho? —pregunta Camille.

—Nada —suelta Armand—, no has dicho nada. ¿Nos ponemos a trabajar de una puta vez?

Lleva razón. Camille y Louis se abren paso hasta el alojamiento donde vivía Trarieux, también ocupado por los agentes de la científica. Como el lugar no es muy amplio, tratan de no estorbarse.

Verhoeven echa un primer vistazo a su alrededor. Es un apartamento modesto con habitaciones limpias, la vajilla ordenada, las herramientas alineadas como en el escaparate de una tienda de bricolaje y unas reservas de cerveza impresionantes, suficientes para remojar toda la superficie de Nicaragua. Aparte de eso, ni un solo papel, ni un libro, ni un cuaderno, el apartamento de un analfabeto.

Lo único que llama la atención es una habitación de adolescente.

—El hijo, Pascal... —dice Louis consultando sus notas.

Al contrario que el resto del apartamento, esa habitación no se ha limpiado desde hace años y huele a cerrado, a sábanas húmedas y enmohecidas. Encuentran una consola de juegos Xbox 360 y un joystick cubiertos de polvo. Hay también un ordenador bien equipado y con pantalla grande que han limpiado con el revés de la manga, según parece. Un técnico trabaja para hacer un primer inventario del disco duro antes de que se lo lleven para someterlo a un análisis completo.

—Juegos, juegos y más juegos —dice el técnico—. Una conexión a internet...

Camille permanece a la escucha mientras observa el contenido de un armario que los expertos están fotografiando.

—Y páginas porno —completa el informático—. Juegos y porno. Igual que mi hijo.

—Treinta y seis años.

Se vuelven hacia Louis.

—Es la edad del hijo —aclara Louis.

—Evidentemente —dice el técnico—, eso cambia las cosas...

En el armario, Camille observa con atención el arsenal de Trarieux. El vigilante de las futuras obras parece que se tomaba su trabajo muy en serio: bate de béisbol, vergajos, puños americanos... Sus rondas debían de ser muy intimidatorias, es sorprendente que no tuviera también un pitbull.

—Aquí, el pitbull era Trarieux —dice Camille a Louis, pensando en voz alta.

Luego se dirige al técnico:

—¿Y qué más?

—Correos electrónicos. Unos cuantos, pero no muchos. Vista su ortografía...

—¿Como la de tu hijo? —pregunta Camille.

El comentario ha ofendido al técnico. Si no es él quien lo dice, no le parece gracioso.

Camille se acerca a la pantalla. Efectivamente. Por lo que puede verse, mensajes anodinos en un lenguaje apenas comprensible.

Camille se pone los guantes de látex que le tiende Louis y coge una fotografía del cajón de la cómoda, tomada sin duda unos meses antes. Se ve al chico en las obras que vigila su padre, y a través de la ventana se reconocen el patio y la maquinaria. Feo, bastante alto y delgado, de rostro poco agraciado y nariz larga. Recuerda las fotos de la chica en la jaula. Castigada pero guapa. No harían precisamente buena pareja, esos dos.

—Parece una escoba —suelta Camille.

15.

Le ha venido a la cabeza una frase que ha oído en algún sitio. Cuando se ve una rata, es que hay diez. Y ya ha visto siete. Se han peleado por la posesión de la cuerda, pero sobre todo por las croquetas. Curiosamente, las más gordas no son las más voraces. Más bien parecen ser las estrategas. Dos, en particular. Impasibles ante los juramentos y los gritos de Alex, permanecen un buen rato sobre la tapa de la jaula. La horroriza ver que adoptan una posición vertical sobre sus patas traseras y olisquean en derredor. Son desmesuradas, monstruosas. A medida que pasa el tiempo, algunas se muestran más osadas, como si hubieran comprendido que Alex no representa un peligro. Se envalentonan. Al anochecer, una de ellas, de tamaño mediano, ha intentado pasar por encima de una de sus congéneres y ha caído dentro de la jaula, sobre la espalda de Alex. Ese contacto repulsivo la ha hecho gritar y entre la colonia de ratas ha habido unos instantes de vacilación, pero esa perturbación no ha durado demasiado. Unos minutos más tarde habían regresado, cerrando filas. Hay una, Alex cree que joven, muy osada y ávida, que se acerca mucho a ella para olfatearla; por más que Alex retroceda, la rata no deja de avanzar. Solo se bate en retirada si grita con todas sus fuerzas, hasta escupirle encima.

Hace tiempo que no ve a Trarieux, un día por lo menos, o dos, o tal vez más. Ahora desfila ante ella un nuevo día, y daría cualquier cosa por saber qué hora es, qué día... Le parece extraño que no aparezca, que falte a su cita. Teme quedarse sin agua y la raciona; afortunadamente, ayer apenas bebió y le queda casi media botella, pero contaba con él para aprovisionarse. Las ratas están menos excitadas cuando tienen croquetas, y cuando se les acaban se ponen nerviosas y se impacientan.

Paradójicamente, Alex siente pánico ante la idea de que Trarieux la abandone. Que la deje en la jaula para que muera de hambre y sed ante los ojos ansiosos de las ratas, que no tardarán en aventurarse aún más. Las más gordas la observan ya con una inquietante mirada que revela sus intenciones.

Desde que apareció la primera, nunca han pasado más de veinte minutos sin que una u otra se pasee sobre la jaula y trepe por la cuerda para comprobar que ya no quedan croquetas.

Algunas se balancean en la cesta y la miran fijamente.

16.

Las siete de la mañana.

El comisario ha hecho un aparte con Camille.

—Esta vez ándate con pies de plomo, ¿de acuerdo?

Camille no le promete nada.

—Esto promete... —concluye Le Guen.

Dicho y hecho. Cuando llega el juez Vidard, Camille no puede evitar abrir la puerta y mostrarle las fotografías de la joven colgadas en la pared.

—Puesto que le gustan tanto las víctimas, señoría, va a estar encantado. Tenemos una que lo va a dejar fascinado.

Las ampliaciones de las fotografías colgadas de la pared son de un voyeurismo sádico y revuelven el estómago. En una se ve la mirada casi delirante de la chica, que queda limitada a la línea horizontal que forma el hueco entre dos tablas; en otra, su cuerpo hecho un ovillo, aplastado, desmadejado, con la cabeza recostada y aprisionada contra la tapa de la jaula; más allá, un primer plano de sus manos con las uñas ensangrentadas, seguramente de rascar la madera. Luego de nuevo las manos y una botella de agua que parece demasiado grande para que pueda pasarla entre las tablas. Es fácil imaginar a la cautiva bebiendo del hueco de su mano con la avidez de un náufrago, con el cuerpo sucio y confinada en una jaula de la que no puede salir ni siquiera para hacer sus necesidades. Está contusionada, se ve que la han abofeteado, golpeado y sin duda violado. Saber que está viva convierte el conjunto en una escena aún más escalofriante. Nadie se atreve siquiera a imaginar lo que le espera.

Sin embargo, ante tal espectáculo y a pesar de la provocación de Camille, el juez Vidard permanece impasible y observa una a una las fotografías.

Todos los presentes permanecen en silencio: Armand, Louis y los seis investigadores a los que Le Guen ha convocado. Contar con tantos efectivos no ha resultado nada fácil.

El juez pasea por delante de las fotografías con expresión grave. Parece un secretario de Estado inaugurando una exposición. «Es un gilipollas con ideas de hijo de puta», piensa Camille, pero se vuelve hacia él con valentía.

—Comandante Verhoeven —le dice—, desaprueba usted mi decisión de entrar en el domicilio de Trarieux y yo desapruebo la manera en que está llevando este caso desde el principio.

Cuando Camille abre la boca, el juez lo interrumpe alzando la palma de la mano.

—Le propongo que resolvamos nuestras diferencias más tarde. Me parece que lo más urgente, independientemente de lo que usted crea, es dar lo antes posible con... esta víctima.

Hijo de puta pero innegablemente hábil. Le Guen deja pasar dos o tres segundos de silencio y luego tose. El juez, sin embargo, se vuelve hacia el equipo y retoma la palabra.

—Me permitirá también, señor comisario, que felicite a sus hombres por haber dado tan rápidamente con Trarieux a pesar de contar con muy pocos datos. Ha sido un trabajo excelente.

Ahí, evidentemente, exagera.

—¿Está en campaña electoral? —pregunta Camille—. ¿O es que lo lleva en la sangre?

Le Guen vuelve a toser. Un nuevo silencio. Louis frunce los labios con deleite, Armand sonríe mirándose los zapatos y los demás se preguntan dónde se han metido.

—Comandante —responde el juez—, conozco su hoja de servicio. Conozco también su historia personal, tan íntimamente ligada a su oficio.

Esta vez, a Louis y a Armand se les hiela la sonrisa. Las mentes de Camille y de Le Guen se ponen en alerta máxima. El juez ha dado un paso adelante sin acercarse demasiado a Camille para no dar la impresión de querer intimidarlo.

—Si tiene la sensación de que este caso..., cómo se lo diría..., le afecta demasiado, seré el primero en comprenderlo.

La advertencia es clara y la amenaza apenas velada.

—Estoy seguro de que el comisario Le Guen podrá asignar este caso a alguien menos implicado. Pero, pero, pero, pero... —abre las manos y las extiende en el aire como si quisiera cazar una nube—, pero... lo dejo en sus manos, comandante. Tiene mi absoluta confianza.

Para Camille, es definitivo: ese tipo es un hijo de la gran puta.

Mil veces en su vida Camille ha comprendido lo que pueden llegar a sentir los criminales ocasionales, esos que han matado sin intención de hacerlo, cegados por la ira, ha detenido a docenas de ellos. Hombres que han estrangulado a su esposa, mujeres que han apuñalado a su marido, hijos que han empujado a su padre por la ventana, amigos que han disparado a sus amigos, vecinos que han asesinado al hijo de otro vecino, y rastrea en sus recuerdos en busca de algún caso en el que un comandante de la policía haya sacado su arma reglamentaria para pegarle un tiro a un juez y saltarle la tapa de los sesos. En lugar de eso, calla y se limita a asentir con la cabeza. Le cuesta denodados esfuerzos mantenerse en silencio tras la mezquina referencia del magistrado al caso de Irène, pero es justamente por eso por lo que se obliga a permanecer callado, porque una mujer ha sido raptada y él ha jurado encontrarla con vida. El juez lo sabe, lo comprende y se aprovecha de su mutismo.

—De acuerdo —dice con pronunciada satisfacción—, ahora que los egos han dejado paso al sentido del deber, creo que pueden volver al trabajo.

Camille acabará por matarlo. Está seguro. Le llevará el tiempo que sea necesario, pero lo hará. Con sus propias manos.

El juez se vuelve hacia Le Guen y prepara una salida brillante.

—Por supuesto, señor comisario —dice con voz estudiada—, manténgame informado al detalle.

—Hay dos tareas urgentes —explica Camille a su equipo—. La primera, hacer un retrato de ese Trarieux, alcanzar a comprender su vida. Ahí podríamos encontrar el rastro de esa chica y tal vez su identidad. Ese es el primer problema: todavía no sabemos nada acerca de ella, ni quién es ni, lo más importante, por qué la raptó. Eso nos lleva a la segunda tarea: el único hilo del que podemos tirar son los contactos que figuran en el teléfono de Trarieux y en el ordenador de su hijo, que sabemos que utilizó. A priori son cosas antiguas, de hace varias semanas si confiamos en los historiales, pero es todo cuanto tenemos.

Apenas nada. Por el momento, las únicas certezas que tienen son alarmantes. Nadie puede decir qué tenía intención de hacer Trarieux con la chica para haberla encerrado en esa jaula colgante, pero, una vez muerto, no cabe la menor duda de que a ella no le queda mucho tiempo de vida. Nadie pone nombre a la naturaleza del peligro, se llama deshidratación, se llama inanición, y saben que es una muerte dolorosa, interminable. Sin contar con las ratas. Marsan es el primero en intervenir. Es el técnico que servirá de intermediario entre la brigada de Verhoeven y los equipos técnicos que intervienen en el caso.

—Incluso si la encontramos con vida —dice—, la deshidratación puede haber provocado secuelas neurológicas irreversibles. Quizá esté en estado vegetativo.

No se anda con rodeos. «Tiene razón —piensa Camille—. Yo no me atrevo a decirlo porque tengo miedo, y con miedo no encontraré a la chica». Resopla.

—¿Y la furgoneta? —pregunta.

—Anoche la examinaron a fondo —responde Marsan consultando sus notas—. Se han encontrado cabellos y rastros de sangre, así que tenemos el ADN de la víctima, pero seguimos sin conocer su identidad porque no está fichada.

—¿Y el retrato robot?

Trarieux llevaba, en un bolsillo interior, una foto de su hijo tomada en una feria. Está acompañado por una chica a la que abraza por el cuello, pero la foto está manchada de sangre y, además, se ve a mucha distancia. Es una muchacha rolliza y no están seguros de que se trate de la misma persona. Las fotos guardadas en el móvil son más prometedoras.

—Deberíamos poder obtener una imagen clara —dice Marsan—. Es un teléfono de gama baja, pero hay buenos encuadres del rostro, desde diversos ángulos, prácticamente todo cuanto necesitamos. Tendrá los resultados esta tarde.

El análisis del lugar en que se halla la víctima es importante, pero las fotografías muestran primeros planos o planos muy cerrados, y se aprecian muy pocos detalles del local donde está encerrada la joven. Los técnicos las han escaneado, medido, analizado, proyectado, investigado...

—Seguimos sin identificar de qué tipo de edificio se trata —comenta Marsan—. En función de la hora a la que fueron tomadas las fotografías y de la calidad de la luz, estamos seguros de que está orientado al noreste, algo muy habitual. Las fotos no ofrecen perspectiva ni profundidad, así que es imposible evaluar las dimensiones de la sala. La luz cae desde arriba, así que calculamos que el techo debe de estar a unos cuatro metros, tal vez más. El suelo es de hormigón, y sin duda hay escapes de agua. Todas las fotos están tomadas con luz natural, y existe la posibilidad de que no haya electricidad. Por lo que respecta al material utilizado por el secuestrador y basándonos en lo poco que puede verse, no hay nada notable. La jaula es de madera corriente sin desbastar y está atornillada, el aro de acero inoxidable que la sostiene es estándar, así como la cuerda, de cáñamo clásico, nada singular. Las ratas, a priori, no son animales de cría. Así que deducimos que se trata de un edificio vacío, abandonado.

—La fecha y la hora confirman que Trarieux la visitaba al menos dos veces al día —dice Camille—. Por lo tanto, el perímetro de búsqueda se limita a los alrededores de París.

A su alrededor, los demás hombres asienten con la cabeza y aprueban, y Camille se da cuenta de que todos sabían ya lo que acaba de decir. En ese instante se imagina en su casa con Doudouche. Ya no le apetece encargarse del caso, tendría que haber cedido el relevo al regreso de Morel. Cierra los ojos. Recobra el dominio de sí mismo.

Louis propone que Armand se ocupe de redactar una somera descripción del lugar sobre la base de los elementos de que disponen y que se distribuya en todo Île-de-France insistiendo en el carácter urgente. Camille está de acuerdo, por supuesto. No se hacen ilusiones. La información es tan sucinta que podría aplicarse a tres de cada cinco edificios, y según ha averiguado Armand en las prefecturas, en la región parisina hay sesenta y cuatro lugares calificados como «terrenos industriales abandonados», sin contar con varios cientos de edificios y de locales diversos vacíos.

—¿Informamos a la prensa? —pregunta Camille mirando a Le Guen.

—¿Bromeas?

Louis ha tomado el pasillo hacia la salida, pero regresa, preocupado, sobre sus pasos.

—A pesar de todo... —le dice a Camille—, la idea de construir un antiguo instrumento de tortura no encaja con lo que sabemos de Trarieux, ¿no te parece? ¿No requiere demasiados conocimientos para alguien como él?

—No, Louis, eres tú quien tiene demasiados conocimientos para Trarieux. Ese hombre no ha construido un antiguo instrumento de tortura. Eso es una referencia tuya, una impagable referencia histórica que demuestra que eres un hombre cultivado. Él ha construido simplemente una jaula. Y es demasiado pequeña.

Le Guen, retrepado en su sillón de director, cierra los ojos mientras escucha a Camille y parece que duerma. Es su manera de concentrarse.

—Jean-Pierre Trarieux —dice Camille—, nacido el 11 de octubre de 1953, tiene cincuenta y tres años. De formación profesional ajustador, empezó a trabajar en la empresa aeronáutica Sud Aviation en 1970 y fue despedido por causas económicas en 1997. Dos años de paro y encuentra trabajo en el servicio de mantenimiento del hospital René-Pontibiau, lo despiden y vuelve al paro. En 2002 obtiene el puesto de vigilante de la zona industrial abandonada. Deja su apartamento y se instala a vivir allí.

—¿Violento?

—Brutal. Su historial está plagado de peleas y toda clase de enfrentamientos, uno de esos tipos que enseguida pasan a las manos. Al menos eso es lo que debe de pensar su exesposa, Roseline. Se casó con ella en 1970. Tuvieron un hijo, Pascal, nacido ese mismo año. En este punto la cosa se pone interesante, volveré sobre ello.

—No —lo interrumpe Le Guen—, explícamelo ahora.

—El hijo desapareció en julio del año pasado.

—Cuenta.

—Todavía no tengo todos los datos pero, grosso modo, el tal Pascal fracasó en casi todo: escuela, instituto, formación profesional, prácticas, trabajo... En cuestión de fracasos, hizo el pleno. Trabajó de peón, de mozo de carga, ese tipo de empleos. Inestable. En 2000, el padre consigue que lo contraten en el hospital donde trabaja. Solidaridad obrera, se hacen compañeros y los despiden al año siguiente. Cuando el padre obtiene el puesto de vigilante en 2002, el hijo se instala con él. Otra precisión, el tal Pascal ¡tiene treinta y seis años! Vimos su habitación en el apartamento del padre. Consola de videojuegos, pósteres de fútbol y páginas porno en internet. Con la excepción de las decenas de latas de cerveza vacías debajo de la cama, parecía la habitación de un adolescente. Si se tratara de una novela, el autor lo habría descrito seguramente como un «eterno adolescente». En julio de 2006, el padre denuncia la desaparición de su hijo.

—¿Se investigó?

—A medias. El padre se inquieta. La policía, a la vista de las circunstancias, echa balones fuera. El hijo ha huido con una chica llevándose su ropa, sus cosas y el saldo de la cuenta bancaria de su padre, seiscientos veintitrés euros, ya ves el cuadro... Como se trata de la huida voluntaria de una persona mayor de edad, remiten al padre a la prefectura. Rastrean la región sin dar con él. En marzo, amplían la búsqueda al ámbito nacional. Nada. Trarieux pone el grito en el cielo, quiere que le den una respuesta. A principios de agosto, un año después de la desaparición de su hijo, le entregan un «certificado de búsqueda en vano». A día de hoy, el hijo sigue en paradero desconocido. Supongo que dará señales de vida cuando se entere de la muerte de su padre.

—¿Y la madre?

—Trarieux se divorció en 1984. Para ser exactos, fue su mujer quien se divorció por malos tratos, agresión y alcoholismo. El hijo se quedó con el padre. Al parecer se llevaban bien. Al menos hasta que Pascal decidió largarse. La madre volvió a casarse y vive en Orléans. Ahora es la señora de... —consulta su cuaderno de notas, pero no encuentra el dato—, no importa, qué más da, ya he ordenado que la fueran a buscar y la traen de camino.

—¿Algo más?

—Sí, Trarieux utilizaba un teléfono móvil de empresa. Su jefe quiere poder ponerse en contacto con él en cualquier momento, aunque esté en la otra punta del recinto. El análisis demuestra que apenas lo utilizaba, pues casi todas las llamadas que hacía eran a su jefe o por necesidades del servicio, como suele decirse. Y, de repente, empezó a usarlo más a menudo. No mucho, pero era una novedad. Entre sus contactos aparecen inesperadamente una docena de destinatarios, gente a la que llama una, dos, tres veces...

—¿Y?

—Pues que esa repentina ola de llamadas comienza dos semanas después de que le entregaran el certificado de «búsqueda en vano» relativo a su hijo y se interrumpe tres semanas antes del secuestro de la chica.

Le Guen frunce el ceño. Camille llega a una conclusión:

—Trarieux consideró que la policía no hacía nada para resolver el caso y se puso a investigar por su cuenta.

—¿Crees que el hijo se largó con la chica de la jaula?

—Eso creo.

—Me dijiste que la chica de la foto estaba gorda, y la nuestra no lo está.

—Una chica gorda, una chica gorda... Tal vez haya perdido peso, qué sé yo. En cualquier caso, creo que es la misma. Pero quién sabe dónde puede estar el tal Pascal...

17.

Aunque el mes de septiembre estaba siendo bastante agradable, Alex ha pasado mucho frío. No se mueve y apenas come. Y la situación ha empeorado. Porque de repente, en cuestión de horas, se ha impuesto el clima otoñal. El frío que sentía a causa del agotamiento se debe ahora al brusco descenso de la temperatura. A juzgar por la escasa luz que penetra por los ventanales, el cielo está cubierto y el día ha oscurecido. Alex ha oído las primeras ráfagas de viento adentrarse en las salas, ululando dolorosamente, como los gemidos de un desesperado.

Las ratas también han alzado la vista y sus bigotes tiemblan como nunca. Súbitamente, una tromba de agua ha caído sobre el edificio, que ha crujido y bramado como un barco al irse a pique. Antes de que Alex se dé cuenta, todas las ratas han descendido en busca del agua de lluvia que se escurre por las paredes. Esta vez ha contado nueve. No está segura de que sean siempre las mismas, pero entre ellas hay una recién llegada gorda, negra y rojiza que las otras temen; la ha visto abrevarse en un charco, uno para ella sola, y ha sido la primera en volver a subir por la cuerda. Es una rata que hilvana una idea con otra.

Una rata mojada es aún más asquerosa que una rata seca, el pelaje parece más sucio y la mirada más aguda, al acecho. Mojada, su larga cola tiene algo de viscoso, como si fuera por sí sola un animal, como una serpiente.

Tras la lluvia llega la tormenta y el frío da paso a la humedad. Alex está petrificada, no puede moverse, le castañetean los dientes y siente oleadas de escalofríos que barren su piel y la estremecen. El viento penetra en las salas con tal virulencia que la jaula comienza a girar sobre sí misma.

La rata negra y rojiza sube por la cuerda, recorre la tapa, se detiene y se alza sobre las patas traseras. Sin duda, ha emitido una señal para reunir a la colonia. En apenas unos segundos, las ratas trepan y están por todas partes: sobre la tapa, a izquierda y derecha, en la cesta que se balancea.

Un relámpago ilumina la sala y las ratas se yerguen, con el hocico apuntando al cielo en un movimiento simultáneo, como electrizadas, y comienzan a corretear de un lado a otro en una especie de danza. La tormenta no las asusta. Es como si las hubiera estimulado, en un estado de exaltación incontrolable.

Solo la rata negra y rojiza permanece inmóvil sobre la tabla más próxima al rostro de Alex. Alarga la cabeza hacia ella, abre mucho los ojos, y por fin se yergue y muestra su vientre pelirrojo hinchado y enorme. Chilla y sus patas delanteras gesticulan sin parar. Son de color rosado, pero Alex solo ve las garras.

Esas ratas son estrategas. Han comprendido que basta con sumar el terror al hambre, la sed y el frío. Chillan a coro para impresionarla. El agua de lluvia helada arrastrada por el viento cae sobre el cuerpo de Alex. Ya no llora, tiembla. Pensaba en la muerte como una liberación, pero la perspectiva de los mordiscos de las ratas, la idea de ser devorada...

¿Cuántos días de alimento representa un cuerpo humano para una docena de ratas?

Aterrorizada, Alex grita.

Pero, por primera vez, de su garganta no sale sonido alguno.

El agotamiento la abate.

18.

Le Guen se ha puesto en pie, ha estirado los brazos y ha dado algunos pasos por su despacho mientras Camille proseguía su informe; luego ha vuelto a sentarse y ha retomado su postura de esfinge pensativa y adiposa. Cuando el comisario volvía a su sillón, Camille ha visto que reprimía algo parecido a una sonrisa de complacencia: sin duda, la satisfacción de haber realizado su gimnasia cotidiana. Lo hace dos o tres veces por día: levantarse, caminar hasta la puerta y volver. A veces hasta cuatro veces. Su entrenamiento se basa en una disciplina férrea.

—Hay siete u ocho contactos interesantes en el teléfono de Trarieux —prosigue Camille—. A algunos los ha llamado varias veces. Siempre las mismas preguntas. Investigaba la desaparición de su hijo. Cuando iba a verlos, les mostraba la foto de su hijo en la feria con la chica.

Camille solo ha interrogado personalmente a dos testigos, de los otros se han encargado Louis y Armand. Ha pasado por el despacho de Le Guen para mantenerlo informado, pero su objetivo era otro: hablar con la exesposa de Trarieux. La gendarmería se ha ocupado de llevarla hasta allí.

—Sin duda, Trarieux pudo localizarlos a través de los correos electrónicos de su hijo. Hay un poco de todo.

Camille consulta sus notas.

—Una tal Valérie Touquet, de treinta y cinco años, una antigua compañera de clase a la que Pascal Trarieux trató desesperadamente de tirarse durante quince años.

—Es de ideas fijas.

—El padre la llamó varias veces para preguntarle si sabía qué había sido de su retoño. Según ella, ese chico es un auténtico colgado, «un palurdo». Y si esperas unos minutos, confiesa: «Era un desgraciado. Siempre trataba de impresionar a las chicas con gilipolleces». Vamos, un tonto del culo. Pero amable. En cualquier caso, no tiene la menor idea de qué ha sido de él.

—¿Qué más?

—Tenemos también a Patrick Jupien, conductor y repartidor de una lavandería, colega de apuestas de Pascal Trarieux. Él tampoco tiene noticias del hijo. La chica de la foto no le dice nada. Otro contacto es Thomas Vasseur, amigo del colegio, representante comercial. Y también hemos hablado con un antiguo compañero de trabajo, Didier Cottard, un manipulador con el que trabajó en una empresa de venta por correspondencia. Todos explican lo mismo: el padre llama, va a verlos y los incordia. Y, naturalmente, nadie tiene noticias del hijo desde hace tiempo. Los más informados saben que hay una chica de por medio. Esa es la noticia bomba del año, Pascal Trarieux con una chica. Su amigo Vasseur se ríe abiertamente diciendo que «para una vez que tenía novia...». Su colega repartidor confirma que le dio el coñazo a todo el mundo con su Nathalie, pero Nathalie qué más, eso nadie lo sabe. Y tampoco se la presentó a nadie.

—Qué curioso...

—No, no es tan curioso. La conoció a mediados de junio y se largó con ella un mes más tarde. Eso no deja mucho tiempo para presentaciones.

Ambos se quedan pensativos. Camille relee sus notas con el ceño fruncido y de vez en cuando mira hacia la ventana, como si buscara la respuesta a sus preguntas, y vuelve a sumergirse en su cuaderno. Le Guen lo conoce bien; deja transcurrir unos instantes y dice:

—Venga, suéltalo.

Extrañamente, Camille parece incómodo.

—Pues, para serte sincero... Esa chica no me parece trigo limpio.

Entonces alza las manos y se cubre el rostro.

—¡Lo sé, lo sé! Lo sé, Jean. ¡Es la víctima! ¡No se toca a una víctima! Pero me preguntas qué pienso y te lo digo.

Le Guen se ha incorporado en su sillón, con los codos sobre la mesa.

—Es una locura, Camille.

—Lo sé.

—Esa chica está encerrada como un pajarillo en una jaula a dos metros del suelo desde hace una semana...

—Lo sé, Jean...

—... en las fotos puede verse claramente que está al borde de la muerte...

—Sí...

—El tipo que la secuestró es un hijo de puta analfabeto, brutal y alcohólico...

Camille se contenta con suspirar.

—... que la ha encerrado en una jaula y la ha dejado a merced de las ratas...

Camille opta por un doloroso asentimiento con la cabeza.

—... y que prefiere arrojarse a la autopista antes que entregárnosla...

Camille cierra los ojos como quien pretende no ver la magnitud del desastre que ha provocado.

—... ¿y esa chica no es trigo limpio? ¿Lo has comentado con alguien más o me has dado la primicia?

Sin embargo, Le Guen sabe que algo sucede cuando Camille no replica, y peor aún, cuando no se defiende. Hay algo más. Tras un silencio, Camille dice lentamente:

—No entiendo que nadie haya denunciado la desaparición de esa chica.

—¡Con qué me sales ahora! Pero si hay mi...

—... miles de casos así, lo sé, Jean, miles de personas a las que nadie reclama. Pero, al fin y al cabo..., ese tipo, Trarieux, es un imbécil, ¿estás de acuerdo?

—De acuerdo.

—Sin muchas luces.

—Redundante.

—En ese caso, explícame por qué odia tanto a esa chica y la maltrata de ese modo.

Le Guen no lo comprende y alza la vista. Camille continúa:

—Porque, a fin de cuentas, está investigando la desaparición de su hijo. Entonces compra las tablas, construye una caja, encuentra un local donde puede encerrar a la chica durante días y días y la secuestra, la enjaula, la cuece a fuego lento, la fotografía para asegurarse de que todo va según sus planes..., ¡y tú crees que es un antojo!

—No he dicho eso, Camille.

—Claro que sí, y si no es lo que has dicho, es lo que has pensado. La idea se le ocurrió de repente. En su minúsculo cerebro de ajustador se dijo: «Mira, ¿y si diera con la chica que se largó con mi hijo y la encerrara en una jaula de madera?». Y, casualmente, ¡se trata de una chica cuya identidad no podemos averiguar! En cambio, Trarieux, un hombre que no sabe hacer la o con un canuto, la encuentra sin problemas, cosa que nosotros somos incapaces de hacer.

19.

Apenas duerme ya. El miedo se lo impide. Alex se retuerce en la jaula más que nunca, sufre más que nunca. Desde el inicio de su cautiverio no ha cambiado de postura, no ha comido ni dormido normalmente, no ha podido estirar las piernas ni los brazos ni descansar un minuto, y ahora, con esas ratas... Pierde cada vez más la cabeza y a veces, durante horas, todo cuanto ve está empañado, borroso, todos los sonidos le llegan en sordina, como el eco de ruidos lejanos, y se oye gemir, quejarse, proferir unos gritos graves que nacen de su vientre. Se debilita terriblemente deprisa.

Cabecea sin cesar. Poco antes se ha desvanecido de fatiga, ebria de sueño y de dolor, deliraba y veía ratas por todas partes.

Y súbitamente, sin saber por qué, tiene la certeza de que Trarieux no volverá, de que la ha abandonado. Si regresa se lo contará todo, y se lo repite como un conjuro: «Haz que vuelva y se lo contaré todo, todo lo que quiera, todo lo que quiera para acabar de una vez por todas». Que la mate deprisa, lo acepta, cualquier cosa antes que las ratas.

A primera hora de la mañana descienden por la cuerda en fila india, profiriendo pequeños gritos. Lo saben, Alex es suya.

No esperarán a que muera. Están demasiado excitadas. Nunca se han peleado entre ellas como desde esta mañana. Cada vez se le acercan más para olfatearla. Esperan a que esté exhausta, pero siguen agitadas, febriles. ¿Cuál será la señal? ¿Qué será lo que las decida?

Sale bruscamente de su estado de estupor y vive un instante de pura lucidez.

«Voy a mirar cómo revientas» en realidad significa «voy a verte muerta». No regresará, solo lo hará cuando esté muerta.

Encima de ella, la rata más grande de todas, la negra y rojiza, está erguida sobre sus patas traseras, muestra los dientes y lanza unos chillidos estridentes.

Solo le queda una cosa por hacer. Con mano temblorosa, con la punta de los dedos, busca el borde rugoso de la tabla de la base, la que evita desde hace tantísimas horas porque es puntiaguda y le rasguña la piel con solo rozarla. Desliza sus uñas por la irregularidad, milímetro a milímetro, la madera cruje levemente, gana un poco de terreno, se concentra y aplica toda la presión de la que es capaz; sin embargo, le lleva un buen rato y debe repetir la operación varias veces. Finalmente, de golpe, la madera cede. Alex sostiene entre los dedos una astilla larga y puntiaguda de casi quince centímetros. Mira hacia arriba, sobre su cabeza, entre las tablas de la tapa, cerca de la anilla y de la cuerda que sostiene la jaula suspendida. Y de repente pasa la mano y empuja la rata al vacío con la astilla de madera. La rata trata de agarrarse, araña desesperadamente el borde de la caja, lanza un chillido salvaje y cae de una altura de dos metros. Sin esperar, Alex se clava la astilla en la mano profundamente, como si fuera un cuchillo, y hurga en su carne entre gritos de dolor.

La sangre comienza a manar de inmediato.

20.

A Roseline Bruneau no le apetece que le hablen de su exmarido. Lo que quiere son noticias de su hijo, desaparecido desde hace más de un año.

—El 14 de julio —dice estupefacta, como si una desaparición en esa fecha, coincidiendo con la fiesta nacional, cobrara un valor simbólico.

Camille ha abandonado su mesa y se ha sentado junto a ella.

Antes disponía de dos sillas, una con las patas más altas y otra con las patas acortadas. Según las circunstancias escogía una u otra, pues el efecto psicológico era muy distinto. A Irène no le gustaban esos trucos, así que Camille renunció a ellos. Las sillas se guardaron un tiempo en la Brigada y, en algunas ocasiones, se utilizaron para gastar bromas a los novatos. Sin embargo, el resultado no era tan divertido como pudiera esperarse, y un buen día las sillas desaparecieron. Camille está seguro de que Armand se las llevó. Se lo imagina con su mujer, sentado a la mesa, uno en la silla alzada y el otro en la de patas cortas.

Ahora, sentado junto a la señora Bruneau, se acuerda de aquellas sillas que le servían para fomentar la empatía, algo que hoy de veras necesita. Y lo antes posible, porque el tiempo apremia. Camille se concentra en la entrevista. Si piensa en la chica encerrada le vienen imágenes entremezcladas a la cabeza, imágenes que enturbian su razonamiento, que le despiertan demasiados recuerdos y lo desbordan.

Y, desgraciadamente, Roseline Bruneau no está en su misma longitud de onda. Es una mujer bajita y delgada que debe de ser muy activa en una situación normal, pero que, en ese instante, es toda reserva e inquietud. Está alerta y responde con sequedad, convencida de que van a comunicarle la muerte de su hijo. Ese presentimiento ronda su cabeza desde que los gendarmes han ido a buscarla a la autoescuela donde trabaja.

—Su exmarido se suicidó anoche, señora Bruneau.

A pesar de haberse divorciado hace ya veinte años, la noticia le causa una visible impresión. Mira fijamente a Camille a los ojos. Su mirada oscila entre el rencor (espero que haya sufrido) y el cinismo (no es una gran pérdida), pero sobre todo prima la aprensión. Primero, calla. A Camille le parece que tiene cabeza de pájaro. La nariz pequeña y puntiaguda, la mirada puntiaguda, los hombros puntiagudos, los senos puntiagudos. Ve claramente cómo la dibujaría.

—¿Cómo murió? —pregunta por fin.

Según se desprende del expediente de divorcio, no echará de menos a su exmarido. Lo normal sería, se dice Camille, que pidiera noticias del paradero de su hijo. Si no lo hace, es que hay una razón oculta.

—Un accidente —dice Camille—. La policía lo perseguía.

Aunque la señora Bruneau sepa cómo las gastaba su marido y recuerde su brutalidad, no se casó con un gánster. Por lo general, las palabras «la policía lo perseguía» deberían provocar sorpresa; sin embargo, se limita a asentir con la cabeza. Camille advierte que la mujer intenta ordenar sus ideas tan rápido como la situación le permite, pero no deja traslucir sus pensamientos.

—Señora Bruneau... —Camille se muestra paciente precisamente porque hay que ir deprisa—, creemos que la desaparición de Pascal está relacionada con la muerte de su padre. De hecho, estamos convencidos de ello. Cuanto antes responda a nuestras preguntas, más posibilidades tendremos de hallar por fin a su hijo.

«Deshonesta» es la palabra que mejor define la actitud de Camille. No le cabe la menor duda de que el chico está muerto. Chantajear a la madre utilizando al hijo es tal vez una maniobra inmoral, pero no se avergüenza, pues tal vez le permita hallar a la chica con vida.

—Hace unos días, su exmarido raptó a una mujer, una chica. La secuestró y murió sin decirnos dónde la había encerrado. Esa mujer está hoy en algún lugar, pero no sabemos dónde. Y va a morir, señora Bruneau.

Camille deja reposar la información. Los ojos de Roseline Bruneau van de derecha a izquierda, como los de una paloma, la asaltan ideas contradictorias, la cuestión es saber por cuál se va a decidir. «¿Qué relación tiene esa historia de secuestro con la desaparición de mi hijo?» Eso es lo que debería preguntar. Si no lo hace, es que ya conoce la respuesta.

—Necesito que me cuente lo que sepa... ¡No, no, no, no, señora Bruneau, espere! Me va a decir que no sabe nada y esa actitud no es la correcta, se lo aseguro, es la peor de todas. La invito a que reflexione unos instantes. Su marido ha secuestrado a una mujer que está relacionada, aunque todavía no sé cómo, con la desaparición de su hijo. Y esa mujer va a morir.

Con la mirada fija, la señora Bruneau mueve la cabeza a derecha e izquierda. Camille debería mostrarle una foto de la chica encerrada para impresionarla, pero algo lo detiene.

—Jean-Pierre me llamó...

Camille respira, no es un gran logro pero ha abierto una posible vía.

—¿Cuándo la llamó?

—No lo sé, hará cosa de un mes.

—¿Y...?

Roseline Bruneau apunta al suelo con su nariz picuda. Empieza a contar, lentamente. Trarieux recibió el certificado de «búsqueda en vano», estaba furioso, significaba que la policía consideraba que la desaparición de su hijo era una simple fuga, que no iban a seguir investigando, que todo había terminado. Puesto que la policía había abandonado el caso, Trarieux le dijo que iba a ocuparse de encontrar a Pascal él mismo. Tenía un plan.

—Es esa zorra...

—Zorra...

—Así llamaba a la novia de Pascal.

—¿Qué razones tenía para despreciarla tanto?

Roseline Bruneau suspira. Para explicar lo que quiere decir tendrá que remontarse muy lejos.

—Entiéndalo, Pascal es un chico, cómo decirle, bastante simple, ¿comprende?

—Eso creo.

—Sin malicia, sencillo. Yo no quería que fuera a vivir con su padre. Jean-Pierre le hacía beber, sin contar las peleas, pero Pascal adoraba a su padre. Me pregunto qué veía en él. De todos modos, así era, solo tenía ojos para su padre. Y de repente, un día, aparece esa chica en su vida y lo embauca. Estaba loco por ella, claro. A él, las chicas... Hasta entonces no había habido muchas, y con las pocas que hubo siempre acabó mal. No sabía tratar con ellas. Así que llega esa, lo engatusa, y como era de esperar, él pierde la cabeza.

—¿Cómo se llama esa chica, la conoce?

—¿A Nathalie? No, no la he visto nunca. Solo sé su nombre. Cuando hablaba con Pascal por teléfono, siempre era que si Nathalie esto, que si Nathalie lo de más allá...

—¿No se la presentó? ¿Tampoco a su padre?

—No. Siempre me decía que vendría de visita con ella, que me iba a encantar, cosas por el estilo.

La historia fue fulgurante. Por lo que ella pudo entender, Pascal conoció a Nathalie en junio, no sabe ni dónde ni cómo, y un mes después desaparecieron juntos.

—Al principio —dice—, no me preocupé, me decía: en cuanto lo deje, pobre criatura, volverá a casa de su padre y asunto concluido. Su padre, en cambio, estaba furioso. Pensé que tenía un ataque de celos. Su hijo era la niña de sus ojos. Fue un mal marido pero un buen padre.

Alza la vista hacia Camille, sorprendida ante una conclusión que ni ella misma esperaba. Acaba de decir algo que pensaba sin saberlo. Vuelve a bajar la nariz.

—Cuando me enteré de que Pascal había robado el dinero de su padre y había desaparecido, yo también me dije que esa chica, en fin, usted ya me entiende... Pascal jamás le hubiera robado a su padre.

Menea la cabeza. De eso está segura.

De repente, Camille recuerda la fotografía de Pascal Trarieux hallada en casa de su padre y el corazón le da un vuelco. Ventajas de los dibujantes: tiene una excelente memoria visual. Ve al chico de pie, sonriendo ampliamente con una mano apoyada en un tractor, con aire torpe, mostrenco, el pantalón que le queda corto y le hace parecer un pobre diablo. ¿Qué se hace cuando se tiene un hijo así? ¿Cuándo se da cuenta uno de ello?

—Y, finalmente, ¿su marido dio con esa chica?

Reacción inmediata.

—¡Qué voy a saber! ¡Lo único que me dijo fue que iba a encontrarla! Y que acabaría por decirle dónde está Pascal... Qué ha hecho con él.

—¿Qué ha hecho con él?

Roseline Bruneau mira por la ventana en un intento por contener las lágrimas.

—Pascal no se fugaría jamás, él no es... Cómo decirlo... No es lo bastante listo como para desaparecer tanto tiempo.

Se vuelve hacia Camille y le escupe las palabras, como si lo abofeteara. Al instante lamenta haberlo hecho.

—Es un chico muy simple. Conoce a poca gente, está muy apegado a su padre, por voluntad propia no estaría semanas, meses, sin dar noticias; sería incapaz. Tiene que haberle pasado algo.

—¿Qué le dijo exactamente su marido? ¿Habló de lo que quería hacer? De...

—No, no hablamos mucho. Como de costumbre, había bebido, y en esos casos puede ser violento, parecía que estaba en contra del mundo. Quería encontrar a esa chica, que le dijera dónde estaba su hijo, y me llamó para decírmelo.

—¿Y cómo reaccionó usted?

En circunstancias ordinarias, para mentir convincentemente hace falta talento: exige energía, creatividad, sangre fría y memoria, y es mucho más difícil de lo que pueda parecer. Mentir a una autoridad es un ejercicio muy ambicioso que requiere el dominio absoluto de todas esas cualidades, y Roseline Bruneau no lo tiene. Intenta mentirle con todas sus fuerzas, pero ahora que ha bajado la guardia, Camille puede leer en ella como en un libro abierto... Y eso le cansa. Se restriega los ojos.

—¿Qué insultos eligió ese día, señora Bruneau? Supongo que con él no se andaba usted con remilgos y debió de decirle exactamente lo que pensaba de él, ¿me equivoco?

Es una pregunta compleja. Responder «sí» o «no» conduce por caminos diferentes, pero ella no distingue la salida.

—No sé qué...

—Claro que sí, señora Bruneau, sabe perfectamente lo que quiero decirle. Esa noche usted le dijo lo que pensaba, que no sería él quien triunfara allí donde la policía había fracasado. Fue incluso más lejos. No sé qué palabras pronunció, pero estoy seguro de que se empleó a fondo. En mi opinión, usted le dijo: «Jean-Pierre, eres un gilipollas, un inútil, un imbécil y un impotente». O algo parecido.

Ella abre la boca, pero Camille no le da tiempo a responder. Ha saltado de su silla y sube el tono porque está harto de andarse con rodeos:

—¿Qué sucederá, señora Bruneau, si revisamos los mensajes de su teléfono móvil?

Ni un movimiento, ni un gesto, simplemente el pico se hunde, como si quisiera clavarlo en el suelo y dudara de dónde hacerlo.

—Voy a decírselo: encontraré las fotos que su exmarido le envió. No piense que hemos recibido un chivatazo, está en el historial de su teléfono. E incluso puedo decirle qué se ve en esas fotos: una chica encerrada en una caja de madera. Usted lo retó pensando que eso lo impulsaría a actuar. Y cuando recibió las fotos, tuvo miedo. Miedo de ser cómplice.

A Camille lo asalta una duda.

—A menos que...

Se detiene, se aproxima y se agacha para atrapar su mirada. Ella permanece inmóvil.

—¡Mierda! —dice Camille incorporándose.

Realmente, en ese oficio hay momentos duros.

—No es por eso por lo que no avisó a la policía, ¿verdad? No es por miedo a ser acusada de cómplice. Es porque usted también cree que esa chica es la responsable de la desaparición de su hijo. No lo denunció porque cree que por fin tiene lo que se merece, ¿no es cierto?

Camille respira profundamente, muy cansado.

—Espero que la encontremos viva, señora Bruneau. Primero por ella, pero también por usted, porque de lo contrario tendré que detenerla por ser cómplice de asesinato con actos de tortura o barbarie. Entre otras muchas acusaciones.

Cuando Camille abandona el despacho se siente bajo presión, y el tiempo discurre a una velocidad alucinante.

«¿Y qué tenemos?», se pregunta.

Nada. Y eso lo vuelve loco.

21

La más voraz no es la negra y rojiza, sino una rata grande y gris. Le gusta la sangre y se pelea con las demás para ser la primera. Es brutal, impetuosa.

Desde hace horas, Alex batalla sin descanso. Ha tenido que matar a dos para encolerizarlas, para excitarlas. Para hacerse respetar.

A la primera la ha empalado con la astilla, su única arma, y la ha sujetado bajo su pie desnudo, apretando con fuerza hasta matarla. Se revolvía, chillaba como un cerdo al degollarlo y trataba de morderla. Alex gritaba aún más fuerte que la rata y la colonia estaba electrizada. La rata sufría unas convulsiones desquiciadas y se revolvía como un enorme pez. Esos bichos asquerosos alcanzan una fuerza increíble cuando ven que van a morir. Los últimos instantes han sido espantosos: la rata ha dejado de moverse, orinaba sangre y gemía entre estertores, con los ojos desorbitados, el hocico palpitante, la boca abierta y los dientes aún dispuestos a morder. Luego la ha arrojado al suelo.

Es una declaración de guerra, todas lo han entendido.

Con la segunda, ha esperado a que se le acercara mucho. La rata, desconfiada, olfateaba la sangre, sus bigotes se movían a una velocidad espectacular y estaba muy excitada. Alex ha dejado que se aproximara, incluso la ha llamado, «ven, acércate, hija de puta, ven con mamá...». Y cuando estaba al alcance de su mano y ha podido sujetarla contra las tablas, le ha clavado la astilla en el cuello.

La conmoción ha hecho que se retorciera como si quisiera dar un salto, y de inmediato, Alex la ha arrojado entre las tablas. La rata se ha aplastado contra el suelo y ha seguido chillando durante más de una hora, con la astilla todavía clavada.

Alex ha perdido su arma, pero las ratas no lo saben y la temen.

Y además las alimenta.

Ha diluido la sangre que mana de su mano en el agua que le queda, ha levantado la mano por encima de su cabeza y ha empapado la cuerda que sostiene la jaula. Cuando ya no le queda agua, impregna la cuerda solo con su sangre. A las ratas eso les gusta aún más. Y en cuanto deja de sangrar, se pincha en otro punto con una astilla más pequeña. No podrá usarla para acabar con las otras ratas, sobre todo con la más grande, pero le basta para pincharse una vena de la pantorrilla o del brazo, para sangrar, y eso es lo que cuenta. A veces el dolor es terrible... Se marea y no sabe si son imaginaciones suyas o si realmente se debe a que ha perdido mucha sangre. O quizá sea a causa de la fatiga.

En cuanto empieza a sangrar, pasa la mano entre las tablas y agarra de nuevo la cuerda.

La impregna.

A su alrededor, las ratas acechan sin saber si abalanzarse sobre ella o... Entonces retira la mano y las ve pelearse para devorar esa sangre fresca, para roer la cuerda hasta apurarla, y eso les encanta.

Pero ahora que les ha dado a probar su sangre, ya nada las detendrá.

La sangre las vuelve locas.

22.

Champigny-sur-Marne.

Un enorme chalé de ladrillos rojos a orillas del río. La dirección de una de las últimas llamadas realizadas por Trarieux antes de raptar a la chica.

La inquilina se llama Sandrine Bontemps.

Cuando Louis ha llegado, la mujer acababa de desayunar y se disponía a ir al trabajo. Ha tenido que llamar para avisar del retraso, y el joven policía le ha cogido amablemente el teléfono de las manos para justificar su ausencia y explicarle a su jefe que la retenía una «investigación prioritaria» y que haría que un agente la acompañase en cuanto fuera posible. Para ella, todo ha ido muy deprisa.

Es una joven pulcra, algo afectada, de unos veinticinco o veintiséis años, y está impresionada. Sentada sobre una nalga en un extremo de un sofá de Ikea, Camille puede adivinar el rostro que tendrá dentro de veinte o treinta años, y es un rostro triste.

—Ese señor..., Trarieux. Insistió por teléfono, insistió mucho... —explica—. Y luego se presentó aquí. Me asustó.

Ahora es la policía la que le da miedo. Sobre todo el agente bajito y calvo, el enano, el que manda. Su joven colega lo ha llamado por teléfono y ha llegado enseguida, en apenas veinte minutos. Parecía tener mucha prisa. Y, sin embargo, ahora parece que no la escuche, va de una habitación a otra, lanza sus preguntas al vacío, desde la cocina, sube al primer piso y vuelve a bajar, está muy nervioso, como un perro olfateando a su presa. De entrada, ya la ha prevenido: «No tenemos tiempo que perder», y en cuanto cree que las cosas no avanzan lo suficientemente rápido, la interrumpe. Ni siquiera sabe aún de qué se trata. Mentalmente, trata de recomponer sus ideas, pero se ve bombardeada a preguntas.

—¿Es ella?

El hombrecillo le muestra el dibujo de un rostro femenino. Un retrato robot, como los que se ven en las películas o en los periódicos. La reconoce de inmediato, es Nathalie. Pero no como la conoció. En el dibujo es más guapa que en la realidad, más altiva, y sobre todo más delgada. Y más limpia. El peinado tampoco coincide. Los ojos también parecen algo distintos, eran azules y en la imagen en blanco y negro no se sabe de qué color son, pero en cualquier caso no parecen tan claros como lo son en realidad. A primera vista, se diría que es ella... y a la vez que no lo es. Los policías quieren una respuesta, tiene que ser sí o no, no cabe una cosa y la otra. Finalmente, más allá de sus dudas, Sandrine se muestra categórica: es ella.

Nathalie Granger.

Los dos policías se han mirado. El hombrecillo ha dicho «Granger...» con un tono escéptico, y el joven ha cogido su móvil y ha salido a telefonear desde el jardín. A su regreso, ha negado con la cabeza y el hombrecillo le ha respondido con un gesto que significaba «lo sabía...».

Sandrine ha hablado del laboratorio donde trabajaba Nathalie, en la rue de Planay, en Neuilly-sur-Marne, en el centro de la ciudad.

El joven ha salido hacia allí de inmediato. Sandrine está segura de que ha sido él quien ha telefoneado media hora más tarde. El hombrecillo parecía muy escéptico y respondía sin parar: «Ya veo, ya veo, ya veo». A Sandrine, eso la pone de los nervios. Al parecer el tipo lo sabe y le da igual. Tras la conversación se muestra decepcionado.

Durante la ausencia del joven inspector, la ha acribillado con preguntas sobre Nathalie.

—Siempre tenía el cabello sucio.

Hay cosas que no pueden decirse a un hombre, incluso si se trata de un policía, pero a veces Nathalie era realmente dejada, poco limpia, de las que no recogen la mesa, sin contar la vez que encontró tampones usados en el baño..., ¡qué asco! La convivencia entre ellas no duró mucho y, sin embargo, se las tuvieron que ver más de una vez.

—No estoy segura de que hubiéramos podido seguir viviendo juntas.

Nathalie respondió al anuncio que Sandrine había publicado y fue a ver la casa. Aquel día tenía un buen aspecto y le pareció simpática. Dijo que el jardín y la habitación abuhardillada eran lugares muy románticos, y Sandrine no le contó que en pleno verano esa habitación se convertía en un horno.

—Tiene defectos de aislamiento, ya sabe...

El hombrecillo la mira con indiferencia. Por momentos parece que tenga un rostro de porcelana, que esté pensando en otra cosa.

Nathalie pagó en el acto, en metálico.

—Fue a principios de junio. Después de que mi novio se marchara, necesitaba encontrar rápidamente a alguien con quien compartir la casa...

Al policía canijo no le interesan en absoluto los detalles de la historia personal de Sandrine. El novio que se instala en su casa, la gran historia de amor..., y al cabo de dos meses se larga sin avisar. No ha vuelto a verlo. Ella debe de tener un abono vitalicio a las partidas precipitadas, porque primero fue su novio y luego Nathalie. Le confirma la fecha: 14 de julio.

—De hecho, no se quedó mucho tiempo, conoció a su novio justo después de instalarse aquí, así que por fuerza...

—¿Por fuerza, qué?

—Pues que debió de creer más conveniente irse a vivir con él. Es normal, ¿no?

—Ah...

Se muestra escéptico, como si dijera: «¿No es más que eso?». Ese tipo no sabe nada acerca de las mujeres, salta a la vista. El policía joven ha vuelto del laboratorio, ha oído de lejos su sirena. Actúa deprisa, pero con tal elegancia que parece que se pasee. Sandrine se ha fijado enseguida en que viste ropa de marca, de muy buenas marcas. De un solo vistazo, ha calculado que el precio de los zapatos doblaba su salario. Que los policías ganen tanto dinero es un absoluto descubrimiento para ella. Viendo a los que salen en televisión, nunca lo hubiera dicho.

Los dos agentes conversan en un aparte. Sandrine solo ha oído al joven decir: «No la han visto nunca...». Y también: «... sí, él también fue...».

—Yo no estaba cuando se marchó, paso el verano en casa de mi tía, en...

Al policía bajito eso lo pone nervioso. Las cosas no salen como él querría, pero ella no tiene la culpa. Suspira y manotea como si quisiera espantar una mosca. Al menos podría ser educado. Su joven colega sonríe amablemente, queriendo decir: «Es siempre así, no se enoje, concéntrese». Es él quien le muestra otra foto.

—Sí, ese es Pascal, el novio de Nathalie.

No tiene ninguna duda. Aunque esté un poco borrosa, tampoco tiene dudas cuando le muestran la foto de la feria. En su visita del mes pasado, el padre de Pascal buscaba también a Nathalie, no solo a su hijo, y le mostró esa misma foto. Sandrine le dio la dirección de donde trabajaba Nathalie cuando se instaló en su casa. Después, no tuvo más noticias.

Basta con mirar la foto para comprenderlo. Pascal no era muy listo. Ni muy guapo. Y vestía una ropa que a saber dónde la había comprado. Nathalie, por su parte, aunque estuviera gorda, tenía un rostro bonito. Estaba claro que, si ella hubiera querido, habría podido... Mientras que él parecía..., cómo decirlo...

—Un poco retrasado, llamémoslo por su nombre.

Quiere decir sin muchas luces. Adoraba a su Nathalie. Estuvo en su casa dos o tres veces, pero no se quedaba a dormir. Sandrine llegó a preguntarse si se acostaban o no. Cuando la visitaba, Sandrine veía que estaba muy excitado, que babeaba de deseo cuando miraba a su Nathalie. Sus ojos de merluzo solo esperaban una cosa: la autorización para lanzarse sobre ella.

—Excepto una vez. Se quedó a dormir solamente una vez. Recuerdo que fue en julio, justo antes de que me marchara a casa de mi tía.

Pero Sandrine no los oyó retozar.

—Y eso que dormía justo en la habitación de debajo.

Se muerde los labios porque eso significa que estuvo escuchándolos. Se sonroja y no insiste más en el asunto, ya lo han comprendido. No oyó nada, y sin embargo le hubiera gustado. «Nathalie y su Pascal debieron de hacerlo no sé cómo, yo... Quizá de pie. O puede que no hicieran nada, porque ella no quería.» Sandrine lo entiende, porque ese Pascal...

—Si de mí hubiera dependido... —comienza con repelús.

El poli bajito reconstruye la historia completa en voz alta. No es alto pero tampoco es idiota, se diría incluso que es bastante listo. Cuando Nathalie y Pascal se marcharon, dejaron el dinero por dos meses de alquiler sobre la mesa de la cocina, además de provisiones para un mes y de las cosas que no se llevó.

—¿Cosas? ¿Qué cosas? —pregunta de inmediato.

De repente, el policía parece inquieto. Sandrine no se quedó nada. Nathalie vestía dos tallas más que ella y, de todas formas, llevaba una ropa horrorosa... Sí, el espejo de aumento que hay en el baño era suyo, pero no se lo dice a la policía, lo utiliza para sacarse las espinillas y los pelos de la nariz, y eso no les incumbe. Enumera, sin embargo, las otras cosas: la cafetera eléctrica, la tetera en forma de vaca, el recuperador y los libros de Marguerite Duras; parecía que solo leyera eso, tenía casi todas sus obras.

El policía joven ha dicho:

—Nathalie Granger... Creo que es el nombre de un personaje de Duras.

—¿Ah, sí? —ha preguntado el otro—. ¿Dónde?

El joven ha respondido, agobiado:

—En una película titulada... *Nathalie Granger*.

El hombrecillo se ha llevado la palma de la mano a la frente, como si se dijera «qué tonto soy», pero a Sandrine le ha parecido que exageraba.

—Un depósito para el agua de lluvia —precisa ella.

Porque el pigmeo ha vuelto a preguntarle por el recuperador. Sandrine pensaba en ello desde hacía tiempo, tiene conciencia ecológica, y con tanta lluvia y decenas de metros cuadrados de tejado sobre esa casa tan grande, sería una lástima desaprovechar el agua. Lo comentó con la agencia y con el propietario, y no hubo manera de convencerlos. Pero el asunto de la ecología tampoco interesa al policía canijo, lo cual hace que Sandrine se pregunte qué puede interesarle.

—Lo compró justo antes de marcharse. Lo descubrí al volver, me había dejado una nota en la que se excusaba por su precipitada marcha y el recuperador era una especie de compensación, una sorpresa.

Una sorpresa, eso sí le ha gustado al canijo.

Se planta frente a la ventana que da al jardín y aparta la cortina de muselina. En realidad, ese gran depósito de plástico verde no queda precisamente bonito en la esquina de la casa por la que descienden los canalones de zinc. Es una chapuza. Pero no es eso lo que mira. Tampoco escucha lo que ella le dice porque, cuando está a mitad de una frase, el hombrecillo descuelga el teléfono:

—¿Jean? —dice—, creo que he encontrado al hijo de Trarieux...

Se hace tarde y Sandrine ha tenido que llamar de nuevo a su jefe. El joven inspector se ha vuelto a poner al teléfono, pero esta vez no ha hablado de una investigación urgente, sino que ha dicho: «Estamos procediendo a una toma de muestras». Es una frase ambigua, porque Sandrine trabaja precisamente en un laboratorio. Como Nathalie. Ambas eran biólogas, pero Nathalie nunca quería hablar de su trabajo. Decía: «Yo, en cuanto salgo, me olvido».

Y veinte minutos más tarde, zafarrancho de combate. Han cortado la calle y el jardín se ha llenado de técnicos equipados con trajes de cosmonauta, maletines, proyectores y cubiertas de lona. Han pisoteado las flores, han tomado medidas del recuperador y lo han vaciado con una precaución impensable: no querían que el agua se derramara por el suelo.

—Sé lo que van a encontrar —ha dicho el policía canijo—, no tengo ninguna duda. Me voy un rato a dormir.

Le ha preguntado a Sandrine dónde estaba la habitación que ocupó Nathalie. Se ha tumbado vestido. La chica está segura de que ni siquiera se habrá quitado los zapatos.

El policía joven se ha quedado en el jardín.

El chico es realmente guapo, y con esa ropa y esos zapatos... ¡Incluso sus modales! Sandrine ha intentado trabar una conversación más personal («es una casa muy grande para una chica sola», ese tipo de frases), pero no ha dado frutos.

Está convencida de que es homosexual.

Los técnicos han vaciado el recuperador y lo han desplazado. Tras cavar a escasa profundidad, han dado con un cadáver envuelto en una lona de plástico como las que se venden en las tiendas de bricolaje.

Sandrine se ha quedado muy impresionada. Los agentes la han apartado, «no se quede ahí, señorita», ha entrado en casa y ha mirado por la ventana. Al menos, eso nadie se lo podía prohibir, pues al fin y al cabo está en su casa. La ha desconcertado ver cómo entre varios hombres alzaban la lona para dejarla sobre una camilla. Enseguida se ha dado cuenta de que se trataba de Pascal Trarieux.

Ha reconocido sus zapatillas deportivas.

Cuando han apartado la lona, algunos de ellos se han inclinado y se han llamado unos a otros para enseñarse algo que ella no alcanzaba a ver. Entonces ha abierto la ventana para escuchar.

Un técnico decía:

—Oh, no, eso no provocaría este desastre.

En ese momento, el hombrecillo ha salido de la habitación.

Ha llegado al jardín dando saltitos e inmediatamente se ha interesado por lo que sucedía con el cuerpo.

Ha meneado la cabeza, muy sorprendido por lo que ha visto.

Y ha dicho:

—Estoy de acuerdo con Brichot, solo el ácido puede haber hecho eso.

23.

Es un modelo de cuerda antiguo, no uno de esos cabos sintéticos y lisos que se ven en los barcos, sino cáñamo muy grueso capaz de sostener una jaula como aquella.

Las ratas son una decena. Están las que Alex conoce, las que llevan allí desde el principio, y las nuevas, que no sabe de dónde vienen ni cómo las han avisado. Han adoptado una estrategia de grupo. La han rodeado.

Tres o cuatro ratas toman posiciones sobre la caja, a la altura de sus pies; dos o tres más campan por el extremo opuesto. Según ella, cuando lo juzguen oportuno, le saltarán encima todas a la vez, pero de momento algo se lo impide: la energía de Alex. No deja de lanzarles juramentos, de provocarlas, de gritar, y las ratas sienten que dentro de esa caja hay vida, resistencia, que tendrán que pelear. Ya hay dos ratas muertas en el suelo, y eso les da que pensar.

Olisquean la sangre permanentemente, erguidas, con el hocico alzado hacia la cuerda. Excitadas, febriles, se han acercado por turnos para roerla. Alex no sabe cómo se organizan para decidir cuál de ellas irá a comer.

Qué más le da. Se ha abierto una nueva herida, esta vez en la parte inferior de la pantorrilla, cerca del tobillo. Ha encontrado una vena limpia, abundante. Lo más difícil es mantenerlas alejadas mientras impregna la cuerda.

La cuerda que, por otra parte, se ha reducido a la mitad. Es una carrera contrarreloj entre la cuerda y Alex. Solo falta ver cuál de las dos cederá primero.

Alex no deja de balancearse y la jaula oscila de un lado a otro. Eso les complicará la tarea a las ratas en caso de que se decidan a ir a por ella, y espera que ayude a hacer que la cuerda ceda.

Si su estrategia funciona, además, es necesario que la jaula caiga en ángulo y no plana para que se rompan algunas tablas. Así que Alex se da el máximo impulso posible, aleja a las ratas e impregna la cuerda. Cuando una de ellas se acerca a roerla, mantiene a las demás a distancia. Alex está extremadamente cansada y se muere de sed. Tras la tormenta, que ha durado más de un día, ya no siente algunas partes de su cuerpo, que parecen anestesiadas.

La rata gorda y gris se impacienta.

Desde hace una hora, cede su turno y deja que las otras vayan a la cuerda a atiborrarse.

Eso ya no le interesa.

Mira fijamente a Alex y lanza chillidos estridentes.

Y, por primera vez, introduce su cabeza entre las tablas y silba.

Como una serpiente, arrugando el hocico.

Lo que funciona con las otras no funciona con ella. Por más que Alex grite y jure, ella no se mueve. La rata permanece con las garras clavadas en la madera para no resbalar debido al vaivén de la jaula.

Se agarra y la mira fijamente.

Alex también la mira.

Son como una pareja de enamorados que dieran juntos una vuelta en tiovivo mirándose a lo más profundo de los ojos.

«Ven», susurra Alex con una sonrisa. Encorvando dolorosamente los riñones, le da a la jaula todo el impulso del que es capaz y sonríe a la rata gorda que monta guardia sobre su cabeza. «Ven aquí, ricura, ven a ver, mamá tiene una cosita para ti...»

24.

La breve siesta en la habitación de Nathalie ha sido curiosa. ¿Qué lo ha llevado a hacerlo? No lo sabe. Una escalera de madera que cruje, un descansillo de moqueta raída, un pomo de porcelana, el calor de la casa que parece condensarse en las alturas. Una atmósfera de casa de campo, de caserón familiar, con habitaciones que solo se abren para los invitados, cuando el clima acompaña. Cerradas el resto del tiempo.

La habitación sirve ahora de trastero. No parece haber tenido nunca mucha personalidad, como una habitación de hotel, la habitación de una pensión. Algunos cuadros torcidos en las paredes, una cómoda a la que le falta una pata con un libro en su lugar para calzarla. La cama se hunde profundamente, como las nubes de azúcar. Camille se incorpora, recoloca las almohadas, se apoya en el cabecero y busca su cuaderno y un bolígrafo. Mientras en el jardín los técnicos limpian el terreno alrededor del recuperador de aguas pluviales, esboza un rostro. El suyo. Cuando era joven, cuando preparaba su ingreso en la facultad de Bellas Artes, dibujó cientos de autorretratos. Su madre, que había pintado decenas de ellos, insistía en que eran el único ejercicio que permite hallar «la distancia correcta». Solo queda uno, un óleo magnífico, pero no le gusta pensar en eso. Y Maud tenía razón, Camille no logra dar con la distancia correcta, está siempre demasiado cerca o demasiado lejos. O bien se sumerge, se debate hasta estar casi a punto de ahogarse y no logra ver nada, o bien se mantiene lejos, en actitud prudente, y se condena a no entender nada. «Lo que falta en ese caso es la semilla de las cosas», dice Camille. El rostro que aparece en su cuaderno está demacrado y tiene la mirada perdida, es el de un hombre consumido por lo que ha vivido.

Observa el techo inclinado y piensa que vivir allí debe de suponer caminar encorvado la mayor parte del tiempo. Excepto para alguien como él. Camille garabatea sin convicción, siente náuseas. Un peso en el corazón. Recuerda la conversación con Sandrine Bontemps, su nerviosismo, su impaciencia por momentos irrefrenable. Quisiera acabar con ese caso, darlo por cerrado de una vez por todas.

No está bien y sabe por qué. Tiene que dar con la buena semilla.

Ha sido el retrato de Nathalie Granger lo que le ha causado ese efecto. Hasta entonces, las fotos del teléfono de Trarieux solo mostraban a una víctima. O lo que es lo mismo, un caso. A eso había relegado a esa chica, a un caso de secuestro. En el retrato robot de la policía científica, sin embargo, se ha convertido en una persona. Una fotografía es algo real. Un dibujo es la realidad vestida por el imaginario propio, los propios fantasmas, la propia cultura, la propia vida. Cuando se la ha tendido a Sandrine Bontemps ha visto ese rostro invertido, se le ha aparecido bajo un nuevo ángulo. ¿Mató al cretino de Pascal Trarieux? Es más que probable, pero eso no importa. La imagen invertida de ese dibujo lo ha emocionado, le ha recordado que está prisionera y que el hecho de que siga con vida solo depende de él. El terror al fracaso le oprime el esternón. A Irène no supo salvarla. ¿Qué hará con Nathalie? ¿También va a dejarla morir?

Desde el primer paso, desde el primer segundo de ese caso, trata de bloquear los afectos que se acumulan tras el muro, pero ahora el muro ha comenzado a resquebrajarse y se abren, una a una, incontables brechas. Todo se derrumbará de golpe, lo derribará, lo hundirá, regresará al letargo, será una marca en la casilla «clínica psiquiátrica». Eso es lo que ha esbozado en su cuaderno: una piedra enorme, una roca. El retrato de Camille como Sísifo.

25.

La autopsia se practica el miércoles por la mañana, a primera hora, en presencia de Camille y Louis.

Le Guen llega con retraso, como siempre. Cuando aparece por el Instituto Médico Forense, ya saben lo esencial. Todos los indicios apuntan a que se trata de Pascal Trarieux. Todo coincide. La edad, la estatura, el cabello, la fecha estimada de la muerte, sin contar con la declaración de la inquilina de la casa que jura por lo más sagrado haber reconocido sus zapatillas deportivas, aunque de ese modelo debe de haber medio millón. Se hará una prueba de ADN para verificar que se trata del chico desaparecido, pero ya se puede dar por supuesto que es él y que Nathalie Granger lo mató asestándole primero un golpe muy violento en la parte posterior del cráneo con un objeto puntiagudo, quizá un pico (los técnicos han recogido todas las herramientas de jardinería que han encontrado en la casa), y luego le aplastó la cabeza a palazos.

—Lo que demuestra que realmente le tenía ganas —dice Camille.

—Sí, una treintena de golpes, en una primera estimación —dice el forense—. Más tarde podré darle una cifra más exacta. Algunos golpes se asestaron con el filo de la pala, lo que causa unas heridas similares a las infligidas con un hacha roma.

Camille está satisfecho. Contento no, pero sí satisfecho. El conjunto se corresponde en gran medida con sus suposiciones. Al juez gilipollas le hará algún comentario, pero a su viejo amigo se contenta con guiñarle el ojo y susurrarle en voz queda:

—Ya te había dicho que esa chica no era trigo limpio...

—Completaremos los análisis, pero se trata de ácido —dice el forense.

El tipo recibió una treintena de palazos y luego su asesina, de nombre artístico Nathalie Granger, le vertió un litro de ácido en la garganta. Y a la vista de los resultados, el forense aventura una hipótesis: ácido sulfúrico concentrado.

—Muy concentrado.

Esos productos causan grandes estragos. La carne se funde en un hervor efervescente a una velocidad proporcional a la concentración.

Camille plantea la pregunta que inquieta a todo el mundo desde el día anterior, tras el descubrimiento del cuerpo:

—¿Trarieux estaba aún vivo o ya había muerto?

Conoce la respuesta sempiterna, habrá que esperar a los análisis. Pero esta vez el forense es indulgente.

—A juzgar por las marcas visibles en los restos, concretamente en los brazos, el tipo estaba atado.

Un breve momento de reflexión.

—¿Quieren mi opinión? —pregunta el forense.

Nadie quiere oírla, y eso lo anima.

—Creo que recibió varios palazos, lo ataron y luego lo despertaron con el ácido. Eso no excluye que después lo remataran a palazos. Cuando una técnica funciona... En resumen, y siempre en mi humilde opinión, el tipo estaba vivo cuando le hicieron tragar el ácido.

Aunque es algo difícil de imaginar, a ojos de los investigadores el método y la manera no cambian excesivamente las cosas. Por el contrario, si el forense está en lo cierto, para la víctima sí hubo una diferencia notable entre tragar el ácido vivo o muerto.

—También será un aspecto importante para el jurado —señala Camille.

El problema con Camille es que nunca se rinde. Jamás. Cuando tiene una idea en mente... Le Guen le dijo una vez: «¡Mira que eres gilipollas! ¡Hasta los fox terrier saben echar marcha atrás!». «Muy elegante —le respondió Camille—. ¿Por qué no me comparas con un basset? O mejor aún, ¿por qué no con un caniche enano?».

Con cualquier otro, aquello hubiera acabado a golpes.

Camille vuelve a demostrarle que no se rinde. Desde ayer, Le Guen lo nota constantemente preocupado y, al contrario, por momentos parece que se entusiasme. Se han cruzado en el pasillo y Camille apenas le ha dicho buenos días. Dos horas más tarde ha pasado un buen rato sentado en silencio en el despacho del comisario, incapaz de decidirse, como si tuviera algo que decir y no lo lograra. Después se ha marchado, a su pesar, mirando a Le Guen con rencor. Pero Le Guen sabe esperar. Al salir de los aseos, al mismo tiempo —cabe imaginar la curiosa imagen de uno al lado del otro en los urinarios—, Le Guen se ha limitado a decirle «cuando quieras», que se traduce como «ya he recuperado fuerzas, podré aguantarlo».

Y es ahora. En una terraza, justo antes de almorzar. Camille apaga su teléfono móvil para reclamar la atención de todo el mundo y lo deja sobre la mesa. Están los cuatro: Camille, Le Guen, Armand y Louis. Desde que la tormenta limpió el cielo, la temperatura vuelve a ser muy agradable. Armand apura su caña hasta terminarla y pide de inmediato una bolsa de patatas fritas y unas aceitunas a cargo de quien pague la cuenta.

—Esa chica es una asesina, Jean —dice Camille.

—Sí, tal vez sea una asesina —dice Le Guen—. Podremos confirmarlo tan pronto tengamos los resultados de la analítica. Por el momento no son más que presunciones, lo sabes tan bien como yo.

—Son presunciones de mucho peso.

—Tal vez lleves razón, pero ¿qué cambia eso?

Le Guen intenta que Louis medie en la conversación. Es una situación embarazosa, pero Louis es un chico de buena familia. Se ha educado en las mejores escuelas, tiene un tío arzobispo y otro que es diputado de extrema derecha, es decir, que desde muy joven ha aprendido a sopesar las cosas a la luz de lo moral y lo práctico. Y estudió con los jesuitas. En cuestiones de duplicidad, cuenta con un buen entrenamiento.

—La pregunta del comisario me parece pertinente —articula con serenidad—. ¿Qué cambia eso?

—Louis, te he visto más agudo en otras ocasiones —replica Camille—. Eso cambia... ¡el enfoque!

Los presentes se quedan mudos. Incluso Armand, ocupado pidiendo un cigarrillo a la mesa vecina, se vuelve, sorprendido.

—¿El enfoque? —pregunta Le Guen—. Joder, Camille, ¿qué es esa gilipollez?

—Creo que no lo entendéis —dice Camille.

Por lo general bromean y se incordian, pero esta vez hay una entonación distinta en la voz de Camille.

—No lo entendéis.

Saca su cuaderno, aquel en el que dibuja constantemente. Cuando necesita tomar notas (pocas, lo confía casi todo a su memoria), escribe al dorso de las páginas dibujadas. Un poco al estilo de Armand, aunque él aprovecharía incluso los márgenes. Louis atisba fugazmente unos esbozos de ratas, Camille dibuja muy bien.

—Esa chica me interesa de verdad —explica Camille con calma—. De verdad. Y también me interesa mucho esa historia del ácido sulfúrico. ¿A vosotros no?

Y dado que su pregunta no recibe una franca adhesión, continúa:

—Así que he hecho una investigación somera, apenas nada... Habrá que afinarla, pero creo que tengo lo esencial.

—Vamos, suéltalo —dice Le Guen, algo fastidiado.

Acto seguido, coge su caña de cerveza, la termina de un trago y levanta el brazo al camarero para pedirle otra. Armand se le suma.

—El 13 de marzo de 2005 —dice Camille— encontraron a un tal Bernard Gattegno, de cuarenta y nueve años, en la habitación de un hotel Formule1 cerca de Étampes. Ingesta de ácido sulfúrico concentrado al ochenta por ciento.

—¡Oh, no...! —espeta Le Guen, anonadado.

—A la vista de su situación conyugal, se barajó la hipótesis del suicidio.

—Déjalo, Camille.

—No, no, espera, es muy divertido, ya verás. Ocho meses después asesinan a Stefan Maciak, propietario de un café en Reims. Hallaron su cuerpo por la mañana, en su establecimiento. Conclusión: lo habían golpeado y torturado con ácido sulfúrico, a la misma concentración. Por la garganta de nuevo. El botín del robo, algo más de dos mil euros.

—¿Y tú te imaginas a una chica haciendo eso? —pregunta Le Guen.

—¿Y tú te suicidarías tomando ácido sulfúrico?

—Pero ¿qué coño tiene eso que ver con nuestro caso? —exclama Le Guen dando un puñetazo sobre la mesa.

Camille levanta las manos en señal de rendición.

—Vale, Jean, vale.

En mitad de un silencio sepulcral, el camarero sirve las cañas de Le Guen y de Armand, y luego limpia la mesa apartando los otros vasos.

Louis sabe perfectamente qué va a ocurrir. Podría escribirlo, meterlo en un sobre y esconderlo en algún lugar del café, como en un espectáculo de magia. Camille volverá al ataque. Armand apura su cigarrillo con deleite, nunca ha comprado tabaco.

—Solo una cosa, Jean...

Le Guen cierra los ojos. Louis sonríe para sus adentros. En presencia del comisario, Louis solo sonríe para sus adentros, es una regla. Armand aguarda, siempre está dispuesto a apostar por Verhoeven treinta contra uno.

—Precísame una cosa —continúa Camille—. En tu opinión, no ha habido ni un solo caso de asesinato con ácido sulfúrico desde... ¿Desde?

En esos momentos, el comisario no está para adivinanzas.

—¡Desde hace once años, mi querido amigo! Te hablo de casos sin resolver. De vez en cuando sí que hay algún gracioso que recurre al ácido sulfúrico en algún momento, pero lo utiliza como complemento, como un añadido. A esos tipos se los localiza, se los detiene, se los hace confesar y se los juzga; en resumidas cuentas, la nación atenta y vengativa les corta el paso. En el terreno del ácido sulfúrico concentrado, nosotros, la policía democrática, somos infalibles e inflexibles desde hace once años.

—No me toques los cojones, Camille —suspira Le Guen.

—Te entiendo, comisario. Pero qué quieres, como decía Danton: «¡Los hechos son testarudos!». ¡Y ahí tienes los hechos!

—Lenin —apostilla Louis.

Camille se vuelve hacia él, con una mueca de fastidio.

—¿Qué pasa con Lenin?

Louis se aparta el flequillo con la mano derecha.

—«Los hechos son testarudos» —aventura Louis, azorado— lo dijo Lenin y no Danton.

—¿Y qué cambia eso?

Louis se sonroja. Decide arriesgarse, pero no le da tiempo. Le Guen se le adelanta.

—¡Exactamente, Camille! ¿Qué cambian tus casos de ácido de los últimos diez años? ¿Eh?

Está furioso, su voz resuena en la terraza, pero los accesos de ira shakesperiana de Le Guen solo impresionan a los otros clientes. Camille se limita a observar sobriamente el balanceo de sus pies a quince centímetros del suelo.

—Diez años no, mi comisario, once.

Entre otros, es un reproche que se le podría hacer a Camille: de vez en cuando hace gala de su vena teatral, a la manera de Racine.

—Y tenemos dos sobre la mesa en menos de ocho meses. Solo hombres. Observarás que con el caso Trarieux, ahora, ya son tres.

—Pero...

Louis diría que el comisario «apostrofa»; es verdaderamente un joven muy leído.

Salvo que, en ese instante, el comisario apostrofa brevemente. Porque no tiene mucho que decir.

—¿Qué relación tienen con esta chica, Camille?

Camille sonríe.

—Por fin una buena pregunta.

El comisario se contenta con añadir unas pocas sílabas.

—¡Manda huevos!

Para mostrar su agotamiento, se pone en pie («ya hablaremos de esto») con un gesto de cansancio («tal vez tengas razón, pero dejémoslo para luego»). Para quien no conozca a Le Guen, parecería un hombre absolutamente descorazonado. Lanza un puñado de monedas sobre la

156

mesa y, al marcharse, alza la mano como si prestara juramento ante un tribunal («hasta luego a todos»), les da la espalda, ancha como un armario, y se aleja con paso pesado.

Camille suspira, tener razón demasiado pronto es lo mismo que equivocarse. «Pero no me equivoco.» Al decirlo, se toca la nariz con el índice, como si ante Louis y Armand fuera necesario precisar que suele tener buen olfato. Simplemente va a destiempo. Por el momento, la chica es solo una víctima, nada más. No dar con ella, cuando a uno le pagan por eso, ya es más que una falta, así que sostener que se trata de una asesina reincidente no constituye una defensa muy operativa.

Se ponen de nuevo en camino. Armand ha gorroneado un purito, su vecino de mesa no tenía nada más. Los tres agentes abandonan la terraza y se dirigen al metro.

—He reorganizado los equipos —dice Louis—. El primero...

Camille lo detiene asiéndolo vigorosamente del antebrazo, como si acabara de descubrir una cobra a sus pies. Louis alza la vista, escucha. Armand también escucha, atento. Camille tiene razón, los tres hombres se miran como si estuvieran en plena selva, sienten cómo el asfalto vibra bajo sus pies al ritmo de unos golpes sordos y profundos. Se vuelven a la vez, dispuestos a enfrentarse a cualquier eventualidad. Frente a ellos, a una veintena de metros, una masa monumental se les aproxima a una velocidad increíble. El paquidérmico Le Guen corre a su encuentro, el vuelo de su americana aumenta más si cabe su enorme corpulencia, alza el brazo sosteniendo en la mano su teléfono móvil. Camille tiene el reflejo de buscar el suyo y recuerda que lo ha apagado. Sin tiempo de hacer ningún gesto ni de apartarse, Le Guen les da alcance. Necesita unas cuantas zancadas más para llegar, pero la trayectoria está bien calculada y se detiene exactamente delante de Camille. Curiosamente, no jadea. Señala su teléfono móvil.

—Han encontrado a la chica. Está en Pantin. ¡Date prisa!

El comisario ha regresado a la Brigada, tiene mil cosas entre manos y es él quien se ocupa de llamar al juez.

Louis conduce con calma pero a toda velocidad. En unos minutos, ya han llegado.

El antiguo almacén parece varado en la orilla del canal como un gigantesco blocao industrial que recuerda a la vez un barco y una fábrica. Es un edificio ocre, cuadrado, con unos amplios corredores exteriores en su vertiente de barco, que en cada planta recorren las cuatro fachadas del edificio, y en su vertiente de fábrica, con grandes aberturas con cristales altos y estrechos, pegadas unas a otras. Una obra maestra de la arquitectura de hormigón de los años treinta. Un monumento imperial cuyo rótulo, hoy apenas legible, aún reza: FUNDICIONES GENERALES.

Solo queda ese inmueble, sin duda destinado a la rehabilitación. A su alrededor todo ha sido derruido. Cubierto por completo de grafitos con inmensas letras blancas, azules y naranjas, impasible a las tentativas de demolición, sigue reinando sobre el muelle, imperturbable, como esos elefantes que engalanan en Asia con ocasión de las fiestas y prosiguen, bajo las serpentinas y las banderolas, su marcha pesada y misteriosa. Empezaba a anochecer cuando unos jóvenes grafiteros escalaron hasta el corredor exterior de la primera planta, algo que parecía imposible desde que se tapiaron todos los accesos pero que para esos chavales no había sido obstáculo. Acababan su trabajo cuando uno de ellos echó un vistazo por una de las vidrieras rotas y creyó ver, balanceándose peligrosamente, una caja suspendida en el aire, y lo que era aún más sorprendente, conteniendo lo que parecía un cuerpo. Durante toda la mañana han estado sopesando los riesgos antes de decidirse a hacer una llamada anónima a la comisaría, y en menos de dos horas la policía ha dado con ellos y les ha pedido cuentas sobre sus actividades nocturnas.

Han avisado a la Brigada Criminal y a los bomberos. El edificio está clausurado desde hace años y la empresa que lo compró tapió todos los accesos. Mientras un equipo dirige la escalera de los bomberos hacia los corredores exteriores, otro ha comenzado a derribar a mazazos uno de los muros de ladrillo.

Además de los bomberos, en el exterior se mezclan agentes uniformados, de paisano, coches y faros. Los curiosos, llegados de no se sabe dónde, se agolpan tras las vallas y observan las maniobras.

Camille desciende tan precipitadamente de su coche que está a punto de resbalar sobre la gravilla y los trozos de ladrillo rotos. Tras recuperar el equilibrio, observa un instante a los bomberos y sin siquiera mostrarles su placa les grita:

—¡Esperen!

Se acerca. Un capitán de los bomberos avanza a su vez con la intención de bloquearle el paso. Camille no le da tiempo a hacerlo y se mete en el edificio por un agujero que permite el paso justo a un hombre de su estatura. Para que los demás puedan entrar, harán falta unos cuantos mazazos más.

El interior del edificio está completamente vacío. Las grandes salas están bañadas por una luz difusa y verdosa que desciende como una polvareda de las cristaleras y los ventanales reventados. Se oye el caer del agua, el sonido metálico de las chapas mal fijadas en alguna otra planta y el eco que resuena en los inmensos espacios vacíos.

Arroyos de agua serpentean entre los pies del comandante. Es un lugar inquietante, impresionante, como una catedral abandonada, con una atmósfera triste de fin de reinado industrial. El ambiente y la luz encajan con lo que se intuía en las fotos de la chica. Tras Camille, las mazas siguen golpeando como un toque a rebato mientras derriban los muros.

Camille grita de inmediato, en voz muy alta:

—¿Hay alguien ahí?

Aguarda un segundo y echa a correr. La primera sala es muy grande, de unos quince o veinte metros de longitud, y de techo alto, sin duda cuatro o cinco metros. El agua se escurre por las paredes y encharca el suelo. Hay una humedad densa y glacial. Atraviesa corriendo salas destinadas al almacenamiento, y antes de llegar a la abertura que conduce a la siguiente, sabe que ha llegado.

—¿Hay alguien ahí?

Camille nota el cambio en su voz. Gajes del oficio: al llegar al escenario de un crimen se produce una tensión especial, se siente en las tripas y se oye en la voz. Y lo que ha provocado esa tensión, ese nuevo estado mental, es un hedor ahogado entre las corrientes de aire frío arremolinadas en la sala. Apesta a carne en descomposición, a orines y excrementos.

—¿Hay alguien ahí?

Corre. A sus espaldas, a lo lejos, se oyen pasos precipitados: los equipos acaban de acceder al edificio. Camille entra en la segunda sala y se queda inmóvil, con los brazos colgando, frente al cuadro que se muestra ante sus ojos.

Louis acaba de llegar junto a él. Lo primero que le oye a Camille es una exclamación:

—¡La madre que...!

La jaula de madera está en el suelo y hay dos tablas arrancadas. Quizá se hayan roto con la caída y la chica haya acabado de soltarlas. El olor de putrefacción proviene de tres ratas muertas, dos de las cuales han quedado aplastadas por la caja, cubiertas de moscas. A unos metros de la caja hay excrementos medio secos. Camille y Louis alzan la vista hacia la cuerda, cortada no se sabe con qué, uno de cuyos extremos ha quedado atrapado en la polea colgada del techo.

Y el suelo está cubierto de sangre.

Y no hay rastro de la chica.

Los agentes que acaban de llegar parten en su busca.

Camille menea la cabeza, escéptico, convencido de que es una búsqueda inútil.

Se ha volatilizado.

En el estado en que se hallaba...

¿Cómo ha logrado escapar? Los análisis revelarán la respuesta. ¿Por dónde y cómo se ha marchado? Los técnicos lo descubrirán. El resultado está ante sus ojos: la mujer a la que iban a rescatar se ha rescatado a sí misma.

Mientras en la gran sala resuenan órdenes e instrucciones de unos y otros y el eco de pasos apresurados, Camille y Louis permanecen en silencio y observan, inmóviles, ese extraño fin de acto.

La chica ha desaparecido y no ha acudido a la policía como habría hecho cualquier rehén súbitamente liberado.

Hace un año mató a un hombre a palazos y le fundió media cabeza con ácido sulfúrico antes de enterrarlo en un jardín de las afueras.

Solo un cúmulo de circunstancias ha permitido hallar ese cadáver, lo que les lleva a preguntarse si no habrá otros.

Y cuántos.

Ha habido dos asesinatos similares y Camille apostaría cualquier cosa a que están relacionados con el de Pascal Trarieux.

Por la manera en que ha conseguido escapar de una situación tan desesperada, es obvio que se trata de una mujer de inusitada resistencia.

Hay que dar con ella.

Y no saben quién es.

—Estoy seguro —comenta brevemente Camille— de que el comisario Le Guen comprenderá con mayor claridad ahora el alcance de nuestro problema.

II

26.

Alex está aturdida por el cansancio. Ni siquiera ha tenido tiempo de darse realmente cuenta de lo sucedido. Haciendo acopio de las últimas fuerzas que le quedaban, ha provocado tal oscilación de la jaula, de tal amplitud, que las ratas, asustadas, petrificadas, se aferraban a las tablas con sus garras. Alex no dejaba de gritar. Suspendida de la cuerda, la caja iba de un lado a otro entre las corrientes de aire helado que se arremolinaban en la sala, como la cesta de una atracción de feria en los instantes previos a sufrir un trágico accidente.

La suerte de Alex, lo que le salvará la vida, es que la cuerda cede en un momento en el que una esquina de la jaula apunta hacia abajo. Con la vista fija en la cuerda que se deshilacha, Alex contempla cómo los últimos hilos se rompen uno a uno, el cáñamo parece retorcerse de dolor, y de repente, la caja se suelta y planea hasta el suelo. Con el peso, la trayectoria es fulgurante, una fracción de segundo, apenas el tiempo suficiente que permite a Alex tensar sus músculos para resistir el impacto del aterrizaje. El choque es violento, el ángulo reforzado parece querer clavarse en el suelo de hormigón y la caja se tambalea unos instantes antes de caer pesadamente, con un ensordecedor suspiro de alivio. Alex se ha golpeado contra la tapa, y en el primer segundo las ratas ya se habían dispersado. Dos tablas se han roto, pero ninguna ha cedido por completo.

Noqueada por el impacto, Alex trata de recobrar el sentido; poco a poco, la información primordial se abre paso hasta su cerebro: ha funcionado. La caja se ha desprendido de la cuerda y se ha roto. Una tabla, en uno de los lados, se ha partido en dos. Tal vez pueda salir por ahí. Alex sufre hipotermia, y tendrá que hallar la energía suficiente para intentar romper del todo la tabla. A fuerza de empujar con las piernas y de tirar con los brazos, gritando, por fin la caja se rinde. Por encima de su cabeza, la tabla cede. Es como si el cielo se abriera, como las aguas del mar Rojo en la Biblia.

Esa victoria la hace enloquecer. Está tan desbordada por la emoción, el alivio, el éxito de esa estrategia que, en lugar de ponerse en pie y marcharse, permanece en la jaula, hundida, sollozando. Es incapaz de evitarlo.

El cerebro le envía entonces una nueva señal: «Márchate. Deprisa». Las ratas no van a reaparecer de inmediato, pero ¿y Trarieux? Hace tiempo que no la visita, ¿y si apareciera justo ahora?

Salir, vestirse, marcharse de allí, huir, huir.

Comienza a estirar las extremidades. Esperaba que fuera una liberación y resulta un suplicio. Su cuerpo entero está rígido, le es imposible levantarse, extender una pierna, apoyarse con los brazos o recuperar una posición normal. Una bola rígida de músculos petrificados. No tiene fuerzas.

Arrodillarse le lleva uno, dos minutos. Tan irreprimible es el dolor que llora de impotencia, fuerza su cuerpo gritando, golpea la caja enfurecida. El agotamiento la abate, cae de nuevo y rueda como una bola, helada, extenuada. Paralizada.

Necesita todo su coraje y voluntad pura para retomar el esfuerzo, ese esfuerzo descomunal para extender sus miembros jurando y perjurando, para mover la pelvis, girar el cuello... Un combate entre la Alex condenada y la Alex que ha sobrevivido. Poco a poco, el cuerpo despierta. Dolorosamente, pero despierta. Alex, postrada, logra finalmente agacharse y pasar, centímetro a centímetro, una

pierna por encima de la caja y luego la otra, y caer pesadamente al otro lado. El impacto es duro, pero apoya con deleite su mejilla contra el hormigón frío y húmedo y vuelve
a sollozar.

Pasados unos minutos se arrastra a cuatro patas y
coge un trapo, se cubre los hombros y avanza hacia las botellas de agua, coge una y se la bebe casi hasta apurarla.
Recobra el aliento y se tumba boca arriba. Ha aguardado
ese instante días y días (¿cuántos exactamente?), días en
los que ha llegado a resignarse a no poder volver a hacerlo.
Permanece así unos segundos interminables, sintiendo la
sangre que vuelve a circular, ardiente, las articulaciones
que se desentumecen, los músculos que despiertan dolorosamente. Eso deben de sentir los alpinistas perdidos cuando los localizan aún con vida.

El cerebro le repite la señal. «¿Y si Trarieux regresa
ahora? Márchate. Deprisa.»

Alex comprueba que toda su ropa sigue estando
allí. Todas sus cosas, su bolso, su documentación, su dinero e incluso la peluca que llevaba aquella noche y que él ha
apilado junto a sus otras pertenencias. No le ha robado
nada. Solo quiere su vida; en fin, su muerte. Alex tantea los
objetos, coge la ropa, sus débiles manos tiemblan. Mira a
uno y otro lado, inquieta. Antes que nada, por si acaso Trarieux llegara, tiene que encontrar algo con lo que defenderse. Rebusca febril entre el material de bricolaje amontona-
do y encuentra una palanca. Sabe que esa herramienta sirve
para abrir cajas. ¿Cuándo pensaba utilizarla? ¿Cuando estuviera muerta? ¿Para enterrarla? Alex la deja junto a ella,
ajena a lo irrisorio de la situación. Está tan débil que, si Trarieux apareciera, sería incapaz de levantar la palanca.

Al vestirse toma repentinamente conciencia de
su hediondo olor a orines, excrementos y vómitos, y de su
aliento de chacal. Abre una botella y luego otra, se frota
vigorosamente, pero sus gestos son lentos, se lava como

puede, se seca, sus miembros recuperan lentamente su función, entra en calor restregándose con una manta abandonada y unos trapos sucios. Como era de esperar, no hay ningún espejo y le es imposible ver qué aspecto tiene. Debe de tener uno en el bolso, pero su cerebro le lanza de nuevo una señal de alarma. «Último aviso. Vete, joder, lárgate de aquí. Inmediatamente.»

La ropa le procura enseguida una sensación de calor, tiene los pies hinchados, los zapatos le hacen daño. Apenas se sostiene en pie y trata de mantener el equilibrio, recoge su bolso, renuncia a llevarse la palanca y se marcha tambaleándose, con la impresión de que ya nunca podrá volver a hacer algunos movimientos, como desplegar completamente las piernas, volver enteramente la cabeza o erguirse. Avanza encorvada como una anciana.

Puede seguir el rastro de los pasos de Trarieux de una habitación a otra. Busca con la mirada dónde debe de hallarse la salida que utiliza. El primer día, cuando trató de escapar y él la atrapó frente al muro de ladrillos, no vio, allá abajo, en el suelo del ángulo del muro, una trampilla metálica. Un alambre trenzado sirve de agarradero. Alex trata de levantarla. Angustia. Tira con todas sus fuerzas, pero no logra moverla ni un solo milímetro. Se le saltan las lágrimas y de su vientre brota un gemido sordo, inútil. Alex mira a su alrededor, busca. Sabe que no hay otra salida, por eso Trarieux no salió corriendo tras ella para atraparla. Sabía que, incluso si lograba llegar hasta la trampilla, sería incapaz de abrirla. En su interior crece entonces la cólera, una cólera violenta, asesina, una cólera negra. Alex grita y echa a correr torpemente hacia la caja, como una tullida. Desde lejos, las ratas que se han arriesgado a volver la ven lanzarse sobre ellas y se volatilizan. Alex recoge la palanca y tres tablas rotas, y las acarrea sin plantearse siquiera si tiene fuerzas para hacerlo, porque su mente está en otro sitio. Quiere salir de allí y nada, absolutamente nada conseguirá impedírselo. Aunque sea muerta, pero saldrá. Desliza el extremo de la palanca por el borde de la trampilla y descarga todo su peso. Cuando logra moverla unos pocos centímetros, empuja con el pie una tabla, hace de nuevo palanca y coloca otra, corre a buscar más trozos de madera, regresa y, de esfuerzo en esfuerzo, logra encajar verticalmente la palanca. Ha logrado levantar la trampilla unos cuarenta centímetros, un espacio apenas suficiente para pasar el cuerpo arriesgándose a que ese inestable equilibrio ceda de repente y la trampilla caiga sobre su cuerpo y la aplaste.

Alex se detiene, escucha inclinando la cabeza. Esta vez no le llega advertencia alguna, ningún consejo. Al menor roce, al menor temblor, si su cuerpo toca la palanca y la mueve, la trampilla caerá sobre ella y quedará atrapada. En una fracción de segundo arroja su bolso por la trampilla, que cae con un ruido acolchado. No parece muy profundo. Eso le basta para tenderse y, milímetro a milímetro, deslizarse bajo la trampilla. Hace frío, pero cuando la punta de su pie descubre un punto de apoyo, un peldaño, está empapada en sudor. Acaba de introducirse en el agujero y se sostiene del borde con los dedos cuando, al volver la cabeza, hace el movimiento en falso que temía, la palanca resbala con un chirrido estridente y la trampilla se cierra brutalmente con un ruido infernal. Tiene el tiempo justo para retirar los dedos, un reflejo que se mide en nanosegundos. Alex se queda paralizada. Está entera. Cuando sus ojos se acostumbran a la penumbra, recoge su bolso unos peldaños más abajo y ni siquiera respira. Está a punto de marcharse, va a lograrlo, no puede creerlo... Unos peldaños más y luego una puerta de hierro bloqueada con una piedra sillar que le lleva un tiempo infinito retirar porque apenas le quedan ya fuerzas. Luego un pasillo que huele a orines y una segunda escalera, tan oscura que la recorre sosteniéndose con ambas manos en la pared, como una ciega, guiada por el resplandor. Fue en esta escalera donde se golpeó la cabeza y se desvaneció. Al final, tres barrotes que Alex asciende uno tras otro, y a continuación un túnel, un conducto que lleva hasta una pequeña placa de chapa incrustada verticalmente en el muro. La poca luz del exterior apenas llega hasta allí, y Alex se ve obligada a recorrer el contorno con los dedos para averiguar cómo se abre. Simplemente está encajada. Alex trata de tirar hacia ella, no pesa demasiado. La suelta con precaución y la deja en el suelo, a su lado.

Está fuera.

El aire fresco de la noche llega hasta ella de inmediato, un olor suave, a la fresca humedad de la noche, el olor del canal. La vida que renace, la luz mortecina. La plancha estaba oculta en un hueco del muro, a ras de suelo. Alex sale y se vuelve inmediatamente para colocarla de nuevo; sin embargo, desiste. Ya no necesita ser precavida. Eso, si se marcha de inmediato. Tan deprisa como le permitan sus extremidades rígidas y doloridas.

A una treintena de metros hay un muelle desierto. A lo lejos, unas casitas residenciales con luz en casi todas las ventanas y el ruido en sordina de un bulevar que debe de discurrir al otro lado, no demasiado lejos.

Alex echa a andar.

Ha llegado al bulevar. Está tan cansada que sabe que no podrá caminar mucho más. Presa de un mareo, se ve obligada a apoyarse en una farola para no caerse.

Parece demasiado tarde para esperar que pase algún medio de transporte.

Sí. Más abajo hay una parada de taxis.

«Desierta y, de todas formas, demasiado arriesgado», le sugieren las pocas neuronas que siguen activas. Podrían descubrirla fácilmente.

Pero esas neuronas son incapaces de sugerirle una solución mejor.

27.

Cuando, como esa mañana, los asuntos candentes se acumulan y es difícil establecer las prioridades, Camille considera que «lo más urgente es no hacer nada». Es una variante de su método que consiste en abordar los casos con la mayor distancia posible. En la época en que daba cursos en la Escuela Nacional de Policía, aludía a ese método con el nombre de «técnica aérea». Viniendo de un hombre que mide un metro cuarenta y cinco, esa denominación podría haber sido motivo de chanza; sin embargo, nadie se arriesgó nunca a bromear.

Son las seis de la mañana, Camille se ha levantado y duchado, ha desayunado, ha dejado su maletín junto a la puerta y está de pie con Doudouche en un brazo. Con una mano le rasca el lomo y ambos miran por la ventana.

Su mirada se detiene en el sobre que finalmente se decidió a abrir la noche anterior, el sobre con membrete del tasador. Esa subasta representa el último acto de la herencia de su padre. Su muerte no le ha resultado verdaderamente dolorosa. Aunque Camille se sintiera conmocionado, afectado y después triste y apenado, no supuso un cataclismo. Solo un leve estremecimiento. Con su padre, todo era siempre terriblemente previsible, y su muerte no fue una excepción. Si Camille no había logrado hasta entonces abrir aquel sobre era porque su contenido representaba el último acto de un pedazo entero de su vida. Pronto cumplirá cincuenta años. Todos a su alrededor han muerto: su madre, luego su mujer y ahora su padre; no tendrá hijos. Nunca imaginó que sería el último superviviente de su propia vida. Le preocupa que la muerte de su padre ponga punto y final a una historia que, sin embargo, no ha terminado. Camille sigue allí, castigado pero en pie. Salvo que su vida ya solo le pertenece a él, es el único poseedor y beneficiario. En cuanto uno se convierte en el protagonista de su propia vida, pierde todo interés. Lo que más hace sufrir a Camille no es solo ese estúpido complejo de superviviente, sino el hecho de sentirse atado a semejante banalidad.

Ha vendido el apartamento de su padre. Solo quedan unos quince lienzos de Maud que el señor Verhoeven conservó.

Sin mencionar el taller. Camille es incapaz de pisarlo, es el epicentro de todas sus penas. Su madre, Irène... No, es incapaz. Ni siquiera podría subir los cuatro peldaños, empujar la puerta, entrar. No, jamás.

Ha tenido que hacer acopio de valor para decidirse a vender los lienzos. Se puso en contacto con un amigo de su madre. Habían estudiado Bellas Artes juntos, y aceptó ocuparse del inventario de las obras. La subasta se celebrará el 7 de octubre, ya ha cerrado el acuerdo. El sobre contenía la lista de lienzos, el lugar, la hora y el programa de la velada íntegramente consagrada a la obra de Maud, con testimonios y explicaciones de las circunstancias en que se compuso cada uno de ellos.

Al principio trató de convencerse de que lo mejor era no conservar ni una sola de las telas, e inventó un sinfín de teorías para justificarlo; entre ellas, que dispersar la obra de su madre sería como hacerle un homenaje. «Yo mismo tendré que ir a un museo para ver uno de sus cuadros», explicaba entonces con una satisfacción entremezclada de gravedad. Naturalmente, es una estupidez. La verdad es que siente una adoración desmedida por su madre y que, desde que está solo, la ambivalencia de ese amor mezcla de admiración y de rencor, de amargura y resentimiento, ha estallado en su interior. Ese amor teñido de hostilidad lo ha acompañado toda la vida, pero, para vivir en paz hoy, necesita desprenderse de todo eso. La pintura era la causa infranqueable de su madre, a ella sacrificó su vida y también la de Camille. Quizá no su vida entera, pero sí la parte que se convirtió en el destino de su hijo. Como si hubiera imaginado que podía dar a luz un niño sin prever que llegaría a convertirse en una persona adulta. Camille no se desprenderá de ninguna carga, simplemente quiere liberarse del peso que supone en su vida.

Se van a poner a la venta dieciocho telas que abarcan principalmente los diez últimos años de Maud Verhoeven, todas ellas muestras de la abstracción pura. Ante algunas, Camille siente la misma emoción que al contemplar las telas de Rothko, parece que el color vibre, que palpite, hay que haberlo sentido para saber que se trata de pintura viva. Dos de las telas han sido reservadas y están destinadas a exponerse en museos, dos telas que aúllan de dolor, pintadas en la fase terminal del cáncer de Maud y que representan la cima de su obra. Camille tal vez habría conservado un autorretrato que pintó cuando tenía unos treinta años. El lienzo muestra un rostro infantil y preocupado, casi grave, que mira más allá del espectador. La pose desprende un cierto aire de ausencia, una mezcla muy elaborada de femineidad adulta e inocencia infantil como la que se ve en el rostro de esas mujeres antaño juveniles y ávidas de ternura hoy consumidas por el alcohol. A Irène le gustaba mucho esa tela. La fotografió un día para Camille, y la copia, en formato 10 × 13, sigue ocupando un lugar sobre la mesa de su despacho, junto al bote de vidrio para los lápices que Irène, siempre ella, le había regalado, el único objeto personal que Camille ha conservado en su lugar de trabajo. Armand siempre ha contemplado esa fotografía extasiado, es la única tela de Maud Verhoeven que comprende porque es figurativa. Camille se había prometido regalarle esa reproducción algún día, pero no ha llegado a hacerlo. Y ha acabado por poner también ese cuadro a la venta. Cuando finalmente la obra de su madre se haya dispersado, quizá encuentre la paz, quizá pueda vender entonces el último eslabón de esa cadena que ya no le une a nada, el taller de Montfort.

La ensoñación se ha mezclado con otras imágenes mucho más urgentes y recientes, las de esa chica encerrada que ha logrado huir. Siguen siendo imágenes de muerte, pero de muerte por venir. Porque no sabría decir de dónde le viene, pero ante el espectáculo de esa jaula reventada, de esas ratas muertas, de los rastros de esa fuga, tiene la íntima certeza de que tras todo eso se oculta otra cosa, se oculta la muerte.

Abajo, ya hay actividad en la calle. A alguien que, como él, duerme poco, no le importa, pero Irène nunca podría haber vivido en ese apartamento. Por el contrario, resulta un gran espectáculo para Doudouche, que puede pasarse horas observando a través del cristal el movimiento de las barcazas que maniobran en la esclusa; cuando el tiempo lo permite, la gata se instala en el alféizar de la ventana.

Camille no saldrá hasta que aclare las ideas que rondan su cabeza. Y, por el momento, abundan las preguntas.

El almacén de Pantin. ¿Cómo lo encontró Trarieux? ¿Es ese un dato importante o no? Abandonada desde hace años, la gigantesca nave nunca había sido ocupada por los vagabundos. Sin duda la insalubridad desalentó cualquier iniciativa a tal efecto, pero sobre todo la única entrada posible, a través de una estrecha plancha situada casi a ras de suelo, que obliga a recorrer un largo camino y que dificulta el transporte del material necesario para instalarse.

Tal vez por esa razón Trarieux construyó una jaula tan pequeña, de la longitud de las tablas que podía hacer entrar. Puede imaginarse también lo que debió de ser llevar a la chica hasta allí. Trarieux mostró una tremenda resolución, estaba dispuesto a agotarla y a mantener la tortura el tiempo que fuera necesario hasta que confesara qué había hecho con su hijo.

Nathalie Granger. Ahora saben que no es su verdadero nombre, pero, a falta de otro, la siguen llamando así. Camille prefiere decir «la chica», pero no siempre lo consigue. Entre un nombre falso y ningún nombre, ¿cuál es la mejor elección?

El juez ha aceptado abrir el caso. Sin embargo, hasta que se demuestre lo contrario, a la que a buen seguro asesinó al hijo de Trarieux con un pico y una pala y le destrozó la cabeza con ácido sulfúrico solo se la busca como testigo. Su antigua compañera en Champigny la ha identificado formalmente a partir del retrato robot, pero la fiscalía necesita pruebas materiales.

En el almacén de Pantin se han recogido muestras de sangre, cabellos y todo tipo de materia orgánica que pronto confirmarán que pertenecen a la misma chica cuyos rastros hallaron en la furgoneta de Trarieux. Al menos, se habrá aclarado una parte del caso. Y no es poco, se dice Camille.

La única solución para conservar esa pista aún caliente es reabrir los dos últimos casos de asesinato con ácido sulfúrico concentrado hallados en los archivos y contemplar si es posible relacionarlos con el mismo culpable. A pesar del escepticismo del comisario, la convicción de Camille es absoluta: se trata del mismo asesino y es una mujer. Los archivos de esos dos casos le esperan sobre la mesa de su despacho.

Camille medita un instante sobre la pareja formada por Nathalie Granger y Pascal Trarieux. ¿Un drama pasional? Si ese fuera el caso, lo imaginaría más probable a la inversa: Pascal Trarieux, presa de un furioso ataque de celos o incapaz de aceptar que lo abandonara, asesina a Nathalie en un rapto de locura repentina. Pero al revés... ¿Un accidente? Es difícil creerlo cuando se considera el modo en que se desarrollaron los hechos. Camille no consigue concentrarse en esas hipótesis, hay algo más que le ronda la cabeza mientras Doudouche comienza a afilarse las uñas en la manga de su americana. ¿Cómo se marchó del almacén? ¿Qué sucedió exactamente?

Los análisis aclararán de qué manera logró hacer que la caja se soltara, pero luego, una vez fuera, ¿cómo lo hizo?

Camille trata de imaginar la escena. Y en su película, falta una secuencia.

Sabemos que la chica recuperó su ropa. Se siguieron las huellas de sus zapatos hasta el conducto que lleva a la salida. Se trata sin duda de los mismos zapatos que llevaba cuando Trarieux la raptó, es difícil imaginar por qué su carcelero iba a darle unos nuevos. La pegó, ella se defendió, la arrojó dentro de la furgoneta y la ató. ¿En qué estado debe de estar su ropa? Arrugada, rasgada, sucia... En cualquier caso, no como recién planchada, determina Camille. En la calle, una chica vestida de ese modo debe de llamar la atención, ¿no es cierto?

A Camille le cuesta imaginar que Trarieux se haya ocupado con esmero de las cosas de la chica. «Aceptémoslo —se dice—. Abandonemos la pista de la ropa para considerar a la chica propiamente».

Debía de estar muy sucia: pasó una semana completamente desnuda dentro de una caja suspendida a dos metros del suelo y en la que tuvo que hacer sus necesidades. En las fotos se la ve más que consumida, al borde de la muerte, Trarieux la alimentó con las croquetas para ratones domésticos que encontraron en el almacén.

—Tiene que estar agotada —dice Camille en voz alta—. Y sucia como el palo de un gallinero.

Doudouche alza la vista, sabe incluso mejor que Camille que su dueño sigue hablando solo.

Los rastros de agua en el suelo y en los trapos y sus huellas en varias botellas de agua mineral indican que antes de salir del almacén se aseó someramente.

—A pesar de todo... Cuando uno ha tenido que hacerse sus necesidades encima durante una semana, ¿cómo se va a lavar con tres litros de agua fría y dos trapos sucios?

Y así llega otra vez a la pregunta crucial: ¿cómo logró volver a su casa sin que nadie la viera?

—¿Quién te dice que nadie la vio? —pregunta Armand.

Las siete y cuarenta y cinco minutos. La Brigada. Aunque uno tenga otras cosas en la cabeza, la estampa de Armand y Louis uno al lado del otro resulta hilarante. Louis, con un traje Kiton gris acero, corbata Steffano Ricci y zapatos Weston, y Armand, enteramente equipado en la liquidación de restos del Socorro Popular, la asociación que lucha contra la pobreza y la precariedad. «Joder —se dice Camille mirándolo—, parece que se compre una talla menos para ahorrar».

Toma otro sorbo de café. Es cierto, ¿quién dice que nadie la ha visto?

—Vamos a indagar —dice Camille.

La chica ha actuado con sigilo, salió del almacén y desapareció. Se ha evaporado, algo difícil de admitir.

—Quizá hizo autoestop... —propone Louis.

Ni él mismo cree en su sugerencia. ¿Una chica de veinticinco o treinta años que hace autoestop bien entrada la noche? Y si no se detiene ningún coche, ¿qué hace? ¿Se queda en la acera enseñando el pulgar? Peor aún, ¿camina por la acera haciendo señales a los conductores, como una puta?

—El autobús...

Posible. Sin embargo, la frecuencia de paso nocturna en esa línea debe de ser muy baja, y la chica tendría que haber llegado a la parada al mismo tiempo que el autobús. De lo contrario, se habría quedado plantada esperando unos tres cuartos de hora, agotada, quizá vestida con andrajos. Es poco probable. ¿Acaso podía sostenerse en pie sin ayuda?

Louis anota que deben verificar los horarios e interrogar a los conductores.

—¿Un taxi...?

Louis añade esa pista a la lista de cosas que deben verificar, pero en ese caso... ¿Disponía de dinero para pagar? ¿Su aspecto era lo bastante presentable como para inspirar confianza a un taxista? Quizá alguien la viera por la calle, caminando por la acera.

Solo cabe suponer que partió en dirección a París. Tendrán que preguntar en el vecindario. Ya fuera en autobús o en taxi, deberían poder averiguarlo en unas pocas horas.

A mediodía, la peculiar pareja que forman Louis y Armand se pone en camino bajo la mirada curiosa de Camille.

Se sienta tras su mesa y echa un vistazo a los dos informes que lo aguardan: Bernard Gattegno y Stefan Maciak.

28.

Alex ha llegado hasta su edificio con paso pesado, torpe y receloso. ¿Estará Trarieux esperándola? ¿Se habrá percatado de su fuga? No, no hay nadie en el vestíbulo. La correspondencia no ha desbordado el buzón. Nadie en la escalera. Nadie en el rellano, es como un sueño.

Abre la puerta de su apartamento, entra y la cierra.

Verdaderamente, es como un sueño.

Está en su casa, resguardada. Hace dos horas aún corría el riesgo de que se la comieran las ratas. Está a punto de desplomarse y se sostiene apoyándose en las paredes.

Lo más urgente es comer.

Pero antes, verse en el espejo.

Dios, quince años más, fácilmente. Fea, sucia. Vieja. Ojeras, arrugas, cicatrices y piel amarillenta, ojos de demente.

Vacía cuanto queda en el frigorífico: yogures, queso, pan de molde, plátanos. Se atiborra como una náufraga mientras llena la bañera. Y enseguida tiene que ir al baño a vomitar.

Recobra el aliento, bebe medio litro de leche.

Luego se limpia con alcohol las heridas de los brazos, las piernas, las manos, las rodillas y la cara, y al salir de la bañera, donde ha tenido que vencer el sueño, se aplica antiséptico y pomada alcanforada. Está exhausta. Su rostro está cubierto de marcas. Aunque los hematomas del día del rapto parecen reabsorberse, las heridas de los brazos y las piernas tienen muy mal aspecto y dos de ellas están infectadas. Puede cuidárselas, dispone de todo lo necesario. Cuando trabaja, el último día de cada sustitución se aprovisiona en los armarios de la farmacia antes de marcharse. Ha acumulado un arsenal de medicamentos impresionante: penicilina, barbitúricos, ansiolíticos, diuréticos, antibióticos, betabloqueantes...

Por fin se acuesta y se duerme en el acto.

Trece horas seguidas.

El aterrizaje es como salir de un coma.

Tarda más de media hora en comprender dónde se encuentra, de dónde viene, se echa a llorar y se acurruca en la cama como un bebé, y vuelve a dormirse entre sollozos.

Segundo despertar pasadas cinco horas, son las seis de la tarde. Es jueves.

Alex, borracha de sueño, se despereza. Le duele todo el cuerpo, así que se toma su tiempo para levantarse sin hacer movimientos bruscos y practica, muy lentamente, ejercicios de flexibilidad. Hay zonas enteras de su cuerpo que siguen bloqueadas, pero gracias a la progresiva relajación muscular, el conjunto vuelve a funcionar. Sale de la cama tambaleándose. Recorre dos metros y un mareo la obliga a apoyarse en una estantería. Está hambrienta. Se contempla en el espejo, tiene que curarse las heridas, pero su cerebro le dicta una reacción de autoprotección. «Ante todo, tienes que ponerte a salvo.»

Se ha escapado y Trarieux intentará capturarla de nuevo, la perseguirá. Sabe dónde vive, puesto que la raptó de camino a su casa. A esas horas, ya debe de saberlo. Un vistazo por la ventana, la calle parece tranquila. Tan tranquila como la noche en que la raptó.

Alarga el brazo para coger el ordenador portátil y lo pone a su lado, en el sofá. Teclea el apellido «Trarieux» en el buscador, no conoce su nombre, solo el del hijo, Pascal. Al que busca es al padre. Porque recuerda perfectamente qué hizo del gilipollas de su hijo, aquel imbécil, y dónde lo dejó.

El tercer resultado, la página de *Paris.news.fr*, menciona a un «Jean-Pierre Trarieux». Un clic. Es él.

¿UN ERROR POLICIAL EN LA VÍA DE CIRCUNVALACIÓN?

En la noche de ayer, Jean-Pierre Trarieux, un hombre de unos cincuenta años de edad, murió atropellado en la vía de circunvalación. Tras ser perseguido por varios vehículos de la policía, detuvo bruscamente su furgoneta en el puente que cruza la autopista a la altura de La Villette, corrió hacia el parapeto y se arrojó al vacío. Falleció en el acto arrollado por un camión.

Jean-Pierre Trarieux es sospechoso en un caso de rapto cometido hace unos días en la rue Falguière de París y cuyos detalles se desconocen «por razones de seguridad», según fuentes policiales. La identidad de la persona secuestrada no ha sido establecida y el lugar «identificado» por la policía donde estaba presuntamente retenida resultó... estar vacío. En ausencia de cargos concretos, la muerte de este sospechoso —su «suicidio» según la policía— sigue siendo un misterio y está bajo secreto de sumario. El juez Vidard, al cargo de la instrucción, ha prometido esclarecer este caso que la Brigada Criminal ha confiado al comandante Verhoeven.

La mente de Alex funciona tan deprisa como puede. No suele creer en los milagros.

Por eso no ha vuelto a verlo. Murió atropellado en la vía de circunvalación y por eso dejó de aparecer por el almacén. Y de llevarles comida a las ratas. Ese hijo de puta prefirió suicidarse antes que ver cómo la liberaba la policía.

Que arda en el infierno, con el gilipollas de su hijo.

El otro dato esencial es que la policía no ha logrado identificarla. No saben nada de ella. Al menos, no sabían nada acerca de ella a principios de semana. Teclea su nombre en el buscador, Alex Prévost, y encuentra homónimos, pero nada sobre ella, nada en absoluto.

Siente un alivio inmenso.

Revisa su teléfono móvil para comprobar si hay llamadas. Ocho... Y la batería está agotada. Se pone en pie para ir a por el cargador, pero lo hace demasiado deprisa, su cuerpo aún no está preparado para semejantes aceleraciones y vuelve a caer en el sofá, extenuada y aturdida. El esfuerzo la ha cegado, ve luces parpadeantes ante sus ojos y tiene la sensación de girar sobre sí misma a toda velocidad, con el corazón desbocado. Alex frunce los labios. Unos segundos después, el mareo desaparece y se pone en pie con prudencia, coge el cargador, lo conecta con cuidado y vuelve a sentarse. Ocho llamadas. Alex las comprueba y respira aliviada. Son todas profesionales, de agencias, algunas han llamado dos veces. Hay trabajo. Alex no escucha los mensajes, ya se ocupará de eso más tarde.

—¿Ah, eres tú? Me preguntaba cuándo iba a tener noticias tuyas.

Esa voz... Su madre y sus eternos reproches. Oírla siempre le produce el mismo efecto, un nudo en la garganta. Alex habla y su madre invariablemente hace demasiadas preguntas, es una mujer escéptica cuando se trata de su hija.

—¿Una sustitución? ¿En Orléans? ¿Me llamas desde allí?

Alex percibe siempre la duda en la entonación de su madre, le dice: «Sí, pero no dispongo de mucho tiempo». La respuesta es inmediata:

—En ese caso no merecía la pena que me llamaras.

Su madre la llama en contadas ocasiones, y cuando es Alex quien lo hace siempre sucede lo mismo. Su madre no vive, reina. Continuamente encuentra algo a lo que aferrarse para poder atacarla. Una conversación con su madre es como superar un examen, habría que prepararlo, revisarlo y concentrarse.

Alex no reflexiona.

—Y me voy a ausentar un tiempo, me voy fuera de la ciudad para una sustitución. Quiero decir otra...

—¿Ah, sí? ¿Adónde?

—Es una sustitución —repite Alex.

—Sí, ya me lo has dicho, una sustitución fuera de la ciudad. ¿Y ese sitio fuera de la ciudad no tiene nombre?

—Es para una agencia, aún no se sabe el destino, es... complicado, no se sabrá hasta el último momento.

—¡Ah! —exclama su madre.

No está dispuesta a creerse ese cuento. Tras un instante de titubeo, continúa:

—Así que vas a sustituir no se sabe dónde a no se sabe quién, ¿es eso?

Ese diálogo no tiene nada de excepcional, es el habitual, pero esta vez Alex está muy débil, mucho más expuesta que en otras ocasiones.

—No, no es e... e... eso...

De cualquier forma, con su madre, con fatiga o sin fatiga, siempre tartamudea en un momento u otro.

—¿Y qué es, pues?

—Oye, no me queda mucha ba... batería...

—Ah... Y supongo que tampoco se sabe la duración. Tú trabajas, sustituyes a alguien. Y un día te dicen que se acabó, que puedes irte a casa, ¿es eso?

Tendría que dar con algo «con pies y cabeza», como dice su madre, pero a Alex no se le ocurre nada. O sí, siempre acaba por ocurrírsele algo, pero cuando ya es demasiado tarde, una vez ha colgado, bajando las escaleras o en el metro. Se tira de los pelos cuando se le ocurre. Se repite la frase en la que ha metido la pata, le da vueltas y más vueltas a la escena, y la revisa y la corrige a veces durante días, en un ejercicio tan vano como nocivo pero superior a ella. Alex la adereza y al cabo de un tiempo se convierte en una historia totalmente nueva, distinta, un combate en el que Alex vence todos los asaltos. Y luego, cuando vuelve a llamar a su madre, queda KO desde la primera palabra.

Su madre aguarda, silenciosa, incrédula. Alex al fin cede:

—De verdad tengo que colgar...

—De acuerdo. ¡Ah, sí, Alex!

—¿Qué?

—Yo también estoy bien, es muy amable por tu parte preocuparte por mí.

Cuelga.

Alex tiene el corazón en un puño.

Resopla, intenta no pensar en su madre, concentrarse en lo que tiene que hacer. Trarieux, caso cerrado. La policía, fuera de juego. Su madre, tema liquidado. Ahora un SMS a su hermano.

«Me voy a...» Reflexiona un instante y elige entre los destinos posibles. «... Toulouse para una sustitución. Avisa a la reina madre, no tengo tiempo de llamarla. Alex.»

Tardará al menos una semana en transmitirle la información. Si es que llega a hacerlo.

Alex respira, cierra los ojos. Lo consigue. Paso a paso, hace todo lo que debe hacer a pesar de la fatiga.

Se cambia las vendas mientras su estómago aúlla de hambre. Se mira en el espejo de pie del baño. Diez años más, sí, por lo menos.

Luego, una ducha que acaba con agua tan fría que la hace temblar, ¡Dios, qué bueno es estar vivo!, una fricción de los pies a la cabeza, la vida que renace, ¡Dios, qué bueno es que duela de esa manera!, un jersey que rasca su piel desnuda, antes lo detestaba y hoy lo desea para sentir su cuerpo vivo, necesita sentirlo sobre su piel. Un pantalón de lino, vaporoso, ancho, holgado, feo pero cómodo, algo ligero y acariciador, su tarjeta bancaria y la llave del apartamento. A su paso, «Hola, señora Guénaude, sí, ya estoy de regreso, de viaje, eso es, muy bien. ¿El tiempo? Estupendo, en el sur ya se sabe. ¿Parezco cansada? Sí, un trabajo agotador, no he dormido mucho en estos últimos días, oh, nada, una tortícolis, nada grave, ¿ah, esto? —se señala la frente—. Una caída tonta». La otra: «¡Vaya, si apenas se sostiene!». Risas. «Sí, buenas noches.» «Igualmente.» Y la calle, esa luz azulada del anochecer, tan bella que hace saltar las lágrimas. Alex siente un ataque de risa tonta creciendo en su interior, la vida es magnífica, ahí está el árabe de la tienda de alimentación, qué guapo es ese hombre en el que nunca se había fijado, es muy guapo, se dejaría llevar por la inspiración, le acariciaría la mejilla mirándolo a lo más hondo de los ojos, ríe al sentirse tan llena de vida. Lo que le hace falta para resistir el asedio son todas esas cosas de las que normalmente recela y que en ese instante se le presentan como recompensas: las patatas fritas, la crema de chocolate, el queso de cabra, una botella de Saint-Émilion e incluso una de Bailey's. Regresa al apartamento. El menor esfuerzo la agota y podría hacerla llorar. De repente, un mareo. Se concentra, aguarda, consigue dominarlo, y sube con sus pesadas compras en el ascensor. Tiene muchas ganas de vivir. ¿Por qué la vida no ha sido siempre como en ese instante?

Alex, desnuda bajo su vieja bata holgada, pasa frente al espejo de pie. Cinco años más. Está bien, de acuerdo, quizá seis. Sabe que se recuperará deprisa, lo siente. Cuando hayan desaparecido las heridas y las contusio-

nes, las ojeras y las arrugas, las pruebas sufridas y la tristeza, ¿qué quedará? Alex, espléndida. Abre la bata y se
contempla desnuda, esos senos, ese vientre... Y se echa a
llorar de pie frente a su vida.

Ríe y llora porque ya no es capaz de distinguir si se
siente feliz de seguir viva o desgraciada por seguir siendo
Alex.

Sabe encajar esa adversidad que surge de las pro-
fundidades. Se sorbe los mocos, se suena, se ata la bata y se
sirve una generosa copa de Saint-Émilion y una bandeja
enorme de comida, chocolate, un tarro de paté de conejo
y galletas.

Come, come y come. Luego se retrepa en el respal-
do del sofá. Se inclina para servirse una copa de Bailey's.
Un último esfuerzo para ir a buscar hielo. Sabe que el agotamiento se avecina, pero el bienestar persiste, como un
ruido de fondo.

Un vistazo al despertador. Está totalmente desorientada, son las diez de la noche.

29.

Aceite de motor, tinta, gasolina, es difícil detallar todos los efluvios que convergen, sin contar el perfume de vainilla de la señora Gattegno. Ronda la cincuentena. Al ver entrar a los policías en el taller, ha salido inmediatamente de su despacho acristalado y el aprendiz que los precedía ha desaparecido súbitamente, como un cachorro sorprendido ante la irrupción de su dueño.

—Se trata de su marido.

—¿Qué marido?

Una respuesta con un tono inequívoco.

Camille mueve el mentón hacia delante, como si el cuello de la camisa le apretara, y se rasca el cuello, perplejo, alzando la vista al cielo. Se pregunta cómo se las va a apañar con una mujer que se cruza de brazos sobre su vestido estampado, dispuesta a emplear su cuerpo como barrera si fuera necesario. ¿De qué intenta defenderse?

—Bernard Gattegno.

La mención de ese nombre la ha pillado por sorpresa, salta a la vista de inmediato; relaja un poco los brazos y forma una «O» con los labios. No se lo esperaba y no estaba pensando en ese marido. Hace un año que volvió a casarse, esta vez con un haragán de primera más joven, el mejor operario del taller, y ahora es la señora Joris. El efecto ha sido desastroso. La boda relajó de inmediato la actitud del nuevo marido, que ahora puede pasarse el día entero en el bar con absoluta impunidad. Menea la cabeza a izquierda y derecha, es un desastre.

—Fue por el taller, compréndalo. Yo sola... —se justifica.

Camille la comprende. Un taller mecánico grande, tres o cuatro operarios, dos aprendices, siete u ocho coches con el capó abierto, motores al ralentí y una limusina descapotable rosa y blanca, estilo Elvis Presley, sobre el puente elevador, una curiosidad en Étampes. Uno de los operarios, alto, bastante joven, ancho de espaldas y con una mandíbula amenazadora, se limpia las manos en un trapo sucio, se aproxima y pregunta si puede ayudar. Interroga a la jefa con la mirada. Si Joris muere de cirrosis, el relevo está asegurado. Sus bíceps proclaman bien alto que no es de los que se dejan impresionar por la policía. Camille asiente con la cabeza.

—Y también por los niños... —dice la señora Joris.

Vuelve a su matrimonio, quizá sea eso lo que quiere defender desde el inicio de la entrevista, la idea de haberse casado de nuevo tan pronto y tan mal.

Camille se aleja, deja que sea Louis quien hable. Mira a su derecha, donde hay tres coches de ocasión con el precio escrito en letras blancas sobre el parabrisas. Se acerca al despacho acristalado, construido para vigilar a los operarios mientras se lleva la contabilidad. Ese tipo de estrategia siempre funciona, uno interroga y el otro pasea y husmea. Y esta ocasión no es una excepción.

—¿Qué busca?

Curiosamente, el obrero tiene una voz muy aguda, una pronunciación casi resabiada pero agresiva, que defiende un territorio aunque no sea suyo. Al menos, aún no. Camille se vuelve y su mirada se halla aproximadamente a la altura del esternón del musculoso operario. Le saca fácilmente tres cabezas. Así dispone de una vista privilegiada de sus antebrazos. El mecánico sigue limpiándose las manos maquinalmente en su trapo, como un camarero. Camille alza la vista.

—¿Fleury-Mérogis?

El trapo se detiene. Camille señala con el índice el antebrazo tatuado.

—Ese diseño es de los noventa, ¿verdad? ¿Cuántos años?

—Cumplí mi condena —dice el mecánico.

Camille asiente.

—Qué oportuno que aprendieras a tener paciencia.

Señala con la cabeza a la jefa, detrás de él, que sigue hablando con Louis.

—... porque has perdido tu turno y ahora puede que tengas que esperar un buen rato.

Louis acaba de mostrarle el retrato de Nathalie Granger. Camille se aproxima. La señora Joris abre unos ojos como platos, estupefacta al reconocer a la amante de su exmarido. Léa.

—Es nombre de puta, ¿no les parece?

Camille se queda perplejo ante la pregunta. Louis asiente prudentemente con la cabeza. Nadie sabe Léa qué más. Léa, a secas. Solo la vio dos veces, pero la recuerda «como si fuera ayer».

—Más gorda. En el dibujo parece muy amable, pero es una bicha de tetas grandes.

Para Camille, «tetas grandes» es un concepto bastante relativo, sobre todo cuando observa el pecho liso de la señora Joris. Tiene una fijación con las tetas de la chica, como si por sí mismas pudieran explicar el naufragio de su matrimonio.

Reconstruyen la historia, de un inquietante vacío. ¿Dónde conoció Gattegno a Nathalie Granger? Nadie lo sabe. Ni siquiera los operarios a los que Louis interroga, los que estaban allí hace dos años. «Una chica guapa», dice uno. Se cruzó con ella un día que esperaba al jefe en su coche, en la esquina. Solo la vio una vez, no sabe decir si es la del retrato robot. Por el contrario, del coche recuerda la marca, el color y el año (es mecánico), pero con eso no podrán hacer gran cosa. «Ojos almendrados», dice otro, un hombre próximo a la jubilación que ya no mira el culo de las chicas y a quien las tetas grandes ya no impresionan, así que las mira a los ojos. Ante el retrato robot, sin embargo, no podría jurar que fuera ella. «¿De qué sirve ser observador cuando no se tiene memoria?», se pregunta Camille.

Nadie sabe cómo se conocieron. Sin embargo, todos coinciden en señalar que el flechazo fue inmediato. El jefe se ahogaba, y «de un día para otro» dejó de ser el mismo.

—Esa debía de saber las mil y una... —dice otro al que le parece divertido hacer comentarios salaces a expensas de su antiguo jefe.

Gattegno comenzó a ausentarse del taller. La señora Joris confiesa que los siguió una vez, el engaño la hacía enloquecer a causa de los niños, pero le dieron esquinazo y el marido no volvió a casa aquella noche. Lo hizo a la mañana siguiente, avergonzado, y «la tal Léa» fue a buscarlo. «¡A casa!», exclama a voz en grito. Un año y medio después y aún se ruboriza. El mecánico la vio desde la ventana de la cocina. A un lado su esposa, los niños no estaban en casa («por desgracia, porque eso quizá lo habría detenido»), y al otro, en la puerta del jardín, «esa guarra» (Nathalie Granger, llamada Léa, tiene decididamente una reputación sólidamente establecida). En resumidas cuentas, el marido titubea por un momento y coge su cartera, su cazadora y se marcha. Lo hallaron muerto en la habitación de un Formule1 la noche del lunes, fueron las señoras de la limpieza quienes lo descubrieron. En esos hoteles no hay recepción ni servicio, el personal es invisible, se accede con tarjeta de crédito y la que se utilizó entonces fue la de Gattegno. Ni rastro de la chica. En la morgue no le permitieron ver la parte inferior del rostro de su marido, no debía de ser una visión muy agradable. La autopsia fue concluyente, no había señales de golpes, nada. El tipo se tumbó en la cama, vestido, «con los zapatos puestos» y bebió medio litro de ácido, «del que se utiliza para las baterías».

En la Brigada, mientras Louis redacta el informe (teclea rápido, usando todos los dedos, es muy aplicado, regular, parece que practique escalas), Camille comprueba el informe de la autopsia, en el que no se menciona la concentración del ácido utilizado. Un suicidio salvaje, bárbaro, el tipo debía de estar realmente entre la espada y la pared. La chica lo plantó en el hotel. Ni rastro tampoco de los cuatro mil euros que el mecánico había sacado la noche anterior utilizando sus tres tarjetas de crédito, «¡incluso la del taller!».

No cabía duda. Gattegno, Trarieux, el mismo encuentro fatal con Nathalie-Léa y, en ambos casos, el robo de una escasa suma de dinero. Investigan las vidas de Trarieux y Gattegno en busca de un punto en común.

30

El cuerpo comienza a recuperarse, castigado pero entero. Las heridas infectadas mejoran, casi todos los cortes han cicatrizado y los hematomas van desapareciendo.

Ha ido a ver a la señora Guénaude para explicarle que le ha surgido una obligación familiar repentina. Ha escogido un maquillaje que dice: «Soy joven pero tengo un gran sentido del deber».

—No sé..., tendría que ver...

Para la señora Guénaude es algo precipitado, pero la mujer sabe hacer sus cuentas. Fue tendera, y dado que Alex se ofrece a pagarle dos meses de alquiler al contado, la señora Guénaude ha dicho que lo entendía, incluso ha prometido:

—Si encuentro otro inquilino antes, le reembolsaré el dinero...

«Vieja urraca», ha pensado Alex sonriendo con fingido agradecimiento.

—Es muy amable —ha dicho sin mirarla con sus tiernos ojitos; al fin y al cabo, se supone que se marcha por motivos graves.

Ha pagado en metálico y le ha dado una dirección falsa. En el peor de los casos, si la señora Guénaude le escribe no se enfadará cuando le devuelvan la carta y el cheque, saldrá beneficiada.

—Para cuando haga el inventario del apartamento.

—No se preocupe por eso —asegura la propietaria aprovechando el buen negocio—, estoy segura de que todo está en orden.

Dejará las llaves en el buzón.

Con el coche, no hay problema. Es un Clio de segunda mano que compró hace seis años. Paga la plaza de aparcamiento de la rue Morillons mediante una transferencia mensual, así que no es necesario que se ocupe de eso.

Ha subido las cajas vacías del sótano, doce, y ha desmontado sus muebles: la mesa de pino, los tres módulos de estanterías, la cama. Aún no sabe por qué carga con ellos, excepto la cama; le tiene apego, es casi sagrada. Una vez lo ha apilado todo observa el conjunto, dubitativa. Una vida no ocupa tanto como pudiera creerse. En cualquier caso, la suya. Dos metros cúbicos. El transportista ha dicho tres. Alex se ha mostrado de acuerdo, ya conoce a los de las mudanzas. Una camioneta pequeña, no hace falta que envíen a dos mozos, con uno bastará. También ha dado su conformidad al precio del guardamuebles y ha aceptado el pequeño suplemento por hacerlo al día siguiente. Cuando Alex quiere marcharse, lo hace de inmediato. Su madre suele decir: «Siempre vas deprisa y corriendo, y así no podrás hacer nunca las cosas bien hechas». A veces, si está realmente en forma, su madre añade: «Tu hermano, al menos...», pero cada vez hay menos cosas en las que salga airoso de la comparación. Aunque a su madre, por principios, eso no le importa: siempre encuentra alguna.

A pesar de los dolores y la fatiga, en unas horas ha acabado de desmontarlo y embalarlo todo. Ha aprovechado para hacer limpieza, sobre todo de los libros. Exceptuando algunos clásicos, se deshace regularmente de ellos. Al abandonar el apartamento de la Porte de Clignancourt, tiró todos los de Blixen y Forster; al marcharse de la rue du Commerce, fue el turno de Zweig y Pirandello; cuando se fue de Champigny, tiró todos los de Duras. Cuando un autor le gusta devora su obra completa (su madre dice que no tiene mesura), pero después, cuando decide mudarse, los libros pesan toneladas...

Esa noche tendrá que acomodarse entre las cajas y dormir sobre el colchón, en el suelo. Hay dos cajas pequeñas rotuladas con la palabra «Personal». Dentro está lo que es verdaderamente suyo, cosas muy tontas, incluso fútiles: cuadernos de escuela, del instituto, boletines de calificaciones, cartas, postales, un diario íntimo que escribió intermitentemente a los doce o trece años, nunca mucho tiempo seguido, y notas de antiguas amigas. Chismes, en resumidas cuentas, que podría haber tirado. Y eso es lo que va a hacer algún día. Sabe hasta qué punto esas cosas son pueriles. Hay también bisutería, viejas plumas estilográficas secas, unos pasadores de pelo que le encantaban, fotos de las vacaciones o de familia con su madre y su hermano, de pequeña. Debería deshacerse de todas esas cosas, no sirven para nada y es peligroso conservarlas. Entradas de cine, páginas arrancadas de novelas... Un día lo tirará todo. Por el momento, las dos pequeñas cajas rotuladas con la palabra «Personal» presiden esa somera mudanza.

Tras acabar de empaquetar sus cosas, Alex se ha ido al cine, a cenar en Chartier y a comprar ácido para baterías. Para prepararlo, se protege con una mascarilla y unas gafas, enciende el ventilador y la campana extractora de la cocina, cierra la puerta y abre la ventana de par en par para que salgan los vapores. Para obtener una concentración al ochenta por ciento hay que calentarlo lentamente hasta que desprende humo ácido. Ha preparado seis partes de medio litro. Los guarda en frascos de plástico imputrescible que compró en una droguería cerca de République. Se queda con dos y mete cuidadosamente los otros en un bolso con compartimentos.

Por la noche sufre calambres en las piernas que la despiertan con un sobresalto. O tal vez sean las pesadillas, escenas en las que las ratas se la comen viva y Trarieux le hunde barras de acero en la cabeza con su destornillador eléctrico. También se le aparece el rostro del hijo de Trarieux. Vuelve a ver su cara de imbécil y su boca, de la que salen ratas. A veces se trata de escenas reales: Pascal Trarieux se le aparece sentado en una silla en el jardín de Champigny cuando ella llega por detrás de él, con la pala alzada por encima de su cabeza. La blusa le molesta porque las mangas son demasiado estrechas. En esa época pesaba doce kilos más que en la actualidad, y eso le hacía unas tetas enormes... que hacían enloquecer a aquel cretino. Ella dejaba que la manoseara un poco bajo la blusa, no mucho tiempo, y cuando estaba muy excitado, cuando sus manos comenzaban a palparla con ardor, le daba un golpe seco, como una inflexible institutriz. A otra escala, era el equivalente del palazo que le propinó con todas sus fuerzas en la parte posterior del cráneo. En su sueño, el palazo es extraordinariamente sonoro y, al igual que en la realidad, siente la vibración que le recorre los brazos y llega hasta los hombros. Pascal Trarieux, medio noqueado, se vuelve hacia ella con dificultad, se tambalea y le dirige una mirada de sorpresa, de incomprensión, una mirada extrañamente serena, sin un rastro de duda. Así que Alex hace que la duda entre a palazos; cuenta siete, ocho, y el tronco de Trarieux se desploma sobre la mesa del jardín, lo que facilita la tarea. Luego el sueño omite la secuencia en que lo ata y salta directamente al grito de Pascal cuando traga la primera dosis de ácido. El muy gilipollas grita tan alto que alertará a los vecinos, así que se ve obligada a ponerse en pie y asestarle un nuevo palazo en la cara, con la pala bien plana. ¡Qué sonoros son esos instrumentos!

Tiene sueños, pesadillas, agujetas, calambres y dolorosas contracciones, pero, en conjunto, el cuerpo se recupera. Sin embargo, Alex está convencida de que las secuelas nunca desaparecerán del todo, no se vive una semana en una jaula tan pequeña con una colonia de ratas excitadas sin contraer una deuda con la existencia. Hace mucho ejercicio, estiramientos y movimientos que aprendió cuando iba al gimnasio, y también empieza a correr de nuevo. Sale pronto por la mañana y da varias vueltas al trote alrededor de la plaza Georges-Brassens, pero tiene que detenerse a menudo porque enseguida se fatiga.

El mozo de mudanzas llega por fin y se lleva todas sus cosas. Un tipo alto y fanfarrón que trata de ligar con ella, lo que le faltaba.

Alex reserva un billete de tren a Toulouse, deja la maleta en la consigna y, al salir de la estación de Montparnasse, consulta su reloj: son las ocho y media de la tarde. Puede volver al Mont-Tonnerre, tal vez él esté allí, armando bullicio con sus amigos y contando anécdotas estúpidas... Ha deducido que se reúnen para cenar sin sus parejas una vez a la semana, aunque tal vez no siempre lo hagan en el mismo restaurante.

Pero sí, en el mismo, porque está allí con sus amigos, más numerosos que en las anteriores ocasiones, ya casi forman un pequeño club, hoy son siete. Alex tiene la sensación de que el dueño les sirve a regañadientes y no parece que esa ampliación del club sea de su agrado, porque arman demasiado alboroto y los demás clientes vuelven la cabeza hacia ellos. La bella clienta pelirroja... El personal siempre la atiende servicialmente. Han instalado a Alex en una mesa desde la que no le es tan fácil verlo como la última vez y tiene que inclinarse un poco, con tan mala fortuna que la ve hacerlo y sus miradas se cruzan. Es evidente que ella trataba de mirarlo. «Está bien, así es», se dice sonriendo. Toma un Riesling helado, come vieiras, verduras frescas al dente y natillas, se toma un primer café muy cargado y luego un segundo, y un último al que la invita el dueño para disculparse por el ruido de los comensales. Le ofrece incluso un Chartreuse, que debe de parecerle un licor femenino. Alex dice: «No, gracias, pero sí me apetecería un Bailey's muy frío». El dueño sonríe, esa chica es absolutamente encantadora. Se toma su tiempo antes de marcharse, olvida su libro sobre la mesa, vuelve a recogerlo y el tipo ya no está sentado junto a sus amigos. Está de pie, poniéndose la chaqueta, y los demás le dedican bromas vulgares acerca de esa marcha precipitada, y está detrás de ella cuando abandona el restaurante. Siente la mirada del hombre clavada en sus nalgas, Alex tiene un culo bonito y sensible como una antena parabólica. Apenas ha recorrido diez metros cuando él se sitúa a su lado y le dice «buenas noches». El rostro de él le parece... En fin, ese rostro provoca en ella muchas sensaciones.

Félix. No le dice su apellido. Se ha fijado enseguida en que no lleva alianza, pero tiene una señal alrededor del dedo. Tal vez acabe de quitársela.

—Y tú, ¿cómo te llamas?

—Julia —dice Alex.

—Es bonito.

Habría dicho eso con cualquier otro nombre. Eso divierte a Alex.

Él señala con el pulgar hacia el restaurante:

—Somos un poco ruidosos...

—Un poco —dice Alex sonriendo.

—Solo hombres, así que...

Alex no responde. Él se da cuenta de que si insiste echará a perder la ocasión.

Primero le ha propuesto tomar una copa en un bar que conoce. Ella ha respondido: «No, gracias». Caminan un trecho juntos, Alex lo hace despacio y lo observa con más detenimiento. Viste ropa de supermercado. Acaba de cenar, pero esa no es la única razón por la que los botones

de su camisa están tan tirantes, no hay nadie que le diga
que tendría que comprarse una talla más. O empezar un
régimen y hacer deporte.

—De verdad —dice él—, te lo aseguro, será cosa
de veinte minutos...

Ha dicho que su casa está muy cerca y que pueden
tomar una última copa. Alex responde que no le apetece,
que está cansada. Están delante de su coche, un Audi con
el interior desordenado.

—¿De qué trabajas? —pregunta ella.

—Técnico de mantenimiento.

Alex traduce: reparador.

—Escáneres, impresoras, discos duros... —precisa
él, como si eso aumentara su estatus.

Luego añade:

—Dirijo un equipo de...

Y se da cuenta de lo tonto que resulta querer alardear, que es en vano. Peor, es contraproducente.

Esboza un gesto con la mano del que es difícil de-
ducir si pretende borrar el final de su frase, como si no tuviera ninguna importancia, o el principio, como si se arre-
pintiera de lo que acaba de decir.

Ha abierto la puerta de su coche y dentro huele a
colilla fría.

—¿Fumas?

Una de cal y una de arena, esa es la técnica de
Alex. Se le da muy bien.

—Un poco —dice el tipo, avergonzado.

Debe de medir un metro ochenta, es bastante an-
cho de espaldas, tiene el cabello castaño claro y los ojos oscuros, casi negros. Cuando lo ha visto caminar a su lado,
le ha parecido que tenía las piernas cortas. No está muy
bien proporcionado.

—Solo fumo con gente que fuma —dice él, caba-
lleroso.

Está segura de que en ese instante daría lo que fuera por un cigarrillo. La encuentra muy guapa y se lo dice. «Te aseguro que...», pero en realidad no la mira, porque la desea con ansia. Un deseo profundamente sexual, animal, que lo ciega por completo. No sabría siquiera decir cómo va vestida. Da la impresión de que si Alex no se acuesta con él, de inmediato, volverá a su casa y matará a toda su familia con una escopeta de caza.

—¿Estás casado?

—No... Divorciado. Bueno, separado...

Solo por el tono, Alex deduce: «No lo consigo y además me van a echar la caballería encima».

—¿Y tú?

—Soltera.

Es la ventaja de la verdad, suena a verdad. Él baja la vista. No lo hace por incomodidad ni por pudor, sino para mirarle los pechos. Alex puede ponerse lo que le plazca y todo el mundo se fija inmediatamente en que tiene unos pechos hermosos y voluptuosos.

Ella sonríe y al marcharse le dice:

—Otra vez, quizá...

Él aprovecha el resquicio. «¿Cuándo, cuándo, cuándo?» Rebusca en sus bolsillos. Pasa un taxi. Alex levanta el brazo. El taxi se detiene. Alex abre la puerta. Cuando se vuelve para decirle adiós, él le tiende una tarjeta. Está un poco arrugada, parece un hombre descuidado. Sin embargo, la acepta; y para demostrarle que no le da ninguna importancia, se la guarda distraídamente en el bolsillo. Lo ve a través de la luna posterior, de pie en medio de la calle, contemplando el taxi que se aleja.

31.

El gendarme ha preguntado si su presencia era necesaria.

—Lo prefiero... —ha dicho Camille—. Si dispone de tiempo, por supuesto.

La colaboración entre policía y gendarmería suele ser tensa, pero a Camille le caen bien los gendarmes. Siente que tiene algo en común con ellos. Son obstinados, belicosos y nunca abandonan una pista, aunque se haya enfriado. El gendarme aprecia la propuesta de Camille. Ostenta el rango de sargento. Camille le llama «jefe» porque sabe que en la gendarmería acostumbran a llamar así a los sargentos, y el gendarme se siente respetado. Tiene cuarenta años y luce un bigote fino, de mosquetero, más propio del siglo pasado. Su aspecto es algo anticuado y desprende cierta elegancia, quizá envarada y artificiosa, pero salta a la vista que es un hombre muy agudo. Tiene un alto concepto de su misión. Solo hay que ver sus zapatos, relucientes como espejos.

Hace un tiempo gris, marítimo.

Faignoy-lès-Reims, ochocientos habitantes, dos calles principales, una plaza con un descomunal monumento a los caídos. Es un pueblo triste como un domingo por la tarde. Se dirigen al bar, para eso han ido. El jefe Langlois estaciona el vehículo de la gendarmería frente a la puerta.

Al entrar, el olor a sopa, vino y detergente se le atraviesa de inmediato en la garganta. Camille se pregunta si no se estará volviendo ultrasensible a los olores. En el taller, con el perfume de vainilla de la señora Joris...

Stefan Maciak murió en noviembre de 2005. El nuevo dueño se hizo cargo del establecimiento justo después.

—De hecho, abrí en enero.

Lo que sabe es lo que le explicaron, como todo el mundo. Lo sucedido con Maciak le hizo dudar si quedarse o no con el establecimiento, pues aquel asesinato desató un gran revuelo. Los robos y atracos, ese tipo de cosas, pueden llegar a aceptarse (el dueño trata de poner a Langlois por testigo, sin éxito), pero una historia como aquella... Camille no ha ido hasta allí para oír eso, ni siquiera ha ido allí para escuchar, sino para ver el lugar, sentir esa historia y dar forma a su idea. Ha leído los informes y el sargento Langlois le ha confirmado lo que ya sabía. En aquel entonces, Maciak, un soltero de origen polaco, tenía cincuenta y siete años. Era un hombre bastante grueso, tan alcohólico como se puede ser cuando se lleva más de treinta años trabajando en bares sin ninguna disciplina de vida. Y sobre su vida privada, poco se sabe. En el terreno sexual, frecuentaba la casa de Germaine Malignier y su hija, que allí conocen como «Las cuatro nalgas». Por lo demás, era un tipo tranquilo y simpático.

—Las cuentas estaban en orden.

Para el nuevo propietario, que cierra los ojos muy serio, es una firma en blanco para la eternidad.

«Así que una noche de noviembre...», explica el sargento Langlois. Camille y él han salido del café tras rechazar amablemente una ronda y caminan en dirección al monumento a los caídos, un pedestal sobre el que un bravo soldado, inclinado y desafiando al viento, se dispone a ensartar a un alemán invisible con la bayoneta. El 28 de noviembre, Maciak cerró su establecimiento como de costumbre, hacia las diez de la noche, bajó la persiana y comenzó a prepararse la cena en la cocina del café; solía cenar frente al televisor, encendido desde las siete de la mañana. Pero esa noche no tuvo tiempo. Se sospecha que fue a abrir la puerta trasera y volvió a la sala acompañado. Nadie sabe exactamente qué sucedió, la única certeza es que unos minutos más tarde recibió un martillazo en la parte posterior del cráneo. Estaba aturdido y herido pero seguía con vida, la autopsia fue concluyente en ese aspecto. Acto seguido el asesino lo ató con los trapos del bar, lo que excluye la premeditación. Una vez tendido en el suelo de la sala del café, trató sin duda de que dijera dónde escondía sus ahorros, y se resistió. A buen seguro fue al garaje que comunica con la cocina para coger el bidón de ácido sulfúrico con el que se recarga la batería de la camioneta y volvió para echarle medio litro en el gaznate, lo que puso punto final a la conversación. Se llevó los ciento treinta y siete euros de la caja del día, destrozó la planta superior, destripó un colchón, vació las cómodas y antes de marcharse encontró los dos mil euros que Maciak escondía en el baño, sin que nadie se percatase. También se llevó el bidón de ácido, que seguramente conservaba las huellas dactilares del asesino.

Camille lee mecánicamente los nombres de los muertos de la Gran Guerra y da con tres Malignier, el apellido mencionado hace un rato. Gaston, Eugène y Raymond. Maquinalmente, Camille intenta establecer el lazo de parentesco con «Las cuatro nalgas».

—¿Hay una mujer de por medio?

—Se sabe que hay una, pero no si está relacionada con el caso.

Camille siente un breve escalofrío que le recorre la columna.

—Y según usted, ¿qué pasó? Maciak cerró a las diez...

—A las veintiuna cuarenta y cinco —rectifica el sargento Langlois.

No hay una gran diferencia. El jefe Langlois hace una mueca de desagrado, para él sí la hay.

—Mire, comandante —dice—, ese tipo de comerciantes acostumbran a rebasar el límite horario autorizado. No es frecuente que cierren quince minutos antes.

«Una cita amorosa», esas son las palabras y la hipótesis del sargento Langlois. Los parroquianos vieron a una mujer en el café a última hora del día. Como llevaban allí desde media tarde, debieron de tratar de ligar con tres o cuatro gramos de alcohol en la sangre, así que unos la vieron joven, otros madura, unos bajita, otros gorda, algunos dicen que iba acompañada, otros que no, se habla de un acento extranjero, pero entre quienes creyeron advertirlo ninguno es capaz de precisar de qué acento se trata. De hecho, nadie sabe nada excepto que habló un buen rato con Maciak en la barra y que este parecía muy excitado, que eso debía de ser hacia las nueve de la noche y que tres cuartos de hora después cerró y se justificó ante los clientes asiduos pretextando que de repente se sentía muy cansado. Lo que sucedió a continuación, ya lo conocemos. En los hoteles de las inmediaciones no había ni rastro de una mujer joven o vieja, bajita o gorda. Se solicitó la colaboración ciudadana, pero no sirvió de nada.

—Se tendría que haber ampliado el perímetro de búsqueda —dice el jefe, que evita la sempiterna letanía acerca de la falta de recursos.

Por el momento puede afirmarse que hubo una mujer en los alrededores, pero más allá de eso...

Langlois parece estar siempre en posición de firmes. Tieso, almidonado.

—Hay algo que le sigue rondando la cabeza, ¿verdad, jefe? —le pregunta Camille, sin apartar la mirada de la lista de caídos en la Gran Guerra.

—Pues sí...

Camille se vuelve hacia el sargento Langlois y, sin esperar la respuesta, continúa:

—Lo que me sorprende es que se pretenda hacer hablar a un tipo vertiéndole ácido en el gaznate. Podría comprenderlo si quisieran hacerlo callar, pero para hacerle hablar...

Esas palabras liberan al jefe Langlois. La posición de firmes parece relajarse, como si por un instante olvidara mantenerla, y hasta se permite un pequeño chasquido con la lengua muy poco reglamentario. Camille piensa en llamarlo al orden, pero está convencido de que el sentido del humor no forma parte del plan de carrera del sargento Langlois.

—También he pensado en ello —dice al fin—. Qué extraño... Visto así parece el crimen de un merodeador. El hecho de que Maciak abriera la puerta trasera no confirma que conociera a su asesino, como mucho prueba que el asesino fue lo bastante convincente para que él le abriera, y eso no debió de ser muy difícil. Así pues, un merodeador. El café está vacío, nadie lo ha visto entrar, empuña el martillo (Maciak guardaba una pequeña caja de herramientas bajo la barra), noquea a Maciak y lo ata, eso es lo que se lee en el informe.

—Pero como usted no se cree esa historia del ácido para hacerle confesar dónde escondía sus ahorros, tiene otra versión...

Se alejan del monumento a los caídos y se dirigen hacia el coche, se ha levantado un poco de viento y con él llega el frío propio del final de la estación. Camille se encasqueta con fuerza el sombrero y se ajusta el impermeable.

—Digamos que hay una explicación más lógica. No sé por qué le vertieron ácido en la boca y la garganta, pero, a mi juicio, eso no guarda relación con el robo. Por regla general, los ladrones, cuando a la vez son asesinos, hacen lo más sencillo: matan, registran y luego huyen. Los sanguinarios torturan a la manera clásica y eso puede ser muy doloroso, pero se trata de procedimientos conocidos. Mientras que en este caso...

—¿Y qué opina acerca del ácido?

Un pequeño mohín. Por fin se decide.

—Creo que se trata de una especie de ritual. En fin, quiero decir...

Camille sabe perfectamente qué quiere decir.

—¿Qué tipo de ritual?

—Sexual... —aventura Langlois.

Muy agudo, el jefe.

Sentados uno al lado del otro, ambos hombres contemplan a través del parabrisas del coche cómo la lluvia moja al bravo soldado del monumento a los caídos. Camille le explica la sucesión que ha establecido: Bernard Gattegno, 13 de marzo de 2005; Maciak, 28 de noviembre del mismo año; Pascal Trarieux, 14 de julio de 2006.

El sargento Langlois menea la cabeza.

—La relación es que en todos los casos se trata de hombres.

Esa es también la opinión de Camille. Es un ritual sexual. Esa chica, si se trata de ella, odia a los hombres. Seduce a hombres que conoce, o tal vez los elija, y a la primera ocasión acaba con ellos. Por lo que respecta a por qué utiliza ácido sulfúrico, no lo sabrán hasta haberla detenido.

—Eso supone un crimen por semestre —concluye el sargento Langlois—. Menuda cacería.

Camille está de acuerdo. El jefe no se contenta con emitir hipótesis más que plausibles, sino que plantea también buenas preguntas. Pero no, que Camille sepa, no hay relación entre ellos: Gattegno, mecánico en Étampes; Maciak, propietario de un café en Reims; Trarieux, parado del suburbio norte. Salvo que murieron casi de idéntica manera y con toda certeza a manos de la misma persona.

—No sabemos quién es esa chica —dice Camille mientras el sargento Langlois pone en marcha el vehículo para acompañarlo a la estación—, pero de lo que sí estamos seguros es de que, si eres hombre, más vale no cruzarse en su camino.

32.

Alex se aloja en el primer hotel que encontró, frente a la estación. No ha pegado ojo en toda la noche a causa del ruido de los trenes. Mientras, las ratas aguardan su turno para poblar sus sueños en cualquier otro hotel... La última vez, la rata gorda negra y rojiza medía cerca de un metro, había puesto sus bigotes y su hocico reluciente ante el rostro de Alex, sus ojos negros y brillantes la atravesaban de parte a parte y sus afilados dientes asomaban bajo el morro.

Al día siguiente da con lo que busca en las páginas del listín. Hotel du Pré Hardy. Por suerte, quedan habitaciones libres y a un precio asequible; es limpio, aunque quizá esté un poco alejado de cualquier sitio. La ciudad le gusta, ha estado paseando por sus calles como si estuviera de vacaciones y tiene una luz muy bonita.

Al llegar al hotel, sin embargo, está a punto de marcharse de inmediato.

La causa es la dueña del hotel, la señora Zanetti, «pero aquí todos me llaman Jacqueline». A Alex, de entrada, le disgusta esa inesperada y amistosa efusividad. «Y usted, ¿cómo se llama?» Y se ha visto obligada a responder.

—Laura.

—¿Laura...? —ha repetido la propietaria, fascinada—. ¡Pero si así se llama mi sobrina!

Alex no ve por qué eso le resulta tan curioso. Todo el mundo tiene un nombre: las propietarias de hoteles, sus sobrinas, las enfermeras, todo el mundo. Pero a la señora Zanetti parece sorprenderla sobremanera. Y eso es lo que

ha incomodado a Alex, su manera tan espantosamente comercial de inventarse lazos con cualquiera. Es una mujer
«relacional», y a medida que envejece refuerza su talento
comunicativo con una pizca de impulso protector. Alex
también encuentra irritante esa manera de querer ser amiga de una mitad del mundo y madre de la otra mitad.

Físicamente, es una mujer que fue bella y ha querido seguir siéndolo, y eso lo ha estropeado todo. A veces, el
resultado de las operaciones estéticas soporta mal el paso
del tiempo. En este caso es difícil saber lo que no funciona, da la impresión de que nada ocupa el lugar que le
corresponde y de que el rostro, aunque siga tratando de
parecer un rostro, huya ahora de toda exigencia de propor-
cionalidad. Es una especie de máscara excesivamente ten-
sada con unos ojos de serpiente ahogados en sus órbitas,
cientos de pequeñas arrugas que convergen hacia unos labios de un volumen asombroso y una frente tan tersa que
las cejas parecen arqueadas a la fuerza. Los carrillos han
retrocedido y penden a ambos lados de la cabeza, como
unas patillas; el cabello, teñido de negro azabache, tiene
un volumen pasmoso. Cuando la cabeza de bruja de esa
mujer ha aparecido detrás del mostrador de la recepción,
Alex ha tenido que reprimirse para no dar un salto hacia
atrás. Enfrentarse a semejante monstruosidad nada más llegar anima a tomar decisiones rápidas, y aunque Alex ya
había decidido acabar pronto en Toulouse y regresar, la
dueña del hotel la invita a tomar una copa en su salón pri-
vado la primera noche.

—¿Le apetece charlar un rato conmigo?

El whisky es excelente y el salón agradable, decorado al estilo años cincuenta, con un gran teléfono negro de
baquelita y un tocadiscos Teppaz en el que hay un álbum
de los Platters. Después de todo, es una mujer amable que
le explica anécdotas divertidas de sus antiguos clientes.
Además, Alex acaba por acostumbrarse a ese rostro. Lo ol-

vida. Como también la señora Zanetti ha debido de olvidarlo, algo propio de todos los defectos: llega un momento en que ya solo los demás los perciben.

Luego descorchan una botella de Burdeos. «No sé qué me queda, pero si le apetece cenar...» Alex ha aceptado, por comodidad. La velada se alarga agradablemente, y se ve sometida a una batería de preguntas en cuyas respuestas miente razonablemente. La ventaja de esas conversaciones casuales es que no se está obligado a decir la verdad, pues lo que se dice no tiene importancia para nadie. Cuando se levanta del sofá para dirigirse a su habitación, es más de la una de la madrugada. Se despiden con un beso en la mejilla y se dicen que han pasado una velada maravillosa, lo cual es a la vez verdad y mentira. En cualquier caso, el tiempo ha pasado sin que Alex se diera cuenta. Se acuesta más tarde de lo que había previsto, abatida por el cansancio, y se reencuentra con sus pesadillas.

Al día siguiente da un paseo por las librerías y, para finalizar la jornada, se regala una siesta inesperada de una profundidad casi dolorosa.

El hotel «dispone de veinticuatro habitaciones y fue renovado enteramente hace cuatro años», ha dicho Jacqueline Zanetti. «Llámeme Jacqueline, sí, sí, insisto.» La habitación de Alex está en la segunda planta, así que se cruza con pocos clientes aunque sí oye los ruidos de unos y otros, pues la renovación no incluyó la insonorización. Por la noche, en el momento en que Alex trata de salir discretamente a la calle, Jacqueline aparece detrás del mostrador de recepción. Imposible negarse a una copa, imposible. Jacqueline está más en forma que nunca, centelleante, ríe, sonríe y gesticula mientras va de un lado a otro sirviéndole generosamente aperitivos. Hacia las diez de la noche, al tercer whisky, muestra por fin sus cartas:

—¿Vamos a bailar...?

El entusiasmo de la propuesta debería provocar una adhesión inmediata, salvo que a Alex, el baile... Además, esos sitios la dejan perpleja.

—¡Oh, no, en absoluto! —jura Jacqueline, fingiéndose exageradamente ofendida—. Vamos solo a bailar, ¡se lo aseguro!

Como si realmente creyera en lo que dice.

Alex se hizo enfermera a instancias de su madre, pero en el fondo es enfermera vocacional. Le gusta hacer el bien, y puesto que Jacqueline se ha tomado realmente muchas molestias para escenificar su propuesta, acaba por ceder. Mientras le sirve unas brochetas, le explica que el local es muy divertido, que se puede ir a bailar dos veces por semana y que siempre le ha gustado.

—Bueno —reconoce haciendo melindres—, y también es un sitio de encuentros.

Alex sorbe su Burdeos, ni siquiera se ha dado cuenta del tiempo que llevan sentadas a la mesa y ya son las diez y media.

—Así pues, ¿nos vamos?

33.

En teoría, el camino de Pascal Trarieux nunca se cruzó con el de Stefan Maciak, que a su vez nunca coincidió con el de Gattegno. Camille lee los informes en voz alta.

—Gattegno, nacido en Saint-Fiacre, estudia en el Instituto Técnico de Pithiviers, donde trabaja como aprendiz. Seis años después abre su propio taller en Étampes y más adelante (tenía entonces veintiocho años) adquiere el taller de su antiguo maestro, también en Étampes.

El despacho de la Brigada.

El juez ha pasado por allí para lo que llama «el *briefing*». Pronuncia la palabra con un acento inglés muy marcado, a medio camino entre la afectación y el ridículo. Hoy se ha puesto una corbata azul celeste; en su caso, el colmo de la extravagancia indumentaria de la que es capaz. Permanece impasible, con las manos extendidas sobre la mesa como estrellas de mar. Quiere causar impresión.

—Ese tipo no recorrió más de treinta kilómetros entre su nacimiento y su muerte —prosigue Camille—. Casado, tres hijos, y de repente, a los cuarenta y siete años le apetece echar una cana al aire. Eso lo vuelve loco y luego lo mata. Ninguna relación con Trarieux.

El juez permanece en silencio. Le Guen tampoco dice nada, pues con Camille Verhoeven nunca se sabe cómo van a acabar las cosas.

—Stefan Maciak, nacido en 1949. Familia polaca, modesta, trabajadora, un ejemplo para la Francia integradora.

Excepto el juez, todos conocen ya esos datos, y la voz de Camille deja traslucir el fastidio y la impaciencia que le causa tener que resumir una investigación para una sola persona. En esos casos, Le Guen y Louis cierran los ojos como si quisieran transmitirle calma y serenidad por telepatía. Camille no se excita fácilmente, pero de vez en cuando se deja dominar por la impaciencia.

—El alcoholismo de nuestro Maciak hace de él un perfecto ejemplo de integración. Bebe como un cosaco, o mejor dicho como un polaco, y eso lo convierte en un buen francés. De los que quieren nacionalizarse. Y entonces empieza a trabajar en la restauración: lavaplatos, camarero y luego ayudante de chef. Tenemos ante nuestros ojos un maravilloso ejemplo de ascenso social gracias al descenso por el buche. En un país trabajador como el nuestro, el esfuerzo siempre se ve recompensado. Maciak tuvo su propio café a los treinta y dos años, en Épinay-sur-Orge; lo regentó durante ocho años. Finalmente, en la cima de su ascenso social y con la ayuda de un pequeño préstamo, compró la taberna de los alrededores de Reims donde encontrará la muerte en las circunstancias que ya conocemos. Nunca estuvo casado. Eso tal vez explique el flechazo que lo trastocó cuando una turista de paso se interesó un día por él. Le costó dos mil ciento treinta y siete con ochenta y siete euros (a los comerciantes les gustan las cuentas exactas) y la vida. Su carrera fue laboriosa y su pasión, fulgurante.

Silencio. No se sabe si se debe a la irritación (el juez), la consternación (Le Guen), la paciencia (Louis) o el júbilo (Armand), pero todos guardan silencio.

—Según usted, las víctimas no tienen nada en común, nuestra asesina mata a esos hombres al azar —dice finalmente el juez—. Cree que no se trata de crímenes premeditados.

—Si son premeditados o no, lo ignoro. Me limito a constatar que las víctimas no se conocían y que no obtendremos nada por esa vía.

—¿Por qué en ese caso nuestra asesina cambia de identidad, si no es *para* matar?

—No es *para* matar, sino *porque* ha matado.

Basta que el juez plantee una hipótesis para que Camille eche marcha atrás. Se explica:

—Hablando con propiedad, no cambia de identidad; se hace llamar de otra manera, no es lo mismo. Le preguntan cómo se llama y dice «Nathalie», o «Léa», y nadie le pide su documento de identidad. Se hace llamar de otra manera porque ha matado a esos hombres, a tres que sepamos, aunque puede que haya más. Borra su rastro como puede.

—Pues, en mi opinión, lo hace bastante bien —señala el juez.

—Reconozco que... —dice Camille.

Habla distraídamente, su mirada está en otro sitio. Todos los ojos se han vuelto hacia la ventana. El tiempo ha cambiado. Finales de septiembre. Son solo las nueve de la mañana, pero la luz ha disminuido de repente. La tormenta que fustiga las vidrieras del palacio de Justicia arrecia y golpea los cristales con furiosa violencia; ha comenzado hace más de dos horas y se hace difícil imaginar qué la detendrá. Camille observa el desastre con inquietud. Aunque las nubes no muestran aún el aspecto feroz del *Diluvio* de Géricault, en el aire flota ya algo más que una simple amenaza. «En nuestras minúsculas vidas —piensa Camille—, tenemos que ser desconfiados porque el fin del mundo no se anunciará de manera espectacular. Quizá empiece así, como una tontería».

—¿Y el móvil? —pregunta el juez—. Es poco probable que lo haga por dinero...

—Estamos de acuerdo. Solo se lleva pequeñas sumas y si lo hiciera por dinero calcularía mejor sus golpes, elegiría presas más adineradas. Al padre de Trarieux le robó seiscientos veintitrés euros, en el caso de Maciak fue la recaudación del día y el dinero que encontró en el baño. Con Gattegno, vació el saldo de las tarjetas de crédito.

—Así que los asesina y de paso se lleva un pellizco.

—Es posible. Pero me inclino más por la pista falsa. Pretende confundir a los investigadores simulando un robo.

—En ese caso, ¿cuál es el móvil? ¿La locura?

—Tal vez. En cualquier caso, es de índole sexual.

Por fin la gran palabra que abre de inmediato una nueva vía. El juez tiene una idea acerca de la cuestión. Camille no apostaría nada por su experiencia sexual, pero tiene estudios y no teme plantear una teoría.

—Ella... Si es que se trata de ella...

Desde el principio, al juez le gusta alardear de ese efecto. Seguro que debe convertirlo en un *leitmotiv* en todos los casos: la referencia tácita a las reglas, la presunción de inocencia, la necesidad de apoyarse en hechos tangibles. Se pavonea con satisfacción de su capacidad para dar lecciones. Con esas palabras pretende recordarles que no hay nada probado, y siempre deja un segundo de silencio para que todos comprendan bien el alcance y el significado implícito de su discurso. Le Guen da su opinión. Más adelante, dirá: «¡Y no nos quejemos! A nosotros nos ha tocado soportarlo siendo adulto. ¿Te imaginas a ese tipo en el instituto, lo cabrón que debía de ser?».

—Vierte ácido en la garganta de sus víctimas —prosigue finalmente el juez—. Si fuera un móvil sexual, como usted plantea, me parece que lo utilizaría de otra manera, ¿no cree?

Es una alusión, una indirecta. La teoría lo aleja de la realidad. Y eso no falla.

—¿Puede ser más preciso? —pregunta Camille.

—Bien...

Un segundo de titubeo de más, y Camille ataca.

—¿Sí...?

—Bien, el ácido lo vertería más bien...

—¿En la polla? —lo interrumpe Camille.

—Ehh...

—¿O tal vez en las pelotas? ¿O en ambos sitios?

—Eso creo, en efecto.

Le Guen alza la vista hacia el techo. Cuando oye que el juez retoma la palabra, se dice: «Segundo asalto». Y se cansa solo de pensar en lo que viene a continuación.

—Comandante Verhoeven, sigue usted creyendo que esa mujer fue violada, ¿no es cierto?

—Sí. Creo que mata porque fue violada. Se venga de los hombres.

—Y vierte ácido sulfúrico en la garganta de sus víctimas...

—A causa del mal recuerdo que tiene de las felaciones. Eso sucede, ya lo sabe...

—Por supuesto —dice el juez—. Incluso es más frecuente de lo que se cree. Por suerte, no todas las mujeres que sufren un shock por esa práctica se convierten en asesinas en serie. O al menos, no matan de esa manera...

Sorprendentemente, el juez sonríe y Camille se siente desconcertado. Es una sonrisa a destiempo, difícil de interpretar.

—En cualquier caso, cualesquiera que sean las razones —prosigue Camille—, es lo que hace. Sí, lo sé, si es que se trata de ella...

Camille hace girar el índice en el aire muy rápido, ya conoce la canción.

El juez sigue sonriendo, asiente y se pone en pie.

—En cualquier caso, sea eso o no, a esa chica se le quedó algo atragantado.

El comentario los deja sorprendidos. Sobre todo a Camille.

34.

Alex ha intentado una última maniobra de resistencia. «No estoy vestida, no puedo salir así, no he traído nada.» «Estás perfecta.» Y de repente están frente a frente en el salón. Jacqueline la mira fijamente, sumerge su mirada en los ojos verdes de Alex y asiente con la cabeza con una admiración entremezclada de añoranza, como si contemplara una parte de su propia vida, como si recordara lo bueno que es ser joven y guapa, y dice convencida: «Estás perfecta». Alex ya no sabe qué más decir, toman un taxi y casi sin darse cuenta han llegado. La sala de baile es muy grande. A Alex, el local en sí ya le parece trágico, como el circo o el zoo, uno de esos lugares que provocan una tristeza inmediata e inexplicable; además, para llenarlo harían falta ochocientas personas, y apenas hay ciento cincuenta. Una orquesta, acordeón, piano eléctrico, los músicos rondan la cincuentena, el director lleva un peluquín castaño que le resbala con el sudor y uno se pregunta si no acabará por caerle sobre la espalda. Un centenar de sillas rodean el parquet, brillante como una moneda nueva, y una treintena de parejas pasan y vuelven a pasar disfrazadas de invitados a una boda, de españoles de poca monta, de charlestón o de bolero. Parece un lugar de encuentro para los solitarios. Jacqueline no lo ve así, allí se siente como en su casa, le encanta y se nota. Conoce a la gente, y presenta a Alex: «Laura —y le guiña un ojo—, mi sobrina». La mayoría rondan entre los cuarenta y cincuenta años. Las treintañeras tienen allí aspecto de huérfanas y los treintañeros, de tipos turbios. Hay también una decena de mujeres enérgicas, de la edad de Jacqueline, acicaladas, peinadas y maquilladas, del brazo de maridos amables y pacientes de impecable raya en el pantalón, unas mujeres ruidosas y chistosas, de las que se apuntan a un bombardeo. Acogen a Alex con abrazos, como si aguardaran ese encuentro con impaciencia desde hace tiempo; pero pronto la olvidan porque, ante todo, han ido a bailar.

Y todo eso no es más que un inmenso pretexto porque allí está Mario, y es por él por quien Jacqueline ha ido. Debería habérselo dicho a Alex, lo habría hecho más sencillo. Un tipo de unos treinta años con físico de albañil, algo torpe pero de una virilidad incontestable. Así que, a un lado, Mario, el albañil, y al otro, Michel, con un estilo de antiguo directivo, con corbata, uno de esos hombres que se estiran los puños de la camisa con la punta de los dedos y que llevan gemelos con sus iniciales. Viste un traje verde acuoso, muy claro, con un fino galón negro a lo largo de la pernera, como muchos otros, que hace que uno se pregunte en qué otro sitio se podría lucir semejante prenda. Está loco por Jacqueline y se le nota, salvo que, frente a Mario, sus cincuenta años pesan; Jacqueline no le presta la menor atención a Michel, y Alex se limita a observarlos en esa danza invisible. Aquí, bastan unos rudimentos de etología para poder interpretar todas las relaciones.

A un lado de la sala hay una barra, que casi parece una cantina, donde los clientes se apiñan, charlan y bromean cuando el baile decae, y donde los hombres abordan a las mujeres. En algunos momentos, la multitud se agolpa en ese rincón de la sala y las parejas que siguen bailando todavía parecen más solas, como las figuritas de una tarta nupcial. El director de la orquesta acelera entonces la cadencia para acabar lo antes posible y probar suerte con otro tema.

Son más de las dos cuando la sala comienza a vaciarse. Algunos hombres se agarran febriles a sus parejas en el centro de la pista antes de que se les acabe el tiempo.

Mario desaparece, Michel se ofrece a acompañarlas, Jacqueline se niega, toman un taxi, pero antes se despiden con besos y abrazos, ha sido una velada formidable, y todo son promesas.

En el taxi, Alex se atreve a hablarle de Michel a una Jacqueline algo bebida que responde con una confidencia que no es ningún secreto: «Siempre me han gustado los hombres más jóvenes». Acompaña sus palabras con un pequeño mohín, como si confesara que es incapaz de resistirse al chocolate. «Ambas cosas se compran», piensa Alex. Porque tarde o temprano Jacqueline tendrá a su Mario, pero de una manera u otra le costará caro.

—Te has aburrido, ¿verdad?

Jacqueline ha cogido la mano de Alex en la suya y la aprieta con fuerza. Curiosamente, tiene las manos frías, son unas manos largas, apergaminadas, con unas uñas interminables. En esa caricia imprime todo el afecto que la hora y la ebriedad le permiten.

—No —asegura Alex con convicción—, ha sido divertido.

Pero decide que se marchará al día siguiente. A primera hora de la mañana. No tiene reserva, pero ya encontrará billete.

Llegan al hotel. Jacqueline se tambalea sobre sus altos tacones. «Vamos, es tarde.» Se besan en la entrada sin hacer ruido para no despertar a nadie. «¿Hasta mañana?» Alex responde con un sí a todo, sube a su habitación, coge su maleta, vuelve a bajar y la deja cerca de la recepción, se cuelga el bolso de un hombro, pasa detrás del mostrador y abre la puerta del pequeño salón.

Jacqueline se ha descalzado y acaba de servirse un gran vaso de whisky. Ahora que está sola, que vuelve a ser ella misma, aparenta cien años más.

Al ver entrar a Alex, sonríe. «¿Has olvidado algo?» Alex no le da tiempo de articular la frase, coge el auricular del teléfono y le asesta un golpe terrible en la sien derecha. Jacqueline se vuelve y se desploma. Su vaso rueda por el suelo de la habitación. Alza la cabeza y Alex la golpea en el cráneo con todas sus fuerzas, con ambas manos esta vez, con la base del gran teléfono de baquelita. Matar a la gente golpeándole la cabeza es su especialidad, y además es lo más rápido cuando no se tiene un arma. Esta vez, tres, cuatro, cinco golpes alzando los brazos lo más arriba posible, y asunto resuelto. La cabeza de la vieja ha quedado bastante deformada, pero todavía no está muerta; es la segunda ventaja de la cabeza: aturde, pero permite disfrutar del postre. Alex le propina dos fuertes golpes más en el rostro y se da cuenta de que Jacqueline lleva dentadura postiza. Le sobresale casi entera de la boca, torcida, un modelo de resina, con buena parte de los dientes delanteros rotos. La nariz le sangra abundantemente y Alex se aparta para no mancharse. El cable del teléfono le sirve para atarle las muñecas y los tobillos, tras lo cual, aunque la vieja aún se mueva, ya no tiene de qué preocuparse.

Alex siempre se protege bien la nariz y el rostro y vierte el ácido desde lejos, extendiendo el brazo al máximo y agarrando un buen mechón de cabellos. Y en esta ocasión aún con más razón, puesto que el ácido sulfúrico concentrado provoca una efervescencia de singular intensidad al caer sobre la resina de la dentadura.

Cuando la lengua, la garganta y el cuello de la hotelera se funden, emite un grito ronco y grave, animal, y su vientre se eleva como un globo hinchado con helio. Puede que ese grito no sea más que un acto reflejo, es difícil saberlo. Sin embargo, Alex espera que sea de dolor.

Abre la ventana que da al patio y entorna la puerta para crear una corriente de aire, y luego, cuando la atmósfera vuelve a ser respirable, cierra la puerta y deja la ventana abierta. Busca la botella de Bailey's, no la encuentra, prueba el vodka, no está mal, y se acomoda en el sofá. Un ojo sobre el cuerpo de la vieja. Muerta, parece completamente desarticulada, y eso no es nada comparado con la cara, con lo que queda de ella: la carne fundida por el ácido se ha mezclado con el bótox formando un amasijo infame.

¡Puaj!

Alex está rendida.

Coge una revista y empieza a hacer un crucigrama.

35.

Están atascados. El juez, el tiempo, la investigación, nada funciona. Incluso Le Guen se enfada. Y esa chica, de la que aún no saben nada. Camille ha terminado sus informes y mata el tiempo. Nunca le apetece demasiado volver a casa. Si Doudouche no lo estuviera esperando...

Trabajan diez horas diarias, han grabado decenas de declaraciones, releído docenas de expedientes, atestados, resúmenes de noticias, han requerido precisiones, verificado detalles y horarios de las personas interrogadas... Y siguen sin tener nada.

Louis asoma la cabeza y entra. Al ver los papeles esparcidos sobre la mesa, le hace un gesto al comandante: «¿Puedo?». Camille indica: «Sí». Louis pasa las hojas, son retratos de la chica. El retrato robot proporcionado por el equipo de identificación ofrece un parecido suficiente para que los testigos puedan reconocerla; sin embargo, es un retrato sin vida, mientras aquí, de memoria, Camille lo ha recompuesto, transfigurado. Esa chica no tiene nombre, pero en esos dibujos tiene alma. Camille la ha dibujado diez, veinte, treinta veces tal vez, como si la conociera muy bien. En uno de los retratos aparece sentada a la mesa, sin duda en un restaurante, con las manos entrelazadas bajo el mentón, como si escuchara a alguien explicar una anécdota, con unos ojos claros y alegres. En otro impresionante boceto, la chica alza la cabeza y llora, diríase que se ha quedado sin palabras y le tiemblan los labios. En un tercero se la ve en la calle, camina y arquea la espalda al volverse para ver el reflejo de su rostro sorprendido en el cristal de un escaparate. Gracias al lápiz de Camille, esa chica está increíblemente viva.

A Louis le apetece dar su opinión acerca de esos dibujos, lo mucho que le gustan; sin embargo, se reprime al recordar que Camille dibujaba a Irène así, en todo momento. Sobre la mesa de su despacho siempre había nuevos croquis, los garabateaba mientras hablaba por teléfono, eran el fruto involuntario de su pensamiento.

Así que Louis no dice nada al respecto. Intercambian unas palabras. No, Louis aún se va a quedar un rato, no mucho, tiene que acabar unas cosas. Camille asiente, se levanta, se pone el abrigo, coge su sombrero y sale.

Camille se sorprende al cruzarse con Armand. Son raras las ocasiones en que este se queda en el despacho hasta tan tarde. Armand lleva un cigarrillo en cada oreja y del bolsillo de su americana gastada sobresale la punta de un bolígrafo de cuatro colores. Eso significa que en algún lugar de la planta hay un agente nuevo, una circunstancia en la que el olfato de Armand nunca falla. Un principiante no puede dar dos pasos en el edificio sin tropezar con el veterano más simpático de la tierra, dispuesto a hacerle de cicerone por ese laberinto de pasillos, simpatías y rumores, un tipo afable que comprende muy bien a los jóvenes. A Camille le encanta. Parece uno de esos números en los que al desafortunado espectador que sale al escenario lo despojan del reloj y la cartera sin que se dé cuenta. A lo largo de la conversación, al principiante le vuelan cigarrillos, bolígrafo, cuaderno, mapa de París, billetes de metro, cheques restaurante, tarjeta del aparcamiento, calderilla, periódico del día y revista de crucigramas. El primer día, Armand acumula cuanto puede, porque luego ya es demasiado tarde.

Camille y Armand abandonan juntos la Brigada. Camille le estrecha la mano a Louis por la mañana, pero nunca por la noche. Con Armand, se dan la mano por la noche sin decirse nada.

En el fondo, hay algo que todo el mundo sabe pero nadie dice: Camille es un hombre lleno de costumbres que impone a su entorno y siempre es capaz de crear alguna nueva.

De hecho, más que de costumbres se trata de rituales. Maneras de reconocerse. Con él, la vida es una perpetua celebración, salvo que nadie sabe qué se celebra. Y un lenguaje. Incluso ponerse las gafas, en el caso de Camille, puede tener distintos significados; según el caso, puede ser: «Necesito reflexionar», «Dejadme en paz», «Me siento viejo» o «A ver si pasan diez años». Para Camille, ponerse las gafas es tal vez el equivalente de atusarse el flequillo en el caso de Louis, un lenguaje de signos. Puede que Camille actúe de ese modo a causa de su baja estatura. Necesita anclarse en el mundo.

Armand estrecha la mano de Camille y corre hacia el metro. Camille se queda sin saber qué hacer. Doudouche es cariñosa y hace lo que puede, pero volver a casa por la noche solo por ella...

Camille ha leído en algún sitio que la señal que puede salvarlo a uno llega en el momento en el que ya no se cree en nada.

Y eso es lo que sucede justamente entonces, en ese preciso instante.

El chaparrón, que les había dado un momento de tregua, se desata de nuevo con más fuerza. Camille se sujeta el sombrero para que no se lo lleve el viento y se dirige hacia la parada de taxis, totalmente desierta. Hay dos hombres inclinados sobre la calzada que esperan bajo sendos paraguas negros y miran a lo lejos, fastidiados, como pasajeros que aguardan impacientes un tren que llega con retraso. Camille consulta su reloj. El metro. Media vuelta, unos pasos, de nuevo media vuelta. Se detiene y observa el carrusel en torno a la parada de taxis. Un coche avanza lentamente por el carril reservado, tan lentamente que incluso parece una discreta invitación, aterciopelada, la ventanilla está bajada... Y de repente Camille sabe que lo ha encontrado. Que no le pregunten por qué. Quizá porque se le han agotado las soluciones. El autobús no era posible debido a la hora; el metro, demasiado arriesgado, hay cámaras por todas partes y, después de cierta hora, cuando está desierto, siempre hay alguien que puede fijarse en ti. El taxi tampoco, no hay nada mejor para ser observado de cerca.

Así que...

Así que eso es lo que ocurrió. No pierde el tiempo dándole más vueltas, se cala el sombrero, adelanta al cliente que se disponía a subir, farfulla una disculpa y mete la cabeza por la ventanilla.

—¿Al Quai de Valmy?

—¿Quince euros? —propone el conductor.

Es de un país del Este, pero ¿cuál? A Camille no se le dan nada bien los acentos... Abre la puerta trasera. El coche arranca. El conductor sube la luna de la ventanilla. Lleva un chaleco de lana, tricotado, casero, con una cremallera. Hace al menos diez años que Camille no ve una prenda semejante. Desde que tiró el suyo. Pasan unos minutos y Camille cierra los ojos, aliviado.

—He cambiado de opinión —dice—, lléveme mejor al Quai des Orfèvres.

El conductor lo mira por el retrovisor.

Y se encuentra con la placa del comandante Verhoeven en primer plano.

Louis se está poniendo su abrigo Alexander McQueen, a punto de marcharse, cuando Camille llega con su presa. Louis se sorprende.

—¿Tienes un segundo? —pregunta Camille.

Sin aguardar la respuesta, lleva al conductor a una sala de interrogatorios y se apoya en una silla, frente a él.

No va a tardar mucho. Y eso es lo que le explica al tipo:

—Hablando se entiende la gente de bien, ¿no es así?

El concepto «gente de bien» es un tanto complejo para un lituano de cincuenta años. Por ello, Camille se refugia en valores más seguros, explicaciones más sencillas y, por ende, más eficaces.

—Nosotros, y me refiero a la policía, nos vamos a volcar en este asunto. Puedo movilizar a las fuerzas necesarias para rodear las estaciones del Norte y del Este, la de Montparnasse, la de Saint-Lazare e incluso la de Invalides para impedir las salidas hacia el aeropuerto de Roissy. Podemos hacer una redada y detener a dos tercios de los taxistas sin licencia de París en menos de una hora y evitar que el resto trabaje durante dos meses. A los que pillemos, los traemos aquí, retenemos a los que no tienen papeles, a los que lleven documentación falsa y a los que los tengan caducados, y les metemos una multa equivalente al precio de su coche y requisamos los vehículos. Ah, sí, no podemos hacer otra cosa, es la ley, ya me entiendes. Y luego metemos a la mitad de vosotros en aviones con destino a Belgrado, Tallin o Vilna, ya nos ocuparemos de las reservas, ¡no te preocupes!, y a los que queden los enviamos dos años a la cárcel. ¿Qué me dices a eso, amigo?

El taxista lituano no domina el francés, pero ha entendido lo esencial. Mira con inquietud su pasaporte, que está sobre la mesa. Camille lo alisa con el canto de la mano, como si quisiera limpiarlo.

—Además, te voy a guardar esto, si me permites. En recuerdo de nuestro encuentro. Y te devolveré esto otro.

Le tiende su teléfono móvil. El semblante del comandante Verhoeven cambia bruscamente, no está para bromas. Deja violentamente el teléfono sobre la mesa metálica.

—Y ahora me pones patas arriba la comunidad. Quiero a una chica de entre veinticinco y treinta años, atractiva pero muy cansada. Sucia. Uno de vosotros la recogió el miércoles 11 entre la iglesia y la Porte de Pantin. Quiero saber adónde la llevó. Tienes veinticuatro horas.

36.

Alex comprueba que el sufrimiento en la jaula la ha trastornado, que vive en la estela de ese hecho. El miedo a morir de aquella manera, las ratas..., siente escalofríos con solo pensarlo y, de golpe, pierde el norte. No logra mantener el equilibrio, seguir en pie. Su cuerpo está fatigado, fulgurantes contracciones musculares la despiertan por la noche, como la huella de un dolor que se negara a desaparecer. En el tren, en plena noche, lanza un grito. Suele decirse que, para que podamos sobrevivir, el cerebro desecha los malos recuerdos para conservar solo los buenos. Aunque es posible, eso debe de llevar tiempo, porque en cuanto cierra los ojos mucho rato Alex revive su terror hasta en las entrañas, esas putas ratas...

Sale de la estación, atolondrada, es casi mediodía. En el tren ha acabado por dormirse, y hallarse en la acera en medio de París es como salir de una pesadilla.

Arrastra su maleta con ruedas bajo un cielo uniformemente gris. En la rue Monge, un hotel, una habitación libre que da al patio, con un leve olor a tabaco. Se desnuda de inmediato y se mete bajo el agua hirviendo de la ducha, luego tibia, luego fría, y se cubre con el inevitable albornoz blanco de rizo que transforma los hoteles sin gloria en los palacios del pobre. Con el cabello mojado, anquilosada, hambrienta, se contempla de cuerpo entero en el espejo. Lo único que realmente le gusta son sus pechos. Cuando se seca el cabello, se los mira. Sus senos crecieron muy tarde, ya no los esperaba, aparecieron de repente, ¿a los trece años?, quizá más tarde, a los catorce. Antes, lo que oía siempre en el colegio era «lisa como una tabla de planchar». Sus amigas lucían escote desde hacía años, vestían camisetas ajustadas y algunas tenían unos pezones puntiagudos que parecían de titanio, mientras que ella, nada. También la llamaban «pala de pan», aunque nunca supo qué era exactamente una pala de pan, nadie lo sabía, salvo que eso servía para denunciar su pecho plano a ojos del mundo entero.

Y el resto llegó aún más tarde, cuando ya iba al instituto. A los quince años todo se puso en su sitio, perfectamente, los pechos, la sonrisa, las nalgas, los ojos, la silueta entera, los andares. Antes Alex era francamente fea, con eso que púdicamente se da en llamar un físico poco agraciado, un cuerpo que no se decidía a existir, una especie de intermedio, que no sugería nada, sin gracia, sin personalidad, solo se veía que era una chica, nada más. Incluso su madre se refería a ella llamándola «mi pobre hija» y, aunque pareciera preocupada, de hecho veía en ese físico poco agraciado la confirmación de cuanto pensaba acerca de Alex. Que no valía para nada. Cuando Alex se maquilló por primera vez, su madre se echó a reír sin decir una palabra, nada. Alex corrió al baño, se lavó la cara, se miró al espejo y sintió vergüenza. Cuando volvió a bajar, su madre siguió sin abrir la boca. Solo una sonrisa irónica, muy discreta, que valía por todos los calificativos. Y luego, cuando empezó la verdadera transformación, su madre fingió no darse cuenta.

Hoy, todo eso queda muy lejos.

Se pone las bragas y el sujetador y rebusca en su maleta, le es imposible recordar qué hizo de ella. No la ha perdido, no, seguro que no, está segura de que la encontrará, revuelve su maleta y esparce el contenido sobre la cama, hurga en los bolsillos laterales, trata de recordar, se ve en la acera, ¿qué llevaba aquella noche?, entonces lo recuerda y hunde la mano entre su ropa en busca de un bolsillo.

—¡Aquí está!

Es una victoria incontestable.

—Eres una mujer libre.

La tarjeta está un poco arrugada, descantillada, ya lo estaba cuando se la dio, con un profundo doblez que la atraviesa. El tiempo de marcar el número. Con la mirada fija en la tarjeta, dice:

—Hola, buenos días, ¿Félix Manière?

—Sí, ¿de parte de quién?

—Hola, soy...

¿Qué nombre le dijo?

—¿Julia? ¿Eres Julia?

Lo ha dicho casi en un grito. Alex respira, sonríe.

—Sí, soy Julia.

Su voz parece lejana.

—¿Estás conduciendo? —pregunta ella—. ¿Te molesto?

—No, sí, vamos, no...

Está realmente contento de oírla. Ha perdido los papeles.

—¿Que sí o que no? —pregunta Alex riendo.

Encaja el golpe, pero es buen jugador.

—Para ti siempre es que sí.

Alex deja pasar unos segundos, el tiempo de apreciar la réplica, de saborear lo que significa esa respuesta.

—Eres muy amable.

—¿Dónde estás? ¿En tu casa?

Alex se sienta en la cama y mueve las piernas.

—Sí, ¿y tú?

—En el trabajo...

El breve silencio que sigue provoca entre ellos cierto titubeo, uno y otro aguardan a que el otro continúe. Alex está muy segura de sí misma. Eso no falla.

—Me alegro de que me hayas llamado, Julia —dice por fin Félix—. Me hace muy feliz.

Y que lo digas. Alex lo ve aún con más claridad ahora que oye su voz, ese físico de hombre derrotado por el esfuerzo y en quien la edad empieza a causar los primeros estragos, esa silueta paticorta y ese rostro... Se turba solo con pensar en ese rostro, en el efecto que le producen sus ojos vagamente tristes, idos.

—¿Y qué haces en el trabajo?

Alex se tiende sobre la cama, de cara a la ventana abierta.

—Estoy haciendo las cuentas de la semana, porque mañana me marcho y si no lo dejo todo listo, después no me acordaré, ya sabes...

Se detiene en seco. Alex sigue sonriendo. Es divertido, no tiene más que levantar una ceja o callarse para detenerlo o ponerlo en marcha. Si estuviera frente a él, le bastaría con sonreír de una determinada manera, mirarlo volviendo ligeramente la cabeza para que interrumpiera su frase o la acabara de otro modo. Y eso es lo que acaba de hacer. Ha dejado de hablar y él se ha detenido, ha sentido que no era la respuesta correcta.

—Bueno, qué más da —dice—. Y tú, ¿qué haces?

La primera vez, al salir del restaurante, ella quiso darle la impresión de que sabía provocar a los hombres. Conoce la fórmula. Sus andares indolentes, la manera de dejar caer los hombros, la cabeza ladeada y los ojos muy abiertos, casi inocentes, los labios derritiéndose ante su ávida mirada... Aquella noche, en la acera, recuerda a Félix azorado ante la idea de poseerla. Transpiraba deseo por todos los poros de su cuerpo. Así que no le es difícil.

—Estoy tumbada —dice Alex—. En mi cama.

No ha exagerado, no ha utilizado una voz grave y aterciopelada, no le ha dado detalles inútiles, solo lo necesario para sembrar la duda, la turbación. Por el tono, es pura información; por el contenido, un pozo sin fondo. Silencio. A ella le parece oír la avalancha neuronal que se ha desencadenado en la mente de Félix. Incapaz de dar con una palabra, se ríe tontamente, y como ella no reacciona, sino que, al contrario, añade a su silencio toda la tensión de la que es capaz, la risa de Félix se ahoga y se apaga:

—En tu cama...

Félix ha salido de sí mismo. En ese instante acaba de fundirse con su teléfono móvil, con las ondas que se propagan a través de la ciudad, hacia ella, es el aire que ella respira y que hincha lentamente su vientre firme coronado por esas diminutas braguitas blancas, que imagina tan pequeñas; es esas mismas braguitas, es la tela de esas braguitas, es la atmósfera de la habitación, las micropartículas de polvo que la rodean y la bañan, no puede decir nada más, es incapaz de hacerlo. Alex sonríe dulcemente. Él la oye.

—¿Por qué te ríes?

—Porque me haces reír, Félix.

¿Ya lo ha llamado por su nombre?

—Ah...

No sabe muy bien cómo tomárselo.

—¿Qué haces esta noche? —encadena Alex.

Él trata de tragar saliva por dos veces.

—Nada...

—¿Me invitas a cenar?

—¿Esta noche?

—Bueno —dice Alex—, si no he llamado en buen momento, lo siento...

Y su sonrisa se ensancha al oír el torrente de excusas, justificaciones, promesas, explicaciones, detalles, razones y motivos a lo largo del cual ella consulta su reloj, son las siete y media, y lo interrumpe con tres palabras:

—¿A las ocho?

—¡Sí, a las ocho!

—¿Dónde?

Alex cierra los ojos. Cruza las piernas sobre la cama, ha sido verdaderamente fácil. Félix necesita más de un minuto para proponer un restaurante. Ella se inclina hacia la mesilla de noche y apunta la dirección.

—Está muy bien —asegura él—. Vamos, está bien... Ya verás. Y si no te gusta, podemos ir a otro sitio.

—Si está bien, ¿por qué tendríamos que ir a otro sitio?

—Es... cuestión de gustos...

—Precisamente, Félix, me interesa descubrir qué te gusta.

Alex cuelga y se despereza como una gata.

37.

El juez ha exigido la presencia del equipo al completo, con Le Guen a la cabeza, Camille, Louis y Armand. El caso está lamentablemente atascado.

Atascado pero, sin embargo..., no tanto como parece. Porque por fin hay novedades. Algo, de hecho, verdaderamente cabal y radicalmente nuevo, y para que todo el mundo lo disfrute, el juez ha pedido a Le Guen que amplíen el radio de acción. Apenas entra en el despacho de la Brigada con paso austero, Le Guen trata de calmar a Camille con sus insistentes miradas. Camille, por su parte, siente cómo la presión le sube desde el vientre. Sus dedos, entrelazados a su espalda, se mueven como si se prepararan para una operación de una precisión máxima. Observa la entrada del juez. Por la manera en que se comporta desde el inicio de la investigación se adivina que, para él, la prueba de la inteligencia es tener la última palabra. Y hoy no tiene intención de ceder ni un ápice.

El juez va impecablemente vestido. Traje sobrio, gris, corbata sobria, gris, la elegancia que encarna la serenidad de la justicia. A la vista de ese traje, propio de Chéjov, Camille adivina que Vidard va a deleitarlos con una representación teatral. No tiene ningún mérito, el papel del juez ya está escrito. La obra podría titularse *Crónica de un nuevo anuncio*, porque el equipo ya sabe a qué atenerse, y resumirse en «son ustedes unos imbéciles», porque la teoría de Camille acaba de irse al traste.

La noticia les ha llegado dos horas antes. El asesinato de una tal Jacqueline Zanetti, hotelera de Toulouse.

Golpeada violentamente en la cabeza, con un encarniza-
miento evidente, luego atada y rematada con ácido sulfúrico concentrado.

Camille ha telefoneado de inmediato a Delavigne.
Se conocieron al inicio de sus carreras, veinte años atrás, y
es comisario de la Brigada Criminal en Toulouse. En cuatro horas se han llamado siete u ocho veces. Delavigne es
un tipo sólido, servicial, solidario e incordiado, y de qué
manera, por su colega Verhoeven. En el transcurso de la
mañana, desde su despacho, Camille ha asistido a las primeras constataciones y a los interrogatorios casi como si
hubiera estado presente.

—No cabe la menor duda —dice el juez—, segu-
ro que se trata de la misma asesina. De un asesinato a otro,
el método es casi invariable. El atestado afirma que la
muerte de la señora Zanetti se produjo el jueves, a prime-
rísima hora de la madrugada.

—Su hotel es bastante conocido —ha dicho Delavigne—, un sitio *very quiet*.

Ah, sí. Delavigne es así, le gusta trufar su conversación de anglicismos. Es su estilo. A Camille le molesta
sobremanera.

—La chica llegó el martes a Toulouse, hemos dado
con su rastro en un hotel cerca de la estación donde se alojó bajo el nombre de Astrid Berma. Al día siguiente cambió de alojamiento. El miércoles se hospedó en el de Zanetti, el hotel du Pré Hardy, bajo el nombre de Laura
Bloch, y el jueves *in the night* le dio varios golpes con el teléfono. En plena cara. Luego la remató con ácido sulfúrico y limpió la caja del hotel, alrededor de unos dos mil
euros, antes de desaparecer.

—No escatima en identidades, que digamos...

—No, nada que decir en cuanto a eso.

—No sabemos si se desplaza en coche, en tren o en avión. Investigaremos la estación de ferrocarriles, la de autobuses, las agencias de alquiler y los taxis, pero necesitaremos tiempo.

—Han hallado sus huellas por todas partes —señala el juez—, en su habitación, en el salón de la señora Zanetti... Está claro que no le importa que las encuentren. Como no está fichada, sabe que no tiene por qué preocuparse. Raya la provocación.

El hecho de que en la misma sala haya un juez y un comisario no impide que los policías obedezcan la regla de Camille: en las reuniones de síntesis, uno se queda de pie. Camille, apoyado en la puerta, guarda silencio y espera.

—¿Luego? —ha preguntado Delavigne—. Pues el jueves por la noche acompañó a Zanetti al baile del Central, un lugar bastante *picturesque*...

—¿En qué sentido?

—Es un local de viejos y solitarios. Solteros, aficionados al baile. De veintiún botones con sus americanas blancas, corbatas finas y vestidos de volantes... A mí me parece más bien *funny,* pero creo que a ti te parecería deprimente.

—Ya veo.

—No, no creo que lo veas realmente.

—¿Hasta ese punto?

—Ni te lo puedes imaginar. ¡El Central debería formar parte del circuito de los turistas japoneses como *pinnacle of achievement*!

—¡Albert!

—¿Qué?

—Deja ya esos anglicismos, no sabes cómo me joden.

—*OK, boy.*

—Mucho mejor... ¿El asesinato está relacionado con esa salida?

—A priori, no. Ningún testimonio lo indica. La velada fue «animada», «divertida», alguno la califica incluso de «formidable», en resumen, una velada de mierda, pero en cualquier caso sin problemas ni disputas, salvo las habituales historias de ligue, de parejas, en las que la chica no tomó parte. Se mantuvo al margen, según parece. Parecía que estuviera allí para satisfacer a Zanetti.

—¿Se conocían?

—Zanetti la presentó como su sobrina. Bastó menos de una hora para comprobar que no tiene hermanos ni hermanas. En esa familia hay tantas sobrinas como comulgantes en un burdel.

—Si tú no sabes nada acerca de comulgantes...

—¡Por supuesto, señor! En cuestión de comulgantes, ¡los proxenetas de Toulouse son muy estrictos!

—Pero sé que ya disponen de todos los elementos gracias a sus colegas de Toulouse —dice el juez—. No, eso no es lo interesante.

«Vamos, canta», piensa Camille.

—Lo interesante es que hasta ahora solo había matado a hombres mayores que ella y este asesinato de una mujer de más de cincuenta años hace que su hipótesis se tambalee. Me refiero a la teoría del comandante Verhoeven acerca de los asesinatos sexuales.

—También era la suya, señoría.

Es Le Guen. También él empieza a estar harto.

—¡Absolutamente! —dice el juez.

Sonríe, casi contento.

—Todos hemos cometido el mismo error.

—No se trata de ningún error —dice Camille.

Todos lo miran.

—En resumen —ha dicho Delavigne—, se fueron juntas al baile, y tenemos un montón de testigos entre las amistades y los conocidos de la víctima. Describen a la chica como amable, *smiley (sorry)*, y todos la reconocen en el retrato robot que me enviaste. Guapa, delgada, ojos verdes, castaña-pelirroja. Dos mujeres dicen estar seguras de que se trataba de una peluca.

—Creo que tienen razón.

—Noche de baile en el Central y luego regreso al hotel, hacia las tres de la madrugada. El asesinato debió de cometerse poco después, porque (a ojo, ¿eh?, habrá que esperar los resultados de la autopsia para estar seguros) el forense estima que el crimen se cometió hacia las tres y media.

—¿Una pelea?

—Es posible pero, para acabarla con ácido sulfúrico, debían de dirimir diferencias insalvables.

—¿Nadie oyó nada?

—*No one. Sorry...* Qué quieres, a esa hora todos los clientes estaban durmiendo. Y además, unos telefonazos en la cara tampoco arman tanto alboroto.

—Esa Zanetti, ¿vivía sola?

—Por lo que sabemos, según en qué épocas. En los últimos tiempos, sí, estaba sola.

—Poco importa su hipótesis, comandante. Puede usted agarrarse a la teoría que desee, pero eso no nos hace avanzar y por desgracia no altera el resultado. Tenemos entre manos el caso de una asesina totalmente imprevisible, que se desplaza rápido y a menudo, que mata indiferentemente a hombres y mujeres, que se mueve libremente y que ni siquiera se inquieta puesto que no está fichada. Así que mi pregunta, señor comisario, es muy sencilla: ¿qué piensa hacer?

38.

—Está bien, si dices que es media hora... Pero ¿me traerás de vuelta?

Félix juraría cualquier cosa. Sin embargo, tiene la impresión de que las cosas no han ido demasiado bien con Julia, que su conversación no le ha interesado. La primera vez, a la salida del restaurante, sintió que no estaba a la altura, y hace un rato, al teléfono, no cree haber jugado un buen partido. En su descargo, la llamada de Julia lo ha trastocado, no la esperaba. Y ahora esta velada. Y antes el restaurante, vaya idea ha tenido. Lo ha pillado desprevenido, qué se le va a hacer... Esa chica te llama, te dice que está tumbada en su cama y te propone que cenes con ella esta noche. Sí, vale, esta noche, pero ¿dónde? Así que te quedas en blanco y dices lo primero que te viene a la cabeza, y luego...

Al principio, ella se ha divertido excitándolo. Conoce el efecto que provoca el vestido que ha elegido, y no ha fallado: en cuanto la ha visto, parecía que se le iba a desencajar la mandíbula. Luego Alex ha dicho: «Buenas noches, Félix...», apoyando su mano sobre el hombro de él, y le ha rozado la mejilla con los labios, muy deprisa, con familiaridad. Félix se ha derretido, confuso, porque ese gesto podía significar tanto «de acuerdo para esta noche» como «seamos buenos amigos», como si trabajaran juntos. Alex sabe hacer muy bien esas cosas.

Ha dejado que él le hablara de su vida profesional, de los escáneres, las impresoras, la empresa, las oportunidades de promoción futuras, los colegas que no le llegan ni a la suela del zapato y hasta de la facturación del mes, que

Alex ha recibido con un «¡oh!» de admiración y Félix, sacando pecho, ha interpretado como si hubiera recuperado terreno tras un gol.

No, lo que divierte a Alex de ese hombre es su rostro, le provoca sensaciones fuertes, desconcertantes, y sobre todo, le encanta advertir la violencia de su deseo. Esa es la razón de que esté allí. Todos los poros de su piel gritan que quiere acostarse con ella. Su virilidad está a punto de estallar a la menor chispa. Cuando ella le sonríe, se pone tan tenso que parece que vaya a levantar la mesa. Igual que la primera vez. «¿Será un eyaculador precoz?», se pregunta Alex.

Después, en su coche, Alex se ha subido el vestido un poco más de lo necesario y él no puede resistirse, llevan diez minutos en camino y le pone la mano sobre el muslo, muy arriba. Alex no dice nada, cierra los ojos y sonríe para sus adentros. Cuando vuelve a abrirlos lo lee en su rostro, eso lo ha hecho enloquecer, si pudiera se la tiraría allí mismo, de inmediato, en la vía de circunvalación. En ese preciso momento pasan junto a la Porte de la Villette, ahí fue donde Trarieux murió atropellado por el tráiler. Alex se siente muy feliz, la mano de Félix sube por su muslo y ella lo detiene. El gesto, sereno y caluroso, tiene más de promesa que de prohibición. Lo sujeta de la muñeca de una manera... Si sigue con esa erección, el tipo no va a llegar entero, estallará en pleno vuelo. Avanzan en silencio, el ambiente en el coche es denso, arde, el silencio está suspendido como una bengala sobre un detonador. Félix conduce deprisa, Alex se siente tranquila. Y tras la vía rápida, un suburbio inmenso, una hilera de edificios altos y tristes. Aparca su coche a la primera y se vuelve hacia ella, pero Alex ya ha salido del coche y se alisa el vestido con la mano. Él se dirige hacia el edificio con un enorme bulto en la bragueta que ella finge no ver. Alza la vista, el edificio debe de tener al menos veinte plantas.

—Doce —dice él.

Está tolerablemente destartalado, las paredes sucias, cubiertas de inscripciones obscenas. Algunos buzones están reventados. Él se avergüenza, parece como si solo ahora se le hubiera ocurrido que podría haberla llevado a un hotel. Pero la palabra «hotel» justo al salir del restaurante hubiera significado inequívocamente «quiero follarte», y no ha osado. Y de repente, se siente avergonzado. Ella le sonríe para darle a entender que no tiene ninguna importancia. Y es verdad, para Alex, eso carece de importancia. Para tranquilizarlo, le pone de nuevo la mano en el hombro y, mientras él busca la llave, ella le da un beso muy breve y muy ardiente en la mejilla, casi en el cuello, y le provoca un escalofrío. Él se detiene en seco, toma aire, abre la puerta, enciende las luces y dice: «Entra, ahora vuelvo».

Apartamento de soltero. De divorciado. Ha corrido hacia el dormitorio. Alex se quita la chaqueta, la deja sobre el sofá y vuelve para observarlo. La cama no está hecha, la verdad es que no hay nada hecho, y él extiende las sábanas con amplios movimientos. Cuando la descubre en el umbral, sonríe torpemente, se disculpa, trata de hacerlo con rapidez, tiene verdadera prisa por recoger y acabar, Alex lo ve apañárselas como puede. Una habitación sin personalidad, una habitación de hombre sin mujer. Un ordenador desfasado, ropa esparcida, un maletín pasado de moda, un viejo trofeo de fútbol sobre un estante; en un marco, la reproducción de una acuarela como las que hay en las habitaciones de hotel, ceniceros atestados de colillas, él está de rodillas sobre la cama y estira los brazos tratando de alisar la sábana, Alex se le acerca, está justo detrás de él, alza el trofeo de fútbol con ambas manos por encima de la cabeza y lo abate sobre la parte posterior del cráneo. Al primer golpe, el ángulo de la base de mármol se hunde al menos tres centímetros produciendo un ruido sordo y una especie de vibración en el aire. La violencia del impacto desequilibra a Alex, que da un paso a un lado, regresa hacia la cama, busca un ángulo mejor, alza de nuevo los brazos por encima de la cabeza y abate el trofeo con todas sus fuerzas, apuntando. La arista de la base se hunde en el occipital y Félix cae sobre su vientre, presa de violentas convulsiones... Según parece, ya está listo. Mejor ahorrar.

Quizá ya esté muerto y el sistema neurovegetativo siga agitando su cuerpo.

Se acerca, se inclina con curiosidad y lo levanta de un hombro. Pues no, parece solo inconsciente. Gime y respira. Incluso conserva el reflejo del parpadeo. Tiene el cráneo tan machacado que clínicamente ya está medio muerto. Puede que dos terceras partes muerto.

Así que no está muerto del todo.

Mejor.

En cualquier caso, con la que acaba de caerle, no representa un gran peligro.

Lo tumba boca arriba, es pesado, sin resistencia. Hay corbatas, cinturones, todo lo necesario para atarle las muñecas y los tobillos, será cosa de unos minutos.

Alex va hasta la cocina, de camino coge su bolso, vuelve al dormitorio, saca un frasco y se sienta a horcajadas sobre el pecho de Félix, le rompe unos cuantos dientes al forzarle la mandíbula con el pie de la lamparilla, dobla un tenedor y se lo mete en la boca para mantenerla abierta, se aparta, le hinca el gollete en el fondo de la garganta y le vierte tranquilamente medio litro de ácido sulfúrico concentrado en la laringe.

A Félix, cómo no, eso lo despierta.

Aunque no por mucho tiempo.

Hubiera jurado que esos edificios eran ruidosos. Sin embargo, por la noche hay tranquilidad, y el entorno, visto desde la duodécima planta, es bastante bonito. Busca un punto de referencia, pero le es difícil orientarse en ese paisaje nocturno. Tampoco había visto que la autopista pasa muy cerca, esa debe de ser la vía rápida que han tomado para llegar, y si es así, París debe de quedar al otro lado. Alex y su nulo sentido de la orientación...

El orden y la limpieza del apartamento dejan bastante que desear; sin embargo, Félix mima su ordenador portátil y lo guarda en una bonita bolsa bien ordenada, con compartimentos para las carpetas, los bolígrafos y el cable de alimentación. Alex levanta la pantalla, lo enciende, se conecta a internet y echa un vistazo, divertida, al historial: páginas pornográficas, juegos en línea, se vuelve hacia el dormitorio («qué pillín, este Félix...»), y teclea su nombre. Nada, la policía sigue sin conocer su identidad. Sonríe. Se dispone a apagar el portátil, pero antes teclea: «policía-orden de búsqueda-asesinatos», ignora los primeros resultados y por fin lo encuentra. Buscan a una mujer acusada de varios asesinatos, hacen un llamamiento a la colaboración ciudadana, Alex es calificada de «peligrosa». A juzgar por el estado de Félix en la habitación vecina, el calificativo no está fuera de lugar. Y, honestamente, su retrato robot está bastante logrado. Para hacerlo han debido de utilizar las fotos que le tomó Trarieux. No hay duda, han obtenido un buen resultado; sin embargo, esa mirada ausente hace que resulten siempre unos rostros sin vida, apagados. Si cambias el peinado y el color de los ojos, tienes a otra persona. Y eso es exactamente lo que va a hacer. Alex cierra el portátil con un gesto seco.

Antes de marcharse, echa un último vistazo al dormitorio. El trofeo está sobre la cama. El ángulo de la base está lleno de sangre y hay bastantes cabellos pegados. La figura representa a un futbolista a punto de chutar y marcar un gol. El ganador del trofeo, tendido en el catre, tiene un aspecto mucho menos victorioso. El ácido ha fundido su garganta, que ahora no es más que un amasijo de carne blanca y rosada. Parece como si, tirando con un poco de fuerza, se le pudiera arrancar la cabeza de cuajo. Tiene los ojos abiertos, desorbitados, cubiertos por un ligero velo que ha apagado la mirada, como los ojos de vidrio de los osos de peluche, Alex tiene uno así.

Sin darle la vuelta, Alex le registra la americana para coger las llaves. Sale a la escalera y luego baja al aparcamiento.

Acciona el mando en el último instante, cuando ya está junto al coche.

Arranca en cinco segundos. Abre del todo la ventanilla, el olor a colilla es asqueroso. Alex piensa en que es una buena noticia para Félix: acaba de dejar de fumar.

Un poco antes de llegar a la Porte de Paris, da un pequeño rodeo y detiene el vehículo un instante junto al canal, frente al edificio de las Fundiciones Generales. La inmensa construcción, sumergida en la noche, parece un animal prehistórico. Alex siente un escalofrío en la espalda con solo pensar en lo que ha vivido allí dentro. Abre la puerta, da unos pasos, arroja el ordenador portátil de Félix al canal y vuelve a subir al coche.

A esa hora, se llega al aparcamiento de la Cité de la Musique en menos de veinte minutos.

Estaciona el coche en el segundo sótano y arroja las llaves a una alcantarilla antes de dirigirse al metro.

39.

Treinta y seis horas para localizar al taxista ilegal que recogió a la chica en Pantin.

El plazo se ha sobrepasado en doce horas, pero lo han encontrado.

Detrás, tres vehículos camuflados. Circulan hacia la rue Falguière, no muy lejos del lugar donde fue secuestrada, al fin y al cabo. Eso inquieta a Camille. La noche del rapto, pasaron buena parte del tiempo interrogando a los vecinos de la calle sin obtener el menor resultado.

—¿Se nos escapó algo aquello noche? —pregunta a Louis.

—No estoy seguro.

A pesar de todo...

Esta vez se hallan en un taxi eslovaco. Un tipo largo, con el rostro como el filo de un cuchillo y ojos febriles. Treinta años, tal vez, calvicie temprana centrada en la coronilla, como los frailes. Ha reconocido a la chica por el retrato robot. Salvo los ojos, ha dicho. No es de extrañar: en un sitio han dicho ojos verdes, en otro azules, seguro que utiliza lentillas de colores. Pero es ella.

El taxista conduce con extrema prudencia. Louis se dispone a intervenir, pero Camille se le adelanta. Se impulsa, se inclina hacia el asiento delantero y sus pies tocan por fin el suelo; eso le fastidia aún más en ese coche, una especie de 4 × 4 en el que casi podría ponerse en pie. Pone una mano sobre el hombro del conductor y le dice:

—Pisa el acelerador, amigo, nadie va a detenerte por exceso de velocidad.

El eslovaco, sin pensárselo dos veces, acelera bruscamente y Camille va a dar al fondo del asiento trasero, con los brazos y las piernas por los aires. El conductor comprende de inmediato que no debería haberlo hecho, aminora la marcha y se deshace en un torrente de excusas, daría su sueldo, su coche y a su mujer a cambio de que el comandante olvide el incidente. Camille echa pestes, Louis le pone una mano sobre el brazo y vuelve la cabeza. «¿Acaso hay tiempo para estas tonterías?» No, esas no son las palabras que se leen en su mirada, sino más bien: «¿No crees que andamos algo cortos de tiempo para dejarnos llevar por la cólera, aunque sea pasajera?».

Rue Falguière, rue Labrouste.

Por el camino, el conductor les ha explicado que fijaron la tarifa en veinticinco euros. Cuando la abordó, cerca de la parada de taxis desierta de la iglesia de Pantin, la chica no regateó, abrió la puerta y se hundió en el asiento. Estaba agotada, apestaba a sudor, a suciedad y a saber qué más. Circularon en silencio, ella meneaba la cabeza como si se resistiera al sueño, y el eslovaco no sabía qué pensar. ¿Colocada? Al llegar al barrio en el que se encuentran, se volvió hacia ella, pero la chica no lo miraba, observaba la calle a través del parabrisas; ella se volvió a su vez como si buscara algo o se sintiera súbitamente desorientada, y dijo:

—Vamos a esperar un poco... Aparque.

Y señaló un punto en algún sitio a su derecha. No era lo que habían acordado. El conductor se enfureció. Según cuenta la escena, puede palparse el ambiente de aquella noche: la chica al fondo, detrás, en silencio; el conductor colérico, acostumbrado a que intenten jugarle malas pasadas, dispuesto a no dejarse tomar el pelo y menos por una chica. Pero ella, sin mirarle, solo dice:

—No me joda, o espera o me voy.

Es inútil amenazarlo con que no va a pagar. Podría haber dicho «espera o llamo a la policía»; pero no, ambos saben a qué atenerse, ambos se encuentran en situación irregular. A igualdad de fuerzas, el taxista pone de nuevo el vehículo en marcha, ella le muestra el lugar y él aparca.

—Espero a una persona, no va a tardar —añade.

Al taxista no le gustó quedarse allí parado con aquella chica que olía tan mal. No sabía a qué esperaban. Quiso que se situara frente a la calle, y miraba fijamente un lugar (señala delante de él, pero no saben qué mirar, saben que está ahí delante, eso es todo). No creyó ni por un segundo la historia de la cita, que alguien iba a venir. No parecía peligrosa, sino más bien inquieta. Camille escucha al taxista relatar la espera. Adivina que, con la inactividad, debió de comenzar a imaginar historias acerca de esa chica, historias de celos, de desengaños amorosos, que debía de vigilar a un hombre, o a una mujer, una rival, o bien un asunto familiar, más frecuentes de lo que podría creerse. Un ojo en el retrovisor. Si estuviera limpia, la chica no sería fea. Y con tantos rasguños, a saber de dónde salía.

Permanecieron un buen rato esperando. Ella estaba al acecho. No sucedía nada. Camille comprende que la chica vigilaba para comprobar si Trarieux había descubierto su huida y la esperaba cerca de su casa.

Al cabo de un rato, sacó tres billetes de diez euros y salió sin más explicaciones. El conductor la vio marcharse en esa dirección, pero no miró adónde iba, no quería quedarse en aquel sitio, en plena noche, y se largó. Camille sale del coche. La noche del rapto rastrearon minuciosamente la zona. ¿Qué sucedió?

Los equipos se apean de los vehículos. Camille señala los edificios frente a él.

—Vive en un edificio cuya entrada es visible desde aquí. Louis, pide dos equipos de apoyo, de inmediato. Los demás...

Camille distribuye las funciones y todos se ponen en marcha. Camille se apoya en la puerta del taxi, pensativo.

—¿Puedo marcharme? —pregunta el conductor en voz baja, como si temiera ser oído.

—¿Qué? No, tú te quedas aquí.

Camille mira su cabeza larga como un día sin pan. Le sonríe.

—Has ascendido. Eres el chófer personal de un comandante de policía. Estás en el país del ascenso social, ¿no lo sabías?

40.

—¡Muy amable! —ha dicho el árabe de la tienda de comestibles.

Armand se ha ocupado del tendero árabe. Siempre se ofrece voluntario cuando se trata de comerciantes, sobre todo si tienen una tienda de comestibles, una breva que no cae todos los días. Cuando interroga, da un poco de miedo. Pasea su aspecto de vagabundo entre las estanterías, alardea con inquietantes sobrentendidos y, como si nada, saquea la tienda, ahí un paquete de chicles, más allá una lata de Coca-Cola, luego otra, lanza sus preguntas al aire y el tendero ve cómo se llena los bolsillos de tabletas y barritas de chocolate, bolsas de bombones y galletas. A Armand le encantan los dulces. No descubre gran cosa acerca de la chica, pero insiste. «¿Cómo se llamaba? ¿Pagaba siempre en metálico? ¿Nunca con tarjeta o con un cheque? ¿Venía a menudo? ¿Cómo vestía? Y esa noche, ¿qué compró exactamente?» Una vez tiene los bolsillos a rebosar, le da las gracias al tendero por su colaboración y se dispone a vaciar su cargamento en el maletero del coche, donde nunca faltan bolsas de plástico usadas para ese tipo de ocasiones.

Y ha sido Camille quien ha dado con la señora Guénaude. Alrededor de la sesentena, gorda, con una cinta para el pelo. Redonda y sanguínea como una carnicera, de mirada huidiza. Y se siente muy incómoda. Realmente muy, muy, muy incómoda, se retuerce como una colegiala a la que acabaran de proponerle echar un polvo, del tipo que fastidia a los comandantes de policía. Del tipo igualmente que llama a la policía por cualquier cosa, envuelta en su dignidad de propietaria. «Así que, no, no era solo una vecina, cómo decírselo, la conocía sí y no», se hace difícil entender sus respuestas que en realidad no son tales, es exasperante.

Sin embargo, a Camille le han bastado menos de cuatro minutos para poner contra las cuerdas a la vieja Guénaude. Gabrielle. Apesta a mentira, mala fe e hipocresía. A mala voluntad. Regentaba una panadería con su marido. El 1 de enero de 2002, Dios descendió a la tierra y se encarnó en la adopción del euro. Y cuando Él se desplaza personalmente, no es de los que escatiman los milagros. Tras la multiplicación de los panes, vino la multiplicación de la pasta. Por siete. De un día para otro. Dios es un simplificador genial.

Desde que enviudó, la vieja Guénaude alquila en negro todo cuanto posee. Afirma que lo hace por caridad. «Si por mí fuera...» El día en que la policía tomó al asalto prácticamente todo el barrio estaba ausente. Se encontraba en casa de su hija, en Juvisy, no importa. Cuando a su regreso se enteró de que la chica a la que buscaban se parecía muchísimo a su antigua inquilina, no llamó a la policía, no podía saber que se trataba de ella, si lo hubiera imaginado, evidentemente les habría llamado.

—La voy a enviar a la cárcel —dice Camille.

Guénaude palidece, al parecer la amenaza ha surtido efecto. Para tranquilizarla, Camille añade:

—En la cárcel, con sus ahorros, se podrá permitir todos los suplementos de la cantina.

La chica se hacía llamar Emma. Por qué no. Después de Nathalie, Léa y Laura, Camille se espera cualquier cosa. La señora Guénaude se sienta para examinar el retrato robot. No se sienta, más bien se hunde en la silla. «Sí, es ella, es ella. ¡Ah, cuántas emociones!», se lleva una mano al pecho y Camille se pregunta si no irá a reunirse con su marido en el país de los maleantes. «Emma solo estuvo tres meses y nunca recibía visitas, a veces se ausentaba, justo la semana anterior tuvo que partir precipitadamente, volvía de una estancia en provincias, con tortícolis, había sufrido una desgraciada caída, dijo que en el sur, y pagó sus dos meses, un asunto de familia, explicó. Sentía tener que marcharse tan repentinamente. Cuenta todo lo que sabe, la panadera no sabe qué más hacer para satisfacer al comandante Verhoeven. Si osara, le ofrecería dinero, pero al mirar a ese policía bajito de mirada fría, siente confusamente que no es un proceder pertinente. Camille recompone la historia a pesar del caos de la información y la mujer señala el cajón del aparador: en un papel azul está anotada la dirección que ella le dejó. Camille no se precipita, no se hace ninguna ilusión al respecto, pero a pesar de todo coge su móvil y abre el cajón.

—¿Es la caligrafía de ella?

—No, la mía.

—Ya me lo parecía...

Le dicta la dirección y aguarda. Delante de él, enmarcado, hay un cuadro que muestra a un ciervo en un sotobosque de color verde manzana.

—Ese ciervo parece bobo...

—Lo pintó mi hija —aventura la señora Guénaude.

—Son ustedes sabandijas...

La vieja Guénaude rebusca en su memoria. Emma trabajaba en un banco, no sabe en cuál, un banco extranjero, cree recordar. Pese a conocer ya las respuestas, Camille la interroga: la señora Guénaude cobraba un alquiler exagerado por no hacer preguntas, es una cláusula implícita en el contrato cuando se alquila en negro.

La dirección es falsa. Camille cuelga.

Louis llega seguido por dos técnicos de la policía científica. La propietaria, sin fuerzas para sostenerse, no puede acompañarlos cuando se dirigen al piso de arriba. Aún no ha encontrado un nuevo inquilino. Ya saben qué van a descubrir en el apartamento de Emma: las huellas de Léa, el ADN de Laura, el rastro de Nathalie.

Camille le espeta:

—Lo había olvidado, tendrá que rendir cuentas por cómplice de asesinatos. Asesinatos en plural...

Aunque esté sentada, Gabrielle Guénaude busca dónde apoyarse agarrándose al borde de la mesa. Está sudando, presa de la ansiedad.

—¡Sí! —exclama de repente—. ¡Conozco al que le hizo la mudanza!

Camille vuelve de inmediato sobre sus pasos.

—Cajas, algunos muebles desmontados, no tenía muchas cosas, ya se imaginarán —comenta en un tono pretencioso.

Camille comprende que, para la señora Guénaude, quien no posee nada no es nada o no es gran cosa. Sin perder un segundo, se pone en comunicación con el transportista. La secretaria no se muestra muy colaboradora por teléfono, no, no puede facilitar ninguna información, no sabe con quién está hablando.

—De acuerdo —dice Camille—, ¡iré personalmente a sacarle esa información! Pero se lo advierto, si tengo que ir hasta ahí, les voy a cerrar el negocio por un año entero y haré que les caiga una inspección fiscal que se remontará hasta el año en que usted empezó a ir a la guardería, y a usted, a usted personalmente, la encerraré por obstrucción a la justicia, y si tiene hijos, ¡irán directos a protección de menores!

Aunque se trata de un farol como la copa de un pino, surte efecto, la secretaria se pone a trabajar de inmediato y les proporciona la dirección del guardamuebles donde la chica hizo almacenar sus pertenencias y su nombre: Emma Szekely.

Camille hace que se lo deletree.

—Empieza con S y Z, ¿verdad? Prohíba el acceso a ese box, ¿me ha oído? ¡Que no entre nadie! ¿He sido lo suficientemente claro?

Está a diez minutos de allí. Camille cuelga y vuelve a gritar:

—¡Un equipo! ¡Ahora mismo!

Y sale corriendo hacia la escalera.

41.

Alex, por precaución, ha bajado al aparcamiento por la escalera. Su Clio arranca con un cuarto de vuelta de la llave. El habitáculo está fresco. Se mira un instante en el retrovisor antes de ponerse en marcha. Aunque está muy cansada, se pasa el índice por debajo de los ojos y se dedica una sonrisa que se convierte en mueca. Saca la lengua y acelera.

Pero aún no se ha terminado. Alex pasa su tarjeta por el lector. Al llegar a lo alto de la rampa de acceso, la barrera roja y blanca se abre y tiene que frenar en seco. Frente a ella hay un policía uniformado que levanta un brazo en alto, la señala a ella con el otro, con el índice extendido y las piernas separadas, y la obliga a detenerse. Se vuelve y extiende los brazos horizontalmente para indicarle que aguarde mientras se ve pasar una comitiva de vehículos camuflados con las sirenas aullando.

En el segundo, en el asiento trasero, una cabeza calva apenas sobresale a la altura de la ventanilla lateral. Parece una comitiva presidencial. Luego el policía le indica que pase. Gira de inmediato a la derecha.

Ha arrancado con brusquedad. En el maletero, las dos pequeñas cajas rotuladas con la palabra «Personal» traquetean. Pero Alex no se inmuta, los frascos de ácido están cuidadosamente asegurados. No hay riesgo alguno.

42.

Son casi las diez de la noche. Fiasco. Camille ha recuperado la calma a costa de grandes esfuerzos. Evita pensar sobre todo en el rostro burlón del conserje del guardamuebles, un cretino de tez pálida con gafas gruesas y sucias, unas auténticas gafas de culo de botella.

Su limitada capacidad de comunicación lo ha sacado de quicio: «La chica, ¿qué chica?, el coche, ¿qué coche?, las cajas, ¿qué cajas?». Cuando han abierto el box, todos se han sobresaltado. Ahí estaba todo, diez cajas precintadas con cinta adhesiva, las pertenencias de la chica, sus cosas. Se han lanzado sobre ellas, Camille hubiera querido abrirlas allí mismo, pero hay un procedimiento, hay que hacer un inventario, que se ha acelerado con una llamada al juez, y se lo han llevado todo, las cajas, los muebles desmontados. Al fin y al cabo, el conjunto no pesa demasiado y tienen la esperanza de hallar objetos personales que los ayuden a descubrir su identidad. El caso se halla en un momento crucial.

La débil esperanza de las cintas de vídeo de vigilancia de cada una de las plantas se ha desvanecido con rapidez. Y no porque ya se hubieran borrado las grabaciones, sino porque las cámaras son falsas.

—Son decorativas, si lo prefieren —apunta el conserje, divertido.

Han dedicado la tarde entera a hacer el inventario y a que los técnicos tomaran las muestras indispensables.

Han dejado de lado los muebles, que pueden proceder de cualquier sitio, que se venden en todas partes, estanterías, una mesa de cocina cuadrada, una cama con somier y un colchón sobre el que los técnicos se han abalanzado con sus varillas de algodón y sus pinzas. Acto seguido, han examinado el contenido de las cajas. Ropa de deporte, ropa de playa, ropa de verano, ropa de invierno.

—Todo esto se vende en cualquier gran superficie de cualquier país del mundo —dice Louis.

Libros, casi dos cajas. Ediciones de bolsillo, exclusivamente: Céline, Proust, Gide, Dostoievski, Rimbaud. Camille lee los títulos: *Viaje al final de la noche, Un amor de Swann, Los falsificadores de moneda,* pero Louis sigue pensativo.

—¿Qué? —pregunta Camille.

Louis no responde de inmediato. *Las amistades peligrosas, El lirio del valle, El rojo y el negro, El gran Gatsby, El extranjero.*

—Parece la biblioteca de una estudiante de instituto.

En efecto, la selección es muy aplicada, ejemplar. Todos los libros han sido leídos y a menudo releídos, algunos se caen literalmente a pedazos, tienen párrafos enteros subrayados, a veces hasta la última página. Hay signos de exclamación y de interrogación, cruces grandes y pequeñas, a menudo con bolígrafo azul; en algunos, la tinta casi ha desaparecido.

—Lee lo que hay que leer, quiere hacer bien las cosas y es aplicada —insiste Camille—. ¿Inmadura?

—No lo sé. Tal vez regresiva.

Camille se pierde a veces en los cultismos de Louis, pero capta el mensaje esencial. Las facultades de la chica están mermadas. O sufre algún tipo de retraso.

—Habla algo de italiano y de inglés. Empezó a leer algunos clásicos extranjeros, pero no los terminó.

Camille anota eso también: *Los prometidos, El amante sin domicilio fijo, El nombre de la rosa* y *Las aventuras de Alicia en el país de las maravillas, El retrato de Dorian Gray, Retrato de una dama* o *Emma* están en la lengua original.

—La chica del asesinato de Maciak, apuntaron que tenía acento extranjero, ¿verdad?

Algunos folletos turísticos lo confirman.

—No es tonta, ha estudiado, habla idiomas, y eso, aunque no siempre, supone estancias en el extranjero... ¿Te la imaginas con Pascal Trarieux?

—¿O seduciendo a Stefan Maciak? —añade Louis.

—¿O asesinando a Jacqueline Zanetti?

Louis toma notas con rapidez. Gracias a los folletos tal vez pueda reconstruir el itinerario de la chica o al menos una parte, en algunos catálogos de agencias de viaje figura la fecha de publicación y quizá le sea posible relacionar algunos hechos, pero entre todos esos objetos no hay ningún nombre. Ni un solo documento oficial. Ni una pista que pueda identificarla. ¿Qué vida tiene una chica con tan pocas pertenencias?

Al acabar el trabajo, la conclusión cae con el peso de una certeza.

—Ha hecho una selección. No hay nada personal. Por si la policía lo descubriera. No hay nada que pueda ayudarnos.

Ambos hombres se levantan. Camille se ha puesto la chaqueta. Louis titubea, se quedaría allí un rato más, buscando y rebuscando.

—No te dejes la vista en eso, muchacho... —dice Camille—. Tiene una buena carrera a sus espaldas y, viendo cómo se organiza, diría que también le espera un largo futuro.

Le Guen piensa lo mismo.

Sábado a primera hora de la tarde. Quai de Valmy.

Ha llamado a Camille y se han acomodado en la terraza de La Marine. Tal vez sea un efecto del canal, que invita a pensar en el pescado, lo que les ha impulsado a pedir dos copas de blanco seco. Le Guen se ha sentado con cuidado. Ya se ha encontrado con sillas que no pueden sostenerlo, pero esa resiste su peso.

Cuando conversan fuera del despacho suelen seguir un mismo esquema, charlan de todo un poco, y si hablan del trabajo, es en los últimos segundos, dos o tres frases.

Evidentemente, lo que pasa por la cabeza de Camille ese día es la subasta. Se celebrará el domingo por la mañana.

—¿No te quedas nada? —se sorprende Le Guen.

—No, lo liquido —dice Camille—. Voy a donarlo todo.

—Creía que los vendías.

—Vendo los cuadros, pero voy a donar el dinero. Todo.

A Camille le es imposible saber cuándo tomó esa decisión, le vino a la cabeza de repente y siente que es una decisión madura. Le Guen reprime un comentario. Pero, a pesar de todo, puede más que él.

—¿A quién?

Ese es un detalle en el que Camille aún no ha pensado. Quiere donar el dinero, pero todavía no sabe a quién.

43.

—¿Las cosas se aceleran o estoy viendo visiones? —pregunta Le Guen.

—No, es el ritmo normal —responde Camille—. Hay que acostumbrarse, eso es todo.

Habla con fingida despreocupación, pero verdaderamente esa historia se está complicando. Han hallado el cuerpo de un tal Félix Manière, asesinado en su domicilio. Un compañero de trabajo dio la alarma cuando no se presentó a una «reunión crucial» que él mismo había convocado. Lo encontraron muerto, con la cabeza prácticamente arrancada del tronco, el cuello fundido con ácido sulfúrico, y el caso fue a parar directamente a manos del comandante Verhoeven, a quien el juez convocó a última hora del día. El caso es grave.

El circuito es rápido. El móvil del muerto conserva el registro de sus llamadas. La última, recibida la noche de su muerte, procedía de un hotel de la rue Monge. Comprueban que se trata del hotel donde se alojó la chica a su regreso de Toulouse. Lo citó a cenar esa misma noche. Eso es al menos lo que la futura víctima dijo a uno de sus colegas al abandonar precipitadamente la oficina.

Excepto por el peinado y los ojos, la recepcionista del hotel de la rue Monge ha reconocido el retrato robot, está segura. La chica desapareció a la mañana siguiente. Se registró con un nombre falso. Pagó en efectivo.

—Ese pájaro, el tal Félix, ¿quién es? —pregunta Le Guen.

Sin esperar la respuesta, hojea el informe de Camille.

—Cuarenta y cuatro años...

—Sí —confirma Camille—. Técnico en una empresa de informática. Separado. En trámites de divorcio. Alcohólico, a buen seguro.

Le Guen calla, revisa el documento a toda velocidad, exclamando unos «hummm» que a veces parecen gemidos. Podría gemirse por menos que eso.

—¿Qué es ese asunto del ordenador portátil?

—Ha desaparecido. Pero está meridianamente claro que no lo han asesinado a golpes de estatuilla y le han vertido medio litro de ácido en el gaznate para robárselo.

—¿Ha sido ella?

—Sin duda. Tal vez se enviaran correos electrónicos, o quizá haya utilizado el ordenador y no ha querido que viéramos lo que había consultado...

—¿Y ahora? ¿Ahora, qué?

Le Guen se pone nervioso, no es su estilo. La prensa nacional, que apenas había prestado atención a la noticia de la muerte de Jacqueline Zanetti (el asesinato de una hotelera en Toulouse queda un poco provinciano), finalmente se acaba entusiasmando. El decorado del Sena-Saint-Denis carece de espectacularidad, pero el acabado con ácido gusta. Es solo un suceso, pero el método constituye una novedad, casi algo exótico. De momento, dos muertos. No constituyen una serie, todavía no, y se habla del tema sin regocijo. Una tercera víctima y brincarán de alegría. El caso llegará a los titulares de los informativos de la televisión, Le Guen saldrá disparado al último piso del Ministerio de Interior, el juez Vidard al último piso del Ministerio de Justicia y las broncas caerán en cascada. Por no mencionar la posibilidad de un soplo que informe a la prensa de los crímenes precedentes en Reims y Étampes... Pronto se vería un mapa de Francia (el mismo más o menos que tiene Camille en su despacho claveteado con chinchetas de colores) con una emocionante biografía de las víctimas y la promesa de una *road movie* criminal «a la francesa». Alegría. Alborozo.

Por el momento, Le Guen solo sufre «fuertes presiones de los de arriba», no es lo peor, pero ya empieza a ser difícil de soportar. Para eso Le Guen es un buen jefe, y se guarda para él las discusiones con la jerarquía. Solo las deja entrever cuando ya está casi hasta las narices, y hoy Camille ve que está desbordado.

—¿Te están tocando los huevos los de arriba?

Le Guen parece fulminado por la pregunta.

—Vamos, Camille, pero ¿qué te pensabas?

Es el problema de las parejas, las escenas son algo repetitivas.

—Tenemos a una chica raptada y encerrada en una jaula rodeada de ratas, cuyo secuestrador se suicida y bloquea la vía de circunvalación en plena noche...

Esta, por ejemplo, Le Guen y Camille la han interpretado al menos cincuenta veces a lo largo de su carrera conjunta.

—... la chica a la que secuestró escapa antes de que demos con ella, y descubrimos que ya se ha cargado a tres tipos con ácido sulfúrico...

A Camille le parece una comedia de situación, y está a punto de decirlo en voz alta cuando Le Guen prosigue:

—... y en el tiempo de hacernos con el caso, envía a una hotelera de Toulouse al paraíso de los hoteleros, regresa a París...

Camille aguarda el final, previsible y ya escrito.

—... y liquida a un soltero que sin duda se proponía tirársela tan ricamente, y vas y me preguntas...

—¿... si te están tocando los huevos los de arriba? —acaba Camille en su lugar.

Camille se ha puesto en pie, llega hasta la puerta y la abre, visiblemente cansado.

—¿Adónde vas? —grita Le Guen.

—Ya puestos a que alguien me eche una bronca, prefiero al juez Vidard.

—Realmente, mira que tienes mal gusto.

44.

Alex ha dejado pasar dos camiones y luego un tercero. Desde donde está aparcada puede distinguir perfectamente las maniobras de los tráilers que se suceden ante el muelle de carga. Desde hace dos horas, los conductores de las carretillas elevadoras transportan palés altos como casas.

La noche anterior estuvo echando un vistazo. Ha tenido que escalar el muro y no ha sido fácil, y se ha visto obligada a encaramarse al techo de su coche. Si la hubieran sorprendido, habría supuesto el punto final de la historia. Sin embargo, ha podido permanecer unos minutos en lo alto del muro. Cada vehículo lleva un rótulo pintado con plantilla en la parte delantera derecha con un número y su destino. Van todos a Alemania: Colonia, Fráncfort, Hanóver, Bremen, Dortmund. Alex busca uno con dirección a Múnich. Ha anotado la matrícula y el número, pero de todas formas, de frente es irreconocible. En el límite superior, un adhesivo en el que se lee «Bobby» cubre el ancho del parabrisas. Ha saltado del muro al oír llegar al perro guardián, que ha acabado por olfatear su presencia.

Hace unos treinta minutos ha localizado al conductor, que ha subido a la cabina para dejar sus cosas y coger la documentación. Un tipo alto y delgado vestido con mono azul, de unos cincuenta años, el cabello muy corto y un bigote grueso como un cepillo. Poco importa el físico, lo que cuenta es que la lleve. Ha dormido en su coche hasta que, hacia las cuatro de la madrugada, la empresa ha abierto sus puertas. La agitación ha comenzado media hora después, y desde entonces no ha cesado. Alex está en tensión. Si le falla la estrategia, ya puede despedirse de su plan, ¿y a qué se vería reducida, a esperar a la policía en una habitación de hotel?

Finalmente, un poco antes de las seis de la mañana, el tipo se dirige a su camión y comprueba la documentación. Hace un cuarto de hora que tiene el motor al ralentí. Alex lo ve bromear con el conductor de una carretilla y otros dos camioneros, y después sube a la cabina. Es el momento que ha elegido ella para bajar de su coche, dar la vuelta, abrir el maletero, coger su mochila y esconderse hasta asegurarse de que otro camión no se adelante; cuando lo comprueba, echa a correr hacia la zona de salida de vehículos.

—Nunca hago autoestop en la carretera. Demasiado peligroso.

Bobby asiente. En el caso de una chica, no sería prudente. Aprecia su ingenio, esperar sensatamente a la puerta de una empresa de transportes en lugar de levantar el pulgar junto a una carretera.

—¡Y con tanto camión, seguro que encuentras uno!

Maravillado, descubre las innumerables ventajas de la técnica de Alex. De Alex, no. Para él, es Chloé.

—Me llamo Robert —ha dicho tendiendo la mano a través del asiento—, pero todos me llaman Bobby —añade señalando el adhesivo. De todas formas, le sorprende que haga autoestop—. Hay billetes de avión baratos. Parece que en internet se encuentran hasta por cuarenta euros. Bueno, siempre son vuelos a unas horas imposibles, pero si se tiene tiempo, ¡qué más da eso!

—Prefiero guardarme el dinero para vivir. Y, además, si se viaja, también es para conocer a gente, ¿no?

El tipo es sencillo y afectuoso, no ha dudado en recogerla en cuanto la ha visto al pie de la cabina. Alex estaba pendiente del tono de su respuesta porque temía una mirada lasciva. No tenía ganas de pelear durante horas con un donjuán de gasolinera. Bobby ha colgado una figura de la Virgen de su retrovisor y un pequeño aparato en el salpicadero, una pantalla que muestra fotos con efectos de fundido, de cortina que se abre y se cierra, de página al pasar. Se proyectan en bucle, y mirarlo resulta agotador. Lo compró en Múnich por treinta euros. Bobby le señala a menudo el precio de las cosas, no para alardear, sino para mostrarse preciso, escrupuloso en sus explicaciones. Y da muchas. Pasan casi media hora comentando las fotografías de su familia, de su casa, del perro y, sobre todo, las de sus tres hijos.

—Dos niños y una niña. Guillaume, Romain y Marion. Nueve, siete y cuatro años —siempre la precisión, pero sabe contenerse y no sobrecarga la conversación con anécdotas familiares—. En el fondo, a uno qué le importan los asuntos de los demás, ¿no?

—No, a mí sí me interesa... —protesta Alex.

—Eres muy educada.

El día transcurre de manera apacible y el camión es increíblemente confortable.

—Si quieres echarte una siesta, no hay problema. —con el pulgar, señala la litera a sus espaldas—. Yo estoy obligado a conducir, pero tú...

Alex ha aceptado y ha dormido más de una hora.

—¿Dónde estamos? —ha preguntado, peinándose, tras volver a su asiento.

—¡Aquí estás de nuevo! Tenías sueño atrasado, ¿eh? ¡En Sainte-Menehould!

Alex finge una expresión de sorpresa..., cuánto camino han recorrido. Su sueño ha sido agitado, pues a la angustia habitual se le ha sumado cierta sensación de peligro. Ese viaje hacia la frontera, al fin y al cabo, no deja de ser un trance doloroso. El inicio de la huida. El principio del fin.

Cuando la conversación decae, escuchan la radio, las noticias, canciones. Alex se pone en guardia en las paradas, en las pausas obligatorias, en los momentos en que Bobby quiere tomar un café. Tiene un termo y provisiones, todo lo necesario para el trayecto, pero debe detenerse de vez en cuando, uno no se imagina lo embrutecedor que es ese trabajo. Antes de hacer una parada, Alex se pone en guardia. Si es un área de descanso, finge dormir, pues suele haber poca gente y corre el riesgo de que se fijen en ella. En cambio, si se trata de una estación de servicio, baja para estirar las piernas e invita a Bobby a un café. Se han hecho buenos amigos. Un rato antes, mientras tomaban un café, le ha preguntado por la razón del viaje:

—¿Eres estudiante?

Ni él mismo cree que pueda ser estudiante. Parece joven, pero aparenta al menos treinta años y además, con lo cansada que está, aún más. Ella se echa a reír.

—No, soy enfermera, voy a buscar trabajo en Alemania.

—¿Por qué en Alemania, si no es una indiscreción?

—Porque no hablo alemán —responde Alex con toda la convicción de que es capaz.

Robert ríe sin estar seguro de haberlo entendido.

—En ese caso también podrías haber ido a China, excepto si hablas chino. ¿Hablas chino?

—No. De hecho, mi novio es de Múnich.

—Ah... —menea la cabeza; mientras, su gran bigote va de un lado a otro—. ¿Y a qué se dedica tu novio?

—Es informático.

—¿Es alemán?

Alex asiente, no sabe adónde va a ir a parar la conversación, lleva poca ventaja al respecto, y eso no le gusta.

—Y tu mujer, ¿trabaja?

Bobby arroja su vaso a la basura. La pregunta sobre su mujer no lo ha ofendido, lo ha apenado. Están de nuevo en la carretera y busca la foto de su esposa, una mujer corriente de unos cuarenta años con el cabello liso. Tiene un aspecto enfermizo.

—Esclerosis múltiple —dice Bobby—. Con los niños, ¿te imaginas? Ahora estamos en manos de la Providencia.

Al decirlo señala la figura de la Virgen, que se mece suavemente colgada del retrovisor.

—¿Crees que hará algo por vosotros?

Alex no quería decir eso. Bobby se vuelve hacia ella, no hay resentimiento alguno en su actitud, es la expresión de una evidencia.

—La recompensa de la redención es el perdón. ¿No crees?

Alex no lo ha entendido, las cuestiones religiosas se le escapan... No se ha dado cuenta de inmediato, pero en el otro extremo del salpicadero Bobby lleva un adhesivo en el que se lee: «Él vuelve. ¿Estás listo?».

—Tú no crees en Dios —dice Bobby riendo—, eso se ve enseguida.

En esa constatación no hay reproche alguno.

—Yo, de no ser por eso... —dice.

—Y, sin embargo —dice Alex—, no te lo ha puesto fácil. No eres rencoroso.

Bobby hace un gesto, «sí, lo sé, no es la primera vez que me lo dicen».

—Dios nos pone a prueba...

—Eso es innegable... —dice Alex.

De repente, la conversación se apaga por sí misma y contemplan la carretera.

Un poco más adelante, Bobby dice que tiene que descansar. Una estación de servicio del tamaño de una ciudad.

—Aquí es donde tengo por costumbre detenerme —dice con una sonrisa—. Será cosa de una hora.

Están a veinte kilómetros de la salida de Metz.

Primero Bobby ha bajado un buen rato a estirar las piernas y respirar, no fuma. Alex lo ve ir y venir por el aparcamiento, hace ejercicios con los brazos, piensa que en parte lo hace porque sabe que ella está mirando. ¿Hará lo mismo cuando está solo? Luego regresa al camión.

—Si me permites —dice subiéndose a la litera—. No te preocupes. Aquí tengo mi despertador.

Se señala la frente.

—Voy a aprovechar para dar un paseo —dice Alex—. Y llamar por teléfono.

El camionero cree divertido añadir «¡dale un beso de mi parte!» mientras corre la cortina de la litera.

Alex está en el aparcamiento, entre los innumerables camiones. Necesita caminar. Conforme pasa el tiempo, siente un peso cada vez mayor en el corazón. «Será culpa de la noche», se dice, aun a sabiendas de que no tiene nada que ver. Es el efecto del viaje.

Su presencia en esa autopista solo tiene un significado, subrayar hasta qué punto la partida está a punto de llegar a su fin.

Aunque disimula, en realidad teme el verdadero final. Será mañana, será dentro de un rato.

Alex se echa a llorar suavemente, con los brazos cruzados sobre el pecho, de pie entre los enormes camiones estacionados uno al lado del otro, como gigantescos insectos dormidos. La vida siempre nos alcanza, no hay nada que hacer, es imposible escapar.

Se repite esas palabras, se sorbe la nariz, se suena, trata de respirar profundamente para librarse del peso que le oprime el pecho, para poner en marcha de nuevo ese corazón abrumado y cansado, pero es difícil. «Abandonarlo todo», eso es lo que se repite para infundirse valor. Después ya no tendrá que pensar más en ello, todo estará limpio. Ese es el motivo de que esté ahí, en esa autopista, porque lo está abandonando todo. Su pecho se alivia un poco ante tal idea. Camina y el aire fresco la reanima, la serena y la vivifica. Unas cuantas inspiraciones profundas más y todo irá mejor.

En el cielo, las luces intermitentes de un avión forman un triángulo que avanza.

Se queda un buen rato mirándolo. Atraviesa el cielo con pasmosa lentitud, y a pesar de ello, avanza y acaba por desaparecer.

Los aviones, a menudo, conducen a la reflexión.

La estación de servicio cruza la autopista a través de un ancho puente en cuyos extremos se agrupan cafeterías, quioscos, supermercados y tiendas de todo tipo. Al otro lado, en sentido contrario, el regreso a París. Alex sube a la cabina y cierra la puerta con cuidado para no despertar a Bobby. Su regreso ha interrumpido su sueño, pero unos segundos más tarde percibe de nuevo su pesada respiración, en la que cada ola acaba con un breve silbido.

Acerca su mochila, se pone la cazadora, comprueba que no olvida nada, que no se le ha caído nada de los bolsillos. No, todo está en orden, todo va bien.

Se pone de rodillas en el asiento y descorre suavemente la cortina.

—Bobby... —lo llama en un susurro.

No quiere despertarlo con un sobresalto, pero tiene un sueño pesado. Se vuelve y abre la guantera, nada, la cierra. Rebusca bajo su asiento, nada. Bajo el asiento del conductor, una bolsa de herramientas. Tira de ella.

—¿Bobby? —repite inclinándose sobre él.

Esa vez tiene más éxito.

—¿Qué?

No se ha despertado del todo. Ha hecho la pregunta siguiendo un acto reflejo, su cerebro sigue adormilado. Qué se le va a hacer. Alex empuña el destornillador y, con un solo gesto, se lo clava en el ojo derecho. Un gesto muy preciso. Naturalmente, una enfermera... Y como lo ha clavado con fuerza, el destornillador ha recorrido un buen trecho hacia el interior de la cabeza y parece que se haya hundido hasta el cerebro. Alex sabe que no es cierto, pero ha penetrado a suficiente profundidad como para ralentizar la reacción de Bobby, que trata de incorporarse y empieza a patalear. Grita. Alex le clava el segundo destornillador en la garganta. También muy preciso, pero en ese caso tiene poco mérito porque ha dispuesto de mucho tiempo para apuntar. Justo por debajo de la nuez. El grito se convierte en una suerte de borborigmo gutural. Alex ladea la cabeza y frunce el ceño, como si dijera: «No entiendo nada de lo que dice este tipo», y se aparta para evitar los movimientos desordenados de los brazos de Bobby, que podría noquear a un buey de un manotazo, el pedazo de animal. Comienza a asfixiarse. A pesar del caos reinante, Alex sigue su plan. Retira el destornillador del ojo derecho tirando con fuerza y se lo clava a un lado del cuello. La sangre brota de inmediato. Se toma a continuación el tiempo de volverse hacia su mochila. De todas formas, ¿adónde iba a ir Bobby con un destornillador atravesado en la garganta? Cuando regresa a su lado, apenas le queda un hilillo de vida. No necesita atarlo, su respiración es débil, sus músculos parecen paralizados, tiene estertores. Lo más difícil es abrirle la boca, y si no se hace a martillazos, puede llevarle un día entero. Así que, martillo. La bolsa contiene todo lo necesario, esas bolsas son maravillosas. Alex le rompe los dientes superiores e inferiores justo lo suficiente para hundirle el cuello de la botella de ácido sulfúrico en la boca. Es difícil adivinar lo que siente el tipo, está en tal estado que cuesta saber qué puede notar y qué no. El ácido se derrama en la boca y la garganta, nadie sabrá lo que ha sentido realmente, y además, poco importa. La intención es lo que cuenta.

Alex recoge sus cosas y se prepara para marcharse. Una última mirada a Bobby, que se ha ido a dar gracias al Señor por su bondad. Menudo panorama. Un tipo tendido cuan largo es con dos destornilladores atravesándole la garganta. La sección de la yugular ha hecho que perdiera casi la mitad de su sangre en pocos minutos y ya está blanco como la cera, al menos por lo que respecta a la parte superior de la cabeza; la inferior es un revoltijo, no hay otra palabra para describirlo. La litera está empapada de sangre rojo carmín. Cuando coagule, será un espectáculo tremendo.

Es imposible matar a un hombre de esa manera sin mancharse. La sangre de la yugular salpica escandalosamente. Alex rebusca en su mochila y se cambia de camiseta. Se lava rápidamente las manos y los antebrazos con el resto de su botella de agua mineral, se seca con la camiseta manchada y la abandona bajo el asiento. Luego, con la mochila a cuestas, Alex cruza el puente hacia el otro lado de la autopista, en dirección a París.

No quiere retrasarse y elige un vehículo rápido con matrícula de Hauts-de-Seine. No entiende de marcas, pero parece que servirá. La conductora es una mujer joven, de unos treinta años, elegante, delgada y morena que huele a dinero de una manera incluso ofensiva. Sonríe y accede de inmediato a llevarla. Todo marcha sobre ruedas. Alex arroja su mochila en el asiento trasero y se sienta. La mujer ya está al volante.

—¿En marcha?

Alex sonríe y le tiende la mano.

—Me llamo Alex.

45.

El tiempo de recuperar su coche, y Alex se dirige al aeropuerto de Roissy-Charles-de-Gaulle. Examina con atención el panel de salidas durante un buen rato: Sudamérica es demasiado cara para su presupuesto y Estados Unidos es un país de polis, así que opta por Europa; y en Europa, ¿qué le queda? Suiza. De todos los destinos, es el mejor. Plataforma internacional, lugar de paso y garante de anonimato desde donde puede organizarse con tranquilidad. Allí se blanquea el dinero del narcotráfico y se les lava la cara a los criminales de guerra; un país muy acogedor para los asesinos. Alex compra un billete a Zúrich, con salida a las ocho cuarenta del día siguiente, y aprovecha su paso por el aeropuerto para visitar las tiendas y comprarse una maleta. En el fondo, nunca ha osado permitirse verdaderos lujos. Es la primera vez, y no habrá mejor ocasión. Renuncia a una maleta y elige una bonita bolsa de viaje de cuero con un bello monograma en relieve. Una fortuna. Está encantada. Compra también una botella de whisky Bowmore. Paga todo con su tarjeta de crédito. Echa cuentas mentalmente y se tranquiliza, está al límite pero se lo puede permitir.

Luego se decide por Villepinte, con sus interminables zonas industriales, trufadas de aparcamientos industriales y de hoteles industriales. Al margen de algunos desiertos, no hay lugar más anónimo en la faz de la tierra, y tampoco tan solitario. Hotel Volubilis. Una cadena impersonal que anuncia «comodidad e intimidad». La comodidad se traduce en cien plazas de aparcamiento; la intimidad, en cien habitaciones idénticas que se pagan por adelantado, pues la confianza no está contemplada en el contrato. Alex usa de nuevo su tarjeta de crédito. «¿Cuánto tiempo se necesita para llegar a Roissy?», pregunta, y la recepcionista le da la respuesta habitual: «Veinticinco minutos». Alex calcula holgadamente y pide el taxi para las siete de la mañana siguiente.

Está muy cansada, apenas reconoce su rostro en el espejo del ascensor.

Tercera planta. La moqueta empieza a estar tan agotada como Alex. La habitación escapa a cualquier descripción. El número de viajeros que han pasado por ella es incalculable, el número de noches solitarias, la infinidad de noches agitadas o pesadas. ¿Cuántas parejas ilegítimas habrán entrado allí, ardientes y febriles, y habrán rodado sobre la cama para marcharse con el sentimiento de haber destrozado sus vidas? Alex deja la bolsa junto a la puerta y contempla ese desolador decorado preguntándose si hay alguna manera de salvarlo.

Son las ocho en punto de la tarde. No necesita consultar su reloj, la sintonía del informativo de la televisión que viene de la habitación de la derecha se lo confirma. Se duchará más tarde. Se quita la peluca rubia, saca de su maleta el neceser de aseo, se quita las lentillas de color ultramar y las arroja al retrete. Luego se cambia de ropa, unos vaqueros holgados y un jersey sobre su piel desnuda. Esparce todas sus cosas sobre la cama, se cuelga la mochila vacía y sale de la habitación, recorre el pasillo y desciende la escalera. Aguarda unos segundos en lo alto de los últimos peldaños a que el recepcionista se aleje del mostrador para salir hacia el aparcamiento sin ser vista y llegar hasta su coche. Siente que de repente hace un frío terrible. La oscuridad es absoluta. Tiene la piel de gallina. Sobre el cielo del aparcamiento, se oye el rugido de los aviones amortiguado por las gruesas y veloces nubes.

Ha comprado bolsas de basura. Abre el maletero de su coche. De sus ojos brotan lágrimas que no quiere ver. Abre las dos cajas en las que guarda sus escasas pertenencias y, reprimiendo cualquier pensamiento, agarra cuanto contienen sin mirar, ahogando unos sollozos que no quiere oír, y lo mete todo a puñados en las bolsas de basura, los cuadernos escolares, las cartas, los fragmentos de diario y las monedas mexicanas, y de vez en cuando se enjuga los ojos con el reverso de la manga. Resopla, pero no quiere detenerse, ya no puede, es imposible, tiene que llegar al final, abandonarlo todo, la bisutería de fantasía, las fotos, hacerlo desaparecer. Sin contar, sin recordar, las páginas de las novelas, todo, todo, el pequeño busto de un negro en madera negra, el llavero, un corazón en el que ahora apenas se lee «Daniel», su primer gran amor de primaria, la inscripción está casi borrada, qué más da, y Alex cierra la tercera bolsa con la cinta blanca, pero todo eso es demasiado para ella, demasiado fuerte, demasiado violento, así que se vuelve, se sienta pesadamente, se hunde en el maletero abierto del coche y se sostiene la cabeza entre las manos. Quisiera gritar. Gritar. Si pudiera. Si aún tuviera fuerzas. Un coche entra despacio en el aparcamiento y Alex se incorpora precipitadamente, finge buscar algo en el maletero, el coche pasa y aparca algo más lejos, más cerca de la recepción, es mejor si hay que caminar menos.

Las tres bolsas de basura están en el suelo. Alex cierra el maletero con llave, recoge las bolsas y abandona el aparcamiento con zancadas largas y decididas. La verja que cierra el acceso no debe de haber sido manipulada desde hace años y se oxida bajo la espesa capa de pintura que antaño fue blanca. Una calle en una zona industrial, poca circulación, algunos coches extraviados en busca de un hotel idéntico, luego un ciclomotor, ningún peatón, ¿por qué alguien que no fuera como Alex iba a querer vagar por aquel desierto? Además, ¿adónde puede irse desde una calle que conduce a otras absolutamente idénticas? Los contenedores de basura están alineados sobre la acera, frente a la verja de cada una de las empresas, hay decenas. Alex camina varios minutos y se decide. Aquel. Abre el contenedor, tira las bolsas y se deshace de su mochila, cierra violentamente la tapa y regresa al hotel. Ahí yace la vida de Alex, una chica desgraciada, una asesina, organizada, débil, seductora, perdida, una desconocida para la policía; Alex, que esta noche es por fin una chica mayor; Alex, que se enjuga las lágrimas, que respira profundamente al ritmo de sus andares decididos, que vuelve al hotel, que pasa esta vez sin mayor cuidado por delante del recepcionista absorto ante el televisor; Alex, que sube a su habitación, que se desnuda y se derrite con una ducha caliente, y luego muy caliente, con la boca bien abierta bajo el chorro de agua.

46.

A veces las decisiones son misteriosas. Esa, por ejemplo, Camille sería incapaz de explicarla.

Por la tarde ha estado pensando en el caso, en el número de crímenes que esa chica va a cometer antes de que consigan atraparla. Pero, sobre todo, ha estado pensando en la chica, en ese rostro que ha dibujado más de mil veces, en todo lo que ha despertado de nuevo en su vida. Esa tarde descubre dónde radica su error. Esa chica no tiene nada que ver con Irène; ha confundido las personas y la situación. Su secuestro, por supuesto, lo llevó de inmediato a pensar en Irène, y luego Camille no dejó de asociarlas porque revivía, con extraordinario realismo, emociones y terrores que hacían resurgir en él un sentimiento de culpabilidad semejante. Es exactamente lo que se teme que ocurra cuando un policía se implica en un caso afectivamente próximo. Pero Camille sabe que no ha caído en una trampa, sabe que él mismo la tendió y que su amigo Le Guen no hizo más que proponerle que se enfrentara por fin a la realidad. Camille podría haber cedido el relevo, pero no lo hizo. Camille deseaba lo que le ha sucedido. Lo necesitaba.

Camille se calza los zapatos, se pone la americana, coge las llaves de su coche y, una hora más tarde, se adentra lentamente en las calles adormecidas que conducen al lindero del bosque de Clamart.

Una calle a la derecha, otra a la izquierda y luego una línea recta que se pierde entre los grandes árboles. La última vez que estuvo allí sujetaba su arma reglamentaria entre los muslos.

A una cincuentena de metros aparece el edificio. La luz de los faros se refleja en los cristales sucios, unas pequeñas vidrieras verticales pegadas unas a otras, como en la pendiente de los tejados de algunas fábricas. Camille detiene el coche, apaga el motor y deja los faros encendidos.

Ese día le asalta una duda. ¿Y si se ha equivocado?

Apaga los faros y sale del coche. La noche allí es más fresca que en París, o tal vez sea él quien tiene frío. Deja la puerta del coche abierta y dirige sus pasos hacia el edificio. Debía de estar más o menos allí cuando el helicóptero apareció súbitamente sobre las copas de los árboles. El ruido y el viento estuvieron a punto de derribarlo, y Camille echó a correr. No recuerda si empuñaba su arma. Sin duda, sí, hace tiempo, es difícil recordar los detalles.

El taller es un edificio de una sola planta, la antigua casa del guarda de una finca hoy desaparecida; de lejos parece una isba, con un porche cubierto en el que se espera encontrar una mecedora. El camino que recorre Camille es exactamente el mismo que tomó cientos de veces siendo niño, y después adolescente, cuando iba a visitar a su madre, a verla trabajar, o a trabajar junto a ella. De niño, el bosque no lo atraía, apenas se internaba unos pasos, decía que prefería quedarse en el taller. Era un chiquillo solitario. La necesidad engendra la virtud, porque, debido a su talla, le era difícil encontrar compañeros de juegos. Se negaba a ser un objeto perpetuo de bromas. Prefería no jugar con nadie. En realidad, el bosque le daba miedo. Todavía hoy, esos grandes árboles... Camille tiene cincuenta años, o casi. Le ha pasado la edad de creer en ogros. Pero es igual de alto que a los trece años, y aunque se resista con tesón, esa noche, ese bosque, ese edificio solitario lo hacen estremecer. En él trabajaba su madre. Y también fue en él donde murió Irène.

47.

En la habitación. Alex ha cruzado los brazos sobre su pecho. Llamar a su hermano. Cuando reconozca su voz, él le dirá: «Ah, ¿eres tú? ¿Qué quieres ahora?». Se mostrará enfadado desde el primer segundo, pero no le queda más remedio. Descuelga el teléfono de la habitación y consulta las instrucciones que aparecen en el adhesivo: «0» para llamar al exterior. Ha localizado un sitio donde puede citarlo, al lado de la zona industrial, y ha anotado la dirección en un papel. La busca, la encuentra, toma aliento y marca el número. El contestador. Es sorprendente, él nunca apaga el móvil, ni siquiera por la noche, dice que el trabajo es sagrado. Tal vez esté pasando por un túnel o lo haya dejado sobre la cómoda de la entrada, a saber, pero en el fondo no le parece tan mal y le deja un mensaje: «Soy Alex. Necesito verte. Es urgente. Boulevard Jouvenel, número 137, en Aulnay, esta noche a las once y media. Si llego con retraso, espérame».

Antes de colgar, añade: «Pero no me hagas esperar».

Alex se ha contagiado del ambiente de la habitación. Tendida en la cama, pasa un buen rato perdida en sus ensoñaciones, el tiempo transcurre despacio y los pensamientos se encadenan solos, impulsados por su propio movimiento, oye los ecos de la televisión de la habitación de al lado, la gente no es consciente de a qué volumen pone el televisor, de cómo llega a molestar. Si quisiera, podría hacer que su vecino la apagara. Saldría de su habitación, llamaría y le abriría la puerta un hombre sorprendido, un hombre ordinario como los que ya ha matado. ¿Cuántos han sido, cinco? ¿Seis? ¿Más? Sonreiría como tan bien sabe hacer, amablemente, y haciendo un leve gesto con la cabeza, diría: «Soy su vecina de habitación. Estoy sola, ¿puedo entrar?». El hombre, aturdido, la dejaría pasar y ella le preguntaría de inmediato: «¿Quieres verme desnuda?», con el mismo tono con el que diría: «¿Puedes correr las cortinas?». La boca del hombre se abriría de estupefacción, tendría un poco de tripa, por supuesto, pasados los treinta años todos la tienen, todos los hombres a los que ha matado tenían un poco de tripa, incluso Pascal Trarieux, en su caso por la cerveza, que el diablo en su infinita crueldad lo torture. Abriría entonces su bata y preguntaría: «¿Te gusto?». Sería un auténtico sueño poder hacerlo, una vez, solo una vez. Abrir la bata y, desnuda, preguntarle a un hombre si le gusta estando segura de la respuesta, segura de que la acogería entre sus brazos y podría acurrucarse en ellos. En la realidad, diría: «En primer lugar, ¿por qué no apagas la tele?». El hombre se precipitaría farfullando excusas, palparía torpemente en busca del botón, excitado ante aquella milagrosa aparición. Estaría de espaldas, inclinado hacia delante, así que ella no tendría más que empuñar la lámpara de aluminio de la mesilla de noche y asestarle un golpe, con ambas manos, justo detrás de la oreja derecha, nada más fácil. Una vez aturdido sería coser y cantar, sabe dónde debe golpearlo para noquearlo durante unos segundos y disponer del tiempo necesario para propinarle los siguientes golpes; allí están las sábanas para atarlo, medio litro de ácido concentrado en la garganta y asunto concluido. La televisión no volverá a molestarla, el huésped no subirá el volumen, Alex por fin puede disfrutar de una velada tranquila.

Eso es lo que Alex sueña despierta, tumbada en la cama, con las manos en la nuca. Se abandona a sí misma. La asaltan recuerdos de su vida. En realidad, no se arrepiente de nada. Necesitaba cometer todos esos asesinatos, era algo que tenía que hacer. Tenía que hacerlos sufrir, matarlos, sí, no se arrepiente de nada. Podrían haber sido más, muchos más. Así se había escrito su historia.

Ha llegado la hora de tomarse una copa. Piensa en servirse un trago de Bowmore en el vaso de plástico que hay en el aseo, pero cambia de opinión y bebe directamente de la botella. Alex lamenta no haber comprado también un paquete de cigarrillos. Porque es un día de fiesta. Hace casi quince años que no fuma. No sabe por qué ha estado a punto de comprarlos esa tarde, puesto que en el fondo nunca le ha gustado fumar. Quería hacer lo que el resto del mundo, perseguía el sueño de todas las chicas, ser como las demás. El whisky la embriaga con rapidez, le basta muy poco para zozobrar. Canturrea tonadas de las que ignora la letra y mientras las tararea recoge sus cosas, dobla su ropa pieza a pieza, con orden, y prepara cuidadosamente su bolsa de viaje. Le gustan las cosas pulcras, había que ver su apartamento, todos sus apartamentos, siempre impecables. En el cuarto de baño, en el pequeño estante de plástico inestable y manchado de quemaduras de cigarrillos, dispone sus productos de aseo, dentífrico, cepillo de dientes. Saca del neceser un tubo de moléculas de la felicidad. Lo abre, coge un cabello que ha quedado atrapado bajo la tapa, alza la mano muy alto y lo deja caer como una hoja seca, le encantaría que hubiera un puñado para esparcirlos como la lluvia, como una nevada, como tiempo atrás en casa de una amiga, cuando jugaban sobre el césped rociándose con la manguera como si fuera lluvia. Es el whisky, porque mientras ordena sus cosas sigue bebiendo de la botella, y aunque no tome demasiado comienza a hacerle efecto con rapidez.

Ha acabado de ordenar sus cosas, y Alex se tambalea ligeramente. No ha comido nada desde hace muchas horas, ha bebido demasiado y de inmediato comienza el descenso en picado. No había pensado en ello. Eso la hace reír, una risa nerviosa, tensa, una risa inquieta, es siempre así, la inquietud es su segunda naturaleza, junto con la crueldad. De pequeña, jamás se habría creído capaz de tanta crueldad, se dice guardando su bonita bolsa de viaje en el armario empotrado. Fue una niña encantadora, feúcha pero muy amable, y la gente siempre decía de ella: «Alex es muy mona, verdaderamente adorable».

Así transcurre la velada. Las horas.

Y Alex ha bebido y bebido, y también ha llorado mucho. No sabía que aún le quedara semejante reserva de lágrimas.

Porque es una noche de tremenda soledad.

48.

Como un disparo en mitad de la noche. El crujido del peldaño de madera que se rompe en cuanto él apoya el pie. Camille está a punto de caerse, recupera el equilibrio y logra tenerse en pie, con el pie derecho aprisionado en la tabla rota. Se ha hecho daño. Trata de liberar el pie y se ve obligado a sentarse. Y de repente se encuentra de espaldas al taller, frente a los faros encendidos de su coche, así fue como vio llegar a los equipos de socorro. Ya no era él mismo, estaba desorientado, más o menos en el mismo lugar donde se halla, sentado, como hoy. O tal vez estuviera de pie, cerca de la barandilla.

Camille se levanta y avanza con prudencia sobre las tablas del porche que chirrían y amenazan también con hundirse. No logra recordar dónde estaba exactamente.

¿Para qué sirve tratar de recordar? Para ganar tiempo.

Así que Camille vuelve hacia la puerta. La clavetearon deprisa, sin cuidado, y no ha servido de nada. Las dos ventanas del frontón están rotas, no queda ni uno solo de los cristales. Salta por la ventana y accede al taller, las viejas baldosas hexagonales se siguen moviendo bajo sus pies, y sus ojos comienzan a acostumbrarse a la oscuridad.

Su corazón late con fuerza y deprisa, a sus piernas les cuesta arrastrarlo. Avanza unos pasos.

Las paredes encaladas están cubiertas de pintadas. En el suelo, un colchón destripado, dos platos con unas velas consumidas y, aquí y allá, latas y botellas vacías.

El viento entra en la habitación. En un rincón del taller, un trozo del techo se ha hundido y deja ver el bosque.

La escena es desoladora. Ya no le queda absolutamente nada a lo que anclar su tristeza. La propia tristeza es
un sentimiento distinto. El recuerdo lo asalta violentamente, sin previo aviso.

El cadáver de Irène, el bebé.

Camille cae de rodillas y rompe a llorar.

49.

En la habitación, Alex gira lentamente sobre sí misma, desnuda, en silencio. Con los ojos cerrados, extiende el brazo y sostiene su camiseta como la cinta de una gimnasta, y deja que los recuerdos vuelvan a ella, y ve a sus víctimas de una en una, en un orden extraño y aleatorio. Mientras su camiseta, su estandarte, roza a su paso las paredes de la habitación trazando amplios remolinos, regresa a su memoria el rostro abotargado y los ojos desorbitados de aquel tipo del bar de Reims. Ha olvidado su nombre. Alex baila, gira, gira y su estandarte se convierte en su arma, ahí está ahora el rictus asustado del camionero. Se llamaba Bobby, recuerda. La camiseta envuelve su puño como una bola que se abate sobre la puerta de la habitación y resbala lentamente, como si quisiera clavar un destornillador en un ojo imaginario, y luego aprieta y hurga para que penetre aún más, el pomo de la puerta parece gritar bajo la presión, opone resistencia, Alex gira vigorosamente la muñeca, el arma se hunde y desaparece. Alex se siente feliz, gira y vuela, baila y ríe durante un buen rato, con su arma sujeta como una bola alrededor de su puño, Alex mata una y otra vez, vive y revive. Finalmente, la danza se agota, al igual que la bailarina. ¿De verdad la desearon todos esos hombres? Sentada sobre la cama, con la botella de whisky entre las rodillas, Alex los imagina. De Félix, por ejemplo, recuerda los ojos febriles. Henchidos de deseo. Si lo tuviera ante ella, lo miraría al fondo de los ojos, con los labios ligeramente entreabiertos, y con su camiseta en las manos, acariciaría lentamente, como una experta, la botella de whisky que sujeta entre sus piernas como si fuera un falo gigante. Félix estallaría, y de hecho es lo que le sucedió, estalló en pleno vuelo, la ojiva se separó del cuerpo del cohete y salió disparada al otro lado de la cama.

Alex imagina ahora que su camiseta está ensangrentada, la arroja al aire y aterriza suavemente, como un ave marina, sobre el sillón hundido, junto a la entrada.

Más tarde, se ha hecho completamente de noche. El vecino ha apagado el televisor y duerme junto a la habitación de Alex ajeno al milagro que supone seguir vivo.

De pie ante el lavabo, lo más lejos posible para poder verse de cuerpo entero en el espejo, desnuda, seria e incluso algo solemne, Alex se mira sin hacer nada, solo para verse.

Así que Alex es eso. Solo eso.

Es imposible no echarse a llorar cuando uno se halla frente a uno mismo.

Siente que se resquebraja, que se hunde, se ve atrapada.

Su imagen en el espejo la impresiona.

De repente, se vuelve de espaldas al espejo, se arrodilla y, sin titubear, se golpea violentamente la parte posterior del cráneo contra la porcelana del lavabo, una vez, dos, tres, cuatro, cinco veces, muy fuerte, cada vez con más fuerza que la anterior, en el mismo lugar del cráneo. Alex emplea toda su energía y los golpes producen un ruido infernal, como un gong. Con el último, se queda aturdida, desorientada, cubierta de lágrimas. En ese cráneo hay cosas resquebrajadas y rotas, pero no por los golpes de hoy. Llevan mucho tiempo rotas. Se pone en pie tambaleándose, avanza y cae sobre la cama. Le duele muchísimo la cabeza, el dolor llega en sucesivas oleadas, cierra los ojos, se pregunta si está sangrando sobre la almohada. Con la mano izquierda atrapa, con toda la precisión de la que aún es capaz, el tubo de barbitúricos, lo deja sobre su vientre, vuelca con cuidado (¡qué tortura siente en la cabeza!) el contenido en su mano y se lo traga de una vez. Se apoya torpemente en el codo, se vuelve hacia la mesita de noche, vacila, agarra la botella de whisky, la aprieta con fuerza, tan fuerte como puede, y bebe a gollete, bebe y bebe, tanto tiempo como su respiración le permite, vacía más de la mitad de la botella en unos segundos, la suelta y la oye rodar sobre la moqueta.

Retiene a duras penas las náuseas.

Rompe a llorar sin darse cuenta.

Su cuerpo sigue en esa habitación, pero su mente está ya en otro lugar.

Rueda sobre sí misma. Todo se enrosca alrededor de su vida y lo que queda de ella se repliega.

Su cerebro, en una reacción puramente neuronal, es presa del pánico.

Lo que va a suceder a continuación ya no incumbe más que a su envoltorio; unos instantes contados, unos instantes sin retorno y la consciencia de Alex está en otro lugar.

Si existe otro lugar.

50.

El establecimiento está patas arriba. Accesos bloqueados, el aparcamiento acordonado, faros, vehículos y uniformes. A los clientes les parece una serie de televisión, salvo que no es de noche. Y en las series, esas cosas suceden a menudo por la noche. Son las siete de la mañana, el momento en que todo se pone de nuevo en marcha, las salidas, la agitación es incontenible. Desde hace una hora el director se desespera por sus clientes, se deshace en excusas y asegura lo que haga falta a derecha e izquierda, aunque nadie sabe qué debe de estar prometiendo.

Cuando llegan Camille y Louis, el director del hotel los está esperando en la entrada. En cuanto se hace una idea de la situación, Louis se adelanta a su jefe, está acostumbrado a hacerlo y prefiere ser él quien hable primero con el director. En ese tipo de circunstancias, dejar hablar a Camille puede desencadenar una guerra civil al cabo de media hora.

Louis, amable y comprensivo, aleja al director y despeja el paso. Camille sigue a un agente de la comisaría local que ha sido el primero en llegar.

—He reconocido de inmediato a la chica del aviso de búsqueda.

Espera en vano ser felicitado, ese policía canijo es cualquier cosa menos amable, camina deprisa y parece concentrado en sí mismo, absorto. Rechaza tomar el ascensor y suben a pie por la escalera de hormigón que nadie utiliza y que resuena como una catedral.

A pesar de todo, el agente añade:

—No hemos permitido que entrara nadie, esperando a que llegara usted.

Suceden cosas curiosas. Como se ha prohibido la entrada en la habitación a la espera de los técnicos de la policía científica y Louis se ha quedado en la planta baja para calmar al director, Camille entra solo, como si fuera un familiar, como si acudiera a velar a un allegado y, por pudor, respetaran su intimidad y lo dejaran unos minutos a solas junto al cadáver.

En los lugares carentes de grandeza, la muerte siempre es un hecho trivial que esa joven no ha logrado eludir. Su cuerpo se ha enroscado y las convulsiones han hecho que la sábana se enredara aún más, como el cadáver de una egipcia que va a ser momificada. Su mano pende fuera de la cama, lánguida, terriblemente humana y femenina. La mirada, fija, se pierde hacia el techo. Tiene heridas en el rostro y restos de vómito que rebosan por la comisura de sus labios. El conjunto forma una imagen muy dolorosa.

En la habitación se siente la presencia de un misterio, de la muerte. Camille permanece en la entrada. Está acostumbrado a los cadáveres, en sus veinticinco años de carrera ha visto muchos, quizá un número equivalente a los habitantes de un pueblo, un día tendría que contarlos. Hay cadáveres que lo impresionan y otros que no le causan ninguna sensación. El inconsciente se ocupa de seleccionarlos. Y ese cadáver le duele, no sabe por qué. Lo hace sufrir.

Primero ha pensado que, indiscutiblemente, siempre llega tarde. Irène está muerta a causa de su tardanza, no tuvo los suficientes reflejos, se obcecó, no llegó a tiempo y ella ya estaba muerta. Pero no, ahora, en esa habitación, sabe que no es cierto, que la historia no se ha repetido, que nadie puede ocupar el lugar de Irène. Sobre todo porque Irène era una mujer inocente y esa chica no lo es.

Sin embargo, su inquietud es patente. Es incapaz de explicarlo.

Siente, sabe que hay algo que se le escapa. Tal vez incluso desde el principio. Y esa chica se ha llevado sus secretos consigo. A Camille le gustaría poder aproximarse, mirarla de cerca, inclinarse sobre su cuerpo, comprender.

La ha perseguido mientras estaba viva, la ve muerta y sigue sin saber nada acerca de ella. ¿Cuántos años tiene? ¿De dónde procede?

¿Cómo se llama en realidad?

Junto a él, sobre la silla, está el bolso. Saca unos guantes de látex de su bolsillo y se los pone. Coge el bolso, lo abre y encuentra el documento de identidad. La cantidad de cosas que puede llegar a haber en el bolso de una chica es increíble.

Treinta años. Los muertos nunca se parecen a los vivos que fueron. Mira la foto del documento y luego a la joven muerta, sobre la cama. Ninguno de los dos rostros se parece a los innumerables retratos que de ella ha hecho a lo largo de las últimas semanas partiendo del retrato robot. De repente, el rostro de esa mujer es inaprensible. ¿Cuál es el verdadero? ¿El del documento de identidad, ya antiguo? En esa fotografía debe de tener unos veinte años, el peinado está pasado de moda, no sonríe y mira hacia el frente con pose poco natural. ¿O es el retrato robot de la asesina en serie, frío, fijo, amenazador y reproducido en miles de copias? ¿O tal vez lo sea el rostro inerte de la joven muerta allí tendida, cuyo cuerpo está habitado por dolores incomunicables?

A Camille le parece extrañamente parecida a *La víctima* de Fernand Pelez; el turbador efecto que produce la muerte cuando se abate sobre un cuerpo.

Fascinado por aquel rostro, Camille ha olvidado que aún ignora cómo llamarla. Vuelve a estudiar el documento de identidad.

Alex Prévost.
Camille se repite ese nombre.
Alex.
Nada de Laura, ni Nathalie, ni Léa ni Emma.
Es Alex.
Es... Era.

III

51.

El juez Vidard está muy contento. Ese suicidio es el resultado lógico de su análisis, de su habilidad, de su tenacidad. Como siempre sucede con los hombres vanidosos, atribuye a su talento lo que debe a la suerte o a las circunstancias. Al contrario que Camille, está exultante. Pero sereno. Cuanto más reservado se muestra, más se acentúa su intensa sensación de victoria. Camille lo ve en sus labios, en sus hombros, en su concentración al ponerse las protecciones; el gorro de cirujano y las zapatillas azules confieren a Vidard un aspecto muy extraño.

Los técnicos ya han empezado a trabajar y podría haberse contentado contemplando la escena desde el pasillo. Sin embargo, la imagen de una asesina múltiple de treinta años, sobre todo muerta, es para Vidard como un bodegón de caza, tiene que observarlo de cerca. Está satisfecho. Entra en la habitación con las ínfulas de un emperador romano. Cuando se acerca a la cama se vislumbra un ligero movimiento de los labios, como si se dijera «bien, bien, bien», y al salir luce una expresión que significa «caso cerrado». Señala a los técnicos de la científica y dice a Camille:

—Como imaginará, necesito las conclusiones de inmediato...

Quiere informar de ello. Pronto. Camille está de acuerdo. Pronto.

—De todas formas, habrá que aclararlo todo, ¿verdad? —añade el juez.

—Por supuesto —dice Camille—, habrá que aclararlo todo.

El juez se dispone a irse. Camille oye cómo el cartucho se coloca en la recámara.

—Ya era hora de que esto acabara —dice el juez—, para todo el mundo.

—¿Se refiere a mí?

—Para serle sincero, sí.

Al decir eso, se quita las protecciones. El gorro y las pantuflas no son dignos de lo que se dispone a decir.

—En este caso —prosigue por fin—, le ha faltado lucidez, comandante Verhoeven. En varias ocasiones, ha corrido tras los acontecimientos. Si lo piensa, incluso la identidad de la víctima se la debemos a ella y no a usted. Lo ha salvado la campana, pero estaba realmente lejos, y sin este... feliz «incidente» —señala hacia la habitación—, no estoy seguro de que hubiera seguido usted al frente del caso. Creo que no está...

—¿A la altura? —sugiere Camille—. Sí, dígalo, señoría, dígalo, lo tiene en la punta de la lengua.

El juez, ofendido, da unos pasos por el pasillo.

—Eso es muy suyo —comenta Camille—. No tiene valor para decir lo que piensa ni es lo bastante sincero para pensar lo que dice.

—En ese caso, le voy a decir lo que pienso de verdad...

—Estoy temblando.

—Creo que ya no está capacitado para encargarse de los casos de consideración.

Se toma un tiempo para subrayar que reflexiona, que como hombre inteligente y consciente de su importancia no dice nada a la ligera.

—Su reincorporación a la actividad no ha resultado muy prometedora, comandante. Tal vez debería volver a tomar cierta distancia.

52.

Antes de llevarlos al despacho de Camille, todos los objetos han pasado primero por el laboratorio. A primera vista no lo parece, pero ocupan bastante. Para poder revisarlos, han tenido que hacerse traer dos grandes mesas que Armand ha cubierto con un mantel y apartar el escritorio, el perchero, las sillas y los sillones. Se les hace difícil enfrentarse a objetos tan infantiles y pensar que pertenecían a una mujer de treinta años. Da la impresión de que no había crecido. ¿Para qué sirve conservar tanto tiempo un viejo pasador de pelo de color rosa o una entrada de cine?

Recogieron todas esas cosas en el hotel, cuatro días antes.

Tras abandonar la habitación de la joven fallecida, Camille descendió a la planta baja, donde Armand tomaba declaración al recepcionista, un joven con el cabello engominado repeinado a un lado, como si acabaran de darle una bofetada. Por razones en apariencia prácticas, Armand se había instalado en el salón donde se servían los desayunos.

—¿Me permite?

Sin aguardar la respuesta, se sirvió una jarra de café, cuatro cruasanes, un vaso de zumo de naranja, un plato de cereales, un huevo duro, dos lonchas de jamón y varias porciones de queso fundido. Mientras comía, formulaba las preguntas y escuchaba atentamente las respuestas; a pesar de tener la boca llena, podía rectificar:

—Antes me ha dicho las diez y media.

—Sí —dice el recepcionista, asombrado por el apetito de un policía tan delgado—. Cinco minutos más o menos, no sé precisar con tanta exactitud...

Armand hizo un signo de comprensión. Al final del interrogatorio, preguntó:

—¿No tendrá usted una caja o algo parecido?

Sin esperar la respuesta, extendió tres servilletas de papel, volcó una cesta entera de bollería variada, dobló cuidadosamente las cuatro esquinas y las anudó, como una bolsita de regalo. Mirando al recepcionista, dijo en un tono de preocupación:

—Para el almuerzo... Con este caso, no tendremos tiempo de sentarnos a comer.

Eran las siete y media de la mañana.

Camille entró en una sala destinada a reuniones y seminarios que Louis había ocupado para las declaraciones. Estaba interrogando a la señora de la limpieza que había descubierto el cadáver de Alex, una mujer de unos cincuenta años de tez pálida, consumida por el trabajo. Se ocupa del mantenimiento después de la cena y luego se marcha a su casa, pero a veces, por falta de personal, se ve obligada a regresar por la mañana, a las seis, para trabajar en el primer turno de limpieza. Es rolliza, con la espalda encorvada.

Normalmente, no entra en las habitaciones más que a última hora de la mañana y tras haber llamado a la puerta repetidas veces y escuchado, porque las escenas que ha llegado a ver... Podría explicarles decenas de historias, pero se sentía intimidada por la presencia del policía bajito que acababa de entrar y los observaba. No decía nada, estaba plantado con las manos en los bolsillos del abrigo que no se había quitado desde su llegada, ese hombre debía de estar enfermo o ser muy friolero. Salvo que aquella mañana, se equivocó. En un papel le habían anotado el número de habitación «317», pues el cliente ya había abandonado el hotel y eso significaba luz verde para hacer la limpieza.

—Estaba mal escrito y he leído «314» —explicó.

Hablaba con vehemencia, no quería que la culpa de aquel asunto recayera en ella, que nada tenía que ver.

—Si hubieran escrito el número de la habitación correctamente, no habría sucedido.

Para tranquilizarla, Louis puso su bella mano, cuidada con manicura, sobre su antebrazo y cerró los ojos; a veces, hasta tiene un porte cardenalicio. Por primera vez desde su inopinada entrada en la habitación 314, la mujer se dio cuenta de que, al margen de esa lamentable torpeza a la que no dejaba de darle vueltas, había una joven de treinta años que se había suicidado.

—Enseguida vi que estaba muerta.

Calló, trataba de encontrar las palabras adecuadas, ya había visto otros cadáveres a lo largo de su vida. A pesar de ello, siempre resulta un hecho inesperado e impresiona.

—¡Me sobresalté!

Se llevó las manos a la boca al recordarlo. Louis la compadecía en silencio, Camille callaba, miraba y aguardaba.

—Una chica tan guapa como ella. Que parecía tan viva...

—¿A usted le pareció que estaba viva?

Fue Camille quien hizo la pregunta.

—Claro, en la habitación, no, evidentemente... No es eso lo que quiero decir...

Y dado que ninguno de los dos hombres reaccionaba, siguió hablando, quería hacerlo bien, ayudar, en resumidas cuentas. No podía dejar de pensar que, debido al error que había cometido con el número de la habitación, acabarían por reprocharle algo. Trató de defenderse.

—¡Cuando la vi ayer sí parecía muy viva! ¡Eso es lo que quiero decir! Caminaba con decisión, vaya, ¡no sabría cómo decírselo!

Se puso nerviosa. Louis prosiguió, sereno:

—¿Dónde la vio ayer?

—¡Ahí, en la calle de enfrente! Salió con unas bolsas de basura.

Los dos agentes corrieron hacia la salida y desaparecieron antes de que pudiera acabar la frase.

Camille reclutó a su paso a Armand y a otros tres agentes, y todos corrieron hacia la salida. A la derecha y a la izquierda, a ambos lados de la calle, a una cincuentena de metros, un camión de la basura devoraba los contenedores que los empleados cargaban a toda prisa. Los policías gritaban, pero de lejos no entendían lo que les decían. Camille subió por un extremo de la calle mientras Louis bajaba por el otro, ambos mostrando sus placas, Armand gesticulaba y los agentes soplaban sus silbatos con todas sus fuerzas. Los basureros se detuvieron, petrificados. Unos policías sin resuello deteniendo contenedores de basura: en toda su carrera como basureros, nunca habían visto nada parecido.

La señora de la limpieza, impresionada, fue acompañada hasta la calle como si se tratara de una famosa rodeada por un séquito de prensa y admiradores. Señaló el lugar donde se hallaba el día anterior a última hora de la tarde cuando se cruzó con la joven.

—Yo llegaba en ciclomotor, de allí. La vi aquí. Más o menos, ¿eh? No puedo ser más precisa.

Hicieron rodar una veintena de contenedores hasta el aparcamiento del hotel. El director se inquietó de inmediato.

—No pueden... —comenzó.

Camille lo interrumpió.

—¿Qué es lo que no puedo hacer?

El director se rindió. Verdaderamente, había sido un día horrible y ahora tenía además la basura esparcida por el aparcamiento. Y, por si eso no fuera suficiente, un suicidio.

Armand descubrió las tres bolsas.

El olfato. La experiencia.

53.

El domingo por la mañana, Camille le abre la ventana a Doudouche para que pueda ver el mercadillo, le encanta. Aún no son las ocho y ha dormido muy mal. En cuanto termina de desayunar, entra en uno de esos largos períodos dubitativos que siempre ha vivido, en los que todas las soluciones le parecen adecuadas, en los que hacer o no hacer las cosas reviste el mismo interés. Lo más terrible en esos momentos de incertidumbre es saber, en el fondo, por qué se va a decidir. Fingir que se lo cuestiona no es más que una manera de revestir una decisión discutible con algo parecido a una capa de racionalidad.

Es el día de la subasta de las obras de su madre. Ha dicho que no iría. Ahora, está seguro de que no irá.

Se siente como si la subasta ya se hubiera celebrado y Camille se proyectara en el futuro. Su reflexión concierne ahora al resultado de la venta y a la idea de no quedarse con el dinero, de donarlo. Hasta ese momento, no se ha planteado de cuánto dinero se trata. Y aunque no quiera, su cerebro ha calculado la cifra, es superior a él. Nunca será tan rico como Louis, pero la suma no sería en absoluto despreciable. Alrededor de ciento cincuenta mil euros, a su parecer. Tal vez doscientos mil. Se enfada consigo mismo por hacer esas cuentas cuando se había prometido que no las haría. A la muerte de Irène, el seguro cubrió la hipoteca del apartamento que habían comprado y que vendió de inmediato. Con lo que obtuvo de la venta compró este y pidió un crédito que la subasta de las obras de su madre le permitiría reembolsar. Ese tipo de pensamiento constituye la primera grieta en los mejores propósitos. Se dirá a sí mismo: «Al menos podría pagar la hipoteca y donar el resto». Luego se dirá: «Pagar la hipoteca, cambiar de coche y donar el resto». Una cadena. Hasta que no quede nada. Acabará por donar doscientos euros para la lucha contra el cáncer.

«Vamos —se dice Camille despabilándose—. Concéntrate en lo esencial».

Deja sola a Doudouche hacia las diez, cruza el mercado y, como hace un día frío pero soleado, decide ir a pie hasta la Brigada, le lleve el tiempo que le lleve. Camille camina tan deprisa como puede, pero tiene las piernas cortas. Así que, una vez superada la obstinación y el buen propósito, toma el metro.

Aunque es domingo, Louis ha dicho que estaría en la Brigada hacia la una.

Desde su llegada, Camille se halla en conversación silenciosa con los objetos alineados sobre la mesa. Parece el puesto de una chiquilla un día de mercadillo.

Después de que el hermano de Alex hubo reconocido el cadáver en el Instituto Forense, pidieron a la señora Prévost, la madre, que identificara los objetos que reconociera.

Es una mujer menuda, enérgica, de rostro anguloso, que alardea de sus cabellos blancos y su ropa usada. Todo en ella transmite el mismo mensaje: somos gente modesta. No quiso quitarse el abrigo ni soltar su bolso, solo quería marcharse.

—Son muchas noticias que digerir de golpe —dijo Armand, que fue el primero en recibirla—. Su hija se suicidó anoche tras haber asesinado al menos a seis personas, y eso es algo que desarma a cualquiera, es comprensible.

Camille habló un buen rato con ella en el pasillo para prepararla para la prueba: iba a enfrentarse a multitud de objetos que habían pertenecido a su hija de pequeña y de adolescente, el tipo de objetos sin demasiado valor que provocan un dolor infinito cuando muere un hijo. La señora Prévost mantenía la entereza, sin llorar, decía que lo entendía; sin embargo, cuando se halló ante la mesa se hundió y tuvieron que llevarle una silla. Son unos instantes penosos en los que, como espectador, se está condenado a ser paciente, a la inacción. La señora Prévost no soltaba su bolso, como si estuviera de visita, y señalaba los objetos, la mayoría de los cuales no conocía o no recordaba, desde su silla. En muchos momentos se mostraba perpleja, insegura, como si se hallara frente a un rompecabezas de su hija y no lograra recomponerlo. Para ella eran piezas sueltas. Reducir a su hija desaparecida a aquel muestrario incoherente de baratijas tenía algo de injusto. La emoción dio paso a la indignación, y meneó la cabeza.

—En primer lugar, ¿por qué guardaba todas esas porquerías? ¿Están seguros de que esas cosas son suyas?

Camille abrió los brazos. Esa reacción no era más que un mecanismo de defensa habitual ante la violencia de una situación; tras recibir una fuerte impresión, los seres humanos a menudo manifiestan esa brutalidad.

—Mire —prosiguió ella—, sí, eso sí es de ella.

Señalaba el pequeño busto del negro en madera negra y se disponía a explicar la historia, pero renunció a hacerlo. Luego las páginas de las novelas.

—Leía mucho. Siempre.

Cuando por fin llega Louis, ya son casi las dos. Comienza por las páginas arrancadas. *Mañana en la batalla piensa en mí. Ana Karenina.* Hay párrafos subrayados con tinta violeta. *Middlemarch, El doctor Zhivago.* Louis los ha leído todos. *Aurélien, Los Buddenbrook,* y Sandrine Bontemps les había hablado también de Duras, de sus obras completas, aunque en el montón no haya más que una o dos páginas de *El dolor*. Louis no establece relaciones entre los títulos, todos están cargados de romanticismo, era de esperar, las muchachas sentimentales y las asesinas en serie son seres de corazón frágil.

Se van a almorzar. Durante la comida, Camille recibe la llamada del amigo de su madre que ha organizado la subasta de esa mañana. No tienen mucho que decirse. Camille le reitera su agradecimiento, no sabe qué hacer, le ofrece dinero discretamente. Se adivina que, al otro lado de la línea, el amigo dice que ya hablarán de eso más tarde, que ante todo lo ha hecho por Maud. Camille calla, acuerdan verse pronto a sabiendas de que no lo harán. Camille cuelga. Doscientos ochenta mil euros. La subasta ha superado todas las expectativas. El autorretrato, una obra menor, se ha vendido por dieciocho mil euros.

Louis no está sorprendido. Conoce el mercado del arte, las cotizaciones, tiene experiencia.

Doscientos ochenta mil. Camille no se hace a la idea. Desearía calcular cuánto supone esa cifra en salarios. Muchos. Eso lo pone de mal humor, tiene la impresión de que le pesan los bolsillos, y de hecho son sus hombros. Se inclina un poco.

—¿He hecho una tontería al venderlo todo?

—No necesariamente —dice Louis, circunspecto.

De todas formas, Camille se lo sigue preguntando.

54.

Luce un afeitado apurado y tiene un rostro rectangular, decidido, mirada viva y una boca expresiva de labios carnosos, glotones. Su porte es firme, con cierto aire marcial atenuado por su cabello moreno, ondulado, peinado hacia atrás. El cinturón de hebilla plateada resalta el volumen de un vientre proporcional a su posición social, fruto de las comidas de negocios o del matrimonio, o del estrés, o de las tres cosas a la vez. Aparenta más de cuarenta años. Tiene treinta y siete. Mide más de metro ochenta, es ancho de espaldas. Louis no está gordo pero es alto y corpulento y, sin embargo, a su lado parece un adolescente.

Camille lo había visto en el Instituto Médico Forense cuando fue a reconocer el cadáver. Se inclinó sobre la mesa de aluminio con una expresión envarada, doliente. No dijo nada, solo hizo un gesto con la cabeza para confirmar que era ella y volvieron a cubrir el cuerpo.

Ese día, no se hablaron. Es difícil dar el pésame cuando la difunta es una asesina en serie que ha destrozado la vida de media docena de familias. Por suerte, no es ese el papel de los policías.

En el pasillo, de regreso, Camille permanecía en silencio. Louis le dijo:

—Lo conocí más dicharachero...

«Es verdad —recuerda Camille—, Louis fue el primero en conocerlo, durante la investigación sobre la muerte del hijo de Trarieux».

Lunes, cinco de la tarde, en la Brigada Criminal.

Louis (traje Brioni, camisa Ralph Lauren, zapatos Forzieri) está en su despacho. Armand está junto a él, con los calcetines enroscados sobre los zapatos.

Camille está sentado en una silla al fondo del despacho, con los pies colgando, concentrado en un cuaderno como si el caso no le concerniera, ocupado en dibujar de memoria el rostro sombrío que ha visto en una moneda mexicana.

—¿Cuándo nos devolverán el cuerpo?

—Pronto —dice Louis—. Muy pronto.

—Ya hace cuatro días...

—Sí, lo sé, se hace muy largo.

Objetivamente, en ese desempeño, Louis alcanza la perfección. Tuvo que aprender muy pronto esa inimitable expresión de conmiseración, una herencia familiar, de casta. Esa tarde, Camille lo retrataría como al dux de Venecia en la plaza de San Marcos.

Louis coge su cuaderno y el informe. Parece querer acabar lo antes posible con los trámites más farragosos.

—Así que Thomas Vasseur, nacido el 16 de diciembre de 1969.

—Está en el informe, me parece.

Poco agresivo pero quisquilloso. Molesto.

—¡Oh, por supuesto! —asegura Louis, con desbordante sinceridad—. Simplemente hay que verificar que todo esté en orden. Para cerrar el expediente, nada más. Su hermana, que sepamos, mató a seis personas, cinco hombres y una mujer. Su muerte nos impide reconstruir los acontecimientos. Comprenderá, sin embargo, que debemos decirles algo a las familias. Sin contar al juez.

«Vaya —piensa Camille—, precisamente al juez». Ese juez que se moría de ganas de informar y no tardó en obtener el permiso de la jerarquía, todos se morían de ganas de informar. Una asesina en serie que se suicida no es un hecho glorioso, es menos encomiable que una detención, pero desde el punto de vista de la seguridad pública, la tranquilidad de los ciudadanos, la paz civil y todas esas estupideces, siempre es bueno. La asesina ha muerto. Como el anuncio de la muerte del lobo en la Edad Media, es sabido que eso no cambia la faz del mundo, pero alivia y aviva el sentimiento de que una justicia superior nos protege. La justicia superior se había lucido y Vidard ofreció a regañadientes una rueda de prensa. Según sus palabras, la asesina estaba acorralada por la policía y no tenía más posibilidad que entregarse o morir. Camille y Louis lo vieron en el televisor del bar. Louis se mostraba resignado. Camille reía para sus adentros. Tras ese instante de gloria, el juez se calmó. Siguió perorando ante los micrófonos, pero ahora eran los agentes de policía quienes tenían que cerrar el caso.

Por tanto, hay que informar a las familias de las víctimas. Thomas Vasseur lo comprende, asiente con la cabeza, pero sigue irritado.

Louis se concentra un instante en su informe, alza la vista y se atusa el flequillo con la mano izquierda.

—¿Así que nació el 16 de diciembre de 1969?

—Sí.

—¿Y trabaja usted como director comercial en una empresa de alquiler de máquinas recreativas?

—Eso es, máquinas recreativas para casinos, bares, discotecas... Alquilamos máquinas por toda Francia.

—Está usted casado y tiene tres hijos.

—Exacto, lo sabe usted todo.

Louis toma notas escrupulosamente y levanta de nuevo la vista.

—Y tenía usted... siete años más que Alex.

Esta vez Thomas Vasseur hace simplemente un signo de conformidad.

—Alex no conoció a su padre... —dice Louis.

—No. Mi padre murió bastante joven. Mi madre tuvo a Alex mucho después, pero no quiso rehacer su vida con aquel hombre. Y luego él desapareció.

—En resumidas cuentas, solo lo tuvo a usted como padre.

—Me ocupé de ella, sí. Bastante. Ella lo necesitaba.

Louis deja que hable. El silencio se prolonga. Vasseur prosigue:

—Alex ya era entonces..., quiero decir..., Alex era muy inestable.

—Sí —dice Louis—. Inestable, es lo que nos dijo su madre.

Frunce ligeramente el ceño.

—No hemos hallado ningún informe psiquiátrico, no parece que fuera hospitalizada ni se la tuviera nunca en observación.

—¡Alex no estaba loca! ¡Era inestable!

—La ausencia del padre...

—El carácter, sobre todo. No conseguía hacer amigas, se encerraba en sí misma, era una chica solitaria, no hablaba mucho. Y, además, era incapaz de ordenar sus ideas.

Louis hace un gesto de comprensión. Como Vasseur no dice nada, sugiere:

—Necesitaba seguimiento...

Es difícil saber si se trata de una pregunta o un comentario. Thomas Vasseur elige haber oído que se trata de una pregunta.

—Absolutamente —responde.

—Su madre no bastaba.

—No podía sustituir la figura de un padre.

—¿Alex hablaba de su padre? Quiero decir, ¿preguntaba por él? ¿Quería conocerlo?

—No. En casa tenía cuanto necesitaba.

—A usted y a su madre.

—Mi madre y yo.

—Amor y autoridad.

—Si prefiere decirlo así...

El comisario Le Guen se ocupa del juez Vidard. Hace de barrera entre Camille y él, y tiene todo lo necesario para ello: la estatura, la inercia y la paciencia. Uno puede pensar lo que quiera acerca de ese juez, puede ser desagradable, pero Camille está siendo realmente un incordio. Desde hace varios días, tras el suicidio, circulan rumores. Verhoeven ya no es lo que era, se ha vuelto intratable en el trabajo, ya no sabe llevar una investigación de envergadura. La historia de la chica que ha asesinado a seis personas en algo más de dos años va de boca en boca y, además, dado su modus operandi, atrae la atención de todos, y Camille da la impresión de haber llegado siempre tarde. Incluso al final.

Le Guen relee las conclusiones, el último informe de Camille. Se han visto una hora antes.

—¿Estás seguro, Camille?

—Absolutamente.

Le Guen asiente.

—Si tú lo dices...

—Si lo prefieres, puedo...

—No, no, no, no —lo interrumpe Le Guen—. ¡Ya me ocupo yo de eso! Yo mismo iré a ver al juez, se lo explicaré y te mantendré informado.

Camille levanta las manos en señal de rendición.

—De todas formas, Camille, ¿qué te pasa con los jueces? ¡Siempre tienes conflictos, desde el primer momento, siempre! Parece que es algo que te supera.

—¡Es a los jueces a quienes hay que preguntárselo!

Las palabras del comisario esconden, sin embargo, una cuestión implícita: ¿es su talla lo que hace que Camille se enfrente así a la autoridad?

—Y a Pascal Trarieux lo conoció en la escuela.

Thomas Vasseur, impaciente, resopla como si quisiera apagar una vela en el techo, da muestras de violentarse y suelta un «sí» firme, denso, el tipo de «sí» que suele disuadir de hacer más preguntas.

Esta vez, Louis no se parapeta tras el informe. Cuenta con una ventaja: él mismo lo había interrogado un mes antes.

—En ese momento me dijo, cito textualmente: «Lo que nos llegó a tocar los huevos Pascal con su amiga, su Nathalie... Claro que, para una vez que tenía novia».

—¿Y...?

—Y hoy sabemos que esa Nathalie, de hecho, era su hermana.

—Ustedes lo sabrán ahora, pero yo, en aquel momento, ni siquiera podía sospecharlo...

Louis se mantiene callado, y Vasseur se cree obligado a extenderse.

—Sabe, Pascal era un chaval muy simple. Nunca tuvo muchas chicas. Hasta llegué a pensar que era un farol. Hablaba continuamente de su Nathalie, pero no se la presentaba a nadie. De hecho, nos hacía reír mucho. Yo, en cualquier caso, no me lo tomé muy en serio.

—Y, sin embargo, fue usted quien presentó a Alex a su amigo Pascal.

—No. Y, además, ¡no era amigo mío!

—Ah, ¿y qué era entonces?

—Mire, le seré sincero. Pascal era un absoluto imbécil, ese tipo tenía el cerebro de un mosquito. Así que era un compañero de colegio, un colega de la infancia si prefiere, me lo encontraba aquí o allá, pero nada más. No era un amigo.

Acto seguido se echa a reír, con fuerza, para subrayar lo ridículo de esa hipótesis.

—Se lo encontraba aquí o allá...

—De vez en cuando, me lo encontraba en el bar si me paraba a saludar. Aún conozco a mucha gente allí. Nací en Clichy, él nació en Clichy, fuimos juntos al colegio.

—En Clichy.

—Así es. Éramos, como si dijéramos, amigos de Clichy. ¿Eso le parece mejor?

—¡Perfecto! Muy, muy bien.

Louis vuelve a sumergirse en el informe, atareado, preocupado.

—¿Pascal y Alex también eran «amigos de Clichy»?

—¡No, ellos no eran «amigos de Clichy»! Y ya me está empezando a hartar con esas historias de Clichy. Si usted...

—Cálmese.

Es Camille quien ha hablado. Sin levantar la voz. Como un chiquillo al que se pone a dibujar en un rincón al fondo del despacho para que se entretenga, han acabado por olvidar su presencia.

—Se le hacen preguntas —dice—, y usted las responde.

Thomas se vuelve hacia él, pero Camille no alza la vista, sigue dibujando. Solo añade:

—Así funcionan las cosas aquí.

Finalmente levanta la vista, aleja el dibujo extendiendo el brazo para examinarlo inclinándolo ligeramente y añade, mirando por encima de la hoja y señalando a Thomas:

—Y si vuelve a empezar, lo denuncio por desacato a un representante de la autoridad pública.

Camille deja el dibujo sobre la mesa y, justo antes de volver a centrar su atención en él, señala:

—No sé si he sido suficientemente claro.

Louis deja transcurrir un segundo.

Lo han pillado desprevenido. Vasseur mira alternativamente a Camille y a Louis, con la boca ligeramente entreabierta. El ambiente recuerda las tardes de finales del verano, cuando la tormenta se anuncia sin que nadie la haya visto llegar y, de repente, uno se da cuenta de que ha salido a la calle sin paraguas, que las nubes oscurecen el cielo y que aún se está lejos de casa. Parece que Vasseur se dispusiera a levantarse el cuello de la chaqueta.

—¿Entonces? —pregunta Louis.

—¿Qué? —responde Vasseur, desorientado.

—¿Alex y Pascal Trarieux también eran «amigos de Clichy»?

Al hablar, Louis siempre hace gala de una impecable dicción, incluso en las situaciones más tensas. Absorto en su dibujo, Camille menea la cabeza con admiración. «Este tipo es realmente increíble.»

—No, Alex no vivió en Clichy —dice Vasseur—. Nos mudamos cuando ella debía de tener unos cuatro o cinco años.

—En ese caso, ¿cómo conoció a Pascal Trarieux?

—No lo sé.

Silencio.

—Así que su hermana conoce a su amigo Pascal Trarieux por casualidad...

—Así debió de ser.

—Y se hizo llamar Nathalie. Y lo mató en Champigny-sur-Marne a palazos. Y eso no tuvo nada que ver con usted.

—¿Qué pretende exactamente? Fue Alex quien lo mató, ¡no yo!

Se enfada, el tono de su voz se agudiza y se detiene súbitamente. Después, con absoluta frialdad, articula lentamente:

—A ver, ¿por qué me interrogan? ¿Me acusan de algo?

—¡No! —se apresura a decir Louis—. Pero debe usted entender la situación. Tras la desaparición de Pascal, su padre, Jean-Pierre Trarieux, se lanzó a la búsqueda de su hermana. Sabemos que dio con ella, que la raptó no muy lejos de su casa, que la secuestró, la torturó y sin duda tenía intención de matarla. Ella logró huir milagrosamente, y ya conocemos lo que pasó después. Lo que nos interesa es justamente eso: resulta sorprendente que saliera con su hijo con un nombre falso. ¿Qué tenía que ocultar? Pero aún resulta más sorprendente saber cómo Jean-Pierre Trarieux logró dar con ella.

—Lo ignoro.

—Pues nosotros tenemos una hipótesis.

Con una frase como esa, Camille habría creado un efecto. Pesaría como una amenaza, como una acusación, estaría cargada de sobrentendidos. Con Louis parece simplemente información. Han adoptado una estrategia. Esa es la ventaja con Louis, su vertiente de soldado inglés: lo que se ha decidido, se hace. Nada puede distraerlo ni detenerlo.

—Tienen una hipótesis —repite Vasseur—. ¿Puedo saber cuál es?

—El señor Trarieux visitó a todos los conocidos de su hijo que pudo encontrar. Les mostraba una foto borrosa en la que se ve a Pascal acompañado de Nathalie. En fin, de Alex. Pero de todas las personas a las que interrogó, solo usted podía haber reconocido a su hermana. Y creemos que eso fue lo que sucedió. Y que usted le dio su dirección.

Ninguna reacción.

—A la vista del estado de excitación del señor Trarieux —prosigue Louis— y de su actitud abiertamente violenta, eso supondría una autorización implícita a darle una buena paliza. Como mínimo.

La información resuena tranquilamente en la habitación.

—¿Por qué iba a hacer yo una cosa semejante? —pregunta Vasseur, sinceramente intrigado.

—Eso es precisamente lo que desearíamos saber, señor Vasseur. Según usted, el hijo de Trarieux, Pascal, tenía un cerebro de mosquito. El padre no era mucho más listo y no era necesario someterlo a un examen minucioso para comprender sus intenciones. Digo que es como si usted hubiera condenado a su hermana a recibir una paliza. Pero, de hecho, era fácil imaginar que podía llegar a matarla. ¿Era eso lo que usted quería, señor Vasseur? ¿Que matara a su hermana? ¿Que matara a Alex?

—¿Tienen pruebas?

—¡Jaaa!

Ha sido Camille. Su grito ha empezado como una exclamación de alegría y ha acabado con una risotada de admiración.

—¡Ja, ja, ja, eso me encanta!

Vasseur se vuelve hacia él.

—Cuando un testigo pregunta si tenemos pruebas —prosigue Camille—, es que ya no niega las conclusiones. Simplemente trata de protegerse.

—Bueno.

Thomas Vasseur acaba de tomar una decisión. Lo hace serenamente, apoyando ambas manos sobre la mesa de despacho. Las mantiene firmes y los mira fijamente mientras pronuncia estas palabras:

—¿Pueden decirme qué hago aquí, por favor?

Una voz poderosa, y la frase suena como una orden. Camille se pone en pie, se acabaron los dibujos, las argucias y las pruebas, avanza y se planta frente a Thomas Vasseur.

—¿A qué edad empezó a violar a Alex?

Thomas alza la cabeza.

—¡Ja, es eso!

Sonríe.

—¿No podían haberlo dicho antes?

Alex, de niña, escribía en su diario de manera muy episódica. Unas líneas aquí y allá, y luego nada durante mucho tiempo. Ni siquiera utilizaba siempre el mismo cuaderno. Entre los efectos personales arrojados al contenedor han encontrado un poco de todo, un borrador del que solo llenó las primeras seis páginas y un cuaderno de tapa dura con la ilustración de un caballo al galope frente a una puesta de sol.

Caligrafía infantil.

Camille lee únicamente esto: «Thomas viene a mi habitación. Casi todas las noches. Mamá lo sabe».

Thomas se ha puesto en pie.

—Bueno. Ahora, señores, si me permiten...

Da unos pasos.

—Creo que las cosas no van a ser así —dice Camille.

Thomas se vuelve.

—¿Ah, no? ¿Y qué va a pasar, según usted?

—En mi opinión, va usted a sentarse y a responder a nuestras preguntas.

—¿Sobre qué tema?

—Sus relaciones sexuales con su hermana.

Vasseur mira a Louis y Camille y, falsamente alarmado, pregunta:

—¿Por qué, me ha denunciado?

Ahora se muestra francamente burlón.

—Son ustedes unos cachondos. No pienso hacerles confidencias, no les daré ese placer.

Se cruza de brazos, ladea la cabeza como un artista en busca de inspiración y adopta un tono melindroso.

—A decir verdad, quería mucho a Alex. Muchísimo. Enormemente. Era una chiquilla encantadora, no se lo pueden imaginar. Un poco flacucha y feúcha de cara, pero tan deliciosa... Y dulce. Sí, era inestable. Necesitaba mucha autoridad, ya me entienden. Y mucho amor, como les pasa a menudo a las chiquillas.

Se vuelve hacia Louis, abre las manos y levanta las palmas, sonriendo.

—Como bien ha dicho, fui un poco su papá.

Tras esto, se cruza otra vez de brazos, satisfecho.

—Vamos, señores, ¿Alex me ha denunciado por violación? ¿Puedo ver una copia de la denuncia?

55.

Según los cálculos y el cotejo de Camille, Alex debía de tener algo menos de once años cuando Thomas empezó a ir a su habitación. Él, diecisiete. Llegar a esa conclusión ha requerido muchas hipótesis y deducciones. Medio hermano. Protector. «Cuánta violencia hay en esa historia —se dice Camille—. Y me reprochan que sea brutal...».

Vuelve a Alex. Disponen de algunas fotografías de esa época, pero no están fechadas, hay que utilizar los elementos del decorado (los coches o la ropa) para situarlas. Y el físico de Alex, que cambia de una foto a otra.

Camille le ha dado muchas vueltas a la historia familiar. La madre, Carole Prévost, auxiliar de clínica, se casó con François Vasseur, operario de artes gráficas, en 1969. Ella tenía veinte años. Thomas nació ese mismo año. El impresor falleció en 1974. El chiquillo tenía cinco años y sin duda ningún recuerdo de su padre. Alex nació en 1976.

De padre desconocido.

«No valía la pena», dijo la señora Vasseur con rotundidad, sin ser consciente de la enormidad de sus palabras.

Y sin mucho sentido del humor. Aunque, por otra parte, ser la madre de una mujer que ha cometido seis crímenes no da para hacer muchas bromas. Camille no quiso mostrarle las fotos halladas entre las escasas pertenencias de Alex; es más, las retiró de la mesa y le pidió las que ella tuviera. Camille y Louis las clasificaron, anotando los lugares, los años y los nombres que la señora Vasseur les indicó. Thomas no les ha facilitado ninguna foto, dice que no tiene.

En las de Alex de niña, se ve a una chiquilla extremadamente delgada, de rostro huesudo, pómulos prominentes y ojos oscuros; la boca, fina, cerrada. Posa sin ganas. Está en la playa, se ven pelotas y sombrillas, tiene el sol de cara. Le Lavandou, dijo la señora Vasseur. Los dos hijos. Alex, diez años. Thomas, diecisiete. Le saca algo más de una cabeza. Ella lleva un bañador de dos piezas, aunque podría prescindir de la superior, es una coquetería. Se le podrían rodear las muñecas con dos dedos. Las piernas son tan delgadas que solo se ven las rodillas. Los pies no son paralelos, se desvían un poco hacia dentro. Ese aspecto enfermizo y doliente se suma a unos rasgos de por sí poco agraciados. No hay más que ver sus hombros. Resulta todavía más impactante cuando se sabe lo que sucedía.

Es en esa época más o menos cuando Thomas comienza a ir a su habitación. Un poco antes o un poco después, eso no cambia las cosas, porque las fotos del período siguiente no son mucho más alentadoras. Ahí está Alex, con más o menos trece años. Una foto de grupo, foto de familia. Alex a la derecha, su madre en el centro, Thomas a la izquierda. La terraza de una casa de los suburbios. Una fiesta de cumpleaños. «En casa de mi difunto hermano», indicó la señora Vasseur, y al decirlo se santiguó rápidamente. Un simple gesto a veces abre perspectivas insospechadas. En la familia Prévost se cree o se creyó, en cualquier caso se siguen santiguando. Según Camille, eso no auguraba nada bueno para la pequeña. Alex ha crecido un poco, no mucho, pero se ha estirado, igual de delgada, de desgarbada, una chica torpe, a disgusto con su cuerpo, que despierta inevitablemente un deseo de protección. En esa foto, aparece en segundo plano. Al dorso, mucho más tarde, con caligrafía adulta, Alex escribió: «La reina madre». La señora Vasseur no tiene un porte regio, más bien parece una criada endomingada que vuelve la cabeza y sonríe a su hijo.

—Robert Praderie.

Armand ha tomado el relevo. Anota las respuestas con un bolígrafo nuevo en un cuaderno nuevo. Es un día de fiesta en la Brigada Criminal.

—No lo conozco. Es una de las víctimas de Alex, ¿verdad?

—Sí —dice Armand—. Era camionero. Su cadáver fue hallado en su camión, en un área de la autopista del Este. Alex le clavó un destornillador en el ojo y en el cuello, y después le vertió medio litro de ácido sulfúrico en la laringe.

Thomas reflexiona.

—Quizá ella le tenía ojeriza...

Armand no sonríe. Ese es su punto fuerte, actúa como si no comprendiera lo que le dicen o le dejara indiferente, pero, de hecho, está concentrado.

—Sí, sin duda —dice—. Alex era un tanto colérica, según parece.

—Las chicas...

Sobrentendido, ya sabe cómo son. Vasseur es de los que hacen un comentario salaz y buscan la complicidad de los demás con la mirada. Ese rasgo se da entre los pervertidos, los impotentes o los malvados; de hecho, se da a menudo entre los hombres.

—Así que el nombre de Robert Praderie —prosigue Armand— no le dice nada...

—Nada en absoluto. ¿Debería?

Armand no le responde y hojea el informe.

—¿Y Gattegno, Bernard?

—¿Va a leérmelos de uno en uno?

—Son solo seis, enseguida acabamos.

—¿Qué tengo yo que ver con todo esto?

—Pues que usted conocía a Bernard Gattegno.

—¡Me extrañaría!

—Desde luego que sí, ¡intente recordar! Gattegno, mecánico en Étampes. Usted le compró una moto en... —comprueba su informe— en 1988.

Vasseur reflexiona y concede:

—Tal vez. Hace muchos años. En 1988, yo tenía diecinueve años, cómo voy a acordarme de eso...

—Y sin embargo...

Armand hojea una a una las páginas de su informe.

—Aquí está. Tenemos el testimonio de un amigo del señor Gattegno que se acuerda muy bien de usted. En esa época eran muy aficionados a las motocicletas e hicieron salidas, excursiones...

—¿Cuándo?

—En 1988, 1989...

—¿Y usted se acuerda de toda la gente a la que conoció en 1988?

—No, pero la pregunta no me la hacen a mí, sino a usted.

Thomas Vasseur adopta un aire de fatiga.

—Admitámoslo. Paseos en moto hace veinte años. ¿Y qué?

—Pues que es como una cadena, porque usted no conocía al señor Praderie, pero sí conocía al señor Gattegno, quien, a su vez, conocía al señor Praderie...

—Dígame dos personas que no tengan absolutamente nada que ver entre ellas.

Armand presiente una sutileza que se le escapa. Se vuelve hacia Louis.

—Sí —responde Louis—, ya conocemos esa teoría, es muy curiosa, pero creo que nos alejaría un poco del tema que nos ocupa.

La señorita Toubiana tiene sesenta y seis años y un aspecto excelente. Recalca el «señorita», lo reivindica. Anteayer atendió a Camille. Ella salía de la piscina municipal y hablaron en un bar, justo enfrente. Entre sus cabellos mojados se distinguían muchos hilos blancos, el tipo de mujer a la que le gusta envejecer porque eso resalta su tonicidad. Con el tiempo, es difícil recordar a todos los alumnos. Y cuando se cruza con padres que le hablan de sus hijos, finge interesarse. Sin embargo, no solo no se acuerda de ellos, sino que, además, le importan un comino. Y sabe que debería avergonzarse. Pero de Alex se acuerda más que de otros, sí, la reconoce en las fotos, aquella delgadez. «Una chiquilla muy interesante, siempre agazapada cerca de mi despacho. Durante el recreo venía a verme a menudo, sí, las dos nos entendíamos bastante bien.» Sin embargo, Alex hablaba poco. A pesar de ello, tenía amigas y le gustaba jugar, pero sorprendía su manera de ponerse muy seria «de repente, más seria que el Papa»; un instante después volvía a hablar, «era como una ausencia súbita, parecía que hubiera caído en un pozo, algo muy extraño». Cuando estaba en dificultades, tartamudeaba un poco. La señorita Toubiana dijo que «hacía rodar las palabras como una bola».

—No me di cuenta de entrada y es raro, puesto que suelo tener buen ojo para esas cosas.

—Tal vez se diera cuenta a lo largo del curso.

Eso pensaba también la señorita, y meneó la cabeza. Camille le dijo que así, con el cabello mojado, iba a coger frío. Y ella respondió que, de cualquier forma, todos los otoños caía enferma, «es una vacuna, eso me asegura buena salud para el resto del año».

—¿Qué pudo suceder, según usted, durante el curso?

No lo sabía y meneó la cabeza con la mirada fija, tratando de recordar, no tenía palabras, ninguna idea, no lo sabía, no pensaba en nada. La chiquilla, hasta entonces tan cercana a ella, se alejó.

—¿Habló de ese tartamudeo con su madre? ¿Le aconsejó que la viera un logopeda?

—Creí que se le pasaría.

Camille observó intensamente a aquella mujer de cabello entrecano. Un carácter fuerte. No era del tipo que ignora una cuestión como aquella. Camille intuyó que le ocultaba algo, sin saber qué.

—¿Y el hermano, Thomas?

—Venía a buscarla, sí, muy a menudo.

Es lo que también afirma la señora Vasseur: «Su hermano siempre se ocupó mucho de Alex». Un buen chico, «un chico apuesto», eso lo recuerda bien, y Camille no sonríe. Thomas estudiaba en el Instituto Técnico.

—¿Estaba ella contenta de que su hermano fuera a recogerla?

—No, como es natural, una chiquilla siempre desea ser mayor, desea ir sola al colegio y volver sola a casa, o con sus amigas. Su hermano era un adulto, ya me entiende...

Camille se lanza.

—En la época en que estaba en su clase, su hermano la violaba.

Deja caer las palabras sin estruendo, con calma. La señorita aparta la mirada y la dirige hacia la barra, hacia la terraza, hacia la calle, como si esperara a alguien.

—¿Trató Alex de hablar con usted en algún momento?

La señorita aparta la pregunta con el reverso de la mano, nerviosa.

—Un poco, tal vez sí, ¡pero si tuviéramos que escuchar todo lo que cuentan los críos! Y, además, se trataba de asuntos de familia, era algo que no me incumbía.

—Así que Trarieux, Gattegno, Praderie...
Armand parece satisfecho.
—Bueno...
Pasa unas hojas.
—Ah, Stefan Maciak. Tampoco lo conoce...
Thomas no dice nada. Aguarda visiblemente el giro que puedan dar los acontecimientos.
—Tenía un bar en Reims... —dice Armand.
—Nunca he estado en Reims.
—Antes tuvo un café en Épinay-sur-Orge. Según los archivos de Distrifair, la empresa para la que usted trabaja, se hallaba en su ruta entre 1987 y 1990, tenía en depósito dos máquinas suyas.
—Es posible.
—Es seguro, señor Vasseur, absolutamente seguro.
Thomas Vasseur cambia de estrategia. Consulta su reloj, parece hacer un cálculo rápido, luego se acomoda en el sillón y cruza las manos sobre su vientre, dispuesto a esperar las horas que haga falta.
—Si me dijera adónde quiere ir a parar, tal vez podría echarle una mano.

Año 1989. En la foto se ve una casa de ladrillos y piedra en Normandía, entre Étretat y Saint-Valery, con tejado de pizarra, césped, un balancín en el jardín y árboles frutales, la familia reunida, la familia Leroy. Parece que el padre solía decir: «Leroy, en una sola palabra», como si fuera posible confundirse con *le roi*, el rey. Era muy grandilocuente. Había hecho fortuna con el negocio del material de bricolaje y compró la finca a una familia que se disputaba la herencia, y desde entonces se creía un señor feudal. Organizaba barbacoas y enviaba a sus empleados unas invitaciones que parecían proclamas. Había puesto los ojos en el ayuntamiento y soñaba con hacer carrera en la política para lucir el cargo en sus tarjetas de visita.

Su hija, Reinette. Un nombre muy tonto, aquel hombre era realmente capaz de cualquier cosa.

Reinette habla de su padre con severidad. Es ella quien le explica esa historia a Camille, sin que él se lo haya pedido.

Está con Alex, las dos chicas se abrazan y ríen. El padre de Reinette tomó aquella fotografía durante un fin de semana soleado y caluroso. Tras ellas, un aspersor riega el jardín con chorros de agua que dibujan abanicos en la luz. El encuadre es absurdo. Leroy no era un gran fotógrafo. Aquel hombre, más allá de sus negocios...

Se citan cerca de la avenue Montaigne, en las oficinas de RL Productions. Hoy se hace llamar «Reine» en lugar de «Reinette», sin darse cuenta de que eso la asemeja aún más a su padre. Produce series de televisión. Cuando Leroy falleció, fundó la productora con el dinero que obtuvo por la venta de la casa de Normandía. Recibe a Camille en un gran salón que se utiliza también para celebrar reuniones, y desde allí ven pasar a jóvenes preocupados y enfrascados en asuntos que se adivinan de suma importancia.

Nada más ver la profundidad de los sillones, Camille ha tomado la decisión de no sentarse. Se ha quedado de pie y le ha mostrado la foto. Al dorso, Alex escribió: «Mi adorada Reinette, reina de mi corazón». Caligrafía infantil, con trazo irregular en tinta violeta. Lo ha comprobado, el cartucho violeta sigue estando dentro de la pluma seca, una pluma barata, también de color violeta, que debió de estar de moda o quizá fue un intento de singularidad como tantos otros entre los objetos de Alex.

Cursaban cuarto. Reinette tenía dos años más, casi quince, pero debido a que llevaba un año de retraso y a las respectivas fechas de nacimiento, coincidieron en la misma clase. En la foto, con sus trenzas finas y apretadas enroscadas alrededor de la cabeza, parece una joven ucraniana. Hoy, al mirarse, suspira:

—Menuda facha teníamos...

Reinette y Alex eran grandes amigas, como se es a los trece.

—No nos separábamos nunca. Estábamos juntas todo el día, y por la noche hablábamos por teléfono durante horas. Nuestros padres tenían que arrancarnos el teléfono de las manos.

Camille le hace preguntas. Reinette las responde, no se deja intimidar.

—¿Y Thomas?

A Camille esa historia se le empieza a hacer cuesta arriba. Cuanto más avanza, más... se fatiga.

—Empezó a violar a su hermana en 1986 —dice.

Ella enciende un cigarrillo.

—¿La conocía en esa época? ¿Le habló de ello?

—Sí.

Es una respuesta firme, del tipo: «Ya veo adónde quiere llegar y no vamos a perder el tiempo».

—Sí... ¿y qué más? —pregunta Camille.

—Sí y punto. ¿Qué quería, que presentara una denuncia en su lugar? ¿A los quince años?

Camille calla. Podría decir muchas cosas si no estuviera tan cansado, pero necesita información.

—¿Qué le decía?

—Que él le hacía daño. Todas las veces, le hacía daño.

—¿Hasta qué extremo eran ustedes... íntimas?

Ella sonríe.

—¿Quiere saber si nos acostábamos? ¿A los trece años?

—Alex tenía trece años. Usted, quince.

—Es cierto. En ese caso, sí. La eduqué, como se suele decir.

—¿Cuánto tiempo duró su relación?

—No lo recuerdo, no mucho. Sabe, Alex no estaba realmente... motivada, ¿me entiende?

—No, no la entiendo.

—Lo hacía... para distraerse.

—¿Una distracción?

—Quiero decir... En realidad no le interesaba tener una relación.

—Pero usted supo convencerla.

A Reine Leroy no le gusta esa última frase.

—¡Alex hacía lo que quería! ¡Era libre!

—¿A los trece años? ¿Y con el hermano que tenía?

—Por supuesto —prosigue Louis—. En efecto, creo que puede ayudarnos, señor Vasseur.

Sin embargo, parece preocupado.

—Pero antes, un pequeño detalle. Usted no se acuerda del señor Maciak, del bar en Épinay-sur-Orge. Y, sin embargo, según los archivos de Distrifair, en cuatro años lo visitó al menos siete veces.

—Visitaba a muchos clientes.

Reine Leroy apaga su cigarrillo.

—No sé qué pasó exactamente. Una vez, Alex desapareció durante varios días, y cuando regresó todo había terminado. Ni siquiera volvió a dirigirme la palabra. Luego, mis padres se mudaron, nos marchamos y no volví a verla nunca más.

—¿Cuándo fue eso?

—No sabría precisarlo con exactitud, queda ya muy lejos. Hacia finales del año 1989, más o menos...

56.

Desde el fondo del despacho, Camille sigue escuchando. Y dibuja. De memoria, como siempre. El rostro de Alex a los trece años más o menos, posa con su amiga sobre el césped de la casa de Normandía, se agarran de la cintura, lleva un vaso de plástico en la mano. Camille trata de reproducir la sonrisa que aparece en esa foto y, sobre todo, la mirada. Es lo que falta. En la habitación del hotel tenía los ojos apagados. Le falta la mirada.

—Ah —dice Louis—. Ahora Jacqueline Zanetti. ¿A ella la conoce mejor?

Sin respuesta. El cerco se estrecha. Louis se ajusta a la idea que uno podría hacerse de un notario de provincias, escrupuloso, atento, meticuloso, ordenado. Cargante.

—Dígame, señor Vasseur, ¿desde cuándo trabaja para Distrifair?

—Empecé en 1987, lo sabe perfectamente. Se lo advierto, si han ido a hablar con mi jefe...

—¿Sí? —interrumpe Camille desde el fondo del despacho.

Vasseur se vuelve hacia él, frenético.

—Si hemos ido a ver a su jefe..., decía usted —repite Camille—. Me ha parecido distinguir cierto tono de amenaza en sus palabras. Vamos, prosiga, me interesa mucho.

Vasseur no tiene tiempo de responder.

—¿A qué edad empezó a trabajar en Distrifair? —pregunta Louis.

—A los dieciocho años.

Camille interviene de nuevo.

—Dígame...

Vasseur se vuelve una y otra vez hacia Louis y Armand, luego hacia Camille, y en ese momento se pone en pie y coloca con rabia su silla en una posición desde la que pueda verlos a los tres sin necesidad de contorsionarse.

—Usted dirá.

—¿Iban bien las cosas con Alex, en esa época? —pregunta Camille.

Thomas sonríe.

—Mi relación con Alex siempre fue buena, comisario.

—Comandante —corrige Camille.

—Comandante, comisario o capitán, ¡a mí qué coño me importa!

—Y se marcha a un curso de formación organizado por su empresa —prosigue Louis—, estamos en 1988 y...

—Está bien, sí, de acuerdo, conocía a Jacqueline Zanetti. ¡Me la follé una vez, no vamos a hacer una montaña de eso!

—Iba tres días por semana a Toulouse para el curso de formación.

Thomas hace un mohín, como si dijera: «Y yo qué sé, si creen que me acuerdo de eso...».

—Sí, sí —lo anima Louis—, se lo aseguro, lo hemos comprobado, tres días por semana: entre el 17 y el...

—¡De acuerdo, más de una vez, vale!

—Tranquilo...

Es Camille, de nuevo.

—Empiezo a estar harto de esta pantomima —dice Thomas—. El guaperas que lee el informe, el mendigo que interroga y el enano que pinta y colorea al fondo de la clase...

A Camille le hierve la sangre y sale catapultado de su silla. Louis se ha puesto en pie y apoya la mano en el pecho de su jefe. Cierra los ojos, como ha hecho otras veces, intentando hacerse cargo de la situación, mostrando el comportamiento correcto a Camille y confiando en que el comandante se calme e imite su modo de actuar, pero esta vez no le sirve de nada.

—Y tú, pedazo de gilipollas, ¿adónde crees que te va a llevar tu pantomima: «Sí, me la follaba a los diez años y era la hostia»?

—Pero... ¡yo no he dicho eso!

Thomas se muestra ofendido.

—Me atribuye unas palabras que...

Está tranquilo, pero parece muy contrariado.

—Jamás he dicho semejante barbaridad. No, lo que he dicho...

Incluso sentado es más alto que Camille, la imagen es cómica. Se toma su tiempo. Recalca las palabras.

—Lo que he dicho es que quería mucho a mi hermana pequeña. Enormemente. No hay nada malo en eso, espero. Al menos, no está penado por la ley.

Parece ofuscado y añade, estupefacto:

—¿El amor fraternal es ilegal?

Horror y putrefacción. Es lo que parece decir. Pero su sonrisa sugiere otra cosa.

Un cumpleaños. Está fechado. Al dorso, la señora Vasseur escribió: «Thomas, 16 de diciembre de 1989». Cumplía veinte años. La foto fue tomada frente a su casa.

—Un Seat Málaga —señaló orgullosa la señora Vasseur—. De segunda mano, claro, de lo contrario no me lo podría haber permitido.

Thomas está apoyado en la portezuela abierta de par en par, sin duda para que se vean los asientos de piel sintética. Alex está a su lado. Él ha pasado el brazo sobre los hombros de su hermana, con gesto protector. Cuando se sabe lo que estaba ocurriendo, se ven las cosas de otra

manera. Dado que el tamaño de la foto es bastante pequeño, Camille se vio obligado a examinar el rostro de Alex
con lupa. De noche, como no podía dormir, lo dibujó de
memoria y le costó recordarlo. En esa foto, la niña no sonríe. Es invierno, viste un abrigo grueso, pero se adivina
que está muy delgada, tiene trece años.

—Y ¿cómo era la relación entre Thomas y su hermana? —preguntó Camille.

—Oh, muy buena —dijo la señora Vasseur—.
Thomas siempre se preocupó mucho por su hermana.

«Thomas viene a mi habitación. Casi todas las noches. Mamá lo sabe.»

Thomas consulta su reloj con expresión de fastidio.

—Tiene usted tres hijos... —dice Camille.

Thomas es consciente de que se avecina una tormenta. Se muestra reticente.

—Sí, tres.

—¿Alguna niña? Dos, creo, ¿no es cierto?

Se inclina sobre el informe abierto ante Louis.

—Eso es. Una se llama Camille, ¡anda, como yo!
Y la otra Élodie... ¿Qué edad tienen ahora las niñas?

Thomas aprieta los dientes y calla. Louis decide
romper el silencio, cree que se impone una maniobra de
distracción.

—Así que la señora Zanet... —comienza, y no tiene tiempo de acabar.

—¡Nueve y once años! —interrumpe Camille.

Ha apoyado el índice sobre una página del informe, victorioso. Su sonrisa se borra de repente y se inclina
hacia Thomas.

—¿Y a sus hijas, señor Vasseur, cómo las quiere?
Voy a tranquilizarlo, el amor paternal no está penado por
la ley.

Thomas aprieta más los dientes, la mandíbula se contrae.

—¿Son inestables? ¿Necesitan autoridad? Aunque, en el caso de las chiquillas, la necesidad de autoridad va a veces acompañada de la necesidad de amor. Es algo que todos los papás saben...

Vasseur mira fijamente a Camille un buen rato y luego la presión parece desaparecer de golpe, sonríe mirando al techo y exhala un profundo suspiro.

—Es usted un pesado, comandante... Y es aún más sorprendente en un hombre de su estatura. Pensar que iba a ceder a sus provocaciones. Que iba a darle un puñetazo en la boca y darle la ocasión de...

Amplía el círculo.

—No es solo que sean ustedes mala gente, señores, es que además son unos mediocres.

Y dicho eso, se pone en pie.

—Si da un solo paso fuera de este despacho... —dice Camille.

En ese instante, ya nadie sabe qué hacer ni qué puede ocurrir. El tono ha subido, están todos de pie e incluso Louis se ha bloqueado.

De todas formas, trata de encontrar una salida.

—En la época en que usted se alojaba en su hotel, la señora Zanetti tenía a Félix Manière como amante. El señor Manière era más joven que ella, se llevaban unos doce años como mínimo. Usted debía de tener entonces unos diecinueve o veinte años.

—No me andaré por las ramas. ¡La Zanetti era una vieja guarra! Todo lo que hacía, lo único que le interesaba en la vida, era tirarse a cualquier hombre joven. Debió de cepillarse a la mitad de su clientela, y a mí se me echó encima en cuanto abrí la puerta.

—Así que —concluye Louis— la señora Zanetti conocía al señor Félix Manière. Volvemos a lo mismo.

Gattegno, al que usted conocía, conocía a su vez a Praderie, a quien usted no conocía, y la señora Zanetti, a la que
usted sí conocía, conocía a su vez al señor Manière, a
quien usted no conocía.

Louis se vuelve entonces hacia Camille, inquieto.

—No sé si soy lo bastante claro.

—No, no estás siendo demasiado claro —confirma Camille, también preocupado.

—Me lo temía, voy a aclararlo.

Se vuelve hacia Vasseur.

—Usted conoce directa o indirectamente a todas
las personas a las que su hermana asesinó. ¿Así está mejor?
—añade dirigiéndose a su jefe.

Camille no parece muy entusiasmado.

—Mira, Louis, no quiero ofenderte, pero tu for-
mulación no es que sea precisamente cristalina.

—¿Tú crees?

—Sí, eso me parece.

Vasseur menea la cabeza a derecha e izquierda.
«Menuda panda de gilipollas...»

—¿Me permites?

Louis cede la palabra a Camille con un gesto am-
puloso, de gran señor.

—Veamos, señor Vasseur, a su hermana, Alex...

—¿Sí?

—¿Cuántas veces la vendió?

Silencio.

—Quiero decir: Gattegno, Praderie, Manière...
No estamos seguros de tener la lista completa, ¿sabe? Así
que necesitamos su ayuda dado que usted, en su calidad
de organizador, debe de saber a cuántos invitó a que se sir-
vieran de la pequeña Alex.

Vasseur se muestra ultrajado.

—¿Está usted tratando a mi hermana de puta? ¡Ni
siquiera tienen respeto por los muertos!

En su rostro se dibuja una sonrisa.

—Díganme, señores, ¿cómo piensan demostrar eso? ¿Harán declarar a Alex?

Deja que los policías aprecien su sentido del humor.

—¿Van a llamar a declarar a los clientes? No será fácil. Por lo que tengo entendido, los supuestos clientes no están muy vivos, ¿verdad?

Alex nunca anotaba las fechas en su cuaderno ni en su agenda. Los textos son vagos, tenía miedo de las palabras. No se atrevía a utilizarlas ni siquiera cuando estaba sola ante su cuadernillo. Camille se pregunta incluso si conocía términos para describir lo que estaba ocurriendo. Escribió:

El jueves, Thomas vino con su amigo Pascal. Fueron juntos al colegio. Parece tonto. Thomas me hizo poner de pie, delante de él, y me miró de arriba abajo. Su amigo se reía. Luego, en la habitación, siguió riendo, siempre se ríe. Thomas me dijo que me portara bien con su amigo. Luego veía a su amigo riendo encima de mí, incluso cuando me dolía, como si no pudiera parar de reírse. Yo no quería llorar delante de él.

Camille puede imaginar perfectamente al cretino de Trarieux riéndose mientras se tiraba a la niñita. Debían de poder hacerle creer cualquier cosa, incluso que Alex disfrutaba con lo que le estaba haciendo. En el fondo, y ante todo, eso dice más sobre Vasseur que sobre Pascal Trarieux.

—No sé si eso es todo —dice Thomas Vasseur dándose una palmada sobre los muslos—, pero se está haciendo tarde. ¿Hemos terminado ya, señores?

—Aún quedan una o dos cuestiones, si es tan amable.

Thomas consulta ostensiblemente su reloj, titubea y accede a la petición de Louis.

—De acuerdo, pero acabemos pronto, o en mi casa van a empezar a preocuparse.

Se cruza de brazos, como si dijera: «Los escucho».

—Le propongo que repasemos nuestras hipótesis —dice Louis.

—Perfecto, a mí también me gustan las cosas claras. La claridad es esencial. Sobre todo cuando se trata de hipótesis.

Parece realmente contento.

—Cuando usted empezó a acostarse con su hermana, Alex tenía diez años y usted diecisiete.

Vasseur, preocupado, busca la mirada de Camille y luego la de Louis.

—Estaremos de acuerdo, señores, en que simplemente repasamos sus conjeturas...

—¡Por supuesto, señor Vasseur! —accede Louis de inmediato—. Se trata de nuestras hipótesis y solo le pido que nos diga si plantean contradicciones internas..., hechos imposibles..., ese tipo de cosas.

Podría parecer que Louis exagera; nada más lejos, es su estilo habitual.

—Perfecto —dice Vasseur—. Veamos sus hipótesis...

—La primera es que usted abusó sexualmente de su hermana cuando esta tenía solo diez años. El artículo 222 del Código Penal castiga esa práctica con veinte años de reclusión.

Thomas Vasseur, alzando el dedo índice y en un tono didáctico señala:

—Si existe una denuncia, si se demuestran los hechos, si...

—Por descontado —lo interrumpe Louis sin sonreír—, se trata de una suposición.

Vasseur se siente satisfecho, es el tipo de individuo al que le gusta que las cosas se hagan según las reglas.

—Nuestra segunda hipótesis es que, tras haber abusado de ella, la prestó usted e incluso la alquiló a otros. El proxenetismo con agravante está contemplado en el artículo 225 del Código Penal y con penas que alcanzan los diez años de reclusión.

—¡Esperen, esperen! Dice usted «prestarla». Antes, el señor —señala a Camille, que ha vuelto a sentarse al otro extremo del despacho— ha dicho «venderla»...

—Le propongo «alquilar» —dice Louis.

—¡Compro! ¡No, estoy bromeando! De acuerdo, acepto «alquilar».

—La alquiló pues a otros. Primero al señor Trarieux, un compañero de colegio; luego al señor Gattegno, a quien conoció en su taller mecánico; al señor Maciak, doblemente cliente suyo pues le alquilaba también máquinas recreativas para su bar. El señor Gattegno sin duda recomendó calurosamente sus excelentes servicios a su amigo, el señor Praderie. Por lo que respecta a la señora Zanetti, a la que conoció íntimamente como hotelera, ella no dudó en obsequiar con esos mismos excelentes servicios a su joven amante, el señor Félix Manière, sin duda como una manera de complacerlo. Incluso una manera de conquistarlo.

—Eso ya no es una hipótesis, ¡son un montón!

—¿Siguen sin tener nada que ver con la realidad?

—Que yo sepa, en absoluto. Pero no carece usted de lógica. E incluso tiene imaginación. La propia Alex lo felicitaría, a buen seguro.

—¿Por qué?

—Por las molestias que se toman por una mujer muerta... —mira a ambos policías alternativamente— a la que esas cosas ya le son indiferentes.

—¿También le sería indiferente a su madre? ¿A su esposa? ¿A sus hijos?

—¡Ah, no!

Mira a Louis y a Camille fijamente a los ojos.

—Una acusación semejante, señores, proferida sin ninguna prueba, sin ningún testimonio, no sería más que una pura y simple calumnia. Y eso también está penado por la ley, ¿saben?

Thomas dice que me gustará porque tiene nombre de gato. Su mamá le paga el viaje. Pero no tiene cara de gato. Todo el rato me mira fijamente y no dice nada. Solo sonríe de una manera extraña, parece que se quiera comer mi cabeza. Luego, durante mucho tiempo, seguí viendo su cara y sus ojos.

No hay más menciones a Félix en ese cuaderno, pero en otro aparece una breve alusión:

El gato ha regresado. Ha vuelto a mirarme mucho rato, sonriendo como la primera vez. Y luego me ha dicho que me pusiera de otra manera y me ha hecho mucho daño. A Thomas y a él no les ha gustado que yo llorara tan fuerte.

Alex tenía doce años. Félix veintiséis.

El malestar persiste un buen rato.

—Entre todas nuestras hipótesis —prosigue Louis finalmente—, solo nos queda aclarar una cosa.

—Acabemos.

—¿Cómo dio Alex con todas esas personas? Porque esos hechos se remontan a hace cerca de veinte años...

—Querrá decir esas hipótesis, no esos hechos.

—Eso es, disculpe. Planteamos la hipótesis de que esos hechos se remonten a hace veinte años. Alex había cambiado mucho, utilizaba otros nombres, se tomaba su tiempo para prepararse y tenía una estrategia. Organizó meticulosamente los encuentros e interpretó un papel creíble ante cada una de sus víctimas. Una chica más bien gorda y desaliñada con Trarieux, una mujer clásica con Manière... Pero la pregunta es: ¿cómo dio Alex con todos ellos?

Thomas se vuelve hacia Camille, luego hacia Louis y de nuevo hacia Camille, como quien ya no sabe adónde dirigirse.

—No me diga... —se finge horrorizado— ¡No me diga que no tienen una hipótesis!

Camille se vuelve. «Lo que hay que llegar a aguantar en este oficio...»

—Pues, sí —dice Louis en un tono modesto—, tenemos una.

—Aaahhh... Cuéntemela.

—De la misma manera que suponemos que usted le dio al señor Trarieux la identidad y la dirección de su hermana, suponemos que ayudó usted también a su hermana a encontrar a esas personas.

—Pero antes de que Alex acabara con toda esa gente... Suponiendo que yo los conociera —agita el índice en señal de atención—, ¿cómo podía saber yo dónde estaban, veinte años después?

—En primer lugar, algunos no se habían movido desde hacía veinte años, y en segundo lugar, creo que a usted le bastó con dar los nombres y las antiguas direcciones, y a continuación Alex investigó por su cuenta.

Thomas remeda un aplauso de admiración, pero se interrumpe bruscamente.

—¿Y por qué iba yo a hacer eso?

57.

De la actitud de la señora Prévost se desprende claramente que no teme la adversidad. Es una mujer corriente, nunca ha nadado en la abundancia, educó sola a dos hijos, no tiene que agradecerle nada a nadie, etc., todas esas
máximas se infieren de su modo de sentarse en la silla,
muy erguida. Decidida a que no le tomen el pelo.

Lunes, cuatro de la tarde.

Su hijo ha sido citado a las cinco.

Camille ha coordinado las citaciones para que no
se crucen y no tengan la oportunidad de hablar entre ellos.

La primera vez, la habían convocado en la morgue
para el reconocimiento del cadáver. Esta vez está citada, es
distinto pero no cambia nada, esa mujer ha construido su
vida como una ciudadela y se cree inexpugnable, y costará trabajo llegar a lo que protege en su interior. No fue a
reconocer a su hija a la morgue, le dio a entender a Camille
que aquello la superaba. Al verla hoy, plantada ante él,
Camille duda de que aniden en ella semejantes debilidades.
Sin embargo, a pesar de los aires que se da, de su mirada
sin concesiones, el silencio a la defensiva y esos modales de
mujer intratable, las dependencias policiales la impresionan y también ese policía minúsculo, sentado a su lado,
con los pies a un palmo del suelo, que la mira fijamente y
le pregunta:

—¿Qué sabe usted exactamente acerca de las relaciones entre Thomas y Alex?

Cara de sorpresa. «¿A qué se refiere cuando dice
"saber exactamente acerca de las relaciones" entre mis dos

hijos?» Dicho eso, parpadea demasiado deprisa. Camille deja pasar un tiempo, pero el resultado queda en tablas. Él lo sabe y ella sabe que él lo sabe. Es lamentable. Y Camille ha agotado la paciencia.

—¿A qué edad exactamente empezó su hijo a violar a Alex?

Ella grita.

—¡Hasta ahí podíamos llegar!

—Señora Prévost —dice Camille sonriendo—, no me tome por tonto. Me atrevo incluso a aconsejarle que me preste su ayuda sin concesiones, porque de lo contrario haré que su hijo permanezca en la cárcel hasta el fin de sus días.

La amenaza surte efecto. A ella pueden hacerle lo que quieran, pero no tolerará que toquen a su hijo. Sin embargo, se aferra a sus posiciones.

—Thomas quería mucho a su hermana, nunca le hubiera tocado ni un pelo.

—No estoy hablando de pelos, precisamente.

La señora Prévost es impermeable al humor de Camille. Niega con la cabeza, es difícil saber si eso significa que no lo sabe o que no quiere decirlo.

—Si usted estaba al corriente y no hizo nada para impedirlo, eso la convierte a usted en cómplice de violación con agravante.

—¡Thomas nunca tocó a su hermana!

—¿Cómo lo sabe?

—Conozco a mi hijo.

Podrían seguir dándole vueltas y más vueltas a lo mismo sin solución. Sin denuncia, sin testigos, sin crimen, sin víctima, sin verdugo.

Camille suspira y asiente con la cabeza.

«Thomas viene a mi habitación. Casi todas las noches. Mamá lo sabe.»

—¿A su hija la conocía igual de bien?

—Tanto como una madre puede conocer a su hija.

—Eso promete.

—¿Cómo dice?

—No, nada.

Camille saca una carpeta.

—El informe de la autopsia. Dado que conoce tan bien a su hija, supongo que ya sabe lo que contiene.

Camille se pone las gafas en un gesto que significa: «Estoy agotado, pero adelante».

—Es bastante técnico, se lo voy a traducir.

La señora Prévost ya ni siquiera pestañea. Se mantiene erguida, rígida hasta los huesos, la musculatura tensa, todo su organismo a la defensiva.

—Su hija estaba en un estado lamentable, ¿verdad?

Ella mira la pared de enfrente. Su respiración es apenas perceptible.

—El forense —prosigue, hojeando el informe— indica que el aparato genital de su hija fue quemado con ácido. Yo diría que sulfúrico. Para abreviar, lo que también se da en llamar vitriolo... Las quemaduras eran muy profundas. Destruyeron completamente el clítoris (de entrada parece que es una forma de ablación), el ácido fundió los labios mayores y menores y llegó a la vagina, bastante adentro... Debieron de verterle ácido en el interior en cantidad suficiente para destrozarlo todo. Las mucosas se disolvieron en buena parte y la carne se fundió, literalmente, transformando el aparato genital en una especie de magma.

Camille levanta la vista y la mira fijamente.

—Es la expresión que utiliza el forense. «Magma de carnes.» Todo eso se remontaría a mucho tiempo atrás, Alex debía de ser muy joven. ¿Eso le dice algo?

La señora Prévost mira a Camille, está muy pálida y niega con la cabeza, como una autómata.

—¿Su hija nunca le habló de ello?

—¡Jamás!

La palabra ha resonado como un disparo, como el flamear del estandarte familiar ante la inminente tormenta.

—Ya veo. Su hija no quiso molestarla con sus tonterías. Debió de sucederle un día, alguien le vertió medio litro de ácido sulfúrico en la vagina, y luego volvió a casa como si no hubiera pasado nada. Esa chica era un modelo de discreción.

—No lo sé.

Nada ha cambiado, ni la expresión ni la pose, pero la voz es grave.

—El forense señala un detalle muy curioso —prosigue Camille—. Toda la zona genital se vio profundamente afectada, con los terminales nerviosos laminados, deformaciones irreversibles de las vías naturales, tejidos lesionados y disueltos, privando así a su hija de cualquier relación sexual normal. Por no mencionar siquiera otras esperanzas que podría haber albergado. Sí, decía, una cosa muy curiosa...

Camille se detiene, deja el informe, se quita las gafas y las coloca frente a él, cruza las manos y mira fijamente a la madre de Alex.

—Las vías urinarias fueron, en cierta medida, «apañadas». Porque aquellas lesiones conllevaban un riesgo mortal. Si se hubieran fundido, su hija quedaba condenada a una muerte segura al cabo de pocas horas. Nuestro experto menciona una técnica rudimentaria, casi salvaje, una cánula hendida por el meato a una profundidad suficiente como para preservar el canal urinario.

Silencio.

—Según él, el resultado es un verdadero milagro. Y una carnicería, a la vez. En el informe no lo dice con esas palabras, pero esa es la idea.

La señora Prévost traga saliva, pero tiene la garganta seca, parece que vaya a ahogarse o a toser, pero no ocurre nada.

—Él es médico, ya me entiende, y yo soy policía. Él constata, y yo trato de explicar. Y mi hipótesis es que eso se le hizo a Alex en una situación de urgencia, para evitar que fuera a un hospital, porque habría sido necesario dar explicaciones y el nombre del autor del acto (y lo digo en masculino, no se ofenda), porque el alcance de las lesiones mostraba que el acto no podía ser accidental, sino que era intencionado. Alex no quiso problemas, la chiquilla valiente, no era su estilo, ya la conocía usted, tan discreta como era...

La señora Prévost traga por fin saliva.

—Dígame, señora Prévost... ¿Desde cuándo es usted auxiliar de clínica?

Thomas Vasseur cabizbajo, silencioso y concentrado. Ha escuchado las conclusiones del informe de la autopsia sin decir palabra. Ahora mira a Louis, que se lo ha leído y comentado.

—¿Su reacción? —pregunta Louis.

Vasseur separa las manos.

—Es muy triste.

—Usted estaba al corriente.

—Alex —dice Vasseur sonriendo— no tenía secretos para su hermano mayor.

—En ese caso, podrá aclararnos lo sucedido, ¿no es cierto?

—Desgraciadamente, no. Alex me habló de ello, eso es todo, ya me entiende, son cosas íntimas... Fue muy evasiva.

—¿Así que no puede decirnos nada al respecto?

—Lamentablemente...

—Algún dato más...

—Nada.

—Alguna precisión...

—Tampoco.

—Alguna hipótesis...

Thomas Vasseur suspira.

—Digamos, supongo que... tal vez alguien se enfadó. Un ataque de cólera.

—Alguien... ¿No sabe usted quién?

Vasseur sonríe.

—Ni idea.

—Así que «alguien» encolerizado, como dice usted... ¿Por qué motivo?

—Lo ignoro. Es solo lo que me pareció entender.

Hasta el momento, parece que Thomas Vasseur hubiera estado probando prudentemente la temperatura del agua y por fin la encontrara a su gusto. De su expresión y su porte se desprende que considera que esos policías no son agresivos, no tienen nada contra él, ninguna prueba.

De todas formas, la provocación forma parte de su temperamento.

—¿Sabe...? A veces Alex podía llegar a ser insoportable.

—¿Qué quiere decir?

—Pues que tenía mal carácter, se exaltaba con facilidad, ¿saben?

Y como nadie reacciona, Vasseur no está seguro de que lo hayan comprendido.

—Quiero decir que, con chicas así, uno acaba enfadándose a la fuerza. Tal vez fuera por la falta de un padre, pero la verdad es que tenía cosas... Era muy rebelde. En el fondo, creo que se negaba a acatar la autoridad. Así que, de vez en cuando, sin venir a cuento, le daba un pronto y te decía «no», y a partir de ahí ya no podías sacarle nada más.

Tienen la sensación de que Vasseur revive una escena en vez de evocarla. Su voz ha subido de tono.

—Alex era de esas. De golpe, sin motivo aparente, se plantaba. Se lo juro, aquello hubiera sacado de quicio a cualquiera.

—¿Eso fue lo que sucedió? —pregunta Louis con voz queda, casi inaudible.

—No lo sé —dice Vasseur aplicadamente—. No estaba allí.

Sonríe a los policías.

—Solo digo que Alex era el tipo de chica a la que acaba por pasarle una cosa de esas. Era testaruda, terca como una mula... Y acababa por agotar la paciencia, ya me entienden...

Armand, que no ha pronunciado una sola palabra desde hace una hora, está petrificado.

Louis está blanco como la cera y empieza a perder su sangre fría. En su caso, se traduce en la adopción de formas extremadamente civilizadas.

—Pero... ¡no estamos hablando de una vulgar azotaina, señor Vasseur! ¡Hablamos de... actos de tortura, de barbarie contra una niña menor de quince años que fue prostituida con adultos!

Ha dicho eso recalcando cada palabra, cada sílaba. Camille sabe hasta qué punto está conmocionado. Pero Vasseur, de nuevo dueño de sí mismo, le da a probar su propia medicina y está decidido a restregárselo por la cara.

—Si su hipótesis de la prostitución fuera acertada, diría que son gajes del oficio...

Esta vez, Louis se siente derrotado. Busca a Camille con la mirada. Camille sonríe. En cierta medida, parece que se haya pasado al otro bando. Asiente como si lo comprendiera, como si compartiera la conclusión de Vasseur.

—¿Y su madre estaba al corriente? —pregunta.

—¿De qué? ¡Oh, no! Alex no quiso molestarla con esas historias de chiquilla. Y, además, nuestra madre ya tenía bastantes preocupaciones... No, nuestra madre nunca lo supo.

—Qué lástima —prosigue Camille—, podría haberle dado algún buen consejo. Como auxiliar de clínica, quiero decir. Podría haber tomado medidas inmediatas, por ejemplo.

Vasseur se contenta con asentir, con aspecto fingidamente preocupado.

—Qué quiere que le diga —comenta en un tono fatalista—. No podemos cambiar la historia.

—Y cuando supo lo que le había sucedido a Alex, ¿no quiso usted denunciarlo?

Vasseur mira a Camille sorprendido.

—Pero... ¿a quién?

Y Camille oye: «¿Por qué?».

58.

Son las siete de la tarde. La luz ha caído de manera tan insidiosa que nadie se ha percatado de que hace ya un buen rato que están hablando en una penumbra que confiere un aspecto irreal al interrogatorio.

Thomas Vasseur está fatigado. Se pone en pie pesadamente, como si hubiera pasado una noche jugando a las cartas, se lleva las manos a los riñones, se arquea, profiere un doloroso suspiro de alivio y se desentumece las piernas. Los policías permanecen sentados. Armand inclina la cabeza sobre el informe para disimular. Louis barre con precaución su mesa con el reverso de la mano. Camille se ha puesto en pie al mismo tiempo que Vasseur, ha ido hasta la puerta y ha dado media vuelta; con aspecto cansado, dice:

—Su hermanastra, Alex, lo chantajeaba. Empecemos por ahí, si quiere.

—No, lo siento —dice Vasseur, bostezando.

Su rostro expresa pesar, le gustaría complacerlo, ayudar, pero no es posible. Se arregla las mangas de la camisa.

—Ahora sí que tengo que irme a casa.

—No tiene más que hacer una llamada...

Un gesto con la mano, como si rechazara una última ronda.

—Verdaderamente...

—Señor Vasseur, hay dos soluciones. Se sienta y responde a nuestras últimas preguntas, y será cosa de una o dos horas...

Vasseur apoya las manos sobre la mesa.

—¿O bien...?

Acompaña sus palabras con una mirada en contra-picado, como en las películas, cuando el protagonista se dispone a desenfundar. En este caso, sin embargo, la cosa queda en nada.

—O bien lo detengo, lo que me autoriza a retener-lo incomunicado durante al menos veinticuatro horas, y el plazo podría ampliarse hasta cuarenta y ocho. El juez ado-ra a las víctimas, y no tendrá inconveniente en que lo re-tengamos un poco más.

Vasseur abre unos ojos como platos.

—Pero... ¿Detenido...? ¿Por qué?

—Por cualquier cosa. Violación con agravante, tor-tura, proxenetismo, asesinato, actos de barbarie, me impor-ta un carajo..., lo que quiera. Si prefiere una cosa u otra...

—¡Pero si no tiene ninguna prueba! ¡De nada!

Estalla, ha tenido paciencia, mucha paciencia, pero ahora se le ha agotado, esos polis están abusando de su posición.

—Me están tocando los huevos y yo, ahora mis-mo, me largo.

A partir de ahí las cosas se aceleran brutalmente.

Thomas Vasseur se ha puesto en pie como impul-sado por un muelle, ha mascullado algo que nadie ha comprendido, ha cogido su americana, y antes de que na-die pueda impedírselo llega hasta la puerta, la abre y plan-ta un pie fuera. Los dos agentes uniformados que hacen guardia en el pasillo le cierran inmediatamente el paso. Vasseur se detiene y se vuelve.

Camille dice:

—Creo que lo mejor, en efecto, será detenerlo. Di-gamos que por asesinato... ¿Le parece?

—No tiene nada contra mí. Simplemente ha deci-dido joderme, ¿verdad?

Cierra los ojos, logra dominarse y vuelve al despacho arrastrando los pies, rendido.

—Tiene derecho a realizar una llamada a alguno de sus allegados —dice Camille—. Y a que lo visite un médico.

—No, no, a quien quiero ver es a mi abogado.

59.

Le Guen informa al juez de la detención y Armand se ocupa del papeleo. Siempre es una carrera contrarreloj, pues la detención preventiva tiene un límite de veinticuatro horas.

Vasseur no se opone a nada, quiere acabar de una vez, tendrá que darle explicaciones a su mujer y les echará la culpa a esos gilipollas, se va a quitar los cordones de los zapatos, el cinturón, accederá a que le tomen las huellas dactilares y una muestra de ADN, lo que sea, porque lo único que le importa es que se den prisa, no dice nada a la espera de que llegue su abogado y solo responderá a las preguntas administrativas; por lo demás, no dirá nada, solo esperará.

Y llama a su mujer. «El trabajo. Nada grave, pero no puedo volver ahora. No te preocupes. Estoy retenido.» En ese contexto, considera esa palabra desafortunada, trata de arreglarlo, pero no ha preparado nada, no está acostumbrado a dar explicaciones. Al quedarse sin argumentos adopta un tono autoritario, molesto por que su mujer le siga haciendo preguntas. La conversación está plagada de silencios, y es probable que al otro extremo de la línea su esposa no acabe de entender qué es lo que lo retiene. «¡Que no puedo, ya te lo he dicho! ¡Pues ve tú sola!» Grita, no puede evitarlo. Camille se pregunta si pega a su esposa. «Estaré ahí mañana.» No dice a qué hora. «Vamos, tengo que dejarte. Sí, yo también. Sí, te llamaré.»

Son las ocho y cuarto y el abogado no llega hasta las once de la noche. Es un joven de andares rápidos y decididos, al que nadie había visto nunca, pero que sabe lo que se lleva entre manos. Dispone de treinta minutos para informar a su cliente, explicarle cómo debe comportarse, aconsejarle prudencia, sobre todo prudencia, y desearle buena suerte, porque en treinta minutos, sin derecho a acceder al informe policial, es casi lo único que puede hacerse.

Camille ha decidido regresar a su casa, ducharse y cambiarse de ropa. En pocos minutos, el taxi lo ha dejado frente a su edificio. Debe de estar realmente muy cansado, porque renuncia a subir por la escalera y toma el ascensor.

Frente a su puerta, envuelto en papel de embalar y atado con un cordel, lo aguarda un paquete. Camille comprende de inmediato de qué se trata, lo coge y entra en su apartamento. Doudouche solo recibe una caricia distraída.

Qué cosas, es el autorretrato de Maud Verhoeven.

Dieciocho mil euros.

Ha sido Louis, no cabe la menor duda, que se ausentó el domingo por la mañana y regresó a las dos. Para él, un cuadro de dieciocho mil euros no es nada del otro mundo. Sin embargo, Camille se siente incómodo. En semejante situación, uno no sabe qué le debe al otro, qué se espera de él, qué hay que hacer. Aceptarlo, rechazarlo, decir algo..., y en ese caso, ¿qué decir? El obsequio, de una u otra forma, exige siempre un reembolso. ¿Qué espera Louis a cambio? Mientras se desnuda y se mete bajo la ducha, Camille reanuda involuntariamente su reflexión acerca del resultado de la venta. Ese donativo a obras humanitarias es un gesto terrible, un gesto que le dice a su madre: «No quiero nada tuyo».

Ya es mayorcito para andar aún en esas, pero la relación con los padres es algo que nunca se liquida del todo, dura tanto como uno mismo. Sin ir más lejos, ahí está el caso de Alex. Se seca y se reafirma en su decisión.

Es un acto sereno, desprenderse de ese dinero no es una negación.

Es, simplemente, una manera de saldar cuentas.

«¿De verdad voy a donarlo todo?»

En cambio, decide conservar el autorretrato. Lo ha dejado sobre el sofá, frente a él, y lo contempla mientras acaba de vestirse. Está contento de tenerlo, es una obra preciosa. No está enojado con su madre, y su deseo de conservarlo es buena prueba de ello. Por vez primera, aunque durante toda su juventud le repitieron que se parecía a su padre, descubre en ese cuadro que tiene cierta semejanza con Maud. Eso lo reconforta. Está haciendo limpieza de su vida. No sabe adónde lo conducirá.

Justo antes de volver a marcharse, Camille piensa en Doudouche y le abre una lata de comida.

Cuando Camille regresa a la Brigada se cruza con el abogado, que acaba de terminar. Armand ha hecho sonar la campana que marca el fin de la entrevista. Thomas Vasseur se halla de nuevo en el despacho y Armand ha aprovechado para ventilar la habitación, que ahora está fría.

Cuando llega Louis, Camille le hace una señal de complicidad. Louis lo interroga con la mirada y Camille le indica con otro gesto que ya hablarán más tarde.

Thomas Vasseur está muy rígido, da la impresión de que su barba ha crecido de forma acelerada, como en un anuncio de fertilizantes, pero todavía conserva un atisbo de sonrisa en el rostro. «Pretenden acorralarme, pero no tienen nada y no van a obtener nada. Estoy preparado para resistir una guerra de desgaste, me han tomado por un idiota.» El abogado le ha aconsejado que espere y se mantenga a la expectativa, es la mejor táctica, debe meditar sus respuestas y no precipitarse. Es una carrera contrarreloj al

352

revés, el objetivo es aguantar un día entero. Porque está seguro de que no van a ser dos. El abogado dice que, para prolongar la detención, tendrían que aportar algún dato nuevo al juez y no tendrán nada, nada. Camille interpreta todos esos pensamientos a partir de su manera de abrir y cerrar la boca, de sacar pecho y hacer ejercicios respiratorios.

Suele decirse que, cuando se conoce a alguien, los primeros minutos determinan cómo será la futura relación. Camille recuerda que ha sentido aversión hacia Vasseur nada más verlo. Buena parte de cómo ha decidido llevar el caso se sustenta a raíz de esa primera impresión. Y el juez Vidard lo sabe.

En el fondo, a Camille le deprime constatar que el juez y él no son tan diferentes.

Le Guen ha confirmado que Vidard aprueba la estrategia de Camille. ¡Lo que hay que ver! En ese momento, Camille se ve sacudido por todo tipo de emociones. El juez, a su vez, se suma al concierto. Al situarse tan decididamente en su bando, ha obligado a Camille a rectificar el concepto que tenía de él. Le fastidia muchísimo recibir ese tipo de lecciones.

Armand anuncia el día y la hora, como el recitador en las tragedias griegas, el nombre y el grado de los presentes.

Comienza Camille.

—Y ante todo, deje de fastidiar con sus «hipótesis».

Cambio de estilo. Camille se pone manos a la obra, ordena sus ideas y consulta su reloj.

—Así que Alex le hacía chantaje.

Habla con voz tensa, parece preocupado por otra cosa.

—Explíqueme eso —responde Vasseur.

Un Thomas Vasseur aplicado, con ganas de pelea.

Camille se vuelve hacia Armand, quien, sorprendido, se precipita, hojea el informe, y eso le lleva mucho tiempo, parece que las notas pegadas y las hojas sueltas salgan volando, y cabe preguntarse si la República ha depositado su confianza en los hombres adecuados. Pero lo encuentra. Armand siempre encuentra las cosas.

—Un préstamo de veinte mil euros de la empresa para la que usted trabaja, Distrifair, el 15 de febrero de 2005. Usted ya debía afrontar una hipoteca cuantiosa para sufragar el coste de su vivienda, de modo que no pudo pedir el dinero al banco, así que se dirigió a su jefe. Devuelve mensualmente una parte de la suma, en función de los resultados.

—La verdad, no veo qué relación tiene eso con un chantaje.

—En la habitación de Alex —prosigue Camille—, hallamos la suma de doce mil euros en fajos precintados y plastificados directamente salidos del banco.

Vasseur hace un mohín dubitativo.

—¿Y qué?

Camille señala a Armand en un gesto de generosidad, y Armand pasa a la acción:

—Su banco nos ha confirmado que el 15 de febrero de 2005 ingresó un cheque de su empresa por un importe de veinte mil euros y que el día 18 retiró la misma cantidad en metálico.

Camille aplaude en silencio, cerrando los ojos. Vuelve a abrirlos.

—¿Para qué necesitaba usted veinte mil euros, señor Vasseur?

Vacilación. Por más que se lo espere, el cariz que está tomando la situación no deja de empeorar. Esa es la conclusión que se lee en la mirada de Vasseur. Han ido a ver a sus jefes. Lleva menos de cinco horas detenido, tendrá que aguantar otras diecinueve. Vasseur siempre ha trabajado como comercial, y no hay mejor formación para resistir los embates. Sabe cómo encajar los golpes.

—Una deuda de juego.

—Apostó contra su hermana y perdió, ¿es eso?

—No, con Alex no, con... otra persona.

—¿Quién?

Vasseur respira con dificultad.

—Vamos a ganar algo de tiempo —dice Camille—. Esos veinte mil euros estaban destinados a Alex. Le quedaban algo menos de doce mil, que es la cantidad que hallamos en su habitación. Algunos de los precintos conservan todavía sus huellas dactilares.

Han llegado hasta ese detalle. ¿Hasta dónde habrán investigado? ¿Qué saben? ¿Qué quieren?

Camille lee esas preguntas en las arrugas del ceño de Vasseur, en sus pupilas, en sus manos. Aunque no sea una actitud en absoluto profesional, Camille odia a Vasseur. Jamás lo dirá, a nadie, pero lo odia. Quiere matarlo. Lo va a matar. Pensó lo mismo acerca del juez Vidard unas semanas antes. «No estás aquí por casualidad, de ti podría decirse que eres un asesino en potencia.»

—De acuerdo —se decide Vasseur—, le presté dinero a mi hermana. ¿Está prohibido?

Camille se relaja, como si acabara de anotarse un tanto. Sonríe, pero ese gesto no augura nada bueno.

—Sabe perfectamente que no está prohibido, y en ese caso..., ¿por qué miente?

—Eso no le incumbe.

La frase que no debería haber pronunciado.

—En la situación en la que ahora mismo se encuentra, ¿cree que hay algo que no incumba a la policía, señor Vasseur?

Le Guen llama. Camille sale del despacho. El comisario quiere saber cómo van las cosas. Es difícil decirlo, y Camille opta por la respuesta más tranquilizadora:

—Siguen su curso...

Le Guen no reacciona.

—¿Y tú, cómo lo llevas? —pregunta Camille.

—El plazo es muy justo, pero lo conseguiremos.

—En ese caso, concentrémonos.

—Su hermana no era...

—¡Hermanastra! —corrige Vasseur.

—Hermanastra, ¿cambia en algo las cosas?

—Sí, no es lo mismo, debería hacer gala de más rigor.

Camille mira a Louis y luego a Armand, como si dijera: «¿Será posible lo que estoy viendo? No se defiende del todo mal, ¿verdad?».

—Pues digamos Alex. De hecho, no estamos seguros de que Alex tuviera intención de suicidarse.

—Sin embargo, es lo que hizo.

—Claro. Pero usted, que la conoce mejor que nadie, tal vez pueda aclararnos algunas cosas. Si deseaba morir, ¿por qué había preparado su huida al extranjero?

Vasseur arquea las cejas. No comprende la pregunta.

Camille, en esa ocasión, se contenta con hacer una discreta señal a Louis.

—Su hermana..., disculpe, Alex compró a su nombre, horas antes de su muerte, un billete para Zúrich con salida al día siguiente, el 5 de octubre, a las ocho y cuarenta minutos de la mañana. Incluso aprovechó su paso por el aeropuerto para comprar una bolsa de viaje que hemos hallado en su habitación, perfectamente preparada y dispuesta para partir.

—Primera noticia... Evidentemente cambió de opinión. Ya se lo he dicho, era un ser verdaderamente inestable.

—Eligió un hotel cerca del aeropuerto y pidió un taxi para la mañana siguiente, aunque tenía su propio coche en el aparcamiento del hotel. Sin duda no quería tener problemas de estacionamiento y arriesgarse a perder el vuelo. Quería marcharse. Igualmente, se deshizo de la mayor parte de sus pertenencias, no quería dejar nada tras ella, incluidos algunos frascos que contenían ácido. Nuestros técnicos, por cierto, los han analizado y se trata del mismo producto utilizado en los crímenes, ácido sulfúrico concentrado al ochenta por ciento. Se marchaba, abandonaba Francia, huía.

—¿Qué quieren que les diga? No puedo responder por ella. ¡Ya nadie puede responder por ella!

Vasseur se vuelve entonces hacia Armand y Louis en busca de una señal de asentimiento, pero sin esperanzas.

—Dado que no puede responder por Alex —propone Camille—, al menos podrá responder por usted mismo.

—Si puedo...

—Por supuesto que puede. ¿Qué hacía la noche del 4 de octubre, la noche de la muerte de Alex, digamos, entre las ocho y las doce?

Thomas titubea, Camille insiste:

—Vamos a ayudarle... ¿Armand?

Curiosamente, tal vez para subrayar el aspecto dramático de la situación, Armand se pone en pie, como cuando la profesora le llama a uno por su nombre para que responda. Lee sus notas aplicadamente.

—A las ocho y treinta y cuatro minutos recibió usted una llamada telefónica en su móvil, a la que no contestó. Le dejaron un mensaje. Su esposa ha declarado: «Llamaron a Thomas del trabajo, era una urgencia». Parece que una llamada así, tan tarde, de su trabajo, no se produce casi nunca... «Estaba muy contrariado», nos ha precisado. Según su esposa, salió usted de casa hacia las diez y volvió después de medianoche, no puede ser más precisa porque dormía y no se fijó en la hora. Pero no regresó antes de medianoche, eso es seguro, pues es la hora a la que ella se acostó.

Thomas Vasseur tiene que asimilar muchos elementos. Han interrogado a su mujer. Ha pensado en ello hace un rato. ¿Qué más?

—Y sabemos —continúa Armand— que es mentira.

—¿Por qué dices eso, Armand? —pregunta Camille.

—Porque a las ocho y treinta y cuatro el señor Vasseur recibió una llamada de Alex. La llamada quedó registrada porque ella marcó el número desde la habitación del hotel. Lo comprobaremos con el operador del señor Vasseur, pero su jefe, por su parte, es taxativo: esa noche no hubo ninguna urgencia. Incluso añadió: «En nuestro oficio, no sé qué podría ser una urgencia en plena noche. No somos el SAMU».

—Una reflexión muy aguda —dice Camille.

Se vuelve hacia Vasseur, pero no tiene tiempo de aprovechar su ventaja. Vasseur lo interrumpe:

—Alex me dejó un mensaje, quería verme, me citó a las once y media.

—¡Ah, ya va recordando!

—En Aulnay-sous-Bois.

—Aulnay, Aulnay, espere... Eso está muy cerca de Villepinte, al lado del lugar donde murió. Así que eran las ocho y media y su hermanita adorada lo llamó. ¿Qué hizo usted?

—Fui.

—¿Era habitual, entre ustedes, ese tipo de citas?

—No mucho.

—¿Qué quería?

—Me pedía que fuera, me dio una dirección y la hora, eso es todo.

Thomas continúa sopesando todas sus respuestas, pero, en el ardor de la acción, se nota que desea liberarse, las frases surgen con rapidez, debe dominarse continuamente para mantenerse firme en la estrategia que se ha fijado.

—¿Y qué cree usted que quería Alex?

—No lo sé.

—¿Cómo que no lo sabe?

—En cualquier caso, no me dijo nada.

—Recapitulemos. El año pasado, ella le sacó veinte mil euros. A nuestro parecer, para obtenerlos amenazó con montarle un escándalo en el seno de su familia, con explicar que la violó a los diez años, que la prostituyó...

—¡No tienen ninguna prueba!

Thomas Vasseur se ha puesto en pie y ha gritado. Camille sonríe. Vasseur pierde su sangre fría, y eso les beneficia.

—Siéntese —señala tranquilamente—. Digo «a nuestro parecer», es una hipótesis, y sé que le encantan.

Deja transcurrir unos segundos y continúa:

—Además, ya que hablamos de pruebas, debo añadir que Alex tiene una prueba fehaciente de lo mal que lo pasó en su juventud, le bastaba con ir a ver a su esposa. Entre mujeres pueden explicarse esas cosas, hasta pueden enseñarse. Si Alex hubiera mostrado unos segundos su sexo a su esposa, me apuesto lo que quiera a que hubiera creado cierta conmoción en la familia Vasseur, ¿no es cierto? Así que, para concluir, «a nuestro parecer», dado que había programado su marcha para el día siguiente, que ya casi no le quedaba dinero en la cuenta y apenas tenía doce mil euros en metálico..., lo llamó a usted para pedirle más.

—Su mensaje no mencionaba nada de eso. Además, en plena noche, ¿dónde podría haber encontrado yo el dinero?

—Creemos que Alex lo avisó de que pronto debería conseguirlo, mientras ella se organizaba en el extranjero.

Y que usted también debería organizarse porque seguro que ella iba a necesitar mucho dinero... Una huida sale muy cara. Pero ya hablaremos de eso, estoy seguro. Por el momento, usted nos ha dicho que se marchó de casa en plena noche... ¿Y qué hizo?

—Fui a la dirección que ella me había dado.

—¿Qué dirección?

—Boulevard Jouvenel. Número 137.

—¿Y qué hay en el número 137 del boulevard Jouvenel?

—Nada.

—¿Nada?

Louis, sin necesidad de que Camille se vuelva hacia él, se ha sentado ante el teclado. Introduce la dirección en una página de mapas e itinerarios, aguarda unos segundos y le hace una señal a Camille para que se aproxime.

—Pues tiene razón, no hay nada... El 135 son oficinas, en el 139 hay una lavandería, y entre ambos, en el 137, un local comercial en venta. Cerrado. ¿Cree que Alex quería comprar una tienda?

Louis mueve el ratón para examinar la acera opuesta de la calle y los alrededores. Por su expresión, se adivina que no va a encontrar nada.

—Evidentemente, no —dice Vasseur—, pero no sé qué quería porque no acudió.

—¿No intentó llamarla?

—Su línea estaba anulada.

—Es cierto, lo hemos comprobado. Alex había dado de baja su línea tres días antes. Sin duda, en previsión de su marcha. ¿Y cuánto tiempo esperó frente al local en venta?

—Hasta medianoche.

—Es usted paciente, eso está bien. Cuando se ama se es paciente, ya se sabe. ¿Alguien lo vio?

—No creo.

—Qué lástima.

—Sobre todo para ustedes, porque son ustedes quienes tienen que probar algo, no yo.

—No es una lástima ni para usted ni para mí, es una lástima a secas, eso arroja sombras, crea dudas, suena a invención. Pero qué más da. Supongo que dio el asunto por concluido y regresó a su casa.

Thomas no responde.

—¿Y bien? —insiste Camille—. ¿Volvió usted a su casa?

Aunque el cerebro de Vasseur movilice todos sus recursos, no encuentra una solución satisfactoria.

—No, fui al hotel.

Se ha lanzado a la piscina.

—¡Mira por dónde! —exclama Camille, pasmado—. ¿Y sabía usted en qué hotel se alojaba?

—No, Alex me llamó y simplemente hice una rellamada.

—¡Qué astuto! ¿Y luego...?

—No respondió nadie. Saltó un contestador automático.

—¡Oh, qué lástima! Y luego se fue a casa...

Esta vez, los dos hemisferios cerebrales de Vasseur están a punto de colisionar. Tiene que cerrar los ojos. Algo lo previene de que esa dinámica no va a beneficiarlo, pero no sabe qué otra cosa puede hacer.

—No —dice finalmente—, fui al hotel. Estaba cerrado. No había recepcionista.

—¿Louis? —dice Camille.

—La recepción está abierta hasta las diez y media de la noche. A partir de esa hora, se necesita un código para entrar. Se lo facilitan a los clientes cuando se registran.

—Así que volvió usted a su casa... —prosigue Camille en lugar de Vasseur.

—Sí.

Camille se vuelve hacia sus adjuntos.

—¡Menuda aventura! Armand..., me parece que tienes una duda.

Esta vez Armand no se pone en pie.

—Las declaraciones del señor Leboulanger y de la señora Farida.

—¿Estás seguro?

Armand se sumerge precipitadamente en sus notas.

—No, llevas razón. Farida es el nombre. Señora Farida Sartaoui.

—Disculpe a mi colega, señor Vasseur, siempre ha tenido problemas con los nombres extranjeros. Así que esas personas...

—Eran clientes del hotel —prosigue Armand—. Llegaron hacia las doce y veinte de la noche.

—¡Bueno, está bien, está bien! —estalla Vasseur—. ¡Ya es suficiente!

60

Le Guen descuelga al primer tono.

—Lo dejamos por esta noche.

—¿Qué has averiguado? —pregunta Le Guen.

—¿Dónde estás? —pregunta a su vez Camille.

Le Guen titubea. Eso significa que está en casa de una mujer. Eso significa que Le Guen se ha enamorado porque, de lo contrario, no se acuesta con una mujer, no es su estilo. Eso significa que...

—Jean, te lo advertí la última vez, ¡sabes que no quiero volver a ser tu testigo! En ningún caso.

—Lo sé, Camille, no te preocupes, soy prudente.

—¿Puedo confiar en ti?

—Absolutamente.

—Ahora sí que me das miedo.

—Y tú, ¿cómo lo llevas?

Camille consulta la hora.

—Le prestó dinero a su hermana, ella lo llamó y estuvo en su hotel.

—Bien. ¿Se aguantará?

—Sí. Ahora es solo cuestión de paciencia. Espero que el juez...

—En ese aspecto es impecable.

—Perfecto. Ahora lo mejor es dormir.

Y llega la noche.

Son las tres de la madrugada. No ha podido contenerse y, por una vez, lo ha conseguido. Cinco golpes, ni uno más. Los vecinos aprecian a Camille, pero de todas formas, ponerse a dar martillazos en la pared a las tres de la madrugada... El primer martillazo sorprende, el segundo despierta, el tercero lleva a hacerse preguntas, el cuarto escandaliza y el quinto invita a dar un puñetazo de advertencia en la pared... Pero no hay un sexto, se hace el silencio, y Camille puede colgar el autorretrato de Maud de la pared de su salón, el clavo se sostiene con firmeza. Camille también.

Ha querido hablar con Louis a la salida de la Brigada, pero ya se había ido. Lo verá mañana. ¿Qué le dirá? Camille confía en su intuición, en la situación, se quedará con el cuadro, agradecerá a Louis su gesto y le reembolsará el coste. O tal vez no, porque sigue dándole vueltas al asunto de los doscientos ochenta mil euros.

Desde que vive solo siempre duerme con las cortinas abiertas, le gusta que lo despierte la salida del sol. Doudouche se ha acurrucado junto a él. Es incapaz de conciliar el sueño y pasa el resto de la noche en el sofá, frente al cuadro.

El interrogatorio de Vasseur es una prueba, por descontado, pero también algo más.

Lo que nació en él la otra noche, en el taller de Montfort, lo que se adueñó de él en la habitación del hotel frente al cadáver de Alex Prévost se halla ahora frente a él.

Ese caso le ha permitido exorcizar la muerte de Irène, saldar cuentas con su madre.

La imagen de Alex, de esa niña de rostro poco agraciado, lo invade y lo hace llorar.

La torpe caligrafía de su diario, esos objetos ridículos, esa historia, todo ello le parte el corazón.

Siente que, en el fondo, también él es como los demás.

Alex ha sido un instrumento también para él. La ha utilizado.

Durante las diecisiete horas siguientes sacan a Vasseur tres veces de la celda y lo conducen al despacho de la Brigada. Armand lo interroga dos veces, luego Louis. Verifican los detalles. Armand le pregunta por las fechas exactas de sus estancias en Toulouse.

—¿Qué importancia tiene eso después de veinte años? —exclama Vasseur, indignado.

Armand le responde con la mirada: «¿Sabe?, yo hago lo que me mandan».

Vasseur firma cuanto le dan a firmar, reconoce todo lo que quieren que reconozca.

—No tienen nada contra mí, absolutamente nada.

—En ese caso —responde Louis cuando es él quien conduce el interrogatorio—, no tiene nada que temer, señor Vasseur.

Transcurre el tiempo, pasan las horas y a Vasseur eso le parece de buen augurio. Lo han hecho salir de la celda una vez más para confirmar las fechas en las que se vio con Stefan Maciak en sus visitas comerciales.

—¡Qué coño me importa! —ha chillado Vasseur al firmar.

Mira el reloj de pared. Nadie puede reprocharle nada.

No se ha afeitado. Apenas se ha aseado.

Acaban de hacerlo subir, una vez más. Ahora le toca el turno a Camille. Nada más entrar, una mirada al reloj de pared. Son las ocho de la tarde. El día ha sido largo.

Vasseur se siente victorioso y se dispone a celebrar su triunfo.

—¿Qué, capitán? —pregunta, deshaciéndose en sonrisas—. Pronto tendremos que separarnos... Sin rencor, ¿verdad?

—¿Por qué pronto?

No hay que tomar a Vasseur por un ser primario, tiene una sensibilidad perversa, es astuto, y sus antenas perciben de inmediato el cambio de viento. La prueba es que no dice nada, palidece, cruza las piernas nervioso. Aguarda. Camille lo mira un buen rato sin decir palabra. Parece uno de esos juegos en los que pierde el que no puede resistir más y habla. Suena el teléfono. Armand se levanta, avanza y descuelga, dice «dígame», escucha, dice «gracias» y cuelga. Camille, que no ha apartado la vista de Vasseur, simplemente señala:

—El juez acaba de aceptar nuestra petición de prorrogar veinticuatro horas más la detención, señor Vasseur.

—¡Quiero ver a ese juez!

—¡Es una lástima, señor Vasseur, una verdadera lástima! El juez Vidard lamenta no poder recibirlo, la carga de trabajo se lo impide. Tendremos que compatir unas horas más, ¿sin rencor?

Vasseur menea la cabeza en todos los sentidos, quiere ser muy expresivo. Ahoga la risa, lo lamenta por ellos.

—Y luego, ¿qué van a hacer? —pregunta—. No sé lo que le habrán dicho al juez para que les conceda esa prórroga, qué mentira le habrán contado, pero ya sea ahora o dentro de veinticuatro horas, van a tener que soltarme. Son ustedes...

Busca la palabra.

—Patéticos.

Vuelven a conducirlo a la celda, y pasan largas horas sin interrogarlo. Podrían tratar de agotarlo, pero Camille piensa que es mejor así. Servicios mínimos. Será lo más eficaz. Sin embargo, permanecer sin hacer nada, o casi nada, se les hace muy difícil. Cada uno se concentra en lo que puede. Camille intenta imaginar cómo acabará el asunto, imagina a Vasseur poniéndose la americana, ajustándose la corbata, piensa en la sonrisa que dirigirá al equipo, en las palabras que les dirá y en las que ya debe de estar pensando.

Armand ha localizado a dos nuevos agentes en prácticas, uno en el segundo piso y el otro en el cuarto. Va a aprovisionarse de cigarrillos y de bolígrafos, y eso le lleva tiempo y lo mantiene ocupado.

A media mañana se inicia una extraña persecución. Camille intenta llevar a Louis a un aparte por el tema del cuadro, pero las cosas no suceden como había previsto. Louis recibe varias llamadas del exterior, y Camille siente que entre ambos se instala una cierta incomodidad. Mientras mecanografía sus informes, con un ojo la mitad del tiempo clavado en el reloj de pared, comprende que la iniciativa de Louis ha complicado enormemente su relación. Camille le dará las gracias, ¿y qué más? Le reembolsará el dinero, ¿y luego? En el gesto de Louis discierne cierto paternalismo. A medida que pasa el tiempo, aumenta la sensación de que Louis ha querido darle una lección con el asunto del cuadro.

Hacia las tres de la tarde, se encuentran por fin a solas en el despacho. Camille no se lo piensa dos veces y le da las gracias, es lo primero que se le ocurre.

—Gracias, Louis.

Debe añadir algo, no puede contentarse con eso.

—Esto...

Pero calla. La actitud interrogativa de Louis le revela la magnitud de su error. Louis no tiene nada que ver en el asunto del cuadro.

—¿Por qué me das las gracias?

Camille improvisa.

—Por todo, Louis. Por tu ayuda... en todo esto.

Louis dice «sí» sorprendido, las palabras de Camille son un hecho inaudito.

El comandante acaba de decir algo apropiado, acaba de hacerlo, y esa inesperada confesión lo ha sorprendido incluso a él mismo.

—Este caso representa en cierto modo mi regreso, y no soy un hombre con el que sea fácil convivir, así que...

La presencia de Louis, ese joven misterioso al que tan bien conoce y del que en realidad nada sabe, lo conmueve súbitamente, quizá más incluso que la reaparición del cuadro.

Han vuelto a conducir a Vasseur a la sala de interrogatorios para repasar algunos detalles.

Camille se dirige al despacho de Le Guen, llama suavemente a la puerta y entra. El comisario espera recibir una mala noticia, puede leerse en su rostro, pero Camille levanta de inmediato las manos bien alto para tranquilizarlo. Hablan del caso. Cada cual ha hecho lo que debía. Aguardan. Camille menciona la venta de las obras de su madre.

—¿Cuánto? —pregunta Le Guen, estupefacto.

Camille repite la cantidad, que le parece cada vez más abstracta. Le Guen hace un mohín de admiración.

Camille no le habla del autorretrato. Ha tenido tiempo de reflexionar, y por fin cree tener la respuesta. Llamará al amigo de su madre que organizó la subasta. Ha debido de obtener una muy buena comisión por la venta y se lo agradece a Camille con el cuadro. Es hasta cierto punto comprensible. Camille se siente aliviado.

Lo llama, deja un mensaje y vuelve a su despacho.

Pasan las horas.

Camille ya lo ha decidido. Será a las siete de la tarde. Ha llegado el momento. Son las siete.

Vasseur entra en el despacho. Se sienta, con la mirada deliberadamente clavada en el reloj de pared.

Está muy cansado, en las cuarenta y ocho últimas horas apenas ha dormido y ahora eso se adivina cruelmente.

61.

—Verá —dice Camille—, tenemos algunas dudas sobre la muerte de su hermana. Hermanastra, disculpe.

Vasseur no reacciona. Reflexiona acerca de qué puede querer decir eso. La fatiga provoca que piense más lentamente. Da vueltas a la cuestión y a todas las que se derivan de ella. Se tranquiliza. En la muerte de Alex, no hay nada que puedan reprocharle. Su fisonomía se adapta a esa idea. Respira, se relaja, se cruza de brazos y no dice palabra, se limita a mirar el reloj. Finalmente, cambia de tercio y pregunta:

—La detención acaba a las ocho, ¿verdad?

—Veo que la muerte de Alex no le preocupa.

Vasseur alza la vista al techo, como si buscara inspiración o como si, sentado a la mesa, le hubieran pedido que eligiera entre dos postres. Con visible fastidio, aprieta los labios.

—Me apena, por supuesto —se lamenta—. Mucho, incluso. Ya saben lo que es la familia, son lazos muy estrechos. Pero qué le vamos a hacer... Es el problema de los depresivos.

—No le estoy hablando de la muerte de Alex, sino de la manera en que murió.

Comprende y aprueba.

—Los barbitúricos son terribles. Decía que tenía problemas para conciliar el sueño, que sin ellos no podía cerrar los ojos.

Oye su propia expresión en el momento en que la pronuncia, y a pesar del cansancio, se resiste para no hacer un chiste acerca de los «ojos cerrados». Finalmente opta por un tono exageradamente sentencioso.

—La venta de medicamentos tendría que estar más controlada, ¿no les parece? Aunque ella, como enfermera, podía conseguir los que quisiera.

Súbitamente, Vasseur parece pensativo.

—No sé qué tipo de muerte provocan los barbitúricos, deben de dar... convulsiones, ¿no?

—Si al individuo no se le ventila a tiempo —dice Camille—, entra en un coma profundo y pierde los reflejos de protección de las vías respiratorias. El vómito se acumula en sus pulmones, se ahoga y muere.

Vasseur hace una mueca de asco. ¡Puaj! Según él, es una muerte muy poco digna.

Camille hace señas de comprenderlo. Si no fuera por el ligero temblor de sus dedos, podría parecer que comparte la opinión de Thomas Vasseur. Inclina la cabeza sobre el informe y respira profundamente.

—Volvamos a su llegada al hotel, si me permite. Es la noche en que se produjo la muerte y es más de medianoche, ¿cierto?

—Hay testigos, no tienen más que preguntarles.

—Eso hemos hecho.

—¿Y?

—Las doce y veinte.

—Pues que sean las doce y veinte, no me gusta importunar.

Vasseur se retrepa en su silla. Sus repetidas miradas al reloj son mensajes claros.

—Así —prosigue Camille—, entró usted tras ellos, les pareció normal. Una casualidad... Otro cliente que regresa a la misma hora. Los testigos dicen que usted esperó el ascensor. No saben qué hizo a continuación. Su habitación estaba en la planta baja y lo perdieron de vista. Así que tomó usted el ascensor.

—No.

—¿Ah, no? Sin embargo...

—Claro que no, ¿adónde iba a ir?

—Eso es lo que nos preguntamos, señor Vasseur. ¿Adónde iba?

Vasseur frunce el ceño.

—Miren, Alex me dejó un mensaje, me pidió que fuera, no me dijo el porqué y, además, ¡no se presentó! Fui a su hotel, pero en la recepción no había nadie. ¿Qué querían que hiciera? ¿Que llamara a las puertas de las cien habitaciones diciendo: «Perdonen, estoy buscando a mi hermana»?

—¡Su hermanastra!

Vasseur aprieta las mandíbulas con fuerza, respira y finge no haberlo oído.

—Esperaba en mi coche desde hacía un buen rato y el hotel desde donde me había llamado estaba a doscientos metros, cualquiera hubiera hecho lo que hice. Me acerqué porque pensé que habría una lista en la recepción, que su nombre figuraría en algún sitio, en algún tablón, ¡qué sé yo! Pero cuando llegué, en la recepción no había nada. Estaba cerrado. Enseguida vi que no podía hacer nada, así que me marché a casa. Eso es todo.

—En resumidas cuentas, no se paró a reflexionar.

—Eso es, no reflexioné. No lo suficiente.

Camille se siente incómodo, menea la cabeza de izquierda a derecha.

—¿Y eso qué cambia? —pregunta Vasseur, ofendido.

Se vuelve hacia Louis y hacia Armand, los interpela.

—¿Eso qué cambia, eh?

Los policías permanecen inmóviles y lo miran serenamente.

Su mirada se alza entonces hacia el reloj. El tiempo transcurre. Se calma. Sonríe.

—Estamos de acuerdo —dice, seguro de sí mismo—. Eso no cambia nada. Salvo que...

—¿Sí?

—Salvo que si la hubiera encontrado, todo esto no habría pasado.

—¿Qué quiere decir?

Cruza los dedos, como un hombre deseoso de hacer el bien.

—Creo que la habría salvado.

—Por desgracia, eso no sucedió. Y ella está muerta.

Vasseur extiende las manos, en un gesto que denota fatalidad. Sonríe.

Camille se concentra.

—Señor Vasseur —anuncia lentamente—, para serle sincero, nuestros expertos tienen serias dudas acerca del suicidio de Alex.

—¿Dudas...?

—Sí.

Camille deja que la información cale.

—Creemos que su hermana fue asesinada y que el asesino trató de disfrazarlo como un suicidio. De una manera bastante torpe, además, si desea mi opinión.

—¿Qué es esa tontería?

Todo él expresa una inmensa sorpresa.

—En primer lugar —dice Camille—, la actitud de Alex no se corresponde con la de alguien que se dispone a suicidarse.

—La actitud... —repite Vasseur, frunciendo el ceño.

Parece que ignore el significado de esa palabra.

—Su billete para Zúrich, la preparación de su equipaje, la llamada al taxi. Y por si eso no bastara, tenemos otros motivos de duda. Por ejemplo, le golpearon la cabeza contra el lavabo. Varias veces. La autopsia ha revelado lesiones en el cráneo que atestiguan la brutalidad de los golpes. En nuestra opinión, había otra persona con ella. Y esa persona la golpeó... con gran violencia.

—Pero... ¿quién?

—Para serle franco, señor Vasseur, creemos que era usted.

—¿Qué?

Vasseur se pone en pie con un grito.

—Le aconsejo que vuelva a tomar asiento.

Se toma su tiempo, pero Vasseur vuelve a sentarse. En el borde de la silla. Dispuesto a salir corriendo.

—Se trata de su hermana, señor Vasseur, y comprendo hasta qué punto todo esto es doloroso para usted. Pero si no temiera herir su sensibilidad mostrándome más técnico, diría que la gente que se suicida elige un método. Se tira por la ventana o se corta las venas. A veces los suicidas se autolesionan, otros toman medicamentos. Pero en raras ocasiones hacen ambas cosas a la vez.

—¿Y yo qué tengo que ver con eso?

Por el tono de urgencia en su voz, se deduce que ya no se trata de Alex. Su actitud oscila entre la incredulidad y la indignación.

—¿Cómo dice?

—Pues eso, ¿en qué me concierne?

Camille mira a Louis y a Armand, con la impotencia de quien se desespera para hacerse entender, y luego se dirige de nuevo a Vasseur.

—Le concierne por las huellas dactilares.

—¿Las huellas? ¿Qué huellas, eh?

Suena el teléfono, pero eso no lo detiene. Mientras Camille descuelga y responde, él se vuelve hacia Armand y Louis.

—¿Qué huellas, eh?

En respuesta, Louis hace una mueca de incomprensión, como si él mismo también se lo preguntara. Armand, por su parte, tiene la cabeza en otro lugar. Vacía el tabaco de tres colillas sobre una hoja de papel blanco para liarse un cigarrillo y, absorto, ni siquiera lo mira.

Vasseur se vuelve entonces hacia Camille, que sigue al teléfono y escucha concentrado, con la mirada perdida en la ventana, a su interlocutor. Vasseur observa el silencio de Camille y ese instante parece interminable. Finalmente, Camille cuelga y alza la mirada hacia Vasseur.

—¿Qué estábamos diciendo?

—¿Qué huellas? —vuelve a preguntar Vasseur.

—Ah, sí... Las huellas de Alex, en primer lugar —dice Camille.

Vasseur se sobresalta.

—¿Qué pasa con las huellas de Alex?

A veces, comprender los mensajes de Camille no resulta sencillo.

—Es normal que encuentren sus huellas dactilares en su habitación, ¿no cree? —dice Vasseur.

Se ríe escandalosamente. Camille aplaude, completamente de acuerdo con esa observación.

—Precisamente —dice, dejando de aplaudir—. ¡El problema es que no hay prácticamente ninguna!

Vasseur siente que le ha surgido un problema, pero no ve claramente cuál.

Camille adopta un tono benevolente y acude en su auxilio.

—Hemos hallado muy pocas huellas de Alex en su habitación, ¿comprende? Creemos que alguien quiso eliminar sus propias huellas y a la vez borró muchas de las de Alex. No todas, pero... Algunas son muy significativas. Las del pomo de la puerta, por ejemplo. El pomo que debió de tocar la persona que estuvo con Alex...

Vasseur se limita a registrar la información, ya no sabe qué pensar.

—En resumidas cuentas, señor Vasseur, alguien que se suicida no borra sus propias huellas, ¡eso no tiene ningún sentido!

Las imágenes y las palabras se entremezclan. Vasseur traga saliva.

—Por esa razón —confirma Camille—, creemos que había otra persona en la habitación de Alex en el momento de su muerte.

Camille concede un momento a Vasseur para que digiera la información, pero a la vista de la expresión de su rostro, comprende que va a necesitar mucho tiempo.

Por ello decide recurrir a la pedagogía.

—En lo que respecta a las huellas, la botella de whisky también nos plantea muchas preguntas. Alex bebió cerca de medio litro. El alcohol potencia poderosamente la acción de los barbitúricos y supone una muerte casi segura. En cambio, la botella estaba cuidadosamente secada y hallamos pegadas a ella fibras que pertenecen a una camiseta que encontramos sobre el sillón. Aún es más curioso que las huellas de Alex en la botella estén literalmente aplastadas, como si alguien le hubiera cogido la mano y la hubiera presionado contra el cristal. Sin duda post mórtem, para hacernos creer que había bebido de ella, sola. ¿Qué le parece?

—Pues... nada. No lo sé.

—¿Cómo que no? —exclama Camille, ofendido—. ¡Claro que lo sabe, señor Vasseur, porque usted estuvo presente!

—¡En absoluto! ¡No estuve en su habitación! ¡Ya se lo he explicado, volví a mi casa!

Camille deja pasar unos breves momentos de silencio. Y, tanto como su corta estatura se lo permite, se inclina sobre Vasseur.

—Si no estuvo allí —pregunta con voz serena—, ¿cómo se explica que hayamos encontrado sus huellas en la habitación de Alex, señor Vasseur?

Vasseur se queda estupefacto. Camille retrocede en su silla.

—Y dado que hemos hallado sus huellas en su habitación, creemos que usted mató a Alex.

A Vasseur, un sonido se le detiene en algún lugar entre el vientre y la garganta, como en coma flotante.

—¡No es posible! No entré en esa habitación. ¿Dónde han encontrado mis huellas?

—En el tubo de barbitúricos que sirvió para matar a su hermana. Sin duda debió de olvidar borrarlas. Tal vez por la emoción.

Su cabeza va de un lado a otro, como la de un gallo, y las palabras brotan a trompicones. De repente, grita:

—¡Ya lo sé! ¡Ya había visto ese tubo! ¡Son unas pastillas de color rosa! ¡Lo toqué! ¡Con Alex!

El mensaje es algo confuso. Camille frunce el ceño. Vasseur traga saliva, trata de exponer los hechos serenamente, pero la presión y el miedo se lo impiden. Cierra los ojos, aprieta los puños, inspira profundamente y se concentra tanto como puede.

Camille lo anima asintiendo con la cabeza, como si quisiera ayudarlo a expresarse.

—Cuando vi a Alex...

—Sí...

—... la última vez...

—¿Cuándo fue?

—No lo sé, hará tres semanas, o un mes quizá.

—Bien.

—¡Sacó ese tubo!

—¡Ah! ¿Dónde fue eso?

—En un café, cerca de mi trabajo. Le Moderne.

—Muy bien, explíquese, señor Vasseur.

Resopla. ¡Por fin ha hallado una salida! Ahora todo irá mejor. Podrá explicarse, es bastante sencillo, tendrán que admitirlo. El asunto de los somníferos no es más que una tontería. No se puede basar una acusación en eso.

Trata de tomarse su tiempo, pero la garganta se le cierra. Suelta las palabras de una en una.

—Hace un mes aproximadamente, Alex me dijo que quería verme.

—¿Quería dinero?

—No.

—¿Qué quería?

Vasseur no lo sabe. De hecho, no llegó a decirle por qué quería verlo. La entrevista fue muy breve. Alex se tomó un café, él una caña. Y fue entonces cuando ella sacó un tubo de comprimidos. Vasseur le preguntó qué era, sí, reconoce que estaba algo enfadado.

—Verla tomar esa porquería...

—Por supuesto, dado lo mucho que le preocupaba a usted la salud de su hermana pequeña...

Vasseur finge no haber oído la alusión y se muestra aplicado, quiere acabar cuanto antes.

—Cogí el tubo de comprimidos, ¡lo cogí con la mano! ¡Por eso están ahí mis huellas!

Lo sorprendente es que los polis no parecen convencidos. Aguardan, observan sus labios como si esperaran que dijera algo más, como si no lo hubiera contado todo.

—¿De qué medicamento se trataba, señor Vasseur?

—¡No me fijé en el nombre! Abrí el tubo, vi unos comprimidos de color rosa y le pregunté qué eran, eso es todo.

Brusco alivio de los tres policías. De repente, el caso vuelve a iluminarse bajo una nueva luz.

—De acuerdo —dice Camille—, ahora lo entiendo. No se trata del mismo tubo. Las pastillas que tomó Alex eran de color azul. Nada que ver.

—¿Y eso qué cambia?

—Que sin duda no es el mismo tubo.

Vasseur está de nuevo muy excitado. Dice «no, no y no» alzando el índice, y sus palabras se precipitan.

—¡Esa patraña no se aguanta, no se aguantará!

Camille se pone en pie.

—Repasemos, por favor.

Va contando con los dedos.

—Cuenta con un móvil de peso. Alex le hacía chantaje, ya le había sacado veinte mil euros y sin duda se disponía a pedirle más para poder vivir en el extranjero. Dispone de una pésima coartada y mintió a su esposa sobre el origen del mensaje que recibió. Pretende haber esperado en un lugar donde nadie lo vio. Luego ha reconocido que fue a ver a Alex al hotel y, además, tenemos a dos testigos que lo confirman.

Camille deja que Vasseur calibre las dimensiones del problema que se dibuja ante él.

—¡Eso no son pruebas!

—Ya tenemos el móvil, ausencia de coartada y su presencia en el lugar. Si se le añade el hecho de que Alex fuera golpeada violentamente en la cabeza, las huellas borradas y las suyas tan presentes... Suman ya muchas cosas...

—¡No, no, no, eso no basta!

Pero por mucho que agite el índice con fuerza, se adivina que tras esa aparente certeza se está preguntando algo a sí mismo. Por eso Camille añade:

—También hemos hallado su ADN, señor Vasseur.

El desconcierto que eso provoca es absoluto.

—Un cabello hallado en el suelo, cerca de la cama de Alex. Usted trató de borrar sus huellas, pero no hizo una limpieza a fondo.

Camille se pone en pie y se planta ante él.

—Y ahora, señor Vasseur, ¿cree que con su ADN será suficiente?

Hasta ese momento, Thomas Vasseur se ha mostrado muy reactivo. Formulada de esa manera, la acusación presentada por el comandante Verhoeven debería hacerlo saltar por los aires de un brinco. Pero no lo hace. Los policías lo miran, dudosos de qué conducta adoptar porque Vasseur se halla ahora sumido en una reflexión muy intensa, se ha ausentado del interrogatorio, está muy lejos de allí. Ha apoyado los codos sobre las rodillas, las palmas de sus manos se unen en un movimiento espasmódico, como si aplaudiera con la punta de los dedos. Su mirada barre el suelo, muy rápidamente. Mueve el pie, nervioso. Cabría incluso preocuparse por su salud mental, pero se pone en pie bruscamente y mira con fijeza a Camille, inmóvil.

—Lo hizo expresamente...

Parece que hable consigo mismo, pero se dirige a los policías.

—Lo organizó para que me acusaran... ¿A que es eso?

Ha descendido de nuevo a la tierra. Su voz vibra debido a la excitación. En otras circunstancias, los policías deberían mostrar sorpresa ante esa hipótesis, pero no es el caso. Louis ordena meticulosamente sus papeles, Armand se limpia concienzudamente las uñas con un clip. Solo Camille sigue aún la conversación, pero, sin decidirse a intervenir, ha apoyado sus manos sobre la mesa y aguarda.

—Le di una bofetada a Alex... —dice Vasseur.

Es una voz sin timbre, mira a Camille, pero es como si se hablara a sí mismo.

—En el café. Cuando vi el tubo de comprimidos, me enfurecí. Quiso calmarme, me acarició el cabello, pero su anillo se enganchó y... Cuando lo retiró, me hizo daño. Había cabellos enganchados. Fue un reflejo, le di una bofetada. Mis cabellos...

Vasseur empieza a aclarar sus ideas.

—Lo tenía todo organizado desde el principio, ¿no es así?

Busca auxilio en los ojos de los policías. Y no lo halla. Armand, Louis y Camille se limitan a mirarlo.

—Saben que es una trampa, ¿verdad? Es una pura y simple manipulación, ¡y lo saben! Esa historia del billete para Zúrich, la compra de la bolsa de viaje, el taxi que pidió... era para hacerles creer que se disponía a huir. ¡Que no tenía intención de suicidarse! Me citó donde nadie podía verme, se golpeó la cabeza contra el lavabo, limpió sus huellas, sacó el tubo de medicamentos con las mías, dejó uno de mis cabellos en el suelo...

—Me temo que le será difícil probarlo. Para nosotros, usted se hallaba allí, tenía que desembarazarse de Alex, la golpeó, la forzó a beber alcohol y luego a tragar los barbitúricos, y sus huellas dactilares y su ADN confirman nuestra tesis.

Camille se pone en pie.

—Tengo una buena noticia y una mala. La buena es que la detención preventiva incomunicada ha terminado. La mala es que pasa usted a disposición judicial acusado de asesinato.

Camille sonríe. Vasseur, hundido en su silla, consigue alzar la cabeza.

—¡No fui yo! Saben que fue ella, ¿verdad? ¡Lo saben! Esta vez se dirige a Camille.

—¡Sabe perfectamente que no fui yo!

Camille sigue sonriendo.

—Ha dado usted sobradas muestras de que le gusta el humor negro, señor Vasseur, así que me permitiré hacer un chiste. Diría que esta vez ha sido Alex quien lo ha jodido a usted.

Al otro extremo del despacho, Armand acaba de colocarse su cigarrillo artesanal tras la oreja, se pone en pie y se dirige hacia la puerta, por la que entran dos agentes uniformados. Camille concluye, simple y sinceramente molesto:

—Lamento haberlo retenido tanto tiempo incomunicado, señor Vasseur. Sé que dos días se hacen muy largos, pero los análisis y las pruebas de ADN... El laboratorio está desbordado. Dos días, en estos momentos, es casi el mínimo.

62.

Ha sido el cigarrillo de Armand, a saber por qué, lo que le ha encendido la luz, es inexplicable. Tal vez a causa de la miseria que evoca un cigarrillo fabricado con colillas. Camille avanza a grandes pasos por lo mucho que ese descubrimiento lo conmociona. No le cabe ninguna duda, eso tampoco se explica. Está seguro, eso es todo.

Louis avanza por el pasillo y tras él camina Armand, con los hombros permanentemente caídos, arrastrando los pies, con sus zapatos de suela gastada, siempre los mismos, limpios pero viejos, en las últimas.

Camille regresa precipitadamente a su despacho y extiende un cheque por el importe de dieciocho mil euros. Le tiembla el pulso.

Luego recoge sus documentos y sale al pasillo a paso rápido. Está muy emocionado, ya pensará más adelante en los sentimientos que eso implica.

Y casi de inmediato se planta ante el despacho de su colega. Deposita el cheque frente a él.

—Eres muy amable, Armand, me ha hecho mucha ilusión.

Armand abre la boca, deja caer el mondadientes que chupeteaba y mira el cheque.

—¡Ah, no, Camille! —dice, casi ofendido—. Un regalo es un regalo.

Camille sonríe. Asiente. Baila sobre uno y otro pie.

Rebusca en su bolsa, encuentra la foto del autorretrato y se la tiende. Armand la coge.

—¡Oh, qué alegría, Camille! ¡Qué ilusión!

Su alegría es del todo sincera.

Le Guen permanece de pie, dos peldaños por debajo de Camille. Es tarde y vuelve a hacer frío, como una noche de invierno antes de tiempo.

—Bien, señores... —dice el juez tendiendo la mano al comisario.

Luego desciende un peldaño y le tiende la mano a Camille.

—Comandante...

Camille le estrecha la mano.

—El señor Vasseur hablará de maquinación, señoría. Dice que «exigirá toda la verdad».

—Sí, eso me ha parecido entender —dice el juez.

Por un momento, parece absorbido por ese pensamiento y luego prosigue:

—De hecho, la verdad, la verdad... ¿Quién puede decir qué es verdad y qué no lo es, comandante? Para nosotros, lo esencial no es la verdad, sino la justicia, ¿no es así?

Camille sonríe y asiente.

Agradecimientos

Gracias a Samuel por su infatigable amabilidad, a Gérald por su lectura siempre iluminadora, a Joëlle por sus consejos en materia de medicina y a Cathy, mi afectuosa agente. Al equipo de Albin Michel.

Finalmente, por supuesto, a Pascaline, la evidencia. Como siempre, debo mucho a numerosos autores.

Por orden alfabético: Louis Aragon, Marcel Aymé, Roland Barthes, Pierre Bost, Fiódor Dostoievski, Cynthia Fleury, John Harvey, Antonio Muñoz Molina, Borís Pasternak, Maurice Pons, Marcel Proust y algunos otros hallarán aquí mi agradecimiento por los pequeños empréstitos que me he permitido.

Sobre el autor

Pierre Lemaitre nació en París en 1951. Antes de ganar el Premio Goncourt 2013 con su novela *Nos vemos allá arriba*, ya era un escritor de renombre en el género de la novela policiaca. Con *Irène* (2006, Alfaguara 2015), su primer *thriller*, recibió el Premio a la Primera Novela Policiaca del Festival de Cine Policiaco de Cognac, e inició la serie protagonizada por el inspector Camille Verhoeven, que incluye *Alex* (2011, ganadora del Crime Writers Association International Dagger Award 2013 junto a Fred Vargas y del Premio de Lectores de Novela Negra de Livre de Poche 2012, seleccionada para el RUSA Reading List Horror Award y uno de los libros del año según el *Financial Times*, que se halla en curso de adaptación al cine por James B. Harris, con guion del propio Lemaitre), *Rosy & John* (2012) y *Camille* (2012, ganadora del Dagger Award 2015) —todas ellas de próxima publicación en Alfaguara—. Fuera de la serie llegaron, con una extraordinaria recepción por parte del público y de la crítica, *Vestido de novia* (Alfaguara, 2014) —Premio del Salon du Polar 2009 y Premio Best Novel Valencia Negra, que está siendo adaptada al cine— y *Ejecutivos negros* (2010). Pierre Lemaitre es también guionista de ficción y de series de televisión y ha sido profesor de literatura francesa y norteamericana. Además del Goncourt y de los dos Dagger Awards, ha obtenido el Premio de Novela Negra Europea, el Premio a la Mejor Novela Francesa 2013 de la revista *Lire*, el Premio Roman France Télévisions y el Premio de los Libreros de Nancy-Le Point, y su obra, con más de medio millón de lectores, está siendo traducida a dieciocho idiomas.

PIERRE LEMAITRE
Irène

NO VOLVERÁS A LEER DEL MISMO MODO UNA NOVELA NEGRA

El comandante Camille Verhoeven vive la vida perfecta: está casado con la maravillosa Irène, con la que espera su primer hijo. Pero su felicidad se resquebraja tras un asesinato inusualmente salvaje. Desde que la noticia se hace pública, la prensa lo acecha y cada uno de sus movimientos se convierte en noticia de portada.

Verhoeven descubre que el asesino ha matado antes. Cada uno de sus crímenes parece rendir homenaje a una novela negra clásica, por lo que los periodistas se apresuran a darle un sobrenombre: «El Novelista». Quienes pueden ayudar a encontrarlo se suman a la lista de sospechosos: un librero y un profesor universitario expertos en novela negra. La investigación se convierte así en un duelo intelectual, y en una aterradora carrera contra el reloj.

«Lemaitre, hoy por hoy, el mejor y más en forma novelista *noir* galo. Una novela cinco estrellas llamada a figurar entre los clásicos del género.»
LAURA FERNÁNDEZ, *El Cultural* de *El Mundo*

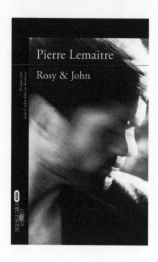

PIERRE LEMAITRE
Rosy & John

Jean Garnier es un joven solitario que lo ha perdido todo: su trabajo después de la misteriosa muerte de su jefe, su novia en un extraño accidente, y su principal apoyo: Rosy, su madre, que ha sido encarcelada. Para dar rienda suelta a su dolor y su rabia, planea hacer explotar siete bombas en distintos puntos de París en un plazo de veinticuatro horas.

Después de la primera explosión se entrega a la policía. Solo tiene una condición para no hacer estallar el resto: la liberación de su madre. El comisario Verhoeven se encuentra ante un gran dilema: ¿es Jean un lunático con delirios de grandeza o una verdadera amenaza para todo el país? Su única certeza es que debe luchar contra reloj si desea salvar la vida de miles de posibles víctimas.

«El nuevo Stieg Larsson. Escalofriante, inteligente y brillante.»
The Times

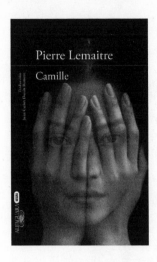

PIERRE LEMAITRE
Camille

GANADORA DEL DAGGER AWARD
2015

No te quedes sin conocer el final
de la serie más apasionante de los últimos años

Un asaltante a una joyería de París desea acabar con la única testigo. Pero será protegida por el hombre al que ama: el comisario Camille Verhoeven.

Anne Forestier queda atrapada en medio de un atraco a una joyería en los Campos Elíseos. Recibe tres disparos, pero tiene la suerte de sobrevivir… y la condena de poder recordar la cara del asaltante. Tras su salida del hospital se encuentra en grave peligro ya que alguien sigue sus pasos. Pero Anne cuenta con la ayuda de un hombre que está dispuesto a hacer lo que sea necesario para vengar el ataque y para proteger a la mujer que ama: el comisario Camille Verhoeven, quien se enfrentará de nuevo a un enemigo que desea acabar con toda su vida y a una difícil red de intrigas. Esta novela cierra la reverenciada tetralogía protagonizada por el comisario Verhoeven. Una atmósfera y escritura escalofriantes confirman una vez más el increíble talento de Pierre Lemaitre.

«Con *Camille* Pierre Lemaitre se impone definitivamente como el rey de la novela negra francesa... ¡En ella todo funciona a la perfección!»
JACQUES TEISSIER, *Un Polar Collectif*

Alex de Pierre Lemaitre
se terminó de imprimir en enero de 2016
en los talleres de
Litográfica Ingramex, S.A. de C.V.
Centeno 162-1, Col. Granjas Esmeralda, C.P. 09810 México, D.F.